GABRIELA HEIDENREICH /
THOMAS TRCZINKA

Sonderauftrag

KUNSTRAUB Im Mai 1995 werden in Nordvorpommern bei Umbauarbeiten im Gutshaus von Reedich ein eingemauertes Skelett und eine mysteriöse Kiste gefunden. Die Stralsunder Kriminalpolizisten Kröger und Vollert werden mit dem Fall betraut. Ermittlungen ergeben, dass es sich bei dem Toten um Wernher von Schleyersdorf handelt: Sohn des ehemaligen Gutsbesitzers und Angehöriger einer Spezialeinheit der SS. Die Kiste enthält einzigartige Kunstwerke, die seit dem Zweiten Weltkrieg als verschollen galten. Uniformreste am Skelett, eine Kartentasche und ein Notizbuch voll verschlüsselter Informationen geben den Ermittlern Rätsel auf.

Einige Tage später wird die polnische Kunstexpertin Ewa Bednarek, die zur Untersuchung der gefundenen Schätze herangezogen wurde, ermordet aufgefunden. Reicht der Schatten des Krieges bis in unsere Zeit?

Gabriela Heidenreich wurde 1964 in Stadtilm (Thüringen) geboren. Nach dem Germanistikstudium in Jena war sie Wissenschaftliche Mitarbeiterin an der Akademie der Wissenschaften Berlin und promovierte dann in germanistischer Linguistik in Stuttgart. Heute arbeitet sie als Pädagogische Mitarbeiterin, Autorin, Lektorin, Dozentin und Leiterin von Schreibwerkstätten.

Thomas Trczinka wurde 1962 in Stralsund geboren. Er ist Berufsnomade, arbeitete unter anderem in seinem erlernten Beruf als Koch, aber auch als Verkäufer, Verkaufsstellenleiter, Sicherungskraft, Versicherungsfachmann sowie in diversen anderen Berufszweigen. Er wohnt in einem kleinen Dorf in der Nähe von Stralsund.

GABRIELA HEIDENREICH /
THOMAS TRCZINKA

Sonderauftrag

Kriminalroman

Original

GMEINER

Besuchen Sie uns im Internet:
www.gmeiner-verlag.de

Im Ehnried 5, 88605 Meßkirch
Telefon 07575/2095-0
info@gmeiner-verlag.de

1. Auflage 2013

Lektorat: Claudia Senghaas, Kirchardt
Herstellung: Mirjam Hecht
Umschlaggestaltung: U.O.R.G. Lutz Eberle, Stuttgart
unter Verwendung eines Fotos von: © Increa – Fotolia.com
Druck: GGP Media GmbH, Pößneck
Printed in Germany
ISBN 978-3-8392-1427-5

1

Langsam quälte sich der Lastkraftwagen durch die Straßen von Stralsund. Vorbei an Ruinen und Häusern, aus denen kein Lichtschein drang. Verdunkelung war das Gebot der Stunde. Unbeeindruckt davon flogen jeden Tag und jede Nacht alliierte Bomber und warfen zielsicher ihre tödliche Fracht über dem Reichsgebiet ab.

Der Gefreite am Lenkrad konnte vor Müdigkeit kaum noch die Augen offen halten. Die Wirkung des Pervitins ließ nach. Das Klingeln der Feuerwehrglocken ließ ihn an die Seite fahren. Er blickte zu seinem Beifahrer und bemerkte: »Herr Obersturmbannführer? Wenn Sie noch 'ne Hermann-Göring-Pille für mich hätten? Mir fallen gleich die Augen zu!« Er sprach den breiten ostpreußischen Dialekt seiner Vorfahren, ganz anders als der Offizier neben ihm.

Der Angesprochene schaute kurz zu ihm und meinte dann: »Wir sind bald da, Radzuweit! Da brauchen Sie keine Pille mehr. Spätestens in einer Stunde werden Sie schlafen wie Gott in Frankreich. Mensch, Sie sind doch jung, da stecken Sie die fehlenden Stunden einfach weg oder schlafen nachher ein bisschen schneller!« Er lachte meckernd, bemerkte dann aber die aschgraue Gesichtsfarbe seines Fahrers. »Hier, nehmen Sie mal einen Schluck aus der Pulle. Bester französischer Kognak! Der wird Ihnen guttun.«

Er hielt dem Gefreiten die Feldflasche hin und nickte ihm aufmunternd zu. Dieser griff zu und nahm einen kräftigen Zug. Die Wärme des Kognaks rann durch seine Kehle und verbreitete sich wohltuend im ganzen Körper. Er atmete tief aus und gab das Getränk zurück.

»Danke!«

Der Offizier verschloss das Gefäß und nickte nur kurz. »Na los, die restlichen Kilometer schaffen wir auch noch. Sieg Heil und fette Beute!« Die letzten Worte wurden übertönt von der Feuerwehr, die an ihnen vorbeirumpelte. Irgendwo in der Stadt brannte es wieder.

Radzuweit fuhr erneut an. Der Kognak mobilisierte die letzten Reserven in dem jungen Körper. Der Offizier hatte es sich wieder bequem gemacht, so gut es ging. Vorsichtig schaute er auf den kleinen Vorrat von Pervitin-Tabletten. Das fehlte ihm noch, dachte er, die wenigen mit seinem Fahrer zu teilen. Er würde sie noch dringend benötigen und weitere waren nicht mehr zu bekommen.

Als Hermann-Göring-Pille, Panzerschokolade oder Stuka-Pille war dieses Medikament in den ersten Kriegsjahren bei der kämpfenden Truppe beliebt gewesen. Es vertrieb Müdigkeit, man hatte plötzlich Selbstvertrauen und ein Gefühl der Stärke. Wen interessierte es, dass es süchtig machte und zu Psychosen führte? Niemanden! Da die häufige Einnahme von Pervitin zur Gewöhnung und zum Wirkungsverlust führte, war es in den letzten Jahren lediglich auf Rezept zu bekommen. Der Offizier hatte es nur im äußersten Notfall genommen, und bald würde wieder so ein Notfall sein, er konnte es förmlich fühlen.

Der Fahrer wischte sich den Schweiß von der Stirn. Mit zusammengekniffenen Augen starrte er nach draußen, wo die schmalen Schlitze der Scheinwerfer es kaum schafften, das Dunkel ein wenig zu erhellen.

Plötzlich war das schwache Auf und Nieder eines roten Taschenlampenlichtes zu sehen. Der Fahrer trat auf die Bremse. Kreischend hielt der Laster. Ein Kontrollposten war quer über die Straße aufgebaut worden. Jedes Fahrzeug, das die Stadt verlassen oder in sie hinein wollte, wurde kontrolliert.

Ein Posten trat an die Beifahrertür und verlangte die Papiere. Der Offizier griff in seine Kartentasche und reichte durch das geöffnete Fenster das Gewünschte hinaus. Die Taschenlampe wurde aufgeblendet, grelles Licht fiel auf die Papiere und danach auf das Gesicht des Obersturmbannführers. Geblendet drehte dieser den Kopf weg und knurrte den Posten an: »Sind Sie noch bei Trost? Leuchten Sie mit Ihrer Funzel sonst wen an, aber nicht mich.«

Die Stimme des Offiziers klang schneidend und befehlsgewohnt, doch der Posten schaute gelangweilt und müde in das Gesicht des Mannes. Hier hatte er das Sagen.

»Aussteigen! Ladungskontrolle!« Er winkte nur kurz mit der MP. »Und das Ganze zack, zack!«

»Sehen Sie zu, dass Sie den Weg freigeben, oder ich lasse Sie erschießen!« Die Stimme des Offiziers war nur um eine Nuance lauter geworden, aber sie klang noch schneidender als vorher. Leise setzte er hinzu: »Schauen Sie gefälligst auf die Weisung des Reichsführers SS, Sie Trottel.«

Der Gescholtene warf einen intensiven Blick auf die Papiere des Offiziers. Hatte er vorher nur flüchtig kontrolliert, ließen ihn die Stimme und die Selbstsicherheit des Mannes vorsichtig werden. Plötzlich stutzte er. Er nahm Haltung an, knallte die Hacken zusammen und reichte mit einem leisen »Entschuldigung, Herr Obersturmbannführer!« die Papiere wieder in den Wagen hinein. Dann riss er den rechten Arm zum Gruß nach oben. Die zwei sichernden Posten senkten ihre MP-Läufe und gaben die Straße frei.

Ärgerlich verstaute der Offizier die wichtigen Dokumente wieder. »Geben Sie Gas, Radzuweit! Los, los, wir haben keine Zeit zu verlieren.«

Der Fahrer kuppelte ein und langsam gewann der Laster wieder an Fahrt. Stralsund blieb hinter ihnen zurück und mit ihm der Kontrollpunkt, von denen es so viele gab. Versprengte Wehrmachtseinheiten und Deserteure wurden durch diese Kontrollen aufgespürt und gesammelt, um das endgültige Ende des Krieges noch ein wenig hinauszuzögern.

Sie fuhren auf Kopfsteinpflaster und kamen zügig voran. Auf einer Allee rollten sie jetzt, nur noch wenige Kilometer vom Heimatort des Offiziers entfernt. Hier kannte der Mann sich aus. »In etwa 300 Metern kommt auf der rechten Seite ein Weg, da biegen wir ein. Tanken und Ladungskontrolle!«

»Jawoll, Herr Obersturmbannführer!«

Der Fahrer riss sich zusammen. Gott sei Dank, nur noch wenige Meter, dann konnte er sich erst mal die Beine vertreten. Die letzten Kilometer war er nur noch wie in Trance gefahren. Diese verdammte Müdigkeit! Es war ja auch idiotisch, von Königsberg bis Thüringen und dann bis hier hoch an die vorpommersche Küste zu fahren. Von Thüringen bis zu den Amerikanern wäre es nur ein Katzensprung gewesen. Wie sicher und gemütlich hätte man dort auf das Kriegsende warten können. Aber nein! In geheimer Mission bis hierher. Immer den Russen im Nacken. Vorbei an endlosen Flüchtlingsströmen, an abgekämpften Soldaten und Offizieren, Tote und Verwundete hinter sich lassend. Das Artilleriefeuer des Russen wurde von Tag zu Tag lauter. Die Einschläge kamen immer dichter. Die Front rückte näher. Radzuweit dachte an seine Familie, die wohl auch den Hof in Ostpreußen verlassen hatte. Dort war der Russe schon und hierher würde er auch bald kommen. Es war nur noch eine Frage von Tagen.

»Rechts rein, Mann!«

Der Ruf schreckte ihn aus seinen Gedanken. Er bremste scharf, und mechanisch schlug er das Lenkrad ein. Gehorsam bog der Opel Blitz in den Seitenweg ein und Radzuweit hielt. Der Motor erstarb, als bräuchte auch er eine Pause. Eine ungewohnte Stille hüllte die beiden Männer ein.

»Los, schnell!« Der Offizier trieb zur Eile. »Pennen können Sie nachher! Ich übernehme dann das Steuer!«

Überrascht schaute Radzuweit zu seinem Vorgesetzten hinüber.

»Nun gucken Sie nicht wie ein abgestochenes Kalb! Raus aus dem Wagen! Die frische Luft wird Ihnen guttun.« Aufmunternd nickte er dem Gefreiten zu, dann öffnete er die Beifahrertür und sprang hinaus. Tief atmete er die klare Nachtluft ein. Hier roch es nach Land und nach Frühjahr. Keine Spur von Tod und Verbranntem.

Radzuweit hatte ebenfalls die Fahrerkabine verlassen. Er ging zum Heck des Wagens und öffnete die Klappe zur Ladefläche. Mühsam zog er mehrere Kanister herunter. Trotz der Dunkelheit fand er zielsicher den Tank, setzte den Trichter auf und begann, einen Kanister nach dem anderen einzufüllen. Die geleerten schmiss er achtlos ins Gras, denn sie hatten ihren Zweck erfüllt, und Sprit, um sie wieder vollzumachen, gab es nicht mehr.

Der Offizier stand etwas abseits und beobachtete das Betanken mit wachsamem Blick.

Soeben hatte der Fahrer den letzten Kanister weggeworfen und schaute nun zu ihm.

»Ladungskontrolle!«

Radzuweit nickte schwach. Für ein Jawoll fehlte ihm die Kraft. Er ging nach hinten, um wie befohlen nach der Ladung zu sehen. Diese Scheißkisten, dachte er noch, dann hörte er ein trockenes Knacken. Einen Laut, den er schon oft vernommen hatte, aber er hätte nie geglaubt, dass dieses Geräusch einmal für ihn bestimmt sein würde. Es war dieses Klicken, wenn eine Patrone in den Lauf geschoben wird, das ihn augenblicklich stehen bleiben ließ. Er wollte sich umdrehen. Den Schuss, der ihn in den Rücken traf, hörte er nicht mehr. Als sein Körper auf dem Boden aufschlug, war er schon tot.

»Hab doch gesagt, ich übernehme.« Ein höhnisches Grinsen trat in das Gesicht des Offiziers. Er sicherte die Pistole und steckte sie wieder in die Tasche.

Ungerührt trat er an die Ladefläche. Sein Blick streifte die restlichen Kanister, die darauf standen, von Reservebereifung umringt. Sprit und Reifen waren in diesen Zeiten mehr als Gold wert, aber die Zeiten würden sich auch wieder ändern. Wichtiger waren die drei Kisten im hinteren Teil. Nur ihretwegen hatte er die Strapazen auf sich genommen, von Süd nach Nord zu fahren.

Er schloss die Ladungsklappe und sicherte die Riegel mit den Splinten. Leicht fröstelnd schlug er den Kragen der Uniformjacke hoch. Dann schwang er sich hinter das Lenkrad. Mit ruhigen Fingern zündete er sich eine Zigarette an und inhalierte tief einatmend den Rauch.

Vieles hatte er lernen müssen, auch das Töten. Er schoss nicht oft, aber der Fahrer war eine Gefahr geworden – zu viel hatte er gesehen und gehört, genauso wie der Unterfeldwebel vor einigen Wochen. In den letzten Monaten hatte er mehr Menschen erschossen als all die Jahre zuvor.

Er durfte keine Mitwisser hinterlassen, alle Spuren der Vergangenheit mussten ausgelöscht werden.

Ein kurzer Blick noch durch das kleine Kabinenfenster in Richtung Ladefläche, dann startete er den Motor, legte einen Gang ein und wendete den Laster. Wieder zurück auf der Allee beschleunigte er stark. Die Reifen dröhnten auf dem Kopfsteinpflaster. Nur noch wenige Kilometer und er würde sein Elternhaus erreichen. Von da an ginge es nur noch Richtung Westen. Ihn kriegten die Russen nicht – ihn nicht. Sein Gesicht war zu einer hässlichen Fratze verzogen, die ihm etwas Dämonenhaftes gab.

2

Mit kräftigen Schlägen trieb Werner Peters den Meißel in die Fuge. Langsam löste sich der erste Stein aus dem Verbund. Gleich würde er den Ziegel herausheben können und es würde leichter werden.

Mit seinen 48 Lenzen war er der Älteste in der Brigade und froh, überhaupt noch Arbeit zu haben. Der Umbau des ehemaligen Gutshauses zu einem Hotel war wie ein warmer Sommerwind über die Region gekommen. In diesem ruhigen, abgelegenen Winkel von Vorpommern entstanden endlich wieder neue Arbeitsplätze.

Lage für Lage hob Werner Peters die ehemals roten Ziegel ab und ließ sie in die hinter ihm stehende Schubkarre fallen. War diese gefüllt, so schob der Lehrling sie mit kräftigem Schwung über die ausgelegten Bohlen aus dem Keller und kippte sie in den bereitgestellten Container.

Seit zwei Wochen arbeiteten sie schon hier. Der Umbau hatte sie bisher vor keine Probleme gestellt. Heute würden sie den zugemauerten Gewölbeteil öffnen und morgen könnten sie an den Abriss des Ofenfundamentes gehen. Dieses Fundament machte ihm einige Sorgen. Stahlbewehrter Beton war vor circa 100 Jahren beim Unterbau der Heizungsanlage verwendet worden. Große Technik konnten sie im Keller nicht einsetzen und so mussten sie alles in mühseliger Handarbeit herausschaffen. Zu allem Überfluss war am Morgen auch noch der elektrische Meißelhammer ausgefallen.

Werner Peters arbeitete in ruhigen, gleichmäßigen Zügen. Die Arbeit machte ihm Spaß. Hier sah man noch, was man schaffte, außerdem gab es kaum Krach. Wenn es nach ihm ginge und wenn das Fundament nicht wäre, dann könnte der Meißelhammer noch länger defekt bleiben, aber der Vorarbeiter war schon nach Ersatz unterwegs. Heute musste alles schnell, schnell gehen. Peters hielt kurz inne und wischte sich den Schweiß von der Stirn. Dann machte er weiter. Mit seinen großen Händen schaffte er Stein für Stein beiseite. Schon konnte man in den seit Jahrzehnten von niemandem betretenen Teil des Kellers hineinschauen.

Staub lag wie Nebel in der Luft und machte das Atmen schwer. Peters bekam Durst. Die Zunge klebte ihm am Gaumen und der Staub kribbelte in seiner Nase. Nur noch die letzten Lagen Ziegel, dann konnten sie Pause machen. Plötzlich wurden die Bewegungen von Werner Peters immer langsamer. Etwas in dem freigelegten Abschnitt erregte seine Aufmerksamkeit.

»Hol mal die Lampe«, rief er dem Lehrling zu, »und leuchte da rein!« Er zeigte mit behandschuhtem Finger in Richtung des freigelegten Teils, der, in Dunkelheit gehüllt, vor ihnen lag.

Der Lehrling nahm die nächstbeste Baulampe vom Haken und beugte sich über den stehen gebliebenen Rest der Wand. Er erblickte auf dem Boden einen menschlichen Schädel, dessen leere Augenhöhlen ihn anzustarren schienen. Im kalten Licht der Lampe sah der Schädel bleich und unnatürlich aus, ein gespenstisches Relikt aus vergangenen Zeiten. Weitere Knochen und dunklen, zerfallenen Stoff riss das Licht erbarmungslos aus der Finsternis. Ein Goldzahn glänzte, als er direkt angeleuchtet wurde, kurz auf.

»Meine Fresse!«, staunte der Lehrling. »Ein totes Skelett!«

»Blödmann, ein Skelett in diesem Zustand ist immer tot«, erwiderte Werner Peters. »Such ein Telefon, ruf die Polizei und halt nicht Maulaffen feil!«

Langsam bewegte sich der Lehrling, die Lampe wie einen Schild vor sich haltend, aber je mehr er sich dem Kellerausgang näherte, umso schneller wurde er. Werner Peters blieb mit dem Skelett und seinen Gedanken allein zurück.

3

Oberkommissar Kröger genoss den ersten Schluck seines geliebten Bürokaffees, eines Gebräus, das mehr Kaffeepulver als Wasser enthielt, jedenfalls nach Meinung mancher Kollegen. Er liebte diese Art von Kaffee. Stark musste er sein, von Hand gebrüht und selbstverständlich ungefiltert.

Andächtig hielt er die Tasse in beiden Händen und pustete vorsichtig den Schaum von der Oberfläche. Ein träumerischer Zug trat in sein Gesicht, als er so dasaß. Wer ihn nicht kannte, ließ sich von diesem versonnenen Ausdruck leicht täuschen. Kröger war kein Träumer. Wann er aufgehört hatte, seinen Fantasievorstellungen nachzujagen, wusste er selbst nicht mehr. Die 30 Jahre Polizeidienst mochten dazu beigetragen haben.

Er schaute über die Tasse zu seinem jüngeren Kollegen Vollert. Dieser hatte die Tageszeitung vor sich aufgeschlagen und studierte die Immobilienanzeigen.

»Immer noch auf Wohnungssuche?«

Vollert nickte nur.

»Kauf dir ein Haus.« Kröger lächelte seinen Kollegen an, der überrascht aufschaute.

»Dasselbe meint Sigrun auch, aber …«

»Was aber – wenn deine Frau das auch meint, worauf wartest du noch?«

Das Klingeln des Telefons enthob ihn einer Antwort.

Kröger hob ab.

»Ja? … Ja! … Ach nee! … Ein was? … Ist schon gut. Ich dachte nur, mich verhört zu haben. Die Spusi? … Und Gerichtsmedizin? … Alles klar, wir fahren raus. … Ja, du auch.«

Er legte auf und trank einen Schluck seines Kaffees.

»Und?« Vollert schaute neugierig zu Kröger.

»Trink deinen Kaffee aus, wir haben einen Fall. Naja, vielleicht.«

»Wieso vielleicht?«

»Ein Skelett wurde gefunden, in Reedich, bei Umbauarbeiten. Spurensicherung und Gerichtsmedizin sind schon draußen. Nur wir fehlen noch. Also komm!«

Er erhob sich. Vollert faltete die Zeitung akkurat zusammen.

»Schmeiß die weg und bau dir ein Haus.« Kröger hielt Vollert lächelnd den Autoschlüssel hin. Er verabscheute das Autofahren. Bei jeder passenden und auch mal unpassenden Gelegenheit drückte er sich davor.

Vollert schraubte seine Einsfünfundneunzig nach oben. Er war nicht ganz so schlank wie Kröger, aber als dick konnte man ihn auch noch nicht bezeichnen. Vielleicht in zehn oder 15 Jahren, wenn er weiter so wenig auf seine Ernährung achtete wie jetzt. Hastig nahm er noch einen Schluck aus der Tasse, griff dann nach dem Autoschlüssel und verließ hinter seinem Kollegen das Büro.

Die Fahrt in das zehn Kilometer entfernte Reedich verlief fast schweigend. Vollert hatte seine Stirn in Falten gelegt. Wahrscheinlich dachte er über Krögers Vorschlag nach. Das schlechte Kopfsteinpflaster riss ihn aus seinen Überlegungen. »Mein Gott, was für eine Straße!«, fluchte er und bremste den Wagen ab.

»Ja, mehr Löcher als ein Schweizer Käse«, bestätigte Kröger, der sich an den Haltegriff über der Tür geklammert hatte. Beide wurden kräftig hin- und hergeworfen, bis das Fahrzeug seine Geschwindigkeit verringert hatte. Die einzelnen Bodenwellen schlugen heftig in das

Fahrzeuginnere durch. Polternd dröhnten die Reifen auf dem Pflaster.

»Dass es überhaupt noch solche Straßen gibt!« Vollert schüttelte den Kopf.

»Mehr, als du denkst. Du musst nur mal raus aus deinem Neubaublock.«

»Sicher!«

»Außerdem ist das doch eine schöne Allee.« Kröger entspannte den Griff und ließ sich wieder in den Sitz gleiten.

»Schöne Allee. – Schmal wie ein Bettvorleger!« Er versuchte, den größten Fahrbahnunebenheiten auszuweichen, aber nach einigen erfolglosen Bemühungen ließ er es bleiben. Ein Traktor, der ihnen entgegenkam, zwang ihn, an die Seite zu fahren.

»Mann, hast du das gesehen?« Ärgerlich schaute er dem Gespann hinterher. »Der macht kein bisschen Platz, der Sausack!«

Kröger lachte kurz auf und meinte dann kopfschüttelnd: »Carsten, wo soll der Trecker denn hier hin? Sich in Luft auflösen?«

»Platz machen soll er! Wie er das macht, ist mir egal.« Vollert kuppelte wieder ein und fuhr weiter. Wenige Minuten später kam das Ortsschild von Reedich in Sicht. Er bremste und bog nach rechts ab.

In einiger Entfernung sahen sie den Turm des Gutshauses, das von allen hier nur ›Schloss‹ genannt wurde. Auf einer kleinen Anhöhe stand es, das Dorf weit überragend, prachtvoll. Es war Anfang des 19. Jahrhunderts im klassizistischen Stil erbaut worden, um vom Reichtum und der Macht seiner Bewohner zu künden.

Die beiden Kriminalisten fuhren langsam die Dorfstraße entlang. Nicht, weil sie sich den Ort ansehen wollten, sondern wegen der Straßenverhältnisse: War die Allee schon eine Zumutung, so war die Dorfstraße eine Katastrophe. Das Kopfsteinpflaster ragte in der Mitte der Straße in die Höhe, aber die Randbereiche waren im Lauf der Jahrhunderte stark eingefahren worden. An manchen Stellen hatte sich das Pflaster gefährlich gesenkt und Vollert hatte Angst, mit dem Wagen aufzusetzen.

»Himmel, Arsch und Wolkenbruch! Was ist das für ein Weg!« Behutsam gab er Gas und aufmerksam nach vorn schauend lenkte er das Fahrzeug um die gefährlichsten Löcher herum. Für die Schönheit der angrenzenden Häuser hatte er keinen Blick. Kröger dagegen konnte in Ruhe die Fassaden und Einfahrten bewundern. Nur Jahreszahlen an den Giebeln verrieten, dass die meisten dieser Häuser um die Jahrhundertwende gebaut worden waren. Man sah ihnen das Alter nicht an. Moderne Fenster und Türen, blanke Dächer und farbenfrohe Fassaden kündeten vom Fleiß ihrer Bewohner. Viel war in den letzten Jahren geschaffen worden, vorbei die Zeit der Mangelwirtschaft. Baumärkte und Handwerksbetriebe buhlten um Kunden.

Rumpelnd nahm der Wagen eine leichte Steigung, vorbei an einer großen Kastanie. Die Zufahrt zum Schloss war gesperrt, sie wurden von einem uniformierten Posten angehalten. Als er Kröger und Vollert erkannte, wies er die beiden kurz ein.

»Am besten, ihr parkt gleich hier vorn. Die Spurensicherung ist bereits da und Doktor Hüpenbecker ist auch schon bei der Arbeit.«

»Staatsanwaltschaft?«

»Ja, Frau Meinke.«

Kröger bedankte sich bei dem Posten und Vollert parkte das Auto unter einer alten Ulme. Er schaute, den Kopf in den Nacken gelegt, angestrengt nach oben, in die Krone des Baumes.

»Suchst du was?«

»Ja. Ich schau nach trockenen Ästen, oder möchtest du dem Chef später beichten, dass der Dienstwagen von herunterfallenden Ulmenästen beschädigt wurde?«

»Nein, das müsstest du dann übernehmen. Erstens bist du der Kraftfahrer und zweitens der mir Unterstellte.«

Vollert drehte langsam den Kopf zu seinem Kollegen. Als er die Lachfältchen in dessen Gesicht sah, winkte er nur ab. »Ja, klar. Alles Unangenehme macht Vollert. Wusstest du eigentlich, dass man im alten Rom den Überbringer schlechter Nachrichten hinrichten ließ?«

»Ja. Aber zum Glück leben wir nicht mehr im alten Rom. Stell dir mal unsere Nachrichtensprecher vor: Nach jeder Sendung würde ein Arbeitsplatz frei. Aber sag mal, woher weißt du, dass es sich bei diesem Baum um eine Ulme handelt?«

»Tja, Horst«, Vollert spielte mit dem Autoschlüssel, »ich kann dir sogar erklären, warum die Ulmen in den letzten Jahrzehnten vielerorts abgestorben sind. Deshalb wundere ich mich ja, hier ein solches Prachtexemplar zu sehen.«

»Na, dann klär mich mal schnell auf, denn viel Zeit bleibt dir nicht, Frau Meinke von der Staatsanwaltschaft kommt auf uns zu.«

»Ein Pilz, Horst.«

»Wo?«

»Quatsch. Das Ulmensterben wird durch einen Pilz hervorgerufen.« Vollert tippte sich an die Stirn.

»Ich hoffe, das gilt nicht mir?« Frau Meinke schaute Vollert forschend an.

»Nein, bestimmt nicht, Frau Staatsanwältin.« Er versuchte, ein Lächeln auf sein Gesicht zu zaubern, doch Frau Meinke hatte sich schon Kröger zugewandt und strahlte ihn an. Sie mochte den Ermittlungsbeamten, der immer gut gekleidet war und mit seinen grauen Haaren noch manches Frauenherz zu schnellerem Schlagen bewegen konnte. Irgendwie erinnerte er sie an die Gentlemen aus den alten Schwarz-Weiß-Filmen, die ihre Oma so sehr mochte. So auch jetzt, während er ihr die Hand schüttelte und galant eine leichte Verbeugung andeutete.

»Sie können uns bestimmt schon einiges sagen, Frau Meinke?« Bei diesem Satz schaute er ihr direkt in die Augen, und die Staatsanwältin hatte das Gefühl, von seinem Blick durchleuchtet zu werden. Sie musste sich förmlich losreißen und antwortete endlich: »Na, viel ist es nicht. Bauarbeiter fanden bei den Umbauarbeiten im Keller des Schlosses ein Skelett, eingemauert in einem Gewölbeteil. Der Gerichtsmediziner ist schon bei der Arbeit und die Kollegen von der Spurensicherung haben den ersten Teil des Kellers bereits freigegeben, und wenn Sie möchten …?« Einladend zeigte ihre Hand in Richtung des Schlosses.

»Einen Moment bitte noch … Wer sind die Bauarbeiter, die das Skelett fanden?«

»Ein Herr Peters, zusammen mit einem Lehrling. Dieser verständigte dann auch die Polizei. Die beiden finden Sie vermutlich dort beim Bauwagen.« Eine kurze Bewegung mit dem Kopf deutete die Richtung an.

»Übernimmst du die Befragung der Arbeiter?«

Vollert nickte und scherzte zuversichtlich: »Wir werden schon herausbekommen, wer hier seine unliebsame Verwandtschaft hat verschwinden lassen. Ist ja wie im Groschenroman.« Kopfschüttelnd wollte er losgehen, doch die Bemerkung der Staatsanwältin: »Was Sie alles lesen, Herr Vollert!«, ließ ihn noch einmal innehalten.

»Um Gottes willen, nein! Meine Frau ist gelernte Bibliothekarin, die würde mich steinigen bei solcher Art von Lektüre.«

Sie gingen an die Arbeit, Vollert in Richtung des Bauwagens, Kröger zum Schloss. Frau Meinke blieb noch einen Augenblick stehen und schaute Kröger hinterher, der sich seinen Weg bahnte, vorbei an Bauzäunen, Maschinen und Baumaterial.

Der Kellereingang befand sich im Seitenbereich, weit weg vom Haupteingang. Nichts sollte die damalige Herrschaft stören, schon gar nicht die Anlieferung von Heizmaterial oder der Abtransport der Asche. Alles schön getrennt, dachte Kröger, als er die ausgetretenen Stufen zum Keller hinabstieg. Wie mögen die hier früher gelebt haben? Auf der einen Seite die Herren, auf der anderen, schön im Verborgenen, die Bediensteten.

Unwillkürlich zog er den Kopf etwas ein, als er die Kellerräume betrat. Er blieb am Eingang stehen und versuchte, sich erst einmal einen Überblick zu verschaffen. So hielt er es an jedem Fund- oder Tatort. Sein Blick ging hinauf zur Decke, dann weiter auf den Boden, der von Baustaub bedeckt war, in dem es von Fußspuren nur so wimmelte. Die Halogenstrahler der Spurensicherung tauchten die Kellerräume in gleißendes Licht, neben dem die wenigen Baulampen verblassten. Staubkörner tanzten in dem Lichtermeer auf und nieder. Kröger sah einzelne

Räume, früher durch Türen vom Hauptraum abgeteilt, die man im Zuge der Bauarbeiten entfernt hatte, sodass die Türdurchbrüche wie Höhleneingänge wirkten. Die Wände sahen schäbig aus, Putz war stellenweise nicht mehr vorhanden, der kahle Backstein war sichtbar. An der Seite stand ein Monstrum von Heizkessel. Kröger sah zum Eingang und dann noch einmal abschätzend zum Kessel. Wie hatte der nur durch die Tür gepasst? Oder wurde der Keller um den Kessel gebaut? Blödsinn, sinnierte er, irgendwie werden unsere Altvorderen den hier schon reinbekommen haben.

Ein Mitarbeiter der Spurensicherung unterbrach seine Gedanken: »Morgen, Herr Oberkommissar. Gehen Sie ruhig durch, der Chef und einige Kollegen sind hinten.« Er machte eine Kopfbewegung in die entsprechende Richtung und schob sich dann an ihm vorbei.

Kröger nickte und setzte vorsichtig einen Fuß in den Staub des Bodens. Eine kleine Wolke staubte auf, um sich dann sogleich auf seinen blank geputzten Schuh zu setzen. Auch das noch, dachte er. Seufzend ging er weiter, in die Richtung, die ihm der Kollege der Spurensicherung angedeutet hatte. Der Staub war allgegenwärtig, und nach wenigen Schritten hatten seine Schuhe eine zementgraue Färbung angenommen. Auch seine Hose zeigte schon erste Spuren dieses Schmutzes, der durch jede Pore zu dringen schien. Kröger spürte ein Kribbeln in der Nase und unterdrückte mühsam das Bedürfnis zu niesen.

Abseits, in einer Art Gewölbe, sah er schließlich die Kollegen. Akribisch untersuchten sie jeden Zentimeter. Kröger schaute über den Rest der eingerissenen Mauer und entdeckte den Gerichtsmediziner Dr. Hüpenbecker, der vor einem Skelett kniete. Der Arzt schaute kurz auf. »Ach, sieh an, die Polizei, dein Freund und Helfer.« Dann widmete er sich wieder den Knochen.

»Wir sind auch Polizisten!« Dr. Brauner, der Leiter der Spurensicherung, war zu Kröger herangetreten. »Morgen, Horst.« Er grüßte mit einer Hand, die in einem Gummihandschuh steckte. Der weiße Schutzanzug gab ein raschelndes Geräusch von sich. »Wenn du magst … Anzüge habe ich noch im Koffer!«

Kröger nickte. »Ist wohl besser. Die Schuhe habe ich mir schon versaut und bevor die Hose ganz hinüber ist, zwäng ich mich lieber auch in einen eurer modischen Overalls.«

Dr. Brauner gab ihm einen der speziellen Schutzanzüge und zwei Minuten später war Kröger von den Männern der Spurensicherung nicht mehr zu unterscheiden.

Er kletterte über das Stückchen Mauer und trat zu Dr. Hüpenbecker.

»Morgen, Herr Doktor, und wie sieht's aus?«

»Schau selbst.« Der Arzt zeigte auf das Skelett.

Kröger ging in die Knie und betrachtete die Knochen, an denen Stofffetzen hingen. »Mmh …, irgendwas, das uns weiterhilft?« Er sah den Gerichtsmediziner an.

»Witzbold! Soll ich dir hier gleich eine Differenzialdiagnose stellen? Was erwartest du? Namen, Vornamen und Krankengeschichte des Mannes?«

»Also ein Mann?«

»Wahrscheinlich … ja. Das Becken ist wohl das einer männlichen Person. Was auffällig ist …«, er nahm den Schädel in die Hand, »hier, dieser Bruch. Fragt sich, ob diese Hinterhauptfraktur zu Lebzeiten oder post mortem erfolgte – ein wenig Geduld werdet ihr aufbringen müssen.« Vorsichtig legte er den Schädelknochen zurück.

»Und sonst?«

»Nichts! Ich kann dir weder die Todesursache noch die Todeszeit sagen. Was ich sagen kann …«, er kam aus der Hocke hoch und rieb sich das eine Knie. »Oh je, man wird alt. Wo waren wir stehen geblieben? Ach ja, wahrscheinlich männlich, Liegezeit unbestimmt, ebenso das Alter. Wobei – da werde ich euch schon weiterhelfen können, aber, wie gesagt, Geduld.«

»Und die Stofffetzen?« Kröger deutete auf die vermoderten Stücke.

Dr. Hüpenbecker zuckte mit den Schultern.

»Da bin ich wohl eher der richtige Ansprechpartner.« Dr. Brauner war an die beiden herangetreten, die ihn nun erwartungsvoll ansahen.

»Und?«

»Nichts ›und‹. Es handelt sich wohl um die Überreste einer Uniform. Die Knöpfe lassen darauf schließen.« Er hielt eine kleine Zellophantüte hoch, in der ein Knopf lag. Schemenhaft war der Reichsadler mit dem unsäglichen Hakenkreuz erkennbar. Die gleichen Knöpfe waren auch an den Stoffresten zu erkennen.

»Diesen fanden wir übrigens hier.« Dr. Brauner zeigte auf eine Stelle etwa zwei Meter von dem Toten entfernt. »Wahrscheinlich abgerissen.«

»Ein deutscher Soldat?« Kröger hatte die Frage mehr sich selbst gestellt, doch der Leiter der Spurensicherung antwortete: »Vielleicht, vielleicht auch nicht. Wie Dr. Hüpenbecker schon sagte – etwas Geduld. Wobei ich eher auf einen Offizier tippe.«

»Warum?«

»Die Überreste der Stiefel und das Koppel deuten mehr auf einen gehobenen Dienstgrad. Die Pistole, die wir fanden, ergänzt diesen Eindruck.«

Kröger schaute sich suchend um. »Wo habt ihr die guten Stücke?«

Dr. Brauner zeigte auf eine profane Klappbox, in der, ordentlich etikettiert und nummeriert, kleine und große Zellophantüten lagen.

Kröger beugte sich nieder und schaute sich die Fundstücke an. Die Waffe war von einer dünnen Rostschicht überzogen. »Ist die noch schussfähig?«

»Unser Waffenexperte sagt, ja. Ordentlich aufpolieren und du hast eine feine Pistole.« Dr. Brauner schnalzte mit der Zunge.

Kröger winkte ab. Er mochte keine Waffen. Er arbeitete lieber mit dem Kopf.

Sie wurden von einem Kollegen der Spurensicherung unterbrochen.

»Die Kiste ist okay, Chef. Keine äußere Sprengfalle. Was allerdings drin ist, kann ich nicht sagen.«

Dr. Brauner dankte dem Mann und Kröger schaute verwundert drein. »Was für eine Kiste?«

»Du weißt doch, Horst, das Beste zum Schluss – oder hier das Rätselhafteste. In der Ecke fanden wir eine Kiste, ungefähr einen Meter lang, 50 cm hoch und genauso breit. Überzogen von einer Schicht …«

»Staub«, unterbrach ihn Kröger.

»Nein … ja … auch, Herrgott, du bringst einen ganz durcheinander. Ja, natürlich war auch Staub auf der Kiste! Aber …«, er machte eine Pause, um die Bedeutung seiner Worte noch zu vertiefen, »aber sie ist komplett mit Bitumen umschlossen, wie eine Seekiste.«

»Und der Inhalt?« Kröger schritt zu dem ominösen Behälter.

»Kann ich dir nicht sagen. Und halt bitte ein wenig Abstand.«

Abrupt blieb Kröger stehen. »Ist das Ding gefährlich?« Er schaute zuerst zum Behälter, dann zu Dr. Brauner, der die Schultern zuckte.

»Hast ja gehört, von außen ist nichts feststellbar, aber um den Inhalt mache ich mir schon Sorgen.«

»Warum?«

»Nun, wenn diese Kiste wirklich aus der Zeit des so genannten 1000-jährigen Reiches stammt, dann ist Vorsicht angebracht. Irgendetwas Wichtiges wird sie schon enthalten, und wichtige Sachen sichert man ab. Wenn wir Glück haben, enthält sie nur Akten, aber wenn wir Pech haben, irgendwelche Waffenproben … chemischer Art, Giftgas oder biologische Waffen.«

»Schön Schiet!« Unwillkürlich war Kröger einen Schritt zurückgetreten. »Biologische Waffen oder Giftgas? Kann uns das heute noch gefährlich werden?« Er schaute zu dem Gerichtsmediziner, der sich wieder dem Skelett gewidmet hatte.

»Ja, Horst. Eindeutiges Ja! Noch heute werden wiederholt Überreste von chemischen Kampfstoffen, die nach dem Zweiten Weltkrieg in der Ostsee versenkt wurden, angespült, und leider führen sie immer noch zu Verletzungen. Phosphor ist einer dieser Stoffe. Du glaubst, Bernstein gefunden zu haben, steckst dir den Brocken in die Tasche und nach einigen Augenblicken brennt der Phosphor lichterloh. Letztes Jahr hat sich auf diese Weise ein Urlauber auf Usedom schwerste Brandverletzungen zugezogen.«

»Und das 50 Jahre nach dem Krieg.« Auf Krögers Stirn bildeten sich Unmutsfalten.

»Ja, unsere Eltern und Großeltern hätten sich 1945 wohl nicht träumen lassen, dass die Hinterlassenschaft des Dritten Reiches noch 1995 ein Problem sein würde.« Der Gerichtsmediziner war aufgestanden. Sein Knie gab ein knackendes Geräusch von sich. »Also, ich bin erst mal fertig. Ich kümmere mich dann um den Abtransport, einverstanden?«

Dr. Brauner und Kröger stimmten zu.

»Bis wann kann ich eure Berichte haben?« Krögers Blick wanderte von einem zum anderen.

Dr. Brauner lachte auf und der Gerichtsmediziner zeigte dem Kriminalisten ungeniert einen Vogel. »Geduld sollst du haben, Horst, Geduld! Und nicht jetzt schon nach dem Bericht gieren.«

»Man wird doch mal fragen dür…«

»Fragen darfst du, aber auch die Antwort respektieren. Ach, ihr Beamten …« Er machte eine wegwerfende Handbewegung und ging in Richtung des Ausganges.

Dr. Brauner lächelte Kröger an. »Wo er recht hat …, nur das mit den Beamten, das hätte er nicht sagen sollen.« Dann widmete er sich erneut dem rätselhaften Behälter. Kröger ging schmunzelnd dem Arzt hinterher.

Dr. Hüpenbecker stand vor dem Kellereingang und zündete sich eine Zigarette an.

»Auch eine?« Er hielt dem Ermittlungsbeamten die Schachtel hin.

»Nee, lass mal sein. Deinetwegen fang ich nicht wieder an.« Kröger streifte sich den Anzug ab. »Und du als Arzt?«

Dr. Hüpenbecker nahm einen tiefen Zug und meinte:

»Ja, ja, ich weiß. Irgendwann werden diese Sargnägel mich umbringen, aber ein Laster muss der Mensch ja haben.«

Kröger knüllte den Schutzanzug zusammen und schaute sich um, wo er ihn lassen könnte.

»Gib schon her!« Der Arzt trat die Zigarette aus und nahm Kröger das Bündel aus der Hand. »Ich sag's ja – Beamte.«

»Pass mal auf, mein Lieber. Das werden wir auf der Tatami klären.«

»Gerne, Sportsfreund Kröger. Judotraining Mittwochabend – aber komm diesmal bitte. Hast schon die zwei letzten Trainingstage verpasst.« Er verbeugte sich vor Kröger, der den Gruß erwiderte.

Der Kriminalist blickte sich suchend nach seinem Kollegen um. Vollert kam soeben aus dem Bauwagen und ging auf ihn zu.

»Und?«

»Na ja, ein Werner Peters fand das Skelett, zusammen mit dem Lehrling Alexander Rudnik. Die beiden gaben an, seit sieben Uhr den Gewölbeteil freigelegt zu haben. Es handelt sich um einen Raum von etwa drei mal vier Metern, der irgendwann in der Vergangenheit zugemauert wurde. Der Lehrling hat dann uns informiert, und zwar rief er vom Büro des Bürgermeisters an. Betreten haben sie den freigelegten Raum nicht.«

Kröger musste heftig niesen. Der Kellerstaub forderte seinen Tribut.

»Gesundheit!«

Heftig schnäuzend dankte er. »Wem gehört das Gebäude?« Kröger verstaute sein Taschentuch in der Hosentasche.

»Das konnten mir die zwei nicht sagen, irgendeiner Gesellschaft.«

»Und sonst jemand, der uns darüber Auskunft geben könnte?«

»Zurzeit nicht! Der Polier ist unterwegs, muss irgendein Werkzeug besorgen. Ich habe mir aber die Telefonnummer des Baubetriebes geben lassen. Und bei dir?«

Kröger setzte seinen Kollegen ins Bild. Sie gingen zur Staatsanwältin hinüber, die abseits im Schatten der Ulmen wartete und die wachsende Schar Neugieriger im Auge behielt. »Schauen Sie, endlich was los im Dorf.«

Kröger und Vollert informierten sie über die ersten Ermittlungsergebnisse. Sie beschlossen, die Berichte der Spurensicherung und des Gerichtsmediziners abzuwarten.

4

In der Dienststelle angekommen, hieß es für Kröger und Vollert erst einmal, routinemäßig Papier auszufüllen. Die Anfertigung der Berichte nahm den restlichen Vormittag in Anspruch. Nach einem schnellen Mittagessen musste noch ein anderer Fall abgeschlossen werden, damit dieser anderentags der Staatsanwaltschaft übergeben werden konnte.

Am Morgen darauf meldete sich Dr. Hüpenbecker bei den Ermittlern. Er hatte einen vorläufigen Bericht angefertigt, wollte diesen aber gern mit den Kriminalisten persönlich durchsprechen. Kröger versprach ihm einen ordentlichen Kaffee.

Mit blassem Gesicht betrat der Mediziner das Dienstzimmer.

»Mensch, wie siehst du denn aus! Schlecht geschlafen?« Kröger musterte Hüpenbecker besorgt.

»Fast gar nicht«, winkte der ab und ließ sich auf einen der Stühle fallen. »Ich habe mich euretwegen durch Berge von Fachliteratur gearbeitet, um den Bericht fertigzubekommen.« Er rieb sich die Augen und schob Kröger einen dünnen Hefter zu. Vollert stellte ihm eine frisch gebrühte Tasse Kaffee hin. Behutsam pustete der Gerichtsmediziner in das Getränk, um dann vorsichtig einen Schluck zu nehmen. »Das tut gut! Also ehrlich, Kaffee kochen könnt ihr.«

»Das freut uns, nicht wahr, Carsten?«

Der nickte nur und Kröger fuhr fort: »Und was kannst du uns über das Skelett sagen?«

»Einiges – steht auch alles in meinem Bericht.« Der Arzt trank noch einen großen Schluck.

»Schön«, Kröger beugte sich nach vorn, »jetzt gesteh, du bist nur zu uns gekommen, um mal einen Tapetenwechsel zu haben.«

Dr. Hüpenbecker musterte Kröger und antwortete dann: »Wenn du mich schon so verhörst: Die Tasse Kaffee war der Grund. Meiner ist gerade alle.«

»Na toll, aber jetzt mal im Ernst.«

»Okay, das Skelett war sehr gut erhalten. Ich brauchte nicht einmal ein Gipsbett für den Transport anzufertigen.« Er trank und fuhr dann fort: »Wie schon vermutet, handelt es sich um das vollständige Skelett eines Mannes. Er war zu Lebzeiten etwa einen Meter und 82 Zentimeter groß und wog ungefähr zwischen 70 und 80 Kilogramm. Die Knochen zeigen keine Auffälligkeiten, bis auf eine verheilte Fraktur der Elle und der Speiche. Diesen Bruch muss er sich als Kind zugezogen haben. Er hatte ein sehr gut gepflegtes Gebiss mit einem Goldzahn. Keine Mangelernährung feststellbar und er hat weder körperlich schwere Arbeit verrichtet noch Leistungssport betrieben.« Zufrieden lehnte er sich zurück und genoss den Rest Kaffee, der sich noch in der Tasse befand.

Kröger schaute überrascht auf den Gerichtsmediziner und Vollert pfiff leise anerkennend durch die Zähne.

»Das hast du alles aus ein paar Knochen gelesen?« Kröger griff zum Hefter. »Aber zur Todesursache kannst du nichts sagen? Was ist mit dieser Fraktur am Schädel?«

Dr. Hüpenbecker lächelte. »Ist wahrscheinlich die Todesursache. Wahrscheinlich deshalb, weil auch etwas anderes zum Exitus geführt haben könnte. Bei so wenig Material …«

»Gift?«

»Zum Beispiel, oder sonst was. Ich kann es nicht weiter eingrenzen. Was ich euch sagen kann: Die Person, die zuschlug, war kleiner als der Tote oder dieser stand erhöht, und der Schlag wurde mit einem runden, länglichen Gegenstand mit ziemlicher Wucht ausgeführt. Mit einem Rohr vielleicht oder mit einer Brechstange, irgendwas in der Art.« Dr. Hüpenbecker zeigte seine leere Tasse vor. »Wenn es nicht unverschämt ist: Hättet ihr noch einen Kaffee für mich?« Er gähnte herzhaft.

Wortlos stand Vollert auf, nahm dem Arzt die Tasse aus der Hand, setzte den Wasserkocher in Betrieb und wusch ihre Tassen ab. Kröger schaute währenddessen den Hefter durch. Der Bericht war knapp, aber präzise gehalten. Fotos der einzelnen Knochen waren als Ergänzung und Erklärung eingefügt.

»Nun verrat uns aber mal, wie du das alles aus den Knochen lesen kannst.« Kröger tippte auf eines der Fotos, auf dem das vollständige Skelett zu sehen war.

»Ich lese nicht aus Knochen. Du kannst vielleicht im Kaffeesatz lesen, das hier ist aber reine Wissenschaft. Schau, hier«, er nahm Kröger den Hefter aus der Hand, »die Größe kann man hochrechnen. Du setzt das Skelett zusammen und gibst zehn bis elf Zentimeter für Muskeln und Gewebe dazu, zur Kontrolle dient einer der Oberschenkelknochen. Dessen Länge mit sieben multipliziert ergibt bei einem Mitteleuropäer, wie du und ich es sind, dann die Größe.«

Vollert stellte eine neue Tasse Kaffee vor Dr. Hüpenbecker auf den Tisch.

»Danke, Carsten! Machen wir weiter … Das Gewicht kann man errechnen aufgrund von Spuren an den Knochen und Gelenken, ebenso erkennt man eventuelle

Erkrankungen, die auf falsche oder unzureichende Ernährung zurückzuführen sind. Sport und körperliche Arbeit hinterlassen auch Spuren an den Gelenken, und das Alter lässt sich anhand der Knochenverwachsungen, der Degeneration und auch der Zähne gut bestimmen. Da die Hinterhauptfraktur prämortaler Art ist, deutet alles auf sie als Todesursache. Habt ihr sonst noch Fragen?« Vorsichtig nahm er die heiße Tasse, um einen Schluck zu trinken.

»Was kannst du uns zur Todeszeit sagen?«

»Nichts! Ich kann nicht einmal die Liegezeit konkretisieren. Es gibt zurzeit keine Methode, die eine halbwegs genaue Datierung der Liegezeit bei knöchernen menschlichen Überresten der letzten 100 Jahre zulassen würde.«

»Nicht mal ansatzweise?«

»Nein.« Der Gerichtsmediziner schüttelte sein ergrautes Haupt. »Wir können sagen, ob es 10 000 Jahre sind oder 100 000 Jahre, aber nicht auf das Jahrzehnt genau. Selbst bei Funden von ein und demselben Friedhof ist das nicht möglich. Wenn ihr zwei eine Methode entwickeln solltet, die Wissenschaft wäre euch dankbar.«

»Leider müssen wir da passen, Herr Doktor.« Vollert hatte diesen Satz gesprochen, denn Kröger war völlig in Gedanken versunken.

»Der Meister denkt wohl?« Dr. Hüpenbecker sprach leise, so als wollte er Kröger nicht stören.

»Ja. Er probiert öfter neue Sachen aus. Heute mal das Denken.« Vollert grinste, als hätte er einen besonders guten Witz gerissen.

»Ich werd' euch gleich …! Ich glaube, ich muss dich an dein Unterstellungsverhältnis erinnern, Kollege.« Und zum Gerichtsmediziner gewandt: »Und du trink deinen Kaffee, sonst wird er noch kalt.« Dann griff er sich das

Telefon und rief im Labor der Spurensicherung an. Das Gespräch war kurz. Viel konnten die Mitarbeiter der Spusi noch nicht sagen. Kröger musste seinen ganzen Charme aufbieten, um überhaupt einige Antworten zu bekommen. Als er auflegte, hatte er die Stirn krausgezogen.

»Die vom Labor sagen, die Stoffreste und die Knöpfe gehören zu einer SS-Uniform. Viel mehr haben sie noch nicht. Außer, dass sie noch eine Kartentasche unter den Stoffresten gefunden haben. Der Tote muss direkt darauf gelegen haben.« Er nahm sich ein Blatt Papier. »Die Kollegen von der Spusi geben an, dass diese Art von Uniform 1937 eingeführt wurde. Wenn wir davon ausgehen, dass niemand Anfang Mai 1945 mehr so rumlief, dann haben wir acht Jahre. Acht Jahre, auf die wir uns konzentrieren können, oder hast du als Arzt eine andere Meinung?«

Dr. Hüpenbecker setzte die Tasse ab, überlegte einen Augenblick und schüttelte den Kopf. »Ich kann dir nur ein Zeitfenster nennen.«

»In Ordnung!« Kröger nickte. Er hatte Verständnis für Hüpenbeckers Vorsicht und achtete die Meinung des Rechtsmediziners. »Wir setzen dann den Zeitraum von 1937 bis Mai 1945 als Arbeitshypothese an.«

»Ich würde den Zeitraum nach September 1939 legen, bis Kriegsende.« Vollert schaute von einem zum anderen.

»Begründung?« Kröger hatte den Stift, mit dem er sich Notizen machte, weggelegt.

»Nun, ich stelle mir vor …, also wenn 1937 ein SS-Mann verschwand, das muss doch aufgefallen sein.«

»1939 nicht?«

»Da war Kriegsbeginn!«

»Richtig, aber trotzdem verschwanden auch schon vorher Menschen, und dass es sich um einen SS-Mann handelt, ist auch nur hypothetisch. Wir haben zu wenige Anhaltspunkte, und ich glaube nicht, dass die Staatsanwaltschaft uns mit weiteren Ermittlungen beauftragt. Also, wir nehmen als Hypothese den Zeitraum von 1937 bis Kriegsende. Dein Einspruch wird abgelehnt, Carsten.«

Der nickte und fragte dann den Arzt: »Der Zahnstatus, würde der uns weiterhelfen?«

»Wenn ich Vergleichsmaterial hätte, dann schon, aber so? Wobei …«

»Ja?«

»Die stomatologischen Arbeiten waren von hoher Qualität. Da wurde Gold verwendet und die Zähne sind in einem sehr guten Zustand. Die wurden gepflegt!« Er stand auf, gähnte herzhaft und verabschiedete sich.

»Viel konntest du ja noch nicht sagen.« Kröger sah enttäuscht aus.

»Du wirst es überleben, Horst. Wenn du heute Feierabend machst, dann schalt ab und lass dich von deiner Frau mal so richtig verwöhnen.«

Vollert lachte kurz auf: »Oh ja, das wird unserem Strohwitwer richtig guttun!«

»Wieso Strohwitwer?« Der Gerichtsmediziner schaute von einem zum anderen.

»Meine Frau ist seit gestern in Schweden, mit ihrer Schulklasse. Sonst noch Fragen?« Krögers Lächeln wirkte gequält.

Vollert, der um den Gemütszustand seines Kollegen wusste, versuchte ihn aufzuheitern: »Sind doch nur noch wenige Tage, dann kannst du deine Frau wieder in die Arme schließen.«

»Sicher, heute ist ja schon Dienstag und am Sonntag ist mein geliebtes Weib wieder bei mir. Danke für den Trost!«

»Horst, ehrlich gesagt, ich wäre froh, wenn meine Frau mich mal eine Woche allein lassen würde.« Dr. Hüpenbecker grinste bei diesem Satz, als hätte er einen schlüpfrigen Witz gerissen.

»Ja, *du*! Mach es doch wie Kollege Schneider, ein Lehrgang jagt den nächsten.«

Kröger zeigte auf den verwaisten Schreibtisch, der in der einen Ecke des Büros stand.

»Nee, lass mal, dann lieber meine Frau immer um mich rum.« Nach einer kurzen Pause fügte er hinzu: »So, Männer, ich hau jetzt wirklich ab. Wenn es was Neues gibt, lass ich es euch wissen.« Er schüttelte beiden die Hand und schloss hinter sich leise die Bürotür.

Vollert sah ihm nach. »Wann kommt Schneider wieder?«

»Übermorgen haben wir wieder das Vergnügen mit unserem Kollegen.«

»Vergnügen ist gut! Können wir ihn nicht gleich zum nächsten Lehrgang …«

»Bestimmt nicht! Der Chef hat mich schon diesmal gefragt, ob unsere Abteilung nur diesen einen Kollegen hat, und als ich ihm antwortete, dass wir zurzeit nur auf diesen einen verzichten könnten, schien er gerade auf eine Zitrone gebissen zu haben.«

»Aber das stimmt doch! Auf Schneider können wir getrost verzichten. Ob der nun da ist oder nicht, die Arbeit müssen doch eh wir erledigen.«

»Nun mach ihn nicht ganz so schlecht.« Auf Krögers Stirn bildeten sich Falten. »Er hat seine Ecken und Kanten wie wir alle. Schau mal«, setzte er schnell hinzu, als er sah, dass Vollert antworten wollte, »er ist nicht der beste Kriminalist, zugegeben, aber du hast persönliche Probleme mit ihm und das ist nicht gut. Klär das endlich mal mit ihm.« Er war aufgestanden und blickte Vollert direkt an.

Der winkte ab. »Ich akzeptiere Mitarbeiter, die ihre Arbeit 100-prozentig erledigen. Die Kollegen aus Berlin waren damals bestimmt froh, als sie Schneider zu uns delegieren konnten.«

»Red doch kein Blech.« Die Falten auf Krögers Stirn vertieften sich.

»Dich stört, dass er aus der Großstadt kommt, eine andere Vita hat als wir und dass er ein Selbstbewusstsein an den Tag legt, wie wir es nicht kennen.«

»Quatsch!« Vollert tippte sich mit dem Finger an die Stirn.

»Was mich stört, ist seine Art. So von oben herab, und dann, sei mal ehrlich, der Hellste ist Schneider nicht.«

Krögers Stirn glättete sich und die Grübchen in den Wangen vertieften sich wie immer, wenn er lächelte.

»Wer ist das schon? Wir haben alle unsere Schwächen, und man muss die Menschen nehmen, wie sie sind. Und glaub mir, doof ist Schneider nicht.«

Vollert musterte seinen Kollegen. »Deine Einstellung möchte ich haben, immer nur das Gute im Menschen zu sehen.«

Kröger lachte auf. »Ich bin Optimist.«

»Optimist, so, so. Und warum konnten wir nicht Roggenthin vom Einbruchsdezernat bekommen? Ein erstklassiger Mann.«

»Und mit dem würdest du besser klarkommen?« Er tippte Vollert auf die Brust.

»Na klar! Und weißt du, warum?«

»Weil er aus Hamburg und nicht aus Berlin ist?«

»Weil er seinen Job erstklassig macht.«

»Und das kannst du beurteilen? Auch Roggenthin wird Fehler haben, so wie du und ich. Sprich dich mit Schneider aus, wenn er wieder da ist.«

Als Vollert zur Antwort ansetzte, unterbrach Kröger ihn erneut.

»Keine Widerrede, bitte. Sobald Schneider vom Lehrgang wieder da ist, rede mit ihm. Und jetzt komm!« Er schlug Vollert krachend auf die Schulter.

»Lass uns noch mal nach Reedich fahren.«

Die Fahrt verlief schweigsam, beide hingen ihren Gedanken nach. Kröger war innerlich bei seiner Frau und spürte einmal mehr, wie sehr er sie vermisste, und Vollert dachte über diesen seltsamen Fall nach. Keiner von ihnen hatte einen Blick für die Natur, obwohl die Felder, an denen sie vorbeifuhren, quittengelb leuchteten, der Raps stand in voller Blüte.

Der betäubende, süße Duft drang schließlich in das Fahrzeuginnere und weckte in Kröger Assoziationen zu frischen Brötchen mit Honig. Jetzt nahm er die Umgebung wahr. Er liebte diese Jahreszeit. Die Natur war verschwenderisch mit Farben und Düften und entschädigte für den langen Winter. Die Alleebäume prangten in frischem Grün und die Sonne zeichnete eigenartige Schattenspiele auf den Asphalt. Es war kaum Verkehr und so kamen sie zügig voran.

Gelb wie der Raps leuchtete auch das Ortseingangsschild von Reedich. Vollert verminderte die Geschwindigkeit, blinkte und bog in das Dorf ein. Stille herrschte im Ort, nur ein Hahn krähte irgendwo.

»Zum Schloss!« Kröger zeigte nur kurz mit der Hand die Richtung. Vollert nickte und steuerte den Wagen zum

Gutshaus. Sie fuhren bis kurz vor den Eingang. Aus den oberen Stockwerken drang Baulärm.

Vom angrenzenden Park her näherte sich ein Maurer. Durch seine weiße Kluft und die darauf befindlichen Mörtelreste war er schon von Weitem als solcher erkennbar. Als er die Kriminalisten bemerkte, wurde sein Schritt langsamer. Misstrauisch beäugte er sie.

»Suchen Sie wen?« Er hielt drei Schritte Abstand.

»Ja. Den Vorarbeiter und Ihren Kollegen Peters.« Kröger hatte sich dem Maurer zugewandt.

»Moment mal.« Der Mann legte eine Hand an den Mund und rief dann in einer markerschütternden Lautstärke: »Heiner! Heiner, dein Typ wird verlangt!«

Sekunden später tauchte an einem der oberen Fenster ein Gesicht auf.

»Wat bölkst'n du, Schröder?«

»Hier, die beiden wollen zu dir!« Schröder zeigte auf die Beamten.

»Sollen warten, ich komm runter!« Der Kopf verschwand wieder.

»Sie sollen warten, er k…«

»Wir haben es gehört«, unterbrach Kröger den Mann. Der zuckte die Schultern und stapfte den Eingang hinauf. Einen Augenblick später kam der Vorarbeiter herausgestürzt.

»Was gibt's?«

Kröger und Vollert wiesen sich aus.

»Ach nee, die Arbeitsverhinderer.« Der Mann stemmte die Arme in die Seiten.

Kröger schaute ihn fragend an. »Warum sind wir Arbeitsverhinderer?«

»Weil ich Ihretwegen den ganzen Bauablauf ändern

musste! Oder haben Sie nicht dafür gesorgt, dass der Keller versiegelt wurde und wir deswegen in den Obergeschossen arbeiten müssen?«

»Das schon, aber w…«

»Papperlapapp!« Er machte eine wegwischende Handbewegung. »Lassen Sie uns unsere Arbeit tun. Geben Sie den Keller frei und wir werden Freunde.«

»Wenn Sie uns unsere Arbeit machen lassen, dann werden Sie auch bald wieder in den Keller können.« Kröger ging einen Schritt auf sein Gegenüber zu.

Der Vorarbeiter schaute von einem zum anderen und nahm dann seinen gelben Bauhelm ab. Eine im Sonnenlicht spiegelnde Glatze kam zum Vorschein, die im Kontrast zu seinem roten Vollbart stand. Aus der Tasche holte er ein kariertes Taschentuch, das Kröger von der Größe her an ein Geschirrtuch erinnerte. Mit kräftigen Bewegungen wischte er sich über den haarlosen Oberkopf und versuchte dann, auch das Schweißband des Helmes trocken zu bekommen. Scheinbar zufrieden musterte er das Ergebnis, dann steckte er das Tuch wieder in die Hosentasche zurück.

»Können Sie mir sagen, wann meine Leute wieder im Keller arbeiten können?«

»Das entscheidet die Staatsanwaltschaft, aber ich kann nachfragen, wenn Sie es wünschen.«

»Staatsanwaltschaft …« Nachdenklich sprach der Vorarbeiter das Wort aus. »Arbeitet da nicht die kleine Hübsche?«

»Wenn Sie Frau Meinke meinen, dann haben Sie recht.«

»Wie sie heißt, weiß ich nicht, aber niedlich ist sie. Wenn Sie ’ne Telefonnummer haben, dann frag ich selber mal nach, will Ihnen ja keine unnötige Arbeit machen.«

»Ja, sicher! Hier haben Sie die Karte von der Dame, aber Vorsicht!« Grinsend gab Vollert ihm die Visitenkarte der Staatsanwältin.

»Wieso, ist sie verheiratet?« Er schaute auf die Karte.

»Meinen Sie, dass die Staatsanwältin in diesem Falle Ihre Frage zur Arbeitsaufnahme anders beantworten wird?« Vollerts Grinsen wurde immer breiter.

»Äh, … natürlich nicht. War ja nur 'ne Frage.« Vorsichtig steckte der Bauarbeiter die Visitenkarte in die Brusttasche seines Oberhemdes.

»Was ich Sie fragen wollte«, Kröger schaute den Mann an, »wer ist auf die Idee gekommen, gestern den Gewölbeteil freizulegen?«

»Unser Zeitplan oder, um genauer zu sein, der Architekt in Abstimmung mit unserem Chef.«

»Dass ein Stück des Kellers zugemauert ist, war bekannt?«

»Ja. Im Bauwagen habe ich eine Zeichnung, darauf ist die Wand eingezeichnet. Ansonsten hätten Peters und der Lehrling nicht den Auftrag bekommen, die Wand wegzureißen.«

»Können Sie was zu der Art und Weise, wie gemauert wurde, sagen? Oder zum Alter dieser Wand?«

»Nee, kann ich nicht. Als ich hier wieder aufschlug, … also ankam, da durfte ich nicht mehr in den Keller. Ihre Kollegen ließen keinen rein. Wir haben nur noch auf Wunsch der kleinen Staatsanwältin eine provisorische Außentür eingebaut, aber Peters kann Ihnen da bestimmt mehr sagen. Wollen Sie ihn sprechen?«

Kröger nickte.

Der Vorarbeiter ließ einen kurzen, lauten Pfiff ertönen. Vollert verzog das Gesicht. Er hasste es, wenn man nach Leuten pfiff wie nach Hunden. Doch die Bauleute schienen auf diese Art der Kommunikation trainiert: Ein Gesicht tauchte an einem der Fenster auf.

»Schick Peters runter, sein Typ wird verlangt!«

Wortlos verschwand das Gesicht. Einen Augenblick später kam Peters die Freitreppe hinunter. Kröger konnte keinerlei Überraschung in seinem Blick sehen. Scheinbar hatte er mit dem Besuch der Beamten gerechnet.

Der Vorarbeiter schaute Peters wütend entgegen. »Wo ist dein Helm?«, schrie er ihn an.

»Der fällt mir dauernd vom Kopf … Ich stemm doch die Durchbrüche«, rechtfertigte sich Peters leise.

»Ja, und? Wenn der Arbeitsschutz wieder auftaucht, dann zahlst du das Bußgeld. Ich red' mir doch nur das Maul fusselig.« Ärgerlich winkte er ab.

Aus dem Schloss hörte man Gepolter und jemand fluchte.

»Brauchen Sie mich noch?« Der Vorarbeiter drehte seinen Helm in den Händen und schaute zu Kröger.

»Nein, zurzeit nicht. Gehen Sie ruhig.«

Der Verabschiedete stülpte den Helm auf den Kopf und lief los.

»Übrigens, sie ist ledig!«

Vollerts Ruf ließ ihn kurz anhalten. Verständnislos schaute er zum Ermittler. Dann überzog ein Lächeln sein Gesicht. »Danke!« Er tippte mit zwei Fingern an den Helm und stürmte die Freitreppe hinauf ins Schloss.

»So, jetzt zu uns, Herr Peters.« Kröger begrüßte den Mann freundlich und begann das Gespräch mit einem Lächeln. »Wir haben ein paar spezielle Fragen an Sie. Als Sie die Mauer eingerissen haben, ist Ihnen da etwas aufgefallen?«

Der Maurer schüttelte den Kopf. »Nee, was soll mir da aufgefallen sein?«

»Na, uns interessiert, ob Sie uns was zu dieser Mauer sagen können. Sie als Fachmann, Sie können doch bestimmt etwas erklären zum Alter oder zur Beschaffenheit. Hat ein Spezialist oder ein Laie die Wand gezogen?«

»Ach so!« Er überlegte kurz. »Also, zum Alter kann ich nicht viel sagen. Alt war die Mauer, aber wie alt genau, ist schwer abzuschätzen. Und ein Fachmann hat die nicht hochgezogen.«

»Warum?«

»Die Fugen waren krumm und schief. Die Ziegel lagen zwar im Verband, aber das war es dann auch schon. Und der Putz, der noch dran war, schien mir auch nur so rangeklatscht worden zu sein.«

»Mmh, dann ließ sich die Wand wohl zügig abreißen?«

»Nee, ganz im Gegenteil. Derjenige, der gemauert und geputzt hat, hat an Zement nicht gespart. Kaum Kalk, aber viel Zement, auch so'n Fehler, den Laien gern machen.«

»Und über das Alter können Sie nichts Konkretes sagen?«

»Nee, beim besten Willen nicht.« Peters schüttelte den Kopf.

»Falls Ihnen noch etwas einfällt, hier meine Karte.« Kröger verabschiedete sich und der Maurer lief zurück ins Schloss, wo nach dem Lärm der letzten Minuten Stille eingezogen war.

Die Ermittlungsbeamten begutachteten noch die provisorische Tür, die auf Anweisung der Staatsanwältin eingebaut worden war. Das Siegel war unverletzt, und obwohl die Tür nur vorübergehender Art war, hatten die Männer gute Arbeit geleistet.

Kröger und Vollert gingen um das Gutshaus herum, das am Rande eines kleinen Sees stand. Blesshühner zogen im Wasser ihre Runden. Wenn das Gebäude und das umliegende Gelände einmal fertig waren, musste sich dem Betrachter ein traumhafter Anblick bieten. Jetzt konnte man nur erahnen, welch ein Kleinod dieses Schloss sein würde.

Die Baustelle blieb hinter ihnen zurück. Aus der Ferne drang das Tuckern eines Traktors, der seine Runden auf dem Acker drehte, zu ihnen herüber. Vögel zwitscherten und die Sonne brach sich in den Zweigen der großen Bäume, meist Buchen und Kastanien.

Im Gebüsch, gleich neben dem Weg, ertönte Gekicher. Vollert, der auf das Gesträuch zuging, blieb plötzlich stehen und rief: »Rauskommen, aber ein bisschen fix!« Mit dem Daumen zeigte er die Richtung an. Zwei Mädchen, etwa zehn bis zwölf Jahre alt, stolperten kichernd und, wie es schien, verlegen auf den Weg.

»Habt ihr keine Schule heute?«, begann Vollert das Verhör.

Die beiden Kinder wurden rot, schauten sich gegenseitig an und ihr Kichern wurde noch intensiver.

»Na, ihr solltet meine sein!« Vollert baute sich vor den beiden auf.

»Sind wir aber nicht!« Die Kleine, die sprach, hatte Sommersprossen auf der Nase und schaute keck zu dem Beamten empor. Dessen Stirn legte sich in Falten.

»Na, da schlag doch einer hin …! Gibt es hier im Ort einen Bürgermeister?«

Die Kinder blickten erschrocken drein. Das eine nickte.

»Und wo wohnt der?«

»Na, im Dorf! Der wohnt doch nicht hier im Park!«

Vollert kniff jetzt ein Auge zu und taxierte die Mädchen. Sie drehten sich blitzschnell um und liefen davon. »Im gelben Haus!«, rief das eine ihnen über die Schulter zu. Dann verschwanden sie, laut gackernd wie zwei Hühner, hinter einer Wegbiegung.

»Na, das waren ja zwei Grazien.« Vollert schüttelte den Kopf. »Schwänzen wahrscheinlich die Schule und ziehen hier die große Show ab.«

»Nicht ärgern«, meinte Kröger schmunzelnd. »Lass uns lieber zurücklaufen und den Bürgermeister suchen. Hast ja gehört – im gelben Haus wohnt er.«

Sie gingen den kurzen Weg zu ihrem Wagen. Im Schloss war jetzt wieder der Baulärm in voller Lautstärke zu hören. Langsam fuhren sie in Richtung Dorf.

Reedich lag verlassen da. Vereinzelt scharrten einige Hühner oder badeten ihr Gefieder im Sand. Keiner der Dorfbewohner war zu sehen. Wahrscheinlich standen sie hinter den Gardinen und beobachteten die Beamten heimlich, wie sie langsam durch den Ort rollten.

Ein leuchtend gelbes Haus war ihr Ziel. Als sie ausgestiegen waren, schaute Kröger zur Sicherheit die Dorfstraße noch einmal hinauf und hinunter, doch er konnte kein weiteres Haus in diesem Farbton entdecken. Also gingen sie in Richtung des Eingangstores.

›Hausmann‹ las Vollert auf dem Briefkastenschild. Es gab draußen keine Klingel, also öffnete er das Tor und beide gingen den kurzen Weg, der von Blumen unterschiedlicher Art flankiert wurde, in Richtung Hauseingang. Hier entdeckten sie eine Klingel und Vollert drückte sie. Einen Augenblick später öffnete eine grauhaarige Frau die Tür und schaute verunsichert erst zu Vollert, dann zu Kröger.

»Ja, bitte?«

»Frau Hausmann?«

»Ja …«, kam es vorsichtig. Die Frau behielt die Tür fest in der Hand.

»Frau Hausmann, wir kommen …«

»Danke, ich kaufe nichts und versichert sind wir auch sehr gut!« Sie wollte die Tür wieder schließen.

»Einen Moment bitte!« Kröger mischte sich ein. »Wir sind von der Polizei. Genauer gesagt, Kriminalpolizei.«

Die Tür wurde neuerlich einen Spalt geöffnet. Vollert zeigte seinen Dienstausweis, den die Dame des Hauses lange studierte.

»Sie müssen entschuldigen, aber in letzter Zeit …« Sie vollendete den Satz nicht, als müssten die beiden Beamten Bescheid wissen. »Polizei? Sie kommen wegen dem Toten vom Schloss?«

Vollert und Kröger nickten.

»Und wie kann ich Ihnen weiterhelfen?«

»Wir wollten zum Bürgermeister! Sind wir da richtig?« Kröger war herangetreten und schaute fragend auf die Frau.

»Ja und nein. Mein Mann ist der Bürgermeister.« Stolz schwang in der Stimme mit. »Aber er ist nicht da, er ist in Kronenvitz, beim Bau.«

»In Kronenvitz?« Kröger versuchte, sich eine Karte der umliegenden Gemeinden ins Gedächtnis zu rufen. »Das liegt da?« Er deutete in die vermutete Richtung.

Die Frau öffnete die Tür ganz, trat ein Stück heraus und zeigte den beiden die genaue Richtung.

»Sie sagten, er wäre am Bau?«, hakte Kröger nach.

»Ja, gleich am Ortseingang, auf der rechten Seite. Der ehemalige Kälberstall mit der großen Scheune. Der wird umgebaut. Mein Mann hatte die Idee.« Hörte man vorher schon Stolz in der Stimme der Frau, so sagte sie den letzten Satz, als spräche sie ihren Mann heilig. Die Männer bedankten sich und gingen wieder zu ihrem Auto. Die Frau des Bürgermeisters schaute ihnen nach, bis sie außer Sichtweite waren.

Kronenvitz war nur einen Kilometer von Reedich entfernt. Die Straße, die beide Orte miteinander verband, empfand Vollert nun wirklich als Zumutung. Keine wunderschöne Allee, wie sie nach Reedich führte, nein, eine einfache Asphaltpiste musste er befahren, gespickt mit Schlaglöchern, die jeden Winter größer wurden, eine Straße ohne Chausseebäume, vorbei an Feldern links wie rechts.

Schon von Weitem bemerkten sie die große Feldscheune und die angrenzenden Stallungen. Mehrere Baufahrzeuge entluden ihre Last. Vollert parkte am Straßenrand und sie gingen die wenigen Schritte zu Fuß weiter.

Am Rand der Baustelle standen mehrere Männer zusammen und beobachteten das Treiben. Die Kriminalisten grüßten und fragten nach dem Bürgermeister. Einer der Männer gab sich als dieser zu erkennen. Er war auffallend klein, Vollert überragte ihn um fast zwei Köpfe und auch Kröger konnte bequem über ihn hinwegsehen. Seine ganze Statur war zierlich und Vollert sah sich beim Händeschütteln vor. Doch der Händedruck des Bürgermeisters war kräftig und angenehm.

»Hausmann«, stellte er sich vor.

Kröger erläuterte kurz den Grund ihres Kommens. Hausmann folgte den Erklärungen mit wachem Blick und nickte zu den Worten des Kriminalisten.

»Tja, wollen mal sehen, ob ich Ihnen weiterhelfen kann. Was genau wollen Sie wissen?«

»Nun, Ihre Gemeinde hat das Schloss verkauft. Uns interessiert als Erstes, an wen veräußerten Sie die Immobilie?«

»Es handelt sich um eine GmbH, die aus dem ehemaligen Gutshaus ein Hotel machen will, mit Golfplatz, Reitsportmöglichkeiten und so weiter.«

»Wann war der Verkauf?«

»Letztes Jahr, genauer gesagt, im September. Es dauerte so lange, da wir als Gemeinde noch nicht als Eigentümer im Grundbuch standen.«

»Sondern wer?«

»Na, der Herr von Schleyersdorf, ein entfernter Verwandter der ehemaligen Gutsbesitzer. Gleich nach der Wende legte die Treuhand ihre Hände auf das Haus und das ganze Grundstück. Herr von Schleyersdorf hörte davon, stellte daraufhin einen Antrag auf Rückübertragung, er war wohl der einzige Erbe, und nachdem er Eigentümer von Grund und Boden war, überschrieb er alles der Gemeinde.«

»Zu welchem Preis?«

»Für die symbolische eine Mark.«

»Aber ich darf doch annehmen, dass der Wert der Immobilie höher anzusetzen ist?«

»Ja, aber Herr von Schleyersdorf wollte keinen Gewinn erzielen. Er fand es sogar amüsant, uns das Objekt praktisch zu schenken.«

Kröger schüttelte den Kopf. »Dass es solche Wohltäter noch gibt! Und ich dachte, heute regiert nur noch der schnöde Mammon.«

Jetzt schüttelte der Bürgermeister den Kopf. »Das hing irgendwie mit der Familie von Schleyersdorf, also mit den Alten, die früher auf dem Schloss lebten, zusammen.

Beim Notar, als der Vertrag aufgesetzt wurde, rieb sich Herr von Schleyersdorf die Hände und meinte, dass die ›braune Brut‹ im Grab jetzt rotiere wie ein Propeller.«

»›Braune Brut‹ sagte er?«

»Ja.«

»Waren die von Schleyersdorf denn Nazis?«

Hausmann zuckte entschuldigend die Achseln. »Genaues weiß ich nicht. Da müsste ich meine Frau fragen, die ist von hier. Ich bin erst 1954 hergezogen.«

»Und das gehörte auch von Schleyersdorf?« Kröger deutete auf die Scheune und die angrenzenden Ställe.

»Teilweise, also die Scheune und ein Stall. Im Herbst 1945 wurde alles im Rahmen der Bodenreform enteignet und ist durch den Einigungsvertrag geschützt. Herr von Schleyersdorf stellte auch keinen Antrag auf Rückübertragung.«

»Mmh, und was machen Sie jetzt daraus?«

»Eine Kulturstätte!«

»Was?« Kröger und Vollert fragten gleichzeitig.

»Ja, Sie haben richtig gehört. Eine Kulturstätte! Kommen Sie mit, ich zeig's Ihnen.« Er machte eine einladende Handbewegung.

Vollert schickte einen heimlichen Blick zu Kröger, der die Augenbrauen nach oben gezogen hatte. »Na, denn man tau!« Kröger schritt hinter dem Bürgermeister her und Vollert folgte.

Die Scheune stand auf einem festen Feldsteinfundament. Aus dieser Art von Feldsteinen waren auch die Seitenwände bis in eine Höhe von etwa einem Meter gemauert. Dann schlossen sich viele Lagen Backstein an. Als Hausmann das große Scheunentor öffnete, tat sich vor ihnen ein riesiger Raum auf. Frei konnte der Blick streifen, von links nach rechts und in die Höhe. Man sah das Dach, getragen von stabilen Holzbalken.

»Das wird unser Festsaal. Hier werden bald Konzerte stattfinden und Lesungen, man kann tanzen oder auch das Ganze als Begegnungsstätte nutzen.« Hausmanns Worte hallten in dem großen, leeren Raum wider.

»Da steckt aber noch viel Arbeit drin!« Vollert stampfte bei diesen Worten mit einem Fuß auf den festgestampften Lehmboden, über den früher Stroh und Getreide getragen wurden.

»Klar, aber es lohnt sich auch. Kommen Sie nur weiter!« Hausmann ging in Richtung eines kleineren Tores, das vermutlich später eingebaut worden war. Er öffnete es und wenige Meter entfernt stand der erste Stall.

»Davon hatten wir acht Stück. Nach dem Krieg gab es nur einen, das war der ehemalige Kuhstall der Herren von Schleyersdorf. Unsere LPG baute die restlichen sieben und züchtete hier Kälber. Jetzt braucht sie keiner mehr und wir haben sie gekauft. Die eine Hälfte wird abgerissen und die anderen vier werden umgebaut.«

Sie gingen die wenigen Meter und Hausmann betrat mit den beiden Beamten den ersten Stall. Handwerker waren an verschiedenen Stellen an der Arbeit. Prüfend zog Vollert die Luft ein. Der Bürgermeister hatte das Schnüffeln des Kriminalisten bemerkt. »Hier atmen Sie keine Stallluft mehr! Und bald wird hier sogar Küchenduft herrschen. Das wird unser gastronomischer Teil des Ganzen. Kultur geht bekanntlich auch durch den Magen.«

»Ja …« Kröger und Vollert schauten sich um. Die Handwerker fingen an, Bretter zurechtzusägen. Der Krach war ohrenbetäubend. Kröger zeigte auf seine Ohren, dann auf die Tür. Hausmann nickte und sie verließen den ehemaligen Stall. Das kreischende Geräusch der sich in das Holz fressenden Säge drang bis nach draußen.

»Herr Hausmann, haben Sie die Adresse von Herrn von Schleyersdorf und gibt es in Ihrer Gemeinde noch Menschen, die während des Zweiten Weltkrieges hier lebten?«

Der Angesprochene überlegte einen Augenblick. »Ja, Anschriften und Telefonnummern habe ich im Büro und ich weiß, dass manch einer unserer Einwohner den Krieg hier im Ort erlebt hat.«

»In Ihrer Gemeinde?«

»Ob sie hier leben oder hier den …?«

»Die Kriegszeit durchgemacht haben«, vollendete Kröger den Satz.

»Ja, auch das! Aber, wie gesagt, da müsste ich ins Büro und meine Frau fragen. Die lebte während des Krieges im Dorf. Wenn Sie mitkommen möchten? Ich wollte sowieso …« Er ließ den Satz unvollendet.

Kröger schüttelte den Kopf, nachdem er einen kurzen Blick auf seine Armbanduhr geworfen hatte.

»Wissen Sie, Herr Hausmann, die Uhr geht auf Mittag, und wie Sie vorhin so schön sagten, Kultur hat auch was mit Essen zu tun. Ehrlich gesagt: Ich habe Hunger. Können wir uns nach dem Mittagessen bei Ihnen im Büro treffen?«

Hausmann schmunzelte: »Klar, kein Problem! Sagen wir, in etwa anderthalb Stunden?«

Kröger nickte. »Wo ist Ihr Büro?«

»Über unserer Wohnung. Am besten, Sie klingeln unten.«

Die Männer verabschiedeten sich und fuhren zurück nach Stralsund, dem Mittagessen entgegen.

5

Pünktlich zur verabredeten Stunde standen sie wieder vor Hausmanns Tür. Beim Mittagessen hatten sie ein kurzes Resümee gezogen. Beide wunderten sich über den Verzicht dieses Herrn von Schleyersdorf auf sein Hab und Gut. Beim Amt für offene Vermögensfragen stapelten sich die Anträge auf Rückübertragung und die Treuhand verkaufte eine Immobilie nach der anderen, doch kaum hatte dieser Herr das Grundstück samt Schloss in seinem Besitz, da verschenkte er es an die Gemeinde. Jeder andere hätte versucht, den größtmöglichen Gewinn aus der Immobilie zu ziehen. Haus und Grundstück waren wieder etwas wert. Vorbei die Zeit, als Hauseigentümer mitleidig belächelt wurden. Die Mieten waren in den letzten Jahren auf ein so hohes Niveau angehoben worden, dass vielen erst jetzt bewusst wurde, was sie in den Jahren davor gespart hatten.

Die Kriminalisten brauchten nicht zu klingeln, der Bürgermeister kam mit einem leeren Eimer hinter dem Haus hervor, als sie näher traten.

»Kommen Sie rein!«, rief er und wieder gingen Vollert und Kröger die wenigen Meter bis zum Haus. »Ich stell nur den Eimer weg. Die Hühner, Sie verstehen?«

Kröger verstand gar nichts von Hühnern, außer, dass sie Eier legten, und Vollert wusste auch nicht viel mehr. Trotzdem nickten beide, als wüssten sie, worum es ging.

Hausmann führte sie in die Wohnstube, in der seine Frau schon saß. Nachdem auch sie Platz genommen hatten, fragte Kröger: »Frau Hausmann, Ihr Mann erzählte uns, dass Sie schon während des Krieges hier lebten. Können Sie uns etwas über die Bewohner des Gutshauses erzählen?«

Die Angesprochene lächelte, wischte sich mit den Händen über den Rock und fragte ihrerseits: »Sie kommen also wegen dem Toten. Was genau wollen Sie wissen? An manches kann ich mich schon erinnern, aber bedenken Sie, ich war damals noch ein Kind. Viel werde ich Ihnen nicht weiterhelfen können.«

Ihr Mann schaute sie lächelnd an und verbesserte: »Schatz, wegen *des* Toten ...«

Sie legte die Stirn in Falten. »Ach, du mit deiner Lehrermacke! Ob wegen dem oder des Toten, tot ist tot, der Fall spielt dabei keine Rolle.«

Kröger schmunzelte. »Uns interessieren die Bewohner und die damaligen Lebensverhältnisse, und wir suchen Menschen, die uns dazu Auskunft geben könnten. Wer lebt heute noch und hat die Zeit damals bewusst miterlebt?« Er betonte besonders das Wort ›bewusst‹.

Die Frau überlegte einen Augenblick, schaute zu Kröger und dann zu ihrem Mann, der ihr aufmunternd zunickte.

»Puh«, sie stieß die Luft aus dem Mund, »tja, da wären die Grugels, Hedwig und Anton ..., dann die beiden Trapp, Fräulein Boder ... und der alte Fenske. Wobei der seit einem Jahr in Stralsund bei seiner Tochter wohnt – seine Frau ist doch verstorben.«

Vollert notierte sich die Namen.

»Sonst noch jemand?« Erwartungsvoll schaute Kröger die Frau an.

»Nee, mehr fallen mir auf Anhieb nicht ein. Wir sind ja nun mal ein kleines Dorf und die anderen sind Zugereiste oder waren wie ich noch Kind.«

»Ist damals jemand aus dem Ort verschwunden?«

»Verschwunden? Meinen Sie, so ganz und gar weg?«

»Ja!«

»Nee, bis auf Maruschke ...«

»Was war mit Maruschke?« Kröger war ein Stückchen nach vorn gerutscht. Sein Blick hing an den Lippen der Frau.

»Maruschke, ja, der war eines Tages verschwunden. Ich kann mich noch gut an ihn erinnern. Er schenkte uns Kindern öfter mal was Süßes. Meistens Maiblätter, diese klebrigen, grünen Dinger. Da hing immer die halbe Papiertüte mit dranne, wenn man die aß.« Sie lächelte verzückt. »Heute würde ich die Maiblätter wohl nicht mehr mögen.«

»Und Maruschke verschwand eines Tages? War er bei der SS?«

»Nee, ganz im Gegenteil. Der war doch Kommunist! Die haben ihn ins KZ gesteckt, so hat man es sich jedenfalls erzählt.«

»Aha.« Die Spannung, die sich in Kröger aufgebaut hatte, löste sich langsam. »Gab es denn hier im Ort oder in der Gemeinde jemanden, der Offizier bei der SS war?«

Überrascht schaute die Frau auf Kröger. »Da kenn ich mich nicht aus. Als der Krieg anfing, da lief der Böck immer in Uniform herum, aber ob der bei der SS war, kann ich Ihnen nicht sagen.«

»War der Böck oft im Gutshaus?«

»Ja, der war doch der Ortsgruppenleiter. Der hatte ständig Umgang mit der Herrschaft.«

»Dann fällt er raus!« Der Bürgermeister hatte diesen Satz eingeworfen.

Jetzt schaute Kröger überrascht drein. »Warum?«

»Die Ortsgruppenleiter unterstanden der NSDAP, hatten ihre eigenen Uniformen und Dienstgrade. Es tut mir leid, dass ich mich einmische, aber ich war Deutsch- und Geschichtslehrer. Daher meine Kenntnisse.«

»Und sonst wüssten Sie keinen, der mit schwarzer Uniform durch das Dorf lief?«

»Schwarzer Uniform …? Warten Sie mal, der Wernher von Schleyersdorf, den sah man ab und zu mal in einer schwarzen Uniform. Meistens, wenn der Göring kam.«

»Moment mal, Wernher von Schleyersdorf … Wer war das?«

»Der Sohn vom Gutsbesitzer.«

»Und mit Göring, da meinen Sie doch nicht …«

»Doch, den meine ich! Hermann Göring. Der Dicke war ein paar Mal hier, da ging's um die Jagd. Er war doch dafür Minister.«

»Schatz, er war Reichsforst- und -jägermeister.« Der Bürgermeister schüttelte vorwurfsvoll den Kopf.

»Na, sag ich doch! Jedenfalls, der eine war hier und der andere hatte so eine komische Uniform an.« Leise fügte sie hinzu: »Der muss schon was Höheres gewesen sein, der Wernher.«

»Wieso?«

Die Frau zog aus ihrem Blusenärmel ein kleines Taschentuch und tupfte sich damit die winzigen Schweißperlen von der Oberlippe. Selbst gehäkelte Spitzen, dachte Kröger. Behutsam steckte sie das Tuch zurück.

»Nun, der alte von Schleyersdorf war ganz stolz auf seinen Sohn. Wenn der kam, dann immer mit Gefolge. Ein Fahrer und noch so einer.«

»Wann haben Sie denn Wernher von Schleyersdorf das letzte Mal gesehen?«

Die Frau lehnte sich zurück. »Na, Sie können Fragen stellen. Das ist 50 Jahre her und Sie fragen mich, wann ich den Schleyersdorf das letzte Mal gesehen habe …, also wirklich.« Ihre Stirn lag wieder in Falten, sie hatte die Mundwinkel herabgezogen und die Arme vor der Brust verschränkt.

»Bitte, Frau Hausmann, versuchen Sie, sich zu erinnern.« Kröger flehte fast.

»Mannomann! Sie sind aber hartnäckig. Ehrlich gesagt, keine Ahnung!« Sie blickte zu ihrem Mann, als ob von dort Hilfe zu erwarten wäre.

»Mich brauchst du nicht anzuschauen, Schatz! Ich kann dir nicht weiterhelfen.« Und zu Kröger gewandt: »Vermuten Sie, dass es sich bei dem Toten um Wernher von Schleyersdorf handeln könnte?«

»Ehrlich gesagt«, und hierbei schaute Kröger Frau Hausmann an, »wir vermuten zurzeit noch gar nichts. Aber eine Frage hätte ich noch an Sie, Frau Hausmann. War Hermann Göring oft zu Gast im Hause Schleyersdorf?«

»Keine Ahnung!« Sie zuckte mit den Schultern. »Ich kann mich an zwei Besuche erinnern. Da musste jedes Mal das ganze Dorf antreten. Na ja, war ja auch immer interessant.«

»Hilde! Der Göring war Kriegsverbrecher, und du findest es interessant, dass er hier auftauchte.« Ihr Mann schüttelte ärgerlich den Kopf. Eine tiefe Unmutsfalte teilte seine Stirn.

»Natürlich war es interessant. Wann hat sich denn hier mal ein hohes Tier sehen lassen die letzten Jahre!«

»Warum sollten sie auch hierherkommen?«

»Was weiß ich. Der Göring war jedenfalls hier, aber glaubst du, dass der Kohl nach Reedich kommt?«

»Du kannst doch nicht den Bundeskanzler mit dem Göring vergleichen!«

»Wieso nicht? Politik machen sie beide!«

»Nun schlägt es 13!« Seine Stimme hatte an Schärfe zugenommen.

»Vergess mal deine Rede nicht«, unterbrach sie ihren Mann. »Ich koch uns jetzt einen schönen Kaffee. Sie trinken doch eine Tasse mit?« Fragend schaute sie auf die Polizisten. Ihren ›*vergiss*, es heißt *vergiss*!‹ murmelnden Mann würdigte sie keines Blickes mehr.

»Gern!«

Sie stand auf und verließ die Wohnstube.

»Entschuldigen Sie!« Dem Bürgermeister war die Situation peinlich.

»Kein Problem.« Kröger versuchte, die Lage zu entspannen.

»Sie erzählten uns heute Vormittag von einem Herrn von Schleyersdorf, der Ihnen das Schloss für eine Mark überließ. In welchem Verwandtschaftsverhältnis stand er zu den damaligen Herren?«

Der Bürgermeister dachte einen Augenblick nach, erst dann antwortete er. »Wenn ich mich nicht irre, waren sein Vater und der alte Herr von Schleyersdorf, also der Vater von Wernher von Schleyersdorf, Brüder. Er ist also der Cousin von Wernher!«

»Herr Bürgermeister, Sie sagten, Sie seien 1954 nach Reedich gezogen. Ist damals über die ehemaligen Gutsbesitzer geredet worden oder über das Verschwinden eines Mannes?«

»Über die Gutsbesitzer ist immer mal wieder gesprochen worden. Es gab diese ewig Gestrigen, die meinten, früher sei alles besser gewesen. Gerade zu der Zeit, als ich hierherkam. Aber über das Verschwinden eines Menschen, darüber hat keiner was erzählt.«

»Der Umbau des Schlosses – von wem ging da die Initiative aus?«

»Von Herrn von Schleyersdorf. Er rief mich damals an, wir trafen uns erst in Stralsund und er schaute sich dann das Dorf an. Danach teilte er uns seine Pläne bezüglich einer Übertragung an die Gemeinde mit. Anfangs waren wir skeptisch, aber er hatte einige Investoren im Schlepptau, sodass wir seine Pläne unterstützten.«

»Was macht er beruflich?«

»Er ist Eigentümer eines Architekturbüros.«

»Und er kannte das Schloss nicht?«

Der Bürgermeister schüttelte den Kopf. »Nein. Er besichtigte das Gebäude und das Dorf. Danach machte er uns den Vorschlag einer Übertragung.«

»Und diese Pläne unterstützten Sie?«

Der Bürgermeister schüttelte den Kopf. »Zuerst nicht. So ein Projekt wäre für unsere Gemeinde zu groß gewesen. Aber er kannte einige Leute, die investieren wollten in den Aufbau Ost. Die Gemeinde trägt ein geringes finanzielles Risiko.«

Er lächelte.

»Und warum stemmt er dieses Projekt nicht allein? Warum die Übertragung in kommunales Eigentum?«

Hausmann lachte kurz auf. »Das haben wir uns im Gemeinderat auch gefragt. Er wollte diese Immobilie nicht im Familienbesitz haben. Da wir die letzten 40 Jahre das Gebäude anderweitig nutzten, sollten wir auch die nächsten Jahrzehnte die Nutznießer sein. So seine Aussage.«

Kröger rieb sich das Kinn. »Scheint ja ein eigenartiger Charakter zu sein.«

Hausmann schmunzelte. »Sie baten um seine Daten. Ich habe sie schon mal herausgesucht.« Er stand auf, ging zu einem kleinen Sekretär und gab Kröger einen Zettel mit den entsprechenden Angaben.

Frau Hausmann betrat wieder die Stube und begann, den Tisch zu decken. Freundlich, als sei nichts gewesen, bat sie ihren Mann, die Tassen zu verteilen. Kröger schlussfolgerte, dass es wahrscheinlich öfter vorkam, dass es Meinungsverschiedenheiten zwischen den Eheleuten gab.

Das Gespräch plätscherte während des Kaffees harmlos dahin. Vollert ließ sich den frischen Kuchen, von der Bürgermeisterfrau selbst gebacken, schmecken. Kröger hörte konzentriert zu, als die beiden Gastgeber vom Dorf, dem Leben hier und den weiteren Projekten sprachen. Als Frau Hausmann den Tisch abräumte, holte ihr Mann eine alte Wanderkarte aus dem Sekretär und breitete sie vor den Beamten aus.

Eingezeichnet war das Schloss mit dem kleinen See, der als schraffierte Fläche dargestellt war. Man sah Reedich, Kronenvitz und die umliegenden Dörfer, verbunden durch Straßen und Feldwege, die teilweise heute nicht mehr existierten. Kröger schaute auf das Ausgabedatum. Es handelte sich um eine Wanderkarte von 1928.

»Schauen Sie«, der Bürgermeister setzte sich eine Lesebrille auf, »hier das Schloss«, sein Finger tippte auf die Karte, »dort Kronenvitz, wo wir, wie Sie sich selbst überzeugen konnten, kräftig am Bauen sind, und hier Altendorf und dort Neuenhagen. Diese vier Dörfer bilden unsere Gemeinde.« Stolz schwang in seiner Stimme mit. Die Orte bildeten die Endpunkte eines imaginären Kreuzes.

»Schön, danke für die Übersicht.« Kröger nickte dem

Bürgermeister zu. Dieser faltete die Karte vorsichtig wieder zusammen.

»Du hast die Namen der Bewohner notiert, die uns weitere Auskünfte geben könnten?« Kröger schaute zu Vollert. Der nickte und wandte sich an das Ehepaar.

»Haben Sie die eine oder andere Anschrift?«

»Klar, da können wir helfen, nicht wahr, Hilde?« Hausmann schaute schmunzelnd zu seiner Frau, die den ironischen Unterton nicht bemerkte oder absichtlich überhörte.

»Natürlich können wir das. Wir wissen über alles Bescheid, was in der Gemeinde passiert.« Sie betonte das ›Wir‹.

Einen Augenblick später hatte Vollert alle Anschriften aufgeschrieben, nur eine Adresse fehlte. In entschuldigendem Tonfall ergänzte die Frau des Bürgermeisters: »Leider kann ich Ihnen nicht sagen, wo genau der alte Fenske jetzt wohnt. Ich weiß nur, dass er nach seiner Tochter in Stralsund gezogen ist.«

»*Zu* seiner Tochter, Hilde!«

»Wie bitte?« Konsterniert schaute sie zu ihrem Gatten.

»Es heißt: *zu* seiner Tochter.« Nachsicht lag in seinem Blick und vielleicht auch die Gewissheit, dass seine Worte nicht auf fruchtbaren Boden fallen würden.

»Hab ich doch gesagt, in Stralsund wohnt er jetzt. Du immer mit deinem Besserwisserfimmel!«

Kröger und Vollert unterbrachen den Disput, indem sie sich von den beiden verabschiedeten.

Die Hitze lag wie eine Bleiglocke über der Landschaft. Die Alleebäume ließen erschlafft die Zweige hängen. Als die beiden Kriminalbeamten an einer Koppel vorbeifuhren, spähte ihnen neugierig ein Bussard nach, der auf einem Hinweisschild saß.

6

Im Büro erwartete sie eine Überraschung.

Aufgeregt rief die Sekretärin ihres Vorgesetzten an. »Mein Gott, Herr Kröger, wo stecken Sie nur?« Kröger sah in Gedanken Frau Berner an ihrem Schreibtisch sitzen und vorwurfsvoll den Kopf schütteln. »Kriminalrat Södermann verlangt nach Ihnen und Ihrem Kollegen.«

»Wir kommen!«

»Aber bitte gleich. Es muss sehr wichtig sein.«

»Hat er gesagt, was es so Dringendes gibt?«

»Nein, Herr Kröger, hat er nicht, aber beeilen Sie sich. Es …«

Kröger vernahm ein Rascheln und dann die Stimme seines Vorgesetzten. »Gut, dass Sie da sind, Herr Kröger. Wir treffen uns in fünf Minuten bei der Spusi. Bringen Sie Kollegen Vollert auch mit. Ich sag Ihnen, ein dolles Ding.« Er legte auf. Nachdenklich starrte Kröger auf den Telefonhörer, bevor auch er auflegte. Södermanns Stimme hatte aufgeregt geklungen.

»Mmh, wir sollen in fünf Minuten bei der Spusi sein.«

»Haben die schon ein Ergebnis?« Überrascht blickte Vollert zu seinem Kollegen.

»Keine Ahnung. Södermann hat nichts verraten, aber es muss ja wohl so sein. Was sollten wir sonst dort.«

Wenige Minuten später meldeten sie sich bei den Kollegen der Spurensicherung. Kriminalrat Södermann und Dr. Brauner standen um einen Tisch, auf dem etliche Kostbarkeiten der letzten Jahrhunderte lagen. Kröger und Vollert entdeckten goldene Pokale, reich verziert und besetzt mit Edelsteinen. Gold- und Silbermünzen schimmerten wie auch eine Thorarolle mit silbernem Griff an jedem Ende. Kleine goldene Tintenfässer standen neben filigranen silbernen Kassetten. Die Augen vermochten die edlen Glanzstücke gar nicht auf einmal zu erfassen. Es sah aus, als ob ein reicher Fürst seine Schatzkammer für sie geöffnet hätte.

»Mein Gott, welch ein Anblick!« Kröger war nahe an den Tisch herangetreten und versuchte, sich einen Überblick zu verschaffen. Auch Vollert betrachtete die seltenen Gegenstände fasziniert. Er begutachtete einen kleinen Elefanten, geschnitzt aus Elfenbein. Ganz dicht beugte er sich über das Kleinod. Wo hatte man sonst die Möglichkeit, ohne Panzerglas solche Schätze zu bewundern?

»Wo kommt das alles her?« Fragend schaute Kröger auf seinen Chef.

»Aus der Kiste, die wir im Keller entdeckten.« Dr. Brauner hatte geantwortet. »Wir haben sie vor etwa zwei Stunden geöffnet. Du kannst dir sicher unsere Verblüffung vorstellen. Wir hatten mit Akten oder geheimen Waffenproben aus der Giftküche des Tausendjährigen Reiches gerechnet … und plötzlich stehen wir vor einem Schatz.« Er trat zu Vollert. »Schön, nicht wahr?«

Vollert schaute auf. Sein Blick war entrückt. Er hatte noch das Bild des Elefanten vor Augen. Er nickte. Man merkte ihm an, dass es ihm schwerfiel, sich von der kleinen Schnitzerei zu lösen.

»Dort hinten steht übrigens ein kleiner Löwe. Scheint vom gleichen Meister gefertigt worden zu sein.« Dr. Brauners Hand zeigte auf eine Figur, die hinter einem silbernen Teller hervorschaute. Vollert ging um den Tisch herum und begutachtete die Skulptur.

Kröger wandte sich an Dr. Brauner: »Habt ihr schon eine Ahnung, woher das alles stammt und was es wert ist?«

Der lachte kurz gequält auf. »Mann, da präsentieren wir ihm den Fund unseres Lebens und er kommt sofort mit profanen Fragen! Vor zwei Stunden haben wir die Kiste geöffnet, alles Stück für Stück verzeichnet, wie es sich gehört, und der Herr wünscht den Besitzer und den Wert des Ganzen zu erfahren. Also, Horst, bei aller Liebe …«

»Ist ja gut! Es war nicht so gemeint. Nimm es als rein rhetorische Äußerung meinerseits.«

Dr. Brauner knurrte versöhnlich. Södermann, der bisher geschwiegen hatte, wandte sich an Dr. Brauner. »Aber Sie haben Hoffnung, feststellen zu können, woher das alles stammt?«

Dr. Brauner wiegte den Kopf hin und her. »Nun, ob bei jedem einzelnen Stück, vermag ich nicht zu sagen, aber im Großen und Ganzen schon. Vor allem ein Gemälde wird uns weiterhelfen können.« Er trat an den Tisch und zeigte auf ein Bild.

Man sah einen alten Mann, der sie vorwurfsvoll anzublicken schien. Trotz der geringen Bildgröße von etwa 30 mal 40 Zentimetern spürte man eine Ausdrucksstärke, die einen großen Meister als Urheber dieses Kunstwerkes verriet.

»Wahrscheinlich ein Tizian! Seit dem Zweiten Weltkrieg verschollen!«

Die Männer betrachteten das Antlitz des Greises, der jeden von ihnen anzublicken schien. Die Lagerung in der Kiste und wahrscheinlich auch der unsachgemäße Transport hatten dem Bild nicht gutgetan. Tiefe Risse durchzogen das Gemälde. Stellenweise waren Farbschichten abgeplatzt. Und trotzdem hatte dieses Gesicht etwas Erhabenes. Es strahlte eine besondere Form von Lebendigkeit aus, jetzt, wo es wieder ans Tageslicht geholt worden war. Vorbei die 50-jährige Gefangenschaft in seinem Sarg, eingemauert in einem Keller.

»Weißt du das genau?« Kröger hatte sich an Dr. Brauner gewandt.

»Genau nicht. Bin ja kein Kunstsachverständiger…« Er ging Richtung Tür. »Bin gleich wieder da«, setzte er entschuldigend hinzu, dann war er verschwunden, um keine Minute später wieder mit einem Kunstband in der Hand vor Kröger zu stehen. Etwas außer Atem forderte er ihn auf: »Hier, schau selbst!«

Er schlug eine bestimmte Seite auf und Kröger erblickte den alten Mann – doch diesmal als Schwarz-Weiß-Fotografie. ›Selbstbildnis von Tizian‹, las Kröger und ›Wawel (Königsschloss) Krakau‹.

»Daraufhin habe ich mit einem Museumsmitarbeiter des Kulturhistorischen Museums telefoniert, der mir bestätigt hat: Dieses Bild«, er tippte heftig auf den Kunstband, »ist seit dem Zweiten Weltkrieg verschollen.«

Vollert und Kriminalrat Södermann schauten Kröger über die Schulter und verglichen die Fotografie mit dem Gemälde.

»Meiner Meinung nach ist es ein und dasselbe Bild. Was sagen Sie?« Vollert blickte seinen Vorgesetzten fragend an.

Kriminalrat Södermann wiegte den Kopf hin und her. »Auf den ersten Blick schon, auch auf den zweiten, aber es kann genauso gut eine Fälschung sein oder eine Kopie. Da müssen Fachleute ran. Ich werde alles Notwendige in die Wege leiten.« Schnellen Schrittes verließ er den Raum.

»Habt ihr sonst noch etwas?« Kröger verglich ein letztes Mal Fotografie und Gemälde.

»Reicht dir wohl noch nicht? Wir zeigen euch Schätze aus Tausendundeiner Nacht und dieser Mensch fragt: Habt ihr sonst noch was?« Dr. Brauner zeigte Kröger einen Vogel.

»Entschuldige, man wird doch noch fragen dürfen.«

»Ja, darfst du. Je mehr er hat, je mehr er will. Nie schweigt sein Verlangen still!« Er verschränkte die Arme vor der Brust und fuhr fort: »Wir haben noch Einiges. Das Ganze war nicht sehr professionell verpackt. Zwar war jedes Stück in Ölpapier gewickelt und der Tizian extra in Leinen eingeschlagen, aber die Kleinode schlugen beim Transport aneinander. Wahrscheinlich dadurch auch die Farbabplatzungen beim Gemälde. Um was für Kunstschätze es sich hier handelt, das kann ich dir nicht sagen. Nur so viel: Das Ganze ist völlig wasserdicht in eine kleine, aber feine Kiste gepackt worden. Wir untersuchen die Kartentasche, die Uniformreste und die anderen Fundstücke noch. Wenn wir rübergehen, kann ich euch noch was Interessantes zeigen.«

»Noch mehr solch schöne Stücke?« Vollert zeigte auf den Elefanten.

»Nein, leider nicht.« Dr. Brauner deutete einladend in Richtung der Tür.

Die beiden Kriminalbeamten hatten Mühe, sich von den Kostbarkeiten zu trennen.

Vollert bestaunte noch einmal die kleine Elfenbeinfigur, etwas Wehmütiges lag in seinem Blick, dann verließen sie den Raum. Das elektronische Schloss schnappte in die Verriegelung und wieder blieben die Kunstgegenstände dem Auge verborgen.

Dr. Brauner führte sie in sein Büro. Kröger und Vollert nahmen Platz auf Stühlen, die ihre besten Tage schon lange hinter sich hatten. Wenn man die Sitzmöbel umdrehte, sah man ein vergilbtes Abziehbild mit einer verblichenen Inventarnummer und dem Stempelaufdruck ›Volkspolizeikreisamt Stralsund‹.

Als Vollert sich etwas nach hinten lehnte, ächzte der Stuhl unter der Last förmlich auf, sodass der kräftige Beamte von nun an auf jede überflüssige Bewegung verzichtete.

Dr. Brauner griff sich einen Hefter und breitete einige Fotos vor den Kriminalisten aus. »Wir haben hier eine Aufstellung aus der Kartentasche. Über dem Inhalt sitzt mein bester Mann. Da müsst ihr noch etwas Geduld haben. Hier, schau selbst.« Er reichte Kröger die Liste mit den Gegenständen, die sich in der Kartentasche befunden hatten.

»In der Tasche fanden wir zwei Soldbücher, zwei Kennmarken, Kartenmaterial, mehrere Funkkladden, einen Kopierstift, einen Anspitzer und ein Notizbuch.«

Kröger schaute ungläubig auf die Liste. »*Zwei* Soldbücher und *zwei* Kennmarken?«

»Ja! Ein Soldbuch der SS und eines der Wehrmacht. Die Daten der Kennmarken haben wir zur Wehrmachtsauskunftsstelle weitergegeben. Wobei …«

»Ja?« Kröger schaute aufmerksam zum Leiter der Spurensicherung.

»Die Daten der Kennmarken stimmen mit den jeweiligen Angaben in den Soldbüchern überein. Schau, hier!« Er schob zwei Fotos über den Tisch. Links war jeweils die Kennmarke zu sehen, auf der rechten Bildhälfte das Soldbuch. Kröger verglich die Kennmarkennummer mit dem Eintrag im Buch. Kein Zweifel, die Daten stimmten überein.

»Und weiter?«

»Die Personenbeschreibungen sind sich sehr ähnlich. Gleiche Größe und Haarfarbe, auch das Alter passt. Leider sind die Ausweisbilder nicht erhalten geblieben. Da müssen wir warten, bis die WAST uns weiterhilft.«

»Was oder wer ist die WAST?«

»Wehrmachtsauskunftsstelle, Horst.«

Kröger nickte. Er verglich die Personenangaben auf den Fotos.

»Wenn ihr mich fragt, das sieht aus, als wenn sich jemand eine zweite Identität parat gelegt hat. SS-Obersturmbannführer Wernher von Schleyersdorf und Unteroffizier Fritz Lange, beide gleich groß, Haarfarbe blond und beide im gleichen Alter. Nur war einer bei der Wehrmacht und der andere Offizier bei der SS.« Kröger dachte einen Augenblick nach. Die Fotos wippten in seinen Händen auf und nieder. »Der Dienstgrad Obersturmbannführer war doch vergleichbar mit dem Oberstleutnant bei der Wehrmacht. Also kein kleiner Mitläufer, sondern …«

»Du meinst …?« Vollert nahm sich die Fotos.

Kröger nickte gedankenverloren. »Die Kunstschätze, die zwei Soldbücher …, dieser von Schleyersdorf scheint ein ganz besonderes Früchtchen gewesen zu sein. Du sprachst von Funkkladden und Kartenmaterial, die sich in der Kartentasche befanden. Kannst du da schon etwas sagen?«

Dr. Brauner schüttelte den Kopf. »Leider nein! Da müsst ihr noch einige Tage Geduld haben. Genauso mit dem Notizbuch, der Erhaltungszustand ist mehr als schlecht. Aber wir haben schon etwas zu den Uniformresten und der Waffe.«

»Schieß los, Wilfried!« Kröger schaute Dr. Brauner erwartungsvoll an.

»Losschießen ist gut. Also, bei den Kleidungsresten handelt es sich um die Uniform eines Obersturmbannführers der SS.«

»Was zu dem einen der Soldbücher passt!« Vollert hatte Dr. Brauner unterbrochen.

»Genau«, ließ der sich nicht beirren und fuhr fort: »Der Stoff war mal von hoher Qualität. Keine Massenware, sondern allerfeinstes Material. Ich vermute, maßgeschneidert, aber das ist nur eine Vermutung. Die gefundene Waffe ist eine Pistole der Marke Walther P38. Die Waffe hat ein Kaliber von neun Millimetern und wiegt über 900 Gramm. Das Magazin konnte acht Schuss fassen.« Er hob leicht die Stimme an und schob Kröger ein weiteres Foto hin. »Bei dieser Waffe fehlten zwei Patronen im Magazin. Eine Patrone befand sich im Lauf und die Waffe war nicht gesichert.«

Dr. Brauner beugte sich jetzt nach vorn. »Das ist vorläufig alles. Sobald wir mehr haben, melde ich mich.«

»Wie lange, glaubst du, werdet ihr für die Funkkladden und den Rest brauchen?«

»Etwas Geduld, Horst. Bei so altem Papier und den Umständen der Aufbewahrung, da will ich kein Risiko eingehen.«

»Versteh ich! Ich danke dir. Können wir das mitnehmen?« Er zeigte auf die Fotos.

»Ja, mit meinem vorläufigen Bericht.«

Dr. Brauner schob alles in den Hefter zurück und gab ihn Kröger. Der Hefter wog nicht schwer in Krögers

Hand, und doch sollte er von großem Gewicht sein. Das ahnten die Männer nicht. Noch nicht.

Auf dem Heimweg ließ sich Kröger viel Zeit. Zu Hause wartete niemand auf ihn. Das Haus war leer und seine Stille für ihn bedrückend. So setzte er sich in der Brunnenaue auf eine Parkbank und beobachtete die Leute. In diesem kleinen Park versuchte er des Öfteren nachzudenken und zur Ruhe zu kommen. Jetzt war er vor allem von heimwärts hastenden Menschen umgeben. Nur wenige waren Spaziergänger, meist nur Alte oder Arbeitslose, die dahinschlenderten. Alle anderen hatten es eilig. Eine Frau zog ihr quengelndes Kind hinter sich her, eine andere hatte ihre Tochter kurzerhand auf den Arm genommen und ging schnellen Schrittes an Kröger vorbei. Sie hatte keinen Blick für den Springbrunnen, kein Auge für das Grün der Natur.

Kröger lehnte sich zurück, schloss die Augen und genoss diese Minuten im Freien. Die Geräusche des Feierabendverkehrs verschmolzen zu einem Rauschen. Irgendwo gurrten Tauben. Das monotone Plätschern des Springbrunnens schläferte ihn ein.

Das Toben und Kreischen von Jugendlichen, die mit Skateboards versuchten, eine Treppe zu überwinden, schreckte ihn auf. Er wischte sich kurz über das Gesicht, dann erhob er sich, straffte seinen Körper und ging nach Hause.

Krümel, der Hauskater, erwartete ihn schon. Stolz saß er auf der Treppe, eine tote Maus als Trophäe vor sich. Kröger streichelte das Tier, das schnurrend, mit geschlossenen Augen, die Liebkosung genoss. Dann entsorgte er die Maus und schaute in den Briefkasten, in dem sich nur Werbung befand, die den gleichen Weg wie das tote Tier nahm. »Verfluchte Papierverschwendung!«, murmelte er dabei. Als er das Haus aufschloss und eintrat, spürte er fast körperlich, wie sehr ihm seine Frau fehlte.

7

Am Mittwochmorgen schien die Sonne erneut mit ganzer Kraft und der Wetterbericht hatte auch für die nächsten Tage keine Änderung vorhergesagt. Die Dienstbesprechung um acht Uhr früh verlief zügig. Södermann informierte sie, dass Experten zur Begutachtung der Kunstgegenstände angefordert worden waren. Kröger trug ihre bisherigen Erkenntnisse vor. Sie wollten heute die Einwohner von Reedich befragen, die von Schleyersdorf gekannt und die Kriegsgeschehnisse miterlebt hatten. Södermann segnete das Vorgehen ab und Kröger und Vollert waren entlassen. Sie gönnten sich ein zweites Frühstück und nach dem Essen fuhren sie nach Reedich.

Die Luft war heiß und über dem Asphalt flirrte die Luft. Die Hitze gaukelte nasse Stellen auf der Straße vor. Die Alleebäume sorgten für etwas Schatten und der Raps war am Verblühen. In einigen Wochen würden die Rapspflanzen schmutzig-braun dastehen, dachte Kröger. Von ihrem satten, knackigen Gelb würde nichts mehr bleiben außer Erinnerungen.

Das Dorf lag ruhig und still vor ihnen, wie bei ihrem letzten Besuch. Hier schien es keinen Stress und keine Hektik zu geben. Leise hörte man aus einem Stall das Klirren einer Kette. Irgendwo versuchte jemand, ein Moped zu starten.

Das Gehöft der Eheleute Grugel fanden sie schnell. Die beiden wohnten in einem Teil der ehemaligen Gesindehäuser, die links und rechts der Dorfstraße standen. Auf jeder Seite der Straße befand sich eine Häuserzeile mit jeweils sieben Eingängen. Die geschmiedete Jahreszahl an einer der Giebelseiten zeigte jedem, der es wissen wollte, dass diese Backsteinhäuser im Jahr 1898 erbaut worden waren. Die Beamten parkten ihr Auto genau vor dem Eingang. Kröger schaute am Briefkasten, ob sie richtig waren. Er klingelte und wartete, dass ihnen geöffnet wurde. Nach kurzer Zeit hörte er aus dem Inneren des Hauses schlurfende Schritte. Die Tür wurde geöffnet und Kröger sah sich einer Frau gegenüber, für die das Wort ›übergewichtig‹ noch geschmeichelt war.

»Ja bitte? Sie wünschen?« Resolut, mit ihrem massigen Körper den Eingang versperrend, stand sie da.

»Frau Grugel?« Kröger wartete das angedeutete Nicken ab, bevor er weitersprach. »Mein Name ist Kröger, Oberkommissar Kröger, und das ist mein Kollege, Kommissar Vollert.« Er deutete auf seinen Begleiter. »Wir sind von der Kriminalpolizei und hätten Sie und Ihren Mann gern gesprochen.«

Der Blick, den die Frau den beiden Männern zuwarf, zeigte Überraschung. »Polizei? Na, dann kommen Sie mal rein.« Sie machte den Eingang frei und ging mit watschelndem Gang voraus.

Der kurze Flur mündete in eine kleine Stube. Der Geruch von Schweiß und billigen Zigarren hing in der Luft. Auf der Couch saß ein Mann, der die gleichen figürlichen Ausmaße hatte wie seine Frau. Kröger war es schleierhaft, wie sich die beiden in diesem kleinen Zimmer arrangierten. Für eine Person mit dieser Leibesfülle war es schon eng, aber wenn sich beide gleichzeitig in diesem Raum bewegten, dann musste es Schwierigkeiten geben.

Die Frau ließ sich in einen Sessel plumpsen.

»Die beiden Herren sind von der Polizei und wollen uns sprechen.«

Diese Erklärung ließ ihr Gegenüber freundlicher blicken.

»Dann nehmen Sie mal Platz. Was haben wir denn mit der Polizei zu tun?« Neugierig geworden, versuchte er, sich etwas nach vorn zu beugen. Seine fleischigen Hände wiesen einladend auf den kleinen Zweisitzer, dessen Sprungfedern sich allerdings aufgrund der Überbelastung durch das Ehepaar als ausgeleiert erwiesen, die Kriminalisten sackten förmlich durch. Besonders Vollert hatte bei seiner Größe arge Mühe, bequem zu sitzen. Während er noch damit beschäftigt war, eine Haltung zu finden, die seine Bandscheiben nicht zu stark beanspruchte, antwortete Kröger auf die Frage.

»Wie Sie sich denken können, geht es um den Toten, der bei Bauarbeiten im Schloss gefunden wurde. Uns wurde gesagt, dass Sie schon während des Krieges hier gewohnt haben. Vielleicht können Sie uns weiterhelfen.« Gespannt schaute er auf das Ehepaar.

Die Frau hatte sich bei Krögers Worten zurückgelehnt. Der Schweiß lief in dünnen Rinnsalen über ihr Gesicht, sammelte sich am optisch nicht vorhandenen Hals und ließ nasse Spuren auf der Kittelschürze zurück. Unter den Armen waren riesige dunkle Flecke zu sehen. Schwer atmend hatte sie Krögers Worten gelauscht.

»Wir haben schon vor dem Krieg hier gewohnt, Herr Kriminaler! Wir sind hier nämlich geboren! Was wollen Sie genau wissen?«

»Nun, uns geht es vor allem um den Zeitraum kurz vor Kriegsende. Uns interessiert die Familie von Schleyersdorf.« Kröger schaute die Eheleute erwartungsvoll an.

Die Frau ließ ihre dicken Hände auf die Lehnen klatschen. »Sie wollen was von der Herrschaft wissen, nach so vielen Jahren?«

»Ja, alles, was Ihnen noch einfällt!«

»Da müssen Sie aber viel Zeit mitgebracht haben. Wir können Ihnen einiges erzählen.«

Ihr Mann griff zu einer Schachtel mit Zigarrenstumpen, die auf dem Tisch lag, und Krögers Hoffnung, dass von diesen Dingern keines während ihrer Anwesenheit angezündet würde, zerstob. Bedächtig nahmen Grugels Finger, die an Bockwürste erinnerten, einen Stumpen. Laut schmatzend wurde dieser angezündet. Nach diesen Vorbereitungen begann der Mann, dicken bläulichen Rauch ausstoßend, seine Erinnerungen auszubreiten.

»Womit soll ich anfangen, mit der Herrschaft oder dem Krieg?«

Seine Frau hatte sich zurückgelehnt, sie war froh, dass ihr Mann das Ruder übernommen hatte. Ihr Atem ging schnell und stoßweise.

»Sagt Ihnen der Name Wernher von Schleyersdorf etwas?« Vollert hatte bei Krögers Frage sein Notizbuch aufgeschlagen und einen Stift gezückt.

»Wernher von Schleyersdorf? Das war der Sohn der Herrschaft. Ein komischer Mensch.«

»Warum?«

»Der hatte mit Landwirtschaft nicht viel im Sinn. Er wollte das Gut nicht übernehmen. Er hat studiert, noch einige Jahre vor dem Krieg, Kunst, glaube ich. Jedenfalls irgendwas mit Malerei.« Der Mann saß zurückgelehnt auf der Couch, kräftig an dem Stumpen ziehend, und versuchte, sich an die damalige Zeit zu erinnern. »Sein Vater hatte sich früh damit abgefunden, dass der junge

Herr anderen Interessen nachging. Der reiste lieber durch ganz Europa. Nach Paris, Holland, Polen, sogar in Russland soll er gewesen sein, und das noch vor dem Krieg.«

»Wissen Sie, wann ungefähr vor dem Krieg?«

Grugel überlegte einen Augenblick und sagte dann: »Na, so ein, zwei Jahre vorher. Bei Kriegsausbruch zog er doch gleich die Uniform an, die aus dem schwarzen Tuch. Für die graue Uniform war er sich zu schade. Man war ja was Besseres. Ganz stolz war der alte Herr, als sein Sohn das erste Mal auf Urlaub kam. Alles vergeben und vergessen!«

Schmatzend zog er wieder an dem Stumpen, um dann fortzufahren: »Nun, ein richtiges Fest hat es gegeben. Da waren sie nicht kleinlich, die von Schleyersdorfs. Ob Taufe oder Erntedank, die wussten, was sich gehört. Als Frankreich kapitulierte, gab es wieder ein Riesenfest im Dorf. Alle versammelten sich vor der großen Freitreppe und der alte Herr hielt eine kurze Rede, von wegen der Schmach von Versailles und grandiosem Sieg und so.«

»Und sein Sohn, war der auch dabei?«

Der Gefragte schüttelte bedächtig den Kopf. »Nein, der Wernher war nicht da. Der soll damals in Frankreich gewesen sein. Er kam zwar oft nach Hause, aber damals war er nicht dabei.«

»Er kam oft nach Hause?« Kröger beugte sich etwas nach vorn. Ein Fehler, wie er sofort feststellte. Er rutschte noch tiefer in das Sitzmöbel.

»Na ja, zu Anfang des Krieges jedenfalls regelmäßig, für später kann ich es nicht so genau sagen, ich wurde ja 1943 selber eingezogen.« Ein entschuldigender Unterton lag in der Stimme. »Mäuschen, hol' den Herren doch mal das Fotoalbum.« Er zeigte in Richtung des Vertikos.

Seine Frau nickte und wuchtete sich aus dem Sessel. Kröger staunte, wie sich Mäuschen hochschraubte. Sie drückte sich mit den Unterarmen von den Sessellehnen ab und schaffte es, langsam an Höhe zu gewinnen. Sie wankte zum Vertiko, zog die Schublade auf, nahm das Gewünschte heraus und begann den Rückweg. Dankbar fiel sie in ihren Sessel zurück und reichte schwer atmend das Album über den Tisch.

Der Stumpen wanderte geschickt in einen Mundwinkel und die Bockwurstfinger schlugen eine bestimmte Seite auf. Grugel drehte das Album zu den Kriminalbeamten. Kröger und Vollert erblickten das Foto eines schlanken jungen Mannes, der in die Kamera lächelte, das Käppi der Uniform keck schräg auf dem Kopf. Fragend sah Kröger seinen Gastgeber an.

»Da staunen Sie, was? Ja, das bin ich. Waren damals schlechte Zeiten. Heute können wir zeigen, wo unser Geld ist.« Laut lachend klatschte er sich mit der flachen Hand auf seinen dicken Bauch. »Und hier, das ist meine Frau.« Er blätterte eine Seite weiter und wies auf ein Foto. Es war unverkennbar Frau Grugel, schon damals zur Fülle neigend. So schlecht schien es ihr doch nicht gegangen zu sein.

»Haben Sie auch Fotos vom Schloss und seinen Bewohnern?«

»Vom Schloss und von der Herrschaft? Nee! Wie denn auch! Wir haben ja nicht so viel mitbekommen, was sich im Schloss abspielte. Die Arbeit wurde vom Verwalter eingeteilt und beim Schloss hatten wir nichts zu suchen, außer es gab Arbeit dort.«

Er zog noch einmal kräftig an dem Stumpen. Mit einem geschickten Dreh drückte er dann den Rest im Aschenbecher aus. Kröger war dafür mehr als dankbar. Die Luft in dem kleinen Raum war zum Schneiden dick. Bläulich schimmernde Schwaden zogen in Richtung Zimmerdecke, die einen gelblich-braunen Farbton hatte.

Kröger stellte seine nächste Frage: »Hatte der Wernher von Schleyersdorf oder sonst jemand vom Schloss Feinde?«

Wieder schüttelte der Mann langsam und bedächtig den Kopf. »Herr Kommissar, die lebten in ihrer eigenen Welt. Da hatte unsereins keinen Einblick. Ich glaub nicht, dass hier jemand deren Feind war. Die standen zu weit über uns. Dann schon eher beim Kommiss – der Wernher war ja Offizier und die haben nicht nur Freunde gehabt.« Er leckte sich die Lippen und sagte, zu seiner Frau gewandt: »Mäuschen, hol mir mal 'ne Buddel Bier. Ich hab einen ganz trocknen Mund vom vielen Sabbeln.«

Wieder drückten die Arme den massigen Körper nach oben, und wieder dauerte es, bis sie die Senkrechte erreicht hatte. Es sah aus, als wenn ein Heißluftballon langsam an Höhe gewann. Die Frau watschelte aus dem Zimmer und kam einen Augenblick später mit einer Flasche Bier wieder. Genauso wortlos, wie sie gegangen war, stellte sie die Flasche auf den Tisch. Nachdem sie ihre optimale Sitzposition wiedergefunden hatte, zog sie aus den unergründlichen Weiten ihrer Kittelschürze ein riesiges Taschentuch hervor. Mit diesem Stück Stoff wischte sie sich den Schweiß vom Gesicht, das feuerrot war. Sie hechelte förmlich, und Kröger machte sich schon Gedanken, wie der Notarzt sie hier herausbugsieren wollte.

Ihr Mann ergriff unbeeindruckt die Flasche, drückte dann mit dem Daumen den Kronkorken vom Flaschenhals und ließ den Inhalt in seine Kehle laufen. Kröger hatte die Vorstellung mit Staunen verfolgt. Einen Kronenkorken nur mit dem Daumen von einer Flasche gedrückt, das sah man nicht alle Tage.

Grugel wischte sich mit seinen Wurstfingern genüsslich über die Lippen. »Was wollen Sie denn noch wissen?« Ein heftiges Rülpsen begleitete die Worte.

»Anton, nun reiß dich mal zusammen. Wir haben Besuch aus der Stadt!« Vorwurfsvoll, die rosige Stirn in Falten gelegt, schaute Mäuschen ihren Mann an. Der zuckte nur kurz mit den Schultern und griff nach seiner Zigarrenschachtel. Kröger dachte noch ›Oh Gott!‹, da brannte schon der nächste Stumpen unter heftigem Schmatzen.

Er fasste sich mit zwei Fingern unter den Hemdkragen, um ihn etwas zu lockern. Langsam wurde die Luft knapp und auch Vollert wurde sichtbar unruhig. Trotzdem stellte Kröger seine nächste Frage: »Wer hatte denn Zugang zum Schloss?«

Grugel überlegte kurz. »Nun, natürlich die Herrschaft, das Dienstpersonal und manchmal der eine oder andere aus dem Dorf. Wenn es Arbeiten gab!«

»Welcher Art waren diese Arbeiten?«

»Kohlen schaufeln, Asche und Abfälle wegbringen, manchmal Handwerksarbeiten. Einige Frauen waren auch zum Waschtag im Schloss oder wenn es darum ging, große Feste vorzubereiten, dann musste man mit ran.«

»Sie sagten, Handwerksarbeiten! Auch Maurertätigkeiten?«

Grugel zuckte mit den Schultern. »Das weiß ich nicht, keine Ahnung.«

»In den letzten Kriegswochen, wurde da im Schloss gearbeitet? Ich meine, Maurerarbeiten?«

»Tut mir leid, da kann ich Ihnen nicht weiterhelfen.

Wie schon gesagt, ich wurde '43 eingezogen und kam erst '47 aus der Gefangenschaft. Das letzte Mal war ich Weihnachten '44 auf Urlaub.« Er begutachtete das Deckblatt der Zigarre, dessen Ecke sich gelöst hatte. Ein bisschen Spucke und ein klein wenig Druck mit den Fingern und das Malheur war behoben.

Kröger wandte sich an die Frau. »Und Sie, Frau Grugel, können Sie uns da weiterhelfen?«

Sie nahm die Hände von den Lehnen, legte sie ineinander verschränkt vor ihren gewaltigen Bauch. »Pss.« Mit leichtem Zischen ließ sie die Luft aus ihrem Mund entweichen. »Kriegsende … Welcher Zeitraum interessiert Sie denn besonders?«

»So ab Anfang April '45.«

»Mmh, April … Da ging hier alles drunter und drüber. Die Herrschaft war nicht mehr da und der Verwalter hatte sich gleich mit aus dem Staub gemacht. Der Böck lief auch nur noch in Zivil und schwang Durchhaltereden, und plötzlich war auch der weg.«

»Böck, der Ortsgruppenleiter?« Vollert hatte die Frage gestellt.

»Genau der! Haben sich ja schon umgehört hier bei uns.«

»Nur ein wenig. Wir wissen kaum etwas, deswegen brauchen wir dringend Ihre Hilfe.« Kröger hatte seinen ganzen Charme in diese Worte gelegt.

»Na ja. Manches können wir erzählen. Laufen ja schon lange auf dieser Erde umher.«

Kröger musste bei dem Wort ›laufen‹ schmunzeln.

»Wo waren wir? Ach ja, April. Der Böck war auch weg, und dann die Ungewissheit. Kaum Männer im Dorf! Wir Frauen haben fast alles allein bewirtschaften müssen. So richtig wusste keiner, was wird. Dann die Bomber oben am Himmel. Erst flogen sie ja nur nachts, dann auch am Tag. Dieses komische tiefe Brummen, und manchmal ging es dann auch los. Bumm! Bumm! Die Erde zitterte, und wenn man über die Felder schaute, sah man die Brände in Stralsund, oder sie warfen ihre Bomben auf den nahe gelegenen Flugplatz in Parow.«

Wie um ihren Worten Nachdruck zu verleihen, hatte sie bei den Bombeneinschlägen ihre fleischigen Fäuste auf die Tischplatte fallen lassen. Die Bierflasche ihres Mannes fing zu wackeln an und wäre wahrscheinlich umgefallen, hätte er sie nicht mit schnellem Griff vom Tisch genommen. Genauso schnell kippte er den restlichen Inhalt in sich hinein. Vollert hatte erschrocken sein Notizbuch zugeklappt und auch Kröger schaute erstaunt zu der Frau, die unbeirrt weiter erzählte.

»Schrecklich war das alles. Vor allem abends und nachts flogen die Bomber und am Tag die Tiefflieger. Wir kamen kaum dazu, die Felder zu bestellen. An manchen Tagen, wenn wir auf dem Acker waren, kamen die Flugzeuge drei, vier Mal und sie schossen auf alles, was sich bewegte, egal ob Mensch oder Tier …«

Sie machte eine kurze Pause, um Luft zu holen. Ihr mächtiger Busen hob und senkte sich schneller. »Aber«, fuhr sie fort, »wir haben unsere Arbeit gemacht. Das Saatgut musste in den Boden, sonst wären wir im Winter verhungert. Dann, im April, kamen die Flüchtlinge und keiner wusste, wohin mit denen. Wir haben sie kurzerhand im Schloss untergebracht. Na ja, wohnte ja keiner mehr drin und die Leute brauchten ein Dach über dem Kopf. Tja, und Anfang Mai kamen dann die Russen. Gott steh mir bei!« Bei dem letzten Satz hatte sie sich bekreuzigt.

»Die waren hinter jedem Rock her. Besoffen griffen sie sich die erstbeste Frau und vergewaltigten sie. Herr im Himmel, was hatten wir für Angst.« Sie schluckte mehrmals. Stockend sprach sie weiter. »Meine Mutter hatte mir verboten, aus dem Haus zu gehen, und wenn die Russen zu uns ins Haus kamen, dann versteckte sie mich im Heu. So blieb mir vieles erspart.«

Kröger kannte diese Geschichten, obwohl kaum jemand vor der Wende darüber gesprochen hatte. Es fiel ihm schwer, sich in diese Frauen hineinzuversetzen. Seine Frau hatte ihm versucht, begreiflich zu machen, was sie durchlitten hatten, war dann aber zu der Erkenntnis gelangt: ›Als Mann kannst du das gar nicht verstehen!‹

»Frau Grugel«, versuchte Kröger, wieder auf den Punkt zu kommen, »Sie sprachen davon, dass im April die Flüchtlinge im Gutshaus unterkamen. Können Sie das präzisieren?«

Unsicher irrten die Augen der Frau von Kröger zu ihrem Mann.

»Nein, genau weiß ich es nicht, aber es muss Ende April gewesen sein, denn die Kartoffeln waren schon in der Erde. Die Flüchtlinge hätten uns die sonst noch weggefressen – oder die Russen.«

»Wann kommen die rein?«

»Wer?«

Verwunderung klang in ihrer Frage mit.

»Na, die Kartoffeln.«

Frau Grugel musterte die beiden Beamten. Sie wusste nicht, ob die Frage ernst gemeint war.

»Um den 10. April müssen die rein. Jeder gute Bauer hat am 100. Tag des Jahres die Kartoffeln im Boden. Das weiß man doch!«

»Ich wusste das nicht! Ich bin aber auch kein Bauer, sondern nur Kriminalist.« Kröger lächelte gewinnend.

»Ist noch irgendwas in der Zeit der Kartoffelsaat passiert, etwas Ungewöhnliches?«

Die Frau verschränkte ihre Arme vor dem Bauch. »Kartoffeln werden gelegt, Herr Kriminaler, nicht gesät. Und passiert wird auch schon noch was sein, aber das weiß ich doch heute nicht mehr.«

»Können Sie sich an Bauarbeiten in den letzten Kriegswochen erinnern? Wurde am oder im Schloss gebaut?«

»Nee, nee, ganz bestimmt nicht. Die von Schleyersdorfs hatten zu diesem Zeitpunkt ganz andere Sorgen, als sich um ihr Haus zu kümmern. Die mussten doch ihr Tafelsilber und die Gemälde retten.«

»Gemälde? Hatten die von Schleyersdorfs viele Kunstwerke?«

Die Frau zuckte mit den Schultern. »Wahrscheinlich. Sie haben jedenfalls alles in Kisten verpacken lassen und abtransportiert.«

Kröger war wie elektrisiert. »Kisten, solche aus Metall und mit Bitumen drum rum? Etwa einen Meter lang und ungefähr so hoch und breit?« Er zeigte die Maße mit seinen Händen.

»Kisten aus Metall? Nicht, dass ich wüsste! Der Stellmacher musste welche aus Holz machen. War schade um die Bretter!«

»Lebt der Stellmacher noch?«

»I wo, der starb einige Jahre nach dem Krieg.«

»Wann wurden die Kisten denn abgeholt?«

Die Gefragte überlegte und meinte dann: »Kurz bevor die Herrschaft flüchtete. Na, weit sind sie ja nicht gekommen!«

»Wie meinen Sie das?«

»Na, ein Tiefflieger hat das Auto der Herrschaft angegriffen und keiner überlebte, aber das haben wir erst vor Kurzem erfahren. Vom Erben, der das Schloss der Gemeinde schenkte.«

»Wann haben Sie denn Wernher von Schleyersdorf das letzte Mal gesehen?«

»Warten Sie mal, Herr Kriminaler, das muss Weihnachten 1944 gewesen sein. Er kam mit ein paar Kameraden und die störten den Weihnachtsempfang der Herrschaft. Die waren alle besoffen und führten sich auf, als wenn es nur sie gäbe. Wir waren Abschaum. Sogar die Herrschaft wagte es nicht, den vieren den Marsch zu blasen.«

»Waren es Offiziere oder Mannschaftsleute?«

»Sie fragen mich Sachen! Also ich nehme an, es waren Offiziere. Hatten ja auch einen extra Fahrer und ordentlich Lametta an der Brust.«

»Uns wurde erzählt, der Göring war auch hier?«

»Na, da hat man Ihnen ja den ganzen Klatsch schon berichtet.« Die Frau lächelte. »Ja, der Hermann war auch einige Male hier. Da war dann immer großes Tamtam. Alle antreten vor der großen Freitreppe und den Herrn begrüßen. Manche erhielten auch ein kleines Präsent, am Abend gab's Bier für die Männer, Likör für die Frauen und die Kinder bekamen ein wenig Süßkram.«

»Sagt Ihnen der Name Fritz Lange etwas, Unteroffizier Fritz Lange?«

Die Eheleute schauten sich an und schüttelten die Köpfe.

»Nee, nie gehört!«

Kröger stellte seine letzte Frage: »Wer könnte uns noch aus dieser Zeit etwas berichten?«

Die Namen, die sie genannt bekamen, hatten die beiden Kriminalisten schon auf ihrer Liste. So blieb ihnen nichts weiter übrig, als sich zu verabschieden. Grugels versprachen, sollte ihnen noch etwas einfallen, sich bei Kröger zu melden. Freundlich brachte sie die Frau des Hauses zur Tür.

Auf der Straße stehend, atmeten beide erst einmal durch. Die Lungen lechzten nach frischer Luft und die vom Zigarrenqualm gereizten Augen mussten sich erholen.

»Lass uns ein Stück gehen.« Kröger zeigte voraus die Dorfstraße hinunter. Vollert nickte und schweigend gingen sie die Straße entlang, vorbei am Bürgermeisterhaus, vorbei an gepflegten Vorgärten. Sie empfanden die saubere und reine Landluft als eine Wohltat. Nur vereinzelt waren Leute bei der Arbeit zu sehen, sie nickten kurz zum Gruß.

Kröger ging mit leicht abgewinkelten Armen, als wollte er auslüften. Sie bewunderten die Kastanien, die hier schon über 100 Jahre Schatten spendeten.

»Wenn die reden könnten.« Vollert war stehen geblieben, hatte den Kopf in den Nacken gelegt und schaute mit zusammengekniffenen Augen in eine Baumkrone. Die Sonne blendete ihn.

»Dann hätten wir es einfacher. Wir würden die Kastanien hier und die Ulmen am Schloss befragen, und schon wüssten wir Bescheid.«

Sie schlenderten weiter in Richtung Schloss, von dem bereits das oberste Stockwerk und das Dach zu sehen waren.

»Wernher von Schleyersdorf lebte also Weihnachten '44 noch. Wer aber sagt uns, dass er der Tote ist?« Vollert war stehen geblieben und sah Kröger fragend an.

»Keiner! Nur Hypothese, aber ein Soldbuch, die Uniformreste und die Erzählungen der Einwohner passen. Wir müssen warten, bis uns die Gerichtsmedizin und Dr. Brauner mit seinem Team mehr sagen können. Was mich viel mehr interessiert …«

»Ja?«

»Schleyersdorf studierte Kunst oder so, jedenfalls was mit Malerei, bei der es sich ja folglich auch um Kunst handelt; die von Schleyersdorfs versuchen, ihre Kunstschätze in den letzten Kriegstagen zu retten, und ganz zufällig pflegt Hermann Göring zu diesem Landadel beste Kontakte. Er, einer der größten Kunstsammler und Räuber!«

»Du meinst …«

»Ach, vergiss es …« Kröger machte eine resignierte Handbewegung. »Wir wissen eigentlich gar nichts. Die sieben goldenen W sind alle noch unbeantwortet!«

»Aber wir nähern uns den Antworten auf die ersten Fragen. Ich hoffe, dass die Nächsten auf unserer Liste ein wenig mehr vom Inneren des Schlosses berichten können. Und …«, hier stockte Vollert, »es muss doch jemanden geben, der die Herrschaft näher kannte. Der uns sagen kann, ob das Schloss mit Kunstwerken zugepflastert war.«

»Nach so vielen Jahren? Ich bin froh, dass es überhaupt noch Leute gibt, die uns über die letzten Kriegstage und die damalige Stimmung berichten können. Du hast ja gehört, antreten vor der Freitreppe und die Arbeiten teilte der Verwalter ein. Apropos Verwalter: Der könnte uns was sagen, das heißt, wenn er noch lebt. Darum kümmere ich mich und ich werde mich mal mit dem Erben unterhalten. Wer steht jetzt auf unserer Frageliste?«

»Bauer Trapp, der muss dort wohnen.« Vollert zeigte in Richtung eines roten Backsteinbaus.

»Mmh, du, lass uns erst Mittag essen. Wie ich die Dorfbevölkerung kenne, sitzen sie früh am Tisch, und langsam bekomme ich auch Hunger.«

»Kantine?« Vollert grinste.

»Nee, du! Irgendwo draußen. Ich möchte noch ein wenig frische Luft genießen. Am besten, du fährst uns zum Hafen, da gibt es ein neues Restaurant.«

8

Zwei Stunden später standen sie vor dem großen, roten Backsteinbau, der so typisch für diese Gegend war. Eine Hälfte wurde als Wohnhaus und die andere als Stall genutzt. Der Eingang lag auf der Hofseite des Hauses. Als sie die Tür öffneten, wurden sie von zwei Schäferhunden bellend empfangen. Sie hatten träge in ihrem Zwinger gedöst und waren durch das Knarren der Pforte geweckt worden. Wie wild sprangen sie auf und ab, dabei aus voller Kehle kläffend.

Durch den Krach der Hunde aufmerksam geworden, stand ein älterer Mann vor der Eingangstür. Trotz der Wärme trug er eine Ledermütze und eine blau-weiß gestreifte Melkerbluse. Vervollständigt wurde der Aufzug durch eine verwaschene blaue Arbeitshose. Die Füße steckten in abgeschnittenen Gummistiefeln. Die Hände auf dem Rücken verschränkt und zu ihnen schauend, erwartete er sie.

Kröger grüßte: »Guten Tag. Wir wollten zu Herrn Trapp.«

Er musste förmlich gegen die beiden Hunde anschreien, die wie die Berserker tobten.

»Hollt dat Mul, Hauff un Henkler! Schnauze!« Der Mann drohte den Tieren mit der Faust. Sofort herrschte Stille. Die Hunde beäugten ebenso neugierig wie ihr Herrchen die Besucher.

»Sind Sie Herr Trapp?«

»Wer will dat denn weiten?« Sein Blick ging an Kröger hinauf und an Vollert hinunter.

»Kriminalpolizei.« Kröger wies sich aus, Vollert ebenso.

»Ach nee!« Es schien, als hätte er mit ihrem Besuch schon gerechnet.

Kröger nickte in Richtung der Hunde. »Heißen die wirklich Hauff und Henkler oder habe ich mich da verhört?«

Der Mann schüttelte den Kopf. »Nö, dor hemm's richtig hüürt.«

»Aber singen können ihre beiden nicht?«

»Nur bi Vullman, över denn ganz passabel!«

Kröger merkte, dass er einen typisch pommerschen Bauern vor sich hatte, abwartend, witzig und mit einer gehörigen Portion Bauernschläue ausgestattet. Er schmunzelte. »Dat is denn ja schöne Husmusik, und wenn Se de Buer Trapp sind, dann hätten wie Se giern gesprochen.«

»Tja, de bin ick. Nu kümms erst mal rin.«

Er machte den Eingang frei und die beiden Ermittlungsbeamten gingen dem Hausherrn hinterher. Seine Mütze hängte er an eine Garderobe, die im Flur befestigt war. Eine rosa Glatze kam dabei zum Vorschein, eingerahmt von einem grauen, kurz geschnittenen Haarkranz. Danach öffnete er eine Tür und bat sie in eine geräumige Küche. Geradeaus die Speisekammer, rechter Hand eine große, alte Kochmaschine, Ofen und Herd zugleich, die im Winter Wärme spendete und auf der man herrliche Braten zaubern konnte. Vor dem Fenster stand ein Tisch, an dem acht Personen bequem Platz hatten. Dort saß eine kleine, grauhaarige ältere Frau und schaute überrascht auf. Besuch war ungewöhnlich um diese Zeit. Fragend sah sie den Bauern an.

»Erna, de Männers sin von de Kriminalpolizei.«

Damit hatte er alles gesagt, was in seinen Augen gesagt werden musste.

Mit einem »Ach herrje, mein Gott!« legte die Frau ihren Kugelschreiber auf das Kreuzworträtselheft, nahm ihre Brille von der Nase, erhob sich und brachte alles zu einer Glasschale, die auf dem Küchenschrank stand. »Polizei, Polizei!« murmelnd fing sie an, durch die Küche zu wuseln. Als Erstes wurde die Wachstuchdecke von nicht vorhandenen Krümeln gereinigt, dann kam die Frage: »Darf ich Ihnen was anbieten?« Doch sie wartete nicht auf eine Antwort. Mit fahrigen Bewegungen wurde Kaffee abgemessen und die Maschine in Gang gesetzt. Danach ging sie in die Speisekammer, um nach einem kurzen Augenblick mit einer Keksdose in der Hand zurückzukommen.

Bauer Trapp zog sich einen Küchenstuhl heran und nahm Platz. Wortlos zeigte er auf die anderen Stühle. Kaum saßen die Kriminalisten, lief die Frau mit kurzen, schnellen Schritten in die angrenzende Wohnstube. Man hörte das Geklapper von Geschirr und immer wieder das Gemurmel: »Ach herrje, Polizei …, Polizei.« Ein Tablett in beiden Händen balancierend, kam sie in die Küche zurück. Jede der vier Personen bekam eine Sammeltasse nebst dazugehörigem Teller.

Kröger konnte ein Schmunzeln nicht verbergen, als er sah, dass das gute Porzellan aufgetragen wurde. In den Augen der Frau waren sie hoher und seltener Besuch, der dementsprechend bewirtet wurde.

Ihr Mann sah das alles gelassener. Sie schüttete soeben die Kekse aus der Dose in eine Schale, als er sie zurechtwies. »Nu lott dat mal sinn un sett die henn. Büst ja hütt ganz närrich, Wief!«

»De Herrn möten doch wat etten. Und dat is ok Kaffeetiet. Nee do, de Kirl hät doch keen Anstand.« Ärgerlich schüttelte sie ihr ergrautes Haupt und setzte sich ebenfalls auf einen freien Stuhl.

Kröger folgte diesem kurzen Exkurs in die plattdeutsche Sprache amüsiert. Hier auf dem Dorf gehörte das Platt einfach dazu. Viele verstanden es, aber immer weniger konnten es sprechen. Fremdsprachen schienen an den Schulen wichtiger zu sein als die eigene kulturelle Vergangenheit. Nur langsam setzte ein Umdenken ein. An einigen Schulen wurde wieder Plattdeutsch unterrichtet und mancher junge Mensch interessierte sich wieder für diese Sprache.

»Als ob du wüsst, wat die wolln!«

Nach diesem Satz würdigte er seine Frau keines Blickes mehr, schaute hingegen neugierig die Beamten an. »Mich wundert, dass Sie jetzt erst kommen.«

Erstaunt sah Kröger in das Gesicht des alten Mannes. »Warum meinen Sie, wir kommen jetzt erst?«

»Na, Sie waren doch schon beim Bürgermeister und der gab Ihnen meinen Namen. Und wenn ich mich nicht irre, waren Sie heute Vormittag bei Grugels.«

»Sie haben uns gesehen?«

»Nee!«

»Dann haben Sie mit Herrn oder Frau Grugel gesprochen oder mit jemandem, der uns dort gesehen hat?«

»Nee!« Bauer Trapp lächelte schelmisch.

»Ehrlich gesagt, ich hab das in der Nase. Den Qualm von Anton seine Stumpen kriegt man nur schwer aus den Klamotten.«

Kröger errötete leicht. »So schlimm?«

»Nu mocken Se sich nicht glicks in Hemd. Dat geit noch, öwer ick wurd das Tüs nich mehr antrecken ohne Wäsch.«

»Na, dann ok schön Dank vör den Tipp. Dat hef ick ock vör hat.«

Wohlwollend nickte der Mann, der plötzlich ins Hochdeutsch wechselte. »Aber ich glaub nicht, dass ich Ihnen was sagen kann.« Er verschränkte seine von jahrelanger schwerer Arbeit gezeichneten Hände vor dem Bauch und lehnte sich abwartend zurück.

Deutlich hörte man das Glucksen der Kaffeemaschine, in der das Wasser immer schneller durch den Filter tropfte.

»Herr Trapp, Sie lebten zu Kriegsende hier in Reedich?«

Der Bauer hielt die Hände bei der Antwort immer noch über dem Bauch verschränkt. »Ja, das stimmt!«

»Waren Sie nicht Soldat?«

»Doch, war ich.«

»Was führte dazu, dass Sie bei Kriegsende zu Hause waren? Würden Sie uns das erzählen?«

Jetzt nahm der Mann die Hände vom Körper und ließ sie langsam auf den Tisch sinken. »Ich wurde verwundet, bekam Genesungsurlaub und dann war der ganze Spuk vorbei.« Er hatte leise gesprochen, den Blick auf seine Hände gerichtet. Kröger hatte Mühe, ihn zu verstehen. Man merkte ihm an, dass er nicht gern über diese Zeit redete.

Im Hintergrund gab die Kaffeemaschine ein letztes, lautes Röcheln von sich.

»Und Ihre Frau?« Kröger schaute ihr in das faltige Gesicht.

»Meine Frau kam erst nach dem Krieg nach Reedich. Sie kommt aus Hinterpommern. Die Flucht hat sie hierher verschlagen. Die kann Ihnen nichts erzählen.«

Er stand auf und ging in das Nebenzimmer. Die Kriminalisten hörten das Quietschen einer Schranktür. Einen Augenblick später kam der Hausherr mit einer Eisenkassette in die Küche zurück. Bedächtig stellte er das alte Stück auf den Küchentisch, nachdem er seinen Teller ein Stück beiseite geschoben hatte. Genauso bedächtig schloss er die Kassette auf. Kröger und Vollert verfolgten die Zeremonie des Mannes neugierig. Nach einem Augenblick des Suchens förderte er einen Zettel zutage. »Schauen Sie selbst, Herr Kommissar.« Er reichte Kröger das vergilbte Stück Papier.

Kröger hielt einen Kriegsurlaubsschein in der Hand, ausgefertigt am 20.04.1945. Er las, dass der Schütze Otto Trapp vom 20.04.1945 bis zum 04.05.1945 vom Lazarett Schwerin beurlaubt worden war und dass er auf Kleinem Wehrmachtsfahrschein fuhr.

»Sie wurden verwundet?«

»Ja, Bauchschuss. Ich hatte viel Glück.«

Scheinbar hatte der Alte schon lange nicht mehr darüber gesprochen, denn die Worte kamen stockend aus seinem Mund. Er ergriff die Hand seiner Frau und streichelte sie zärtlich.

»Sech eins, iss de Kaffe dörch?« Seine brüchig gewordene Stimme klang wieder fester, als wolle er damit die Geister der Vergangenheit verscheuchen. Die Frau erhob sich, etwas mühsam, wie es Kröger schien. Wahrscheinlich machten die Knochen Schwierigkeiten wie bei vielen älteren Menschen, die ihr Leben lang körperlich schwer gearbeitet hatten.

Mit der Kanne in der Hand kam sie zurück an den Tisch und schenkte jedem der Männer die Tasse voll. Sie nahm sich als Letzte. Eine schüchterne Geste in Richtung der Kekse und der Satz: »So, greifen Sie zu«, das war alles, was von ihr zu hören war.

Ihr Mann hatte sich gefangen. Bedächtig nahm er von dem Gebäck. Genauso ruhig maß er genau einen Kaffeelöffel Sahne ab, gab diesen in die Tasse, rührte um und schlürfte genüsslich den ersten Schluck. Erst dann sprach er weiter.

»Dieser Urlaubsschein«, er deutete auf das Papier, »war ein Urlaubsschein in den Frieden. Ich sollte Anfang Mai wieder bei der Truppe sein, aber da gab es keine Truppe mehr. So hatte ich Glück im Unglück.«

Kröger schaute in sein Notizbuch. Er musste ein wenig blättern, bis er die richtige Stelle fand. »Sie durften am 20. April nach Hause fahren. Waren die Flüchtlinge zu diesem Zeitpunkt schon im Schloss?«

Die Frau, die bisher still am Tisch gesessen hatte, blickte zu Kröger. »Ich glaub, da kann ich was zu sagen. Wir kamen am 27. April hier an. Das ist mein Geburtstag, deshalb weiß ich das so genau. Wir kamen nicht mehr weiter. Unser Pferd war krepiert. Viele sind weitergezogen, einige sind mit uns dageblieben. Wir waren froh, endlich ein Dach überm Kopf zu haben und ein wenig zur Ruhe zu kommen. In keinem Dorf waren wir gern gesehen. Wir waren ja die Habenichtse aus dem Osten.«

Jetzt ergriff Bauer Trapp wieder die Hand seiner Frau und drückte sie. »Ist ja gut«, flüsterte er liebevoll.

»Wie viele waren es denn, die mit Ihnen ankamen?«

Die Frau überlegte einen Augenblick, bevor sie antwortete. »So ungefähr 30 waren wir. Einige ruhten sich nur ein, zwei Tage aus und zogen dann weiter, aber in den nächsten Tagen und Wochen kamen noch ein paar Familien. Es war damals ein heilloses Durcheinander.«

»Als Sie im Schloss ankamen, gab es da etwas Besonderes? Irgendwelche Bauarbeiten im oder am Schloss?«

Die beiden alten Leute schauten Kröger an, als wenn er nicht mehr ganz bei Verstand wäre.

»Bauarbeiten? Wie kommen Sie denn darauf? Damals zum Kriegsende hin hat niemand etwas gebaut außer Schützengräben und Panzersperren. Da wurde nur zerstört! Mit dem Bauen, ja, da ging es erst nach dem Krieg los. Häuser und Wohnungen für die Umsiedler und Neubauern mussten her und so haben wir uns auch dieses Haus gebaut. Das war nämlich mal früher das Kutschenhaus!« Stolz schwang in seinen letzten Worten mit.

»Ein Kutschenhaus?«, fragte Vollert interessiert.

»Ja, wenn früher Besuch zum Schloss kam, so bei Feiern und so'n Kram, dann wurden hier die Pferdekutschen untergestellt. Nebenan war die Schmiede und dies hier war sozusagen die Kutschengarage.«

Vollert schaute sich in der Küche um. »Da haben Sie ja mächtig viel Arbeit reingesteckt.«

»Stimmt! Das haben wir.« Dem Mann tat es sichtlich gut, über sein Haus zu reden.

»Wann haben Sie denn mit dem Ausbau angefangen?«

»Frühjahr '46 ging's los. Das Gebäude war in gutem Zustand und groß genug war es auch. So haben wir eben beim damaligen Bürgermeister den Antrag gestellt und konnten denn auch bald loslegen.«

»Und Baumaterial, wie sah es damit aus?«

»Hören Sie bloß damit auf.« Er winkte ab und drehte sich zu Vollert. »Es gab ja kaum etwas. Das eine oder andere konnten wir rantauschen, weil die in der Stadt wenig zu essen hatten. Die Städter gaben für Kartoffeln und Butter so einiges her … Na ja, manch einer hat sich auch daran gesundgestoßen. Wir aber nicht!« Er hatte den letzten Satz sehr bestimmt ausgesprochen, und als er das fragende Gesicht von Kröger sah, wiederholte er: »Wir nicht! Das können Sie uns glauben!«

Vollert stellte schnell seine nächste Frage: »Sie sagten, manches konnten Sie eintauschen, und das andere, wo nahmen Sie das her? Für so ein Haus braucht man doch einiges an Material.«

»Nun, der eine oder andere hatte noch ein wenig rumliegen. Manches fiel einem auch so in den Schoß.« Den letzten Satz hatte der alte Mann mit einem verschmitzten Lächeln gesagt.

»Würden Sie mir erzählen, wie das funktionierte, so … mit dem ›In-den-Schoß-Fallen‹?« Vollert lächelte.

Der Alte rieb sich die Nase. »Na ja, kann man heute ja erzählen. Also, wir bekamen von der Kommandantur in Stralsund die Genehmigung, uns Steine vom ehemaligen Flugplatz in Parow zu holen. So mit richtigem Dokument mit Stempel und Unterschrift für ein paar 1000 Steine. Morgens also los mit Pferdefuhrwerken und uns beim Posten gemeldet. Das war ein blutjunger russischer Soldat. Der hatte aber nie eine Schule von innen gesehen. Schreiben oder Rechnen waren für den ein Fremdwort. Als wir das spitzkriegten, haben wir die Pferdewagen ordentlich vollgeladen, etwas mehr, als wir durften. Der Posten kontrollierte, wie gesagt, mit Rechnen war es nicht weit her, und dann machte er einen Haken auf dem Papier der Kommandantur. Wir sind dann hierher, haben abgeladen, den Haken wegradiert, war ja auch nur mit Bleistift gemacht, und dann ist mein Vater mit meiner Schwester noch mal hingefahren. Gleicher Posten, gleiches Dokument, gleicher Vorgang. Das Spiel haben wir dreimal gemacht. Dann hatten wir so viele Steine für den Innenausbau, dass wir sogar noch welche tauschen konnten. Herrliche Hartbrandklinker, kann ich Ihnen sagen!«

»Und das fiel nicht auf?« Kröger musste über Vollerts ungläubigen Blick schmunzeln.

»Nee, solange man es nicht übertrieb, nicht. Da kamen Dutzende Fuhrwerke an, um Steine zu holen. Ein Posten war viel zu wenig! Hat aber verdammt großen Spaß gemacht.« Er zwinkerte Vollert zu.

»Und vom Schloss, konnte man da auch was abzweigen?«

»Vom Schloss? Nee, da mussten wir noch was reinstecken, Zwischenwände ziehen und aus großen Räumen mehrere Wohnungen machen.«

»Hatten Sie auf dem Schloss gearbeitet, vor oder während des Krieges?« Kröger drehte bei dieser Frage die Kaffeetasse in den Händen hin und her.

»Vor dem Krieg selten und während des Krieges gar nicht. Da wurde jede Hand auf dem Acker und im Stall gebraucht.«

»Und nach dem Krieg?«

Bauer Trapp schüttelte den Kopf. »Nee, im Schloss wohnten ja gleich nach dem Krieg die Flüchtlinge. Die Herrschaft war weg, da gab es auch nichts mehr zu arbeiten.«

»Wer hat dann die Umbauarbeiten getätigt?«

»Die Flüchtlinge selbst.«

Kröger stellte vorsichtig die Tasse ab. »Wann ist denn die Herrschaft abgereist?«

»›Abgereist‹ ist gut! Genaues Datum kann ich Ihnen nicht sagen, aber als ich auf Genesungsurlaub hier ankam, waren sie noch da.« Er kratzte sich am Kopf und fuhr dann fort: »So am 22. oder 23. April müssen die sich aus dem Staub gemacht haben, Richtung Westen, zu den Amerikanern. Die hatten mächtig Schiss vor dem Russen! Hatten wir zwar auch, aber wir konnten nicht abhauen, uns hätte man an die Wand gestellt.«

Seine Frau war bei diesen Worten aufgeschreckt.

»Otto, du sollst nicht immer so reden.«

Vorwurfsvoll und ärgerlich schüttelte sie ihren Kopf.

»Ist aber wahr. Manch einer ist an die Wand gestellt worden, nur weil er nicht mehr an den Endsieg glaubte.« Er wischte sich mit der Hand über die Augen.

»Hier auch?«

»Hier? Nein!«

»Ist Wernher von Schleyersdorf mit der Herrschaft geflohen?«

»Wernher? Der war doch bei der SS, und den habe ich das letzte Mal im Frühjahr '44 gesehen. Dann musste ich zum Barras. Ob der mit der Herrschaft geflohen ist, weiß ich nicht. Da kann ich Ihnen nicht weiterhelfen.«

Der Alte nahm kopfschüttelnd einen Schluck aus seiner Kaffeetasse. Kaum hatte er die Tasse abgesetzt, kam die nächste Frage, diesmal von Vollert.

»Was waren denn die von Schleyersdorfs für Menschen?«

Bauer Trapp schaute zuerst Vollert, dann Kröger und zuletzt seine Frau an.

»Tja, was waren das für Menschen? Ehrlich gesagt, da hab ich noch nie drüber nachgedacht. Sie waren eben die Herrschaft und wir waren ...«

»Knechte?«

»Nee«, er schüttelte den Kopf. »So kann man das nicht sagen. Wir hatten unser Auskommen. Da gab es Schlimmere. Der Alte passte schon auf, dass alles flutschte. Ließ aber auch mal fünfe gerade sein.«

»Und Wernher?«

»Der Wernher? Der war sein einziger Sohn und der Alte dachte, der Wernher übernimmt das Gut, aber der hat ihm was geschissen.«

»Otto!« Empört schlug seine Frau mit der flachen Hand auf den Tisch, doch Trapp ließ sich nicht beirren.

»Ja, hat er, ihm was geschissen.« Wie zum Trotz betonte er das letzte Wort. »Doch die gnädige Frau hatte einen Narren an dem Wernher gefressen und kriegte den Alten rum. So durfte der Junge studieren, aber nicht Ackerbau und Viehzucht, sondern was mit Kunst. Und dann wurde er Offizier bei den Schwarzen, bei der SS.«

»Sie sagten, er habe was mit Kunst studiert. Hatten denn die alten von Schleyersdorf viele Kunstwerke?«

»Kunstwerke? Na, so ein paar Bilder hingen da rum. Ich war ja nur ein paar Mal im Schloss und dann ausschließlich in den Dienstbotenräumen. Da habe ich nicht so viel gesehen.«

»Und nach dem Krieg?«

Die Eheleute schauten sich an und schüttelten die Köpfe. »Schöne Möbel und Geschirr waren da, aber nur wenige Tage oder Wochen. Die Russen haben viel kaputt geschlagen und manch ein Flüchtling sowie auch etliche Dorfbewohner haben das eine oder andere Stück mitgehen lassen.«

»Und sonst?«

»Sonst gibt's nichts mehr. Als ich aus dem Lazarett kam, war im Schloss von der Herrschaft und dem Personal keiner mehr da. Köchin, Zofen, Chauffeur, alle weg. Nur der Max Fenske war noch da. Vielleicht sollten Sie den mal fragen. Der war öfter im Schloss!«

Der Alte sah den fragenden Blick von Kröger und ergänzte:

»Tja, der arbeitete als Kutscher während des Krieges. Er brauchte nicht zum Heer, wegen seines Beins. Als Kind hatte ihm eine Kuh einen Tritt verpasst und dabei das Knie getroffen.«

»Haben Sie seine Anschrift?«

»Nee!« Die beiden Alten verneinten. »Der ist nach dem Tod von Hilde, was seine Frau gewesen ist, zu der Tochter gezogen, irgendwo in Stralsund haben die neu gebaut.«

»Kennen Sie noch jemanden, der uns weiterhelfen könnte?«

Beide überlegten einen Augenblick, doch neue Namen konnten auch sie nicht nennen. So erhoben sich Kröger und Vollert.

»Eine Frage hätte ich aber noch.« Kröger schaute den Bauern direkt an. »Sagen Sie mal, haben Ihnen die Russen nichts getan? Die müssen doch gemerkt haben, dass Sie Soldat waren.«

Bauer Trapp lächelte und dieses Lächeln wurde immer breiter.

»Och, das war einfach Glück. Die Russen haben damals gedacht, ich wäre desertiert. Meinen Urlaubsschein habe ich denen nun nicht gerade gezeigt und im Dorf hat keiner was verraten. Die Russen wollten sogar, dass ich Bürgermeister werde, aber das konnte der olle Konrad besser. Der sprach ein paar Brocken Russisch, noch vom Ersten Weltkrieg her. Die Russen sagten immer zu mir: ›Du gut Deutscher – nix Faschist!‹ Tja, und meine Frau, nun, damals war sie es noch nicht, wir heirateten erst 1946, die pflegte die Hilde Fenske, die schwer darniederlag, und die Russen packten ihre Verwundeten dazu und ließen sie in Ruhe.«

»Kannten Sie einen Unteroffizier Fritz Lange?«

»Lange? Unteroffizier? Nee, ganz bestimmt nicht!« Der Mann schüttelte den Kopf.

Sie verabschiedeten sich und Bauer Trapp kam noch mit vor die Tür, um Hühner zu füttern, wie er sagte. Die Hunde sprangen sofort auf, wagten es aber nicht zu bellen. Aufmerksam verfolgten sie jeden Schritt der Beamten. Der Bauer schaute kurz zum Himmel, an dem keine Wolke zu sehen war. Vollert konnte es sich nicht verkneifen, ihn nach seiner Meinung zum Wetter zu fragen.

»Zu trocken!«, gab der Mann zurück.

»Meinen Sie, es bleibt so?« Vollert hakte nach.

»Die nächsten Tage schon!«

»Bauernregel?«

»Nö, Wetterbericht!« Und wieder war das verschmitzte Lächeln da, doch nur kurz. Nachdenklichkeit wischte es weg und mit zusammengekniffenen Augen schaute er den Ermittlungsbeamten hinterher.

9

Als sich die beiden Kriminalbeamten ins Auto setzten, spürten sie die Hitze des Tages. Der Wagen hatte sich aufgeheizt, sodass sie gar nicht schnell genug die Fenster herunterkurbeln konnten. Vollerts Hände zuckten zurück, als sie das Lenkrad berührten.

»Himmel, ist das heiß!« Er wedelte mit den Händen herum, als wollte er den Schmerz abschütteln. Dann ließ er den Motor an und stellte das Gebläse auf höchste Stufe. Doch die heiße Luft, die in das Wageninnere gepustet wurde, brachte keine Abkühlung. Vorsichtig griff er wieder zum Lenkrad und langsam setzte sich das Fahrzeug in Bewegung. Kröger hatte alles schmunzelnd verfolgt.

»Sag mal, Carsten, du hast dich so brennend für die Beschaffung von Baumaterial interessiert. Kann es sein, dass du bauen willst?«

Vollert lachte kurz auf. »Weißt du, ich bin mir da nicht so sicher. Frag lieber Sigrun!«

»Wieso?« Überrascht schaute Kröger seinen Kollegen an.

»Na ja, wenn es nach ihr ginge, würden wir bauen, lieber heute als morgen …«

»Aber?«

»Das liebe Geld, hier …« Er machte die bekannte Geste mit Daumen und Zeigefinger.

Kröger winkte ab. »Äh, hör auf! Du hast Arbeit, wahrscheinlich auch etwas gespart, und jung seid ihr auch. Wovor hast du Angst?«

Vollert nagte nachdenklich an der Unterlippe. »Ich, auf einem Dorf, wo jeder jeden kennt …«

»Und mitten in viel frischer Luft, die deine Tochter bestimmt gut gebrauchen kann, dazu viel Grünes. Keiner im Block, der die Wände mit einer Bohrmaschine perforiert und meinen Kollegen um seinen wohlverdienten Schlaf bringt. Ich weiß nicht, was daran so kompliziert sein soll.«

»Mann, du redest schon wie Sigrun!«

»Ja, daran kannst du mal sehen, wie gut wir dich kennen. Deine Frau hat mein tiefstes Mitgefühl.«

»Weißt du, was so ein Haus kostet und wie viel Arbeit es macht?«

»Zum Glück habe ich eins, und Arbeit macht es, da gebe ich dir recht, aber das ist eine schöne Beschäftigung und eigentlich keine richtige Arbeit. Und wegen der Finanzen, hast du schon mal an Fördermittel gedacht?«

»Fördermittel? Nee!«

»Dann hol dir mal einen Termin bei Frau Blechert, die ist unsere Ansprechpartnerin für das Beamtenheimdarlehen, so nennt sich diese tolle Erfindung, aber vorher setzt du mich zu Hause ab. Ich will heute zum Judotraining, sonst mault Dr. Hüpenbecker wieder rum.«

Vollert tat, wie ihm geheißen, und Kröger stieg wenige Minuten später vor seinem Haus aus dem Auto. Eine schnelle Dusche, saubere Garderobe, und zwei Stunden später trainierte er auf der Tatami die Boden- und Wurftechniken. Doch hier nannte man sie Ukemi Waza und Nage Waza.

Innerhalb von Minuten hatte er alles andere vergessen. Konzentriert gab er sich diesem Sport hin, den er seit über 30 Jahren betrieb. Judo war mehr als bloße Leibesertüchtigung. Es war eine Art Philosophie. Man versuchte zum einen, sich zu verstehen, gegenseitig zu helfen, und zum anderen versuchte man, seinen Körper und Geist bestmöglich einzusetzen.

Als junger Mensch war er fasziniert gewesen von der Fremdartigkeit dieser Sportart, etwas zu können, was nicht jeder beherrschte, und von der Exotik, die im Judo lag. Doch je länger er sich damit beschäftigte, um so mehr trat der philosophische Anspruch hervor. Körper und Geist als eine Einheit zu betrachten und das alles zum gegenseitigen Fortschritt und Wohlergehen. Welch ein Gegensatz zu seiner täglichen Arbeit und zur gegenwärtigen Gesellschaft, in der jeder nach mehr und noch mehr strebte, egal, auf welcher Leute Kosten, und egal, wer dabei auf der Strecke blieb.

Nach einer Stunde drang Kröger der Schweiß aus allen Poren. Ein angenehmes Gefühl hatte von seinem Körper Besitz ergriffen. Als der Trainer zum Randori rief, setzte er sich wie seine Sportsfreunde an den Rand der Tatami. Diese besondere Form des Übungswettkampfes mochten alle sehr. Hier konnte man zeigen, welche Techniken man beherrschte, aber es wurde einem auch gnadenlos vor Augen geführt, wo die eigenen Schwächen lagen.

Lächelnd bat der Trainer ihn auf die Tatami. Als er fragte, wer sich mit Kröger messen wolle, hob Dr. Hüpenbecker den Arm. Der Trainer nickte und Sekunden später standen sich beide konzentriert auf der Übungsmatte gegenüber. Kröger zog sich die Uwagi zurecht. Diese halblange Baumwolljacke musste sitzen, Etikette wurde hier großgeschrieben.

Der Kampf versprach, interessant zu werden. Beide waren Träger des 3. Dan und von fast gleichem Alter und ähnlicher Statur. In den ersten zwei Minuten konnte keiner von ihnen einen Vorteil für sich verbuchen. Beide agierten vorsichtig und abtastend, doch dann versuchte Dr. Hüpenbecker, Kröger mit einem Tani-Otoshi nach hinten zu werfen. Aber Kröger hatte einen festen Stand. Er reagierte schnell, zog den Arzt am Ärmel nach vorn und hob ihn gleichzeitig mit seinem Bein aus. Dr. Hüpenbecker wurde in der Luft gedreht und fiel auf die Tatami.

Laut erschollen die Wertung und das Kommando des Trainers: »Ippon ... Sore made!« Die Wettkämpfer gingen zu ihrem Ausgangspunkt zurück, der Trainer kürte Kröger zum Sieger und beide Sportler verbeugten sich.

»Sauber und korrekt ausgeführter Ashi Uchi Mata. Sehr gut.«

Kröger freute sich über das Lob des Trainers, doch dieser ergänzte: »Es wäre schön, dich öfter hier begrüßen zu dürfen. Als Strafe zwei Runden Entengang um die Tatami, und zwar beide.«

Krögers Lächeln war wie weggewischt und auch der Gerichtsmediziner, der sich von seiner Niederlage gerade erholte, schaute ungläubig. »Warum ich? Ich war zum Training immer hier!«

»Erstens wegen dieser Frage, die ich erwartet habe, und zweitens, weil du außer Form bist.« Die Hand des Trainers vollführte einen Kreis um die Tatami.

Kröger und Dr. Hüpenbecker gingen in die Hocke und setzten mit großer Ernsthaftigkeit einen Fuß vor den anderen. Nach einer Runde knackten ihre Knie, nach der zweiten kamen sie kaum noch hoch.

Mit schmerzverzerrtem Gesicht schüttelten sie ihre Beine aus. Das ›Sport frei!‹ am Ende des Trainings war Erlösung. Beide sehnten sich nach einer heißen Dusche.

Etwas später standen sie erschöpft, aber frisch geduscht

vor der Sporthalle. Kröger atmete tief ein. Die zwei Stunden hatten ihm gutgetan.

Dr. Hüpenbecker griff in die Hosentasche und holte eine zerknüllte Schachtel Zigaretten heraus. Vorsichtig pulte er eine zerquetschte Zigarette aus der Packung und stopfte sie mit einem Seufzer zurück.

»Meine Letzte!«

»Versprochen?«

»Nee, nur für jetzt. Ich hab' doch keine mehr dabei.« Er klopfte die Taschen ab, erfolglos.

»Hör mit dem Qualmen auf, ist das Beste ... Vielleicht gewinnst du dann ja.«

»Ha, ich fass' es nicht! Da hat der Mensch mal Glück und dann gleich große Reden schwingen. Beim nächsten Mal liegst du auf der Tatami.«

Kröger lachte auf. »Und du in meinem Griff. Ich würde meinen ...«, er taxierte den Mediziner, »nun, Kesa Gatame, die passt!«

»Sicher, du Träumer. Aber mal was anderes, bevor dir der Ruhm zu Kopf steigt. Bis nächste Woche habe ich euren Toten rekonstruiert. Na, jedenfalls das Gesicht.«

»Ehrlich?«

»Nein! Das sage ich dir nur, um dich noch weiter aufzubauen. Damit du schön träumst in der heutigen Nacht.« Dr. Hüpenbecker schüttelte den Kopf.

»Entschuldige, aber das ist sehr überraschend. Wie machst du das?«

»Ich habe ein Modell vom Schädel gemacht und nach anatomischen Gesichtspunkten aufgebaut. Schicht für Schicht legt man auf, aber ... Schau es dir selber an, wenn es fertig ist, dann verrate ich dir auch das Wie. Und jetzt muss ich los. Willst du mit? Ich lass dich zu Hause raus.«

Kröger verneinte und verabschiedete sich. Was sollte er auch daheim? Allein die vier Wände anstarren? Er ging lieber zu Fuß über die weißen Brücken nach Hause. Unterwegs kaufte er sich an einem Imbisswagen noch einen gemischten Salat. Sport und Grünzeug, wie gesund ich doch heute lebe, dachte er beim Heimschlendern.

Ein herrlicher Frühsommerabend verwöhnte die Bewohner der Hansestadt. Wie gern wäre er diesen Weg an einem so schönen Abend mit seiner Frau gegangen, doch sie weilte mit ihrer Klasse noch in Schweden. Heute war Halbzeit der Trennungswoche.

Später, in seinem trauten Heim, vor dem Einschlafen, warf er noch einen Blick auf das Foto seiner Frau.

10

Kröger und Vollert saßen mit nachdenklichen Gesichtern über ihren Notizen. Sie hatten die obligatorische Tasse Kaffee vor sich, Vollert ein Eierbrötchen in der Hand, als Schneider eintrat. Mit debilem Grinsen im Gesicht, wie Vollert fand. Schneider schmetterte ihnen ein ›Guten Morgen, die Herren!‹ entgegen und fragte, ohne eine Pause einzulegen: »Seid ihr ohne mich klargekommen?«

»Kaum.« Kröger lächelte und schüttelte, zu Vollert gewandt, unmerklich den Kopf. Dieser sah aus, als hätte er eine Kakerlake auf seinem Brötchen entdeckt.

Schneider ließ sich auf seinen Bürostuhl fallen und schwadronierte weiter: »Kinder, wenn ich euch erzähle, was ich erlebt habe, das glaubt mir kein Mensch!«

»Dann behalt es doch für dich!« Vollerts Stirn war kraus wie ein Plisseerock.

»Hä?« Schneider schaute verwundert auf seinen Kollegen.

Doch debil, durchzuckte es Vollert. Er verkniff sich aber jeden weiteren Kommentar.

»Carsten meint, wenn es so unglaublich ist, dann erzähl es uns erst gar nicht. Wir würden arge Probleme haben, was deine Glaubwürdigkeit betrifft. Übrigens, hier, mach dich schon mal mit unserem neuen Fall vertraut.«

Kröger erhob sich und spürte dabei seine Oberschenkelmuskulatur. Verfluchter Entengang, dachte er, als er Schneider die Akte vom Schloss hinüberreichte. Der warf einen flüchtigen Blick hinein und meinte: »Weiter seid ihr noch nicht? Na, wird Zeit, dass Vater euch unterstützt.« Seine Stimme hatte einen überheblichen Unterton.

Vollert hielt sich krampfhaft an seiner Kaffeetasse fest. Es sah aus, als explodierte er jeden Moment. Wütend biss er von seinem Brötchen ab und kaute stoisch auf dem Bissen herum, kaum schmeckend, was er im Mund hatte. Schneider schaffte es immer wieder, ihm den Appetit zu verderben oder ihn innerhalb von Sekunden auf 180 zu bekommen.

Kröger lächelte wohlwollend. »Schön, dass du das so siehst. Du studierst die Akte, machst danach die Anschrift vom alten Fenske ausfindig und wirst diesen befragen. Einen Fragenkatalog habe ich dir zusammengestellt. Letzte Seite, wenn du mal schauen magst!«

Er bemerkte Vollerts verwunderten Blick und ergänzte: »Und wir beide werden heute Nachmittag den hohen Besuch empfangen, aber vorher habe ich noch einige Fragen an Fräulein Boder.«

»Hast du ihre Adresse?« Die Frage kam sehr gequetscht aus Vollerts kauendem Mund.

»Wenn du dir den Rest des Brötchens auch noch reinstopfst, dann verstehe ich dich besser!« Kröger schüttelte den Kopf.

Vollert kaute schnell, schluckte hastig den Bissen hinunter und spülte mit einem Schluck Kaffee nach. »Ich fragte, ob du ihre Anschrift hast?«

»Ja!« Kröger nickte.

»Sag mal, Horst, du sprachst von hohem Besuch am heutigen Nachmittag, darf man mehr erfahren?«

»Darfst du. Wir erwarten heute eine polnische Spezialistin aus Krakau und einen Herrn vom Museum in unseren heiligen Hallen.«

Vollert zog ein unglückliches Gesicht.

»Hast du damit ein Problem?« Kröger hakte nach.

»Gerade heute und dann so kurzfristig.«

»Hast du was vor?«

»Auf deinen Rat hin habe ich heute Nachmittag einen Termin bei Frau Blechert.«

Schneider, der bis dahin lustlos in der Akte geblättert hatte, schreckte auf. »Bei der Fördermitteltante?«

»Ja!« Vollert winkte ärgerlich in Richtung Schneider.

»Willst du bauen?« Schneider schaute jetzt mehr als debil drein.

»Vielleicht.«

»Kannst du dir das überhaupt leisten?«

Vollert fuhr herum, schaute seinen Kollegen an, der immer noch dümmlich dreinschaute, und fauchte ärgerlich: »Was geht dich das an!«

»Entschuldige …«

»Nun ist es gut!« Kröger war aufgestanden. »Wann hast du den Termin?«

»16.30 Uhr.«

Kröger nickte. »Schaffen wir! Um 15 Uhr sollen wir beim Chef sein. Das macht anderthalb Stunden, und wenn es länger dauert, verkrümelst du dich. Wir wollen doch deinem persönlichen Glück nicht im Wege stehen. Nicht wahr, Kollege Schneider?«

Der schaute mit zusammengekniffenen Augen auf Vollert und drückte ein ›Bestimmt nicht!‹ heraus. Dann kam es schon deutlicher: »Soll ich auch am Empfang teilnehmen?«

»Nein.« Kröger schüttelte den Kopf. »Erst Aktenstudium, dann Befragung des Herrn Fenske, und jetzt los.« Er ging Richtung Tür. »Na, was ist?«

Vollert trank schnell den letzten Schluck Kaffee, nahm seine Tasse und spülte sie aus. »Ordnung muss sein, Horst.«

Kröger nickte und zeigte mit dem Kopf in Richtung Tür. Vollert beeilte sich und wenige Minuten später saßen sie im Wagen und fuhren zum Altenheim, in dem Fräulein Boder ihren Lebensabend verbrachte.

Die alte Dame wartete schon auf die beiden Kriminalisten. Sie saß im Rollstuhl, die grauen Haare zu einer Dauerwelle gelockt, die schmächtigen Arme über Kreuz in den Schoß gelegt.

Kröger schilderte ihr Anliegen, und ein Lächeln trat in das Gesicht der Frau. Ihre blauen Augen schauten klar und neugierig auf die beiden Beamten.

»Ja, das Schloss. Da hatte ich meine Schwesternstation. Ich war bis zur Rente die Gemeindeschwester. War eine schöne Zeit damals.«

»Auch in den letzten Kriegstagen?« Kröger hatte sich der ehemaligen Gemeindeschwester gegenüber auf einen Stuhl gesetzt. Vollert saß etwas abseits, aber so, dass er kein Wort verpasste.

Die Augen der Frau schienen sich einzutrüben. Das Lächeln verschwand sofort aus ihrem Gesicht. »Nein! Gott bewahre!« Sie schaute entrüstet zu Kröger.

»Wie haben Sie die letzten Kriegstage erlebt?«

»Wie fast jeder im Dorf. In Angst, Ungewissheit und mit viel Arbeit.«

»Waren Sie damals schon Gemeindeschwester?«

»Ach wo. Ich war eine junge Frau, die im letzten Kriegsjahr aus der Schule kam und durch Zufall Krankenschwester lernte.«

»Zufall?«

»Ja, ein Zufall. Erna Trapp war schuld. Hilde Fenske war damals schwer erkrankt. Gestürzt und unglücklich mit dem Kopf aufgeschlagen. Erna pflegte sie und einige der verwundeten Russen brauchten auch Pflege. Mich holte sie zu Hilfe. So kam ich zu einem Beruf, der nichts mit der Landwirtschaft zu tun hatte. Ich war die Erste aus dem Dorf, die einen anderen Weg einschlug als ihre Eltern und Großeltern.«

»War das damals etwas Besonderes?«

»Oh ja! Frauen hatten Kinder zu bekommen, den Haushalt zu führen, durften das Vieh versorgen und auf dem Acker helfen. Durch den Krieg mussten die Frauen in der Stadt mit ran. Die Männer waren an der Front! Auf dem Land aber, da herrschten noch die alten Gesetze. Solche, die manch ein Politiker heute wieder einführen möchte. Frauen an den Herd, rückwärts zur Senkung der Arbeitslosenstatistik!« Den letzten Satz hatte sie förmlich deklamiert, mit einem sehr sarkastischen Unterton in der Stimme, dabei eine der Hände zur Faust geballt und von sich gestreckt.

Kröger stellte Fragen und erhielt Antworten, die sie nicht weiterbrachten. Fräulein Boder hatte ähnliche Erfahrungen gemacht wie die anderen aus ihrem Dorf, die jene Kriegszeit miterlebt hatten. Nach gut zwei Stunden verabschiedeten sich Kröger und Vollert von der alten Frau. Alles in allem war das Ergebnis des Gespräches enttäuschend, nur Fräulein Boder war ein wenig Abwechslung zuteilgeworden.

Kröger bat Vollert, zurück zur Dienststelle zu fahren, er wollte sehen, ob das Team von Dr. Brauner schon weitergekommen war. Der empfing die Beamten mit einem Lächeln im Gesicht.

»Du strahlst ja so!« Kröger schüttelte dem Laborleiter die Hand.

»Ich hab auch allen Grund. Wir haben die Funkkladden wieder lesbar gemacht. Jedenfalls fast alles.«

»Ja, und?«

»Nun, alle Funksprüche sind an das Reichssicherheitshauptamt gerichtet oder stammen von dort. Sie sind Anfang des Jahres 1945 gesendet und empfangen worden und als streng geheim gekennzeichnet.«

Er schaute Kröger und Vollert an und sein Lächeln wurde immer breiter. Ein Lächeln, welches erahnen ließ, dass noch einiges kommen würde.

Kröger rutschte auf seinem Stuhl nach vorn in Richtung des Laborleiters.

»Mach es doch nicht so spannend, bitte! Wir wären …«

Dr. Brauner unterbrach Kröger: »Nun bleib mal ganz ruhig, Horst. Die Funksprüche gingen oder kamen, wie gesagt, an das oder vom RSHA. Von den Daten her konnten wir sie zeitlich ordnen. Der erste Funkspruch ist ein Befehl vom Reichssicherheitshauptamt mit folgendem Text:

›Für Königsberg gilt ab sofort Unternehmen Grün – Aktion durchführen – Verbringung nach BIII b-22.03.45‹.«

»Das war der erste Funkspruch?«

»Ja, und der zweite Funkspruch ist eine Bestätigung der Gegenstelle. Inhalt:

›Aktion Grün angelaufen – Transportführer hat Objekt übernommen – 23.03.45‹.«

Dr. Brauner blätterte eine Seite um. »Dann haben wir einen dritten Funkspruch. Diesmal wieder vom Reichssicherheitshauptamt mit folgendem Text:

›An Transportführer – Einlagerung nicht nach BIII b, sondern WISV – nach Ausführung der Operation sind Eingänge zu tarnen und Gebäude zu sprengen – 02.04.1945‹.«

Er machte eine kurze Pause und fuhr dann fort: »Es gibt noch einen Funkspruch. Die letzte Kladde vermeldet: ›An das RSH – Aktion Grün befehlsmäßig beendet

– Zugänge getarnt, Gebäude gesprengt – Opfer durch Feindtätigkeit – melde mich zurück – 10.04.45‹.«

Dr. Brauner ließ die Akte sinken. Kröger und Vollert schauten sich erstaunt an. Vollert war der Erste, der das Schweigen brach.

»Reichssicherheitshauptamt! Sag mal, war dessen Chef nicht Heinrich Himmler?«

Dr. Brauner nickte. »Ja, Himmler war der Chef.«

Kröger hatte die Stirn krausgezogen. Er kratzte sich an der Wange und bemerkte ein bei der Rasur übersehenes Barthaar. Doch eine Sekunde später waren seine Gedanken wieder bei den Funksprüchen.

»Wenn Himmler und das RSHA die Finger im Spiel hatten, dann stinkt es, und zwar ganz gewaltig.«

»Muss ganz oben angebunden gewesen sein, diese ›Aktion Grün‹.«

»Geht aus irgendeinem Schriftstück hervor, was diese ›Aktion Grün‹ darstellte? Was für ein Transport war das? Von Königsberg ging er wohin? Was ist oder, besser gesagt, war BIII b und WISV? Also, ehrlich …«

Er stand auf und ging durch den Raum, wenige Schritte hin und her.

»Ihr gebt uns immer neue Rätsel auf. Verfluchter Schiet!«

»Nicht wir, Horst! Sondern …«

»Ja, ich weiß es doch.« Er war stehen geblieben und zeigte auf die Akte. »Ich meine auch mehr die Altvorderen. 50 Jahre nach dem Krieg darf man sich noch mit den Opfern, Tätern und Rätseln dieser Epoche herumärgern.«

»Und wenn es sich bei dieser ›Aktion Grün‹ und dem ›Objekt‹, das übernommen wurde, um die Verbringung der Kiste handelt, die im Schloss gefunden wurde?«

Vollert schaute seine Kollegen an.

»Möglich, aber es heißt doch im letzten Funkspruch mit Datum vom 10. April 45 ›Gebäude gesprengt‹, und gesprengt wurde im Schloss nichts. Auch nicht in der näheren Umgebung. Jedenfalls hat keiner der Zeitzeugen darüber ein Wort verloren.«

»Na ja, wenn man nicht nachfragt, erzählen die Leute auch nicht alles. Wir sollten die Zeugen diesbezüglich noch einmal befragen.«

Kröger nickte. »Einverstanden, und dann wäre es schön, wenn wir endlich erführen, wer der Tote ist. Dr. Hüpenbecker macht eine Gesichtsrekonstruktion, das Bild können wir den Zeugen dann gleich mit vorlegen.«

»Mit einem Bild kann ich euch dienen.« Dr. Brauner lächelte.

»Vom Toten?«

»Nein, aber wir haben die Daten über die Kennmarken bekommen. Hier, schaut selbst!« Er reichte ihnen mehrere Blatt Papier.

Lückenlos war die militärische Laufbahn zweier Menschen aufgeführt. Laut WAST bestätigten sich bei beiden die Geburtsdaten, ebenso Geburtsort und Dienstgrad. Wernher von Schleyersdorf war seit dem 3.9.1939 Angehöriger der SS. Die letzte Einheit, in der er diente, war das Sonderkommando SS z.B.V. Er wurde niemals verwundet – im Gegensatz zu Fritz Lange. Dieser lag 1944 im Lazarett Posen mit einer Schlüsselbeinfraktur. Vermisst wurde er seit dem 2.3.1945 im Raum Pillau.

Auf den beigelegten Fotos erblickten die Männer zwei unterschiedliche Gesichter. Wernher von Schleyersdorf schaute ernst, fast herrisch in die Kamera und Fritz Lange blickte unbekümmert lächelnd drein.

So ähnlich ihre persönlichen Daten wie Größe, Gestalt, Haarfarbe, Bart sowie Schuhzeuglänge und – weite waren, so unterschiedlich war ihr Gesichtsausdruck.

Interessant fand Vollert die militärischen Einsatzorte von Wernher von Schleyersdorf. »Schaut euch das mal an. Also, wenn mich meine Geschichtskenntnisse nicht trügen, dann hatte er, immer kurz nachdem Deutschland ein Land erobert hatte, gerade dort seinen Einsatzort. Hier«, er tippte auf das Blatt Papier, »Oktober 1939 Polen, im Juni 1940 Belgien, dann die Niederlande, im Juli 1940 Frankreich und, wen wundert's, ab Herbst 1941 Russland.«

»Zufall?«

»Glaube ich nicht. Wir sollten nachfragen, um was es sich bei diesem Sonderkommando z.B.V. handelte.«

»Wenn es dazu irgendwo Unterlagen gibt. Die WAST scheint keine weiteren Angaben über diese Einheit zu haben. Wir fragen aber trotzdem nach. Ich vermute …« Kröger ließ den Satz im Raum stehen.

»Was vermutest du?«, hakte Vollert nach.

»Ach, nichts! Wir werden nicht für Vermutungen bezahlt, sondern für Tatsachen.«

»Dann nennen wir es doch Arbeitshypothese! Kann es sein, dass wir den gleichen Gedankengang haben?«

»Ich kenne deine Gedanken nicht, Carsten!«

»Nun, wir wissen, dass von Schleyersdorf einen hohen militärischen Rang innehatte, und wir wissen, er kam immer in ein Land, wenn es gerade erobert war, und wir können annehmen, er hatte sich eine zweite Identität beschafft …« Vollert machte eine kurze Pause, die Kröger zu einem Einwand nutzte.

»Wir wissen noch nicht, ob der Tote aus dem Schloss Wernher von Schleyersdorf ist.«

»Okay, Punkt für dich! So oder so, meiner Meinung nach hatte der Typ Dreck am Stecken. Dazu die Funksprüche! Ich vermute, dass er zur schlimmsten Sorte gehörte, nämlich zu jenen, die in den besetzten Gebieten Jagd auf Andersdenkende und Juden machten. Ein Nazi der übelsten Sorte!«

»Und wie passt deiner Meinung nach die Kiste mit den Kunstschätzen da hinein?«

Vollert hob die Schultern.

»Keine Ahnung! Vielleicht persönliche Bereicherung? Mich interessiert viel mehr: Was war die ›Aktion Grün‹, was für Aufgaben hatte die Sondereinheit und welche Rolle spielte von Schleyersdorf während des Krieges?«

»Sag mal«, Kröger wandte sich an Dr. Brauner, »in der Kartentasche waren doch auch Karten und ein Notizbuch. Kannst du uns da auch schon ein wenig drüber erzählen?«

»Nein.« Der Laborleiter schüttelte den Kopf. »Der Erhaltungszustand ist katastrophal. Die Seiten kleben aneinander. Da scheint mir die Leichenflüssigkeit schuld zu sein. Er lag ja förmlich darauf, und gerade diese Stücke haben am meisten abbekommen.«

Kröger schüttelte sich. »Brr, danke für diese Informationen. Ich wollte nachher noch essen.«

»Na, wenn dir das schon den Appetit verdirbt, was soll ich meinen Jungs denn sagen, die über den Papieren brüten und versuchen, wenigstens einiges wieder lesbar zu bekommen?«

»Bestell ihnen mein Mitgefühl.« Kröger nahm die Papiere an sich. Langsam wurde die Akte Reedicher Schloss immer umfangreicher. »Wann hast du wieder was für uns?«

Der Laborleiter schüttelte vorwurfsvoll den Kopf. »Horst, wenn ich in die Zukunft schauen könnte, dann würde ich Lotto spielen und nicht mehr hier sein.«

»Du ohne dein Labor? Geht ja gar nicht!« Kröger grinste. Mit Vollert verließ er die Räume der Spurensicherung.

11

Die Zeit bis zur Besprechung mit den angekündigten Spezialisten verging rasend schnell. Ihr Mittagessen nahmen Kröger und Vollert in Rekordzeit ein. Nicht, dass es ihnen nicht schmeckte, so leicht waren sie nicht zu erschüttern, nein, sie wollten bis zum Nachmittag einen Fragenkatalog ausgearbeitet haben.

Von Schneider war nichts zu sehen und zu hören und keiner der beiden vermisste ihn.

Als sie das Dienstzimmer ihres Chefs betraten, waren die Spezialisten schon anwesend. Eine Frau mit blonder Kurzhaarfrisur, mittelgroß und schlank, erhob sich und reichte Kröger lächelnd die Hand. Kleine Grübchen unterstrichen den liebenswerten Eindruck, den sie machte.

»Ewa Bednarek.« Ihre Stimme hatte einen leicht rauchigen Klang.

Kröger stellte sich und seinen Kollegen mit seinem charmantesten Lächeln vor.

Kriminalrat Södermann wies erst auf die Frau, dann auf einen Herrn, ebenfalls Mitte 30, dessen Haare für Krögers Geschmack zu kurz geschnitten und dessen Kinnbart extrem auffällig war. Dieser extravagante Eindruck wurde durch eine weinrote Hornbrille noch unterstrichen. »Wenn ich vorstellen darf: Doktor Bednarek aus Krakau, Polen, und Doktor Neumann vom hiesigen Kulturhistorischen Museum. Sie wollen uns bei den Ermittlungen unterstützen.«

Kröger reichte auch Dr. Neumann die Hand. Dessen Händedruck war fest.

»Also Sie sind die Glückspilze, die diesen interessanten Fall bearbeiten dürfen!«, tönte er mit lauter, kräftiger Stimme.

»Glückspilze? Na, wissen Sie …« Vollert blickte leicht irritiert von einem zum anderen.

»Doch, doch, ich muss meinem deutschen Kollegen recht geben.« Dr. Bednarek schüttelte Vollert so energisch die Hand, dass dieser die Frau verwundert musterte.

»Es ist ein Wunder und ein sehr glücklicher Umstand, dass diese Kostbarkeiten wieder aufgetaucht sind.« Ihre Stimme war geprägt von einem Akzent mit rollendem R und einem leichten Singsang.

»Frau Doktor Bednarek …«

Die Frau unterbrach Vollert: »Sagen Sie bitte Ewa zu mir, ja?«

Gern nahmen Vollert und Kröger das Angebot an. Vollert vollendete seinen Satz:

»Sie sprechen sehr gut deutsch, darf man fragen, warum?«

Sie lachte. »Ja, Sie dürfen. Zuerst lernte ich ein wenig in der Schule und dann durch meine Arbeit. Ich beschäftige mich besonders mit der Zeit des Zweiten Weltkrieges, der Besatzungszeit und mit dem Verhältnis zwischen Polen und Deutschen. Viele Unterlagen stammen aus diesen Jahren und sind auf Deutsch. So muss man lernen, um zu verstehen.«

»Ich unterbreche nur ungern, aber …« Dr. Neumann schaute seine polnische Kollegin an. »Aber ich bin sehr neugierig. Die Fotos, die ich bisher sah, sind recht vielversprechend.«

»Sie haben recht, lassen Sie uns arbeiten.«

Kriminalrat Södermann wies zur Tür. »Wenn Sie mir folgen möchten …«

Als Dr. Brauner die elektronische Tür geöffnet hatte und die beiden Experten vor den Kunstwerken standen, sagten sie kein Wort. Langsam gingen sie um den Tisch herum, jedes der Stücke genau musternd. Bei dem einen oder anderen Exponat nickte die Polin, während Dr. Neumann sich hier und da Notizen machte.

Als sie sich ansahen, waren Ewas Wangen gerötet und Dr. Neumann nahm lächelnd seine auffällige Brille ab, um sie gedankenverloren mit einem kleinen Lederläppchen zu putzen.

»Sie wissen, um was es sich hier handelt?« Ewa Bednarek schaute von einem zum anderen.

Kröger zeigte auf Dr. Brauner: »Nun, unser Leiter der Spurensicherung hat das Gemälde als einen Tizian identifiziert, aber was dies alles darstellt …« Er zuckte die Achseln.

»Sie sehen eine Kollektion lang verschollener Kostbarkeiten, meine Herren.« Dr. Neumann setzte seine Brille wieder auf, faltete sorgfältig das Lederläppchen und ließ es in der kleinen Tasche seines Sakkos verschwinden, die normalerweise für die Taschenuhr gedacht war. »Es handelt sich um von den Nazis geraubte Kunstschätze. Ihr Leiter der Spurensicherung hat recht. Das Bild ist von Tizian. Bis zum September 1939 konnte man es im Wawel, dem Stammsitz der polnischen Könige in Krakau, besichtigen.«

Ewa zeigte auf das Bild. »Und dann hatte der Generalgouverneur Hans Frank, der Schlächter von Polen, dort seinen Amtssitz. In Krzeszowice, dem damaligen Kressendorf, befand sich seine Privatresidenz. Selbst Goebbels meinte, Frank regiere nicht, er herrsche. Er raubte Kunstschätze und Möbel aus Museen, Kirchen und Schlössern, um damit seine Residenz auszustatten. Später tauchte der Tizian bei Gauleiter Koch auf, einem treuen Paladin Hitlers.«

Ihr Gesicht wirkte plötzlich streng und ernst. Tiefe Falten durchzogen die eben noch glatte Stirn.

»Und die anderen Stücke?«

Kröger hatte diese Frage leise gestellt.

»Der Elefant und der Elfenbeinlöwe gehören zum Besitz der Familie Rosenbaum. Die Rosenbaums stammten aus Warschau, waren Inhaber mehrerer Kaufhäuser und sammelten Kunst. Ihre Sammlung wurde beschlagnahmt und die ganze Familie wurde in Auschwitz umgebracht, so wie Millionen andere.«

Als sie endete, herrschte drückende Stille im Raum. Keiner der Anwesenden sprach. Vollert schaute verlegen zu Boden und auch Kröger war nicht wohl in seiner Haut. Er rieb sich die Arme, als fröre er.

Die Kunsthistorikerin bemerkte die Verlegenheit der Deutschen und ging darüber schnell hinweg.

»So, meine Herren, und jetzt werde ich mich den Stücken intensiver widmen. Ob Sie mir helfen könnten, Herr Kollege?« Sie zupfte Dr. Neumann am Ärmel, der dankbar lächelte.

»Gern, womit wollen wir anfangen?«

»Nun, was halten Sie von Fotos?«

Er nickte, doch Dr. Brauner warf ein: »Fotos haben meine Leute schon gemacht. Jedes einzelne Stück wurde fotografiert und katalogisiert. Wenn Sie mal schauen möchten?« Er reichte eine Mappe hinüber.

Ewa Bednarek schlug diese auf und blätterte sie durch.

»Da sind ja auch die drei Fotos, die mir zugemailt wurden. Dank dieser konnte ich ein wenig recherchieren. Bei den anderen Stücken wird es etwas dauern, bis wir sie zugeordnet haben – wenn es überhaupt möglich ist, sie genau zu bestimmen.«

Dr. Neumann nickte bestätigend und zeigte auf die Münzen.

»Ich glaube, hier wird es ganz schwierig, wenn nicht sogar unmöglich. Bei der Sederschüssel bin ich mir nicht sicher.«

»Bei der was?«

Kröger sah fragend Dr. Neumann an, der seine kleine Aktentasche öffnete und weiße Baumwollhandschuhe herausnahm, die er sogleich anzog.

»Einen Moment bitte!«

Er zupfte sich die Finger zurecht, ging zum Tisch und nahm das silberne Gefäß, das Kröger mehr an einen Teller als an eine Schüssel erinnerte, und stellte auf dieses sechs silberne Schälchen, sodass sie zwei Dreiecke bildeten, die ineinandergriffen.

»So gehört das. Übrigens, Seder kommt aus dem Hebräischen und heißt auch Ordnung. Diese Schüssel wird für eines der wichtigsten jüdischen Feste verwendet. Man feiert den Auszug aus Ägypten. In die Schälchen kommen bestimmte Lebensmittel. Und zwar rechts oben S'roa – ein Hühnerhals oder Bein. Dieses steht für das Pessach Lamm, das am ersten Abend nach dem Auszug aus Ägypten geopfert wurde.«

Er machte eine kurze Pause und wies dann auf das zweite Schälchen.

»Links oben hinein legt man Bejza, ein gekochtes Ei. Es ist ein Symbol der Trauer und eine Metapher für das jüdische Volk: Je länger man es kocht, um so härter wird es. Dann kommt Maror – Bitterkraut. In der Regel nimmt man Meerrettich, als Symbol der bitteren Sklaverei in Ägypten.«

Seine Hand zeigte auf das nächste Schälchen.

»Da haben wir Kharpas, dort kommt ein Frühlingsgemüse wie Petersilie hinein, dieses steht für Wachstum. Tja, und rechts unten folgt dann Haroset, ein Mus aus Äpfeln, Nüssen und Wein. Es symbolisiert den Lehm, aus dem in Ägypten die Ziegel gefertigt wurden.«

Sein Finger ging in Richtung der letzten kleinen Schale.

»Und hier hinein wird Majim, Salzwasser, gefüllt, welches die Tränen, die während der Sklaverei geflossen sind, darstellt.«

»Sie kennen sich gut in der jüdischen Tradition aus.«

Ewa Bednarek blinzelte ihren Kollegen anerkennend an.

»Danke, aber das ist Zufall. Wir bereiten im Museum eine Ausstellung vor. Es geht um das Schicksal Stralsunder Juden während der Nazizeit und dadurch hatte ich das Vergnügen, mich mit jüdischer Tradition und dem jüdischen Glauben näher zu befassen.« Er lächelte.

»Moment mal«, Kröger unterbrach die beiden, »es handelt sich um einen Teller, der für ein jüdisches Fest benötigt wird, ebenso die Schälchen. Richtig?«

Die Experten nickten. »Richtig!«

»Was machen diese Gegenstände dann in dieser Kiste?«

Er schaute fragend von einem zum anderen.

»Sie fragen, weil es sich um Gegenstände des jüdischen Glaubens handelt?«

»Ja! Wir können doch davon ausgehen, dass der Inhalt von den Nazis geraubt wurde. Jedenfalls der Tizian und die beiden Elfenbeinfiguren, und ich nehme an, der Rest ist auch nicht ehrlich erworben. Warum bewahren Antisemiten jüdische Kultgegenstände auf?«

Ewa lächelte und zeigte auf die Sederschüssel.

»Weil sie wertvoll ist. Nicht nur für Juden, sondern auch kunsthistorisch. Ich würde sie auf Ende des 16. Jahrhunderts datieren. Und wer immer sie mitnahm, wusste um ihren Wert. So wie er auch um den Wert dieses Abendmahlskelches mit der dazugehörigen Patene wusste.« Sie deutete auf einen mit Edelsteinen besetzten Pokal und einen goldenen Teller.

»Diese Kleinode stammen etwa aus der ersten Hälfte des 14. Jahrhunderts. Damals spielte nur ein Glaube eine Rolle: der Glaube an Reichtum!«

Sie beugte sich zu dem Objekt hinunter und machte sich Notizen.

Kröger wandte sich zu Vollert und flüsterte ihm zu: »Kannst du mir sagen, warum niemand von der Staatsanwaltschaft anwesend ist?«

Vollert zuckte mit den Achseln und raunte ebenso leise: »Keine Ahnung!«

Wie auf ein Stichwort betrat die Staatsanwältin in diesem Augenblick den Raum.

»Tut mir leid, aber ich wurde bei Gericht aufgehalten.« Sie schüttelte den Anwesenden kurz die Hand und wandte sich dann dem Tisch zu. Staunend betrachtete sie die Stücke.

»Auf den Fotos sind sie schon beeindruckend, aber in natura einfach wunderschön.«

Die beiden Spezialisten schauten sich kurz an, ein kleines Lächeln auf den Lippen, dann konzentrierten sie sich wieder auf ihre Arbeit.

Die Kriminalisten begaben sich in eine Ecke des Raumes. Vollert blickte auf seine Armbanduhr und Kröger nickte. Frau Meinke gesellte sich zu ihnen. Sie strich sich mit den Fingern durch ihre neue Frisur, die sie jünger aussehen ließ.

»Sie wollen schon gehen?«

Fragend sah sie Vollert an. Der nickte und nuschelte etwas, das sich wie ›wichtiger Termin‹ anhörte.

Als er den Raum verlassen wollte, hielt ihn die Staatsanwältin am Ärmel zurück.

»Sagen Sie, Herr Vollert, wer von Ihnen beiden hat mir den Bauleiter auf den Hals gehetzt?«

Vollert und Kröger sahen sich mit gespieltem Erstaunen an. Vollert zuckte mit den Achseln, schmunzelte und ging langsam in Richtung Tür. Kröger lächelte und gestand dann: »Ehrlich gesagt, Frau Meinke, das waren wir beide. Ich hoffe, Sie sind uns nicht böse.«

»Ganz und gar nicht, Herr Kröger. Eigentlich bin ich Ihnen sogar dankbar. Herr Schröder ist ausgesprochen nett und…, na ja, lassen wir das.« Eine leichte Röte überzog ihr Gesicht.

Vollert, der noch an der Tür stand, streckte die rechte Hand mit dem Daumen nach oben in Richtung seines Kollegen. Schnell verließ er den Raum. Kröger zeigte auf den Tisch mit den Kostbarkeiten. »Tolle Sache, was, Frau Meinke?«

»Da haben Sie recht! Ich komme mir vor wie in einem Museum. Nur dass einen hier keine Glasscheiben von den Kunstwerken trennen. Alles ist so nah und direkt.«

Sie beobachteten die Sachverständigen, die jedes Objekt begutachteten und sich eifrig Notizen machten. Schließlich wandte die Staatsanwältin ihren Blick zu Kröger.

»Sagen Sie mal …« Die folgende Pause war sehr lang, als wüsste sie nicht, wie sie das Folgende sagen sollte, und als wäre sie darauf bedacht, ihre Worte genau abzuwägen. »Glauben Sie, diesen Fall jemals zu lösen und tatsächlich herauszufinden, was sich damals abspielte?«

Kröger zuckte die Achseln. »Eventuell ja. Hätten Sie mich am Montagabend gefragt, hätte ich mit 90 Prozent Wahrscheinlichkeit mit Nein geantwortet. Heute jedoch fällt die Antwort nicht mehr so aus. – Ich glaube schon, dass wir den Fall aufklären können, so man uns lässt.«

»Womit wir schon beim entscheidenden Punkt sind, Herr Kröger. Ganz oben ist man der Meinung, dass wir zu viel Zeit und Geld in diesen Fall investieren.«

Krögers Stirn war plötzlich von Falten durchfurcht. Er zwang sich zu einem Lächeln und entgegnete: »Können Sie das etwas präzisieren?«

Die Staatsanwältin nickte. »Ich durfte heute früh zu meinem Chef, und dort wurde mir eröffnet, man müsse sparen und solche alten Kamellen seien zwar für das Renommee sehr gut, so nach dem Motto ›unsere fleißigen Beamten finden verschollene Kunstwerke‹, aber ermittlungstechnisch seien sie eine Totgeburt.«

»Haben die Herren auch bedacht, dass nicht wir die Kunstschätze gefunden haben und dass es fatal ist, wenn man den Mantel des Schweigens über die Geschichte breitet? Die letzten Jahre sollten uns doch wohl zu denken geben.«

Seine Mundwinkel waren jetzt ebenfalls von tiefen Falten umgeben.

Frau Meinke musterte ihr Gegenüber. »Das ist ja das Schlimme!« Sie ließ offen, was genau sie damit meinte.

Dann fuhr sie fort: »Sie sind einer der wenigen Beamten, die schon zu DDR-Zeiten ermittelten. Sie leisten fantastische Arbeit, aber …«, sie legte ihre Hand auf seinen Arm, »ich möchte nicht, dass dieser Fall Ihr persönliches Waterloo wird. Die wenigen Ermittlungsbeamten, die schon unter Honecker bei der Polizei waren, sind manchen ein Dorn im Auge.«

»Sie sprechen in der Mehrzahl?«

Frau Meinke nickte. »In manchem sind sich die Politiker einig und solche Entscheidungen sind immer politischer Art.«

Sie drückte ihre Aktentasche an sich und reichte Kröger die Hand.

»Ich muss los. Leider! Versuchen Sie, den Fall so schnell wie möglich zu lösen, und wenn nicht, legen Sie ihn zu den Akten. Die nächste Woche halte ich Ihnen noch den Rücken frei, dann müssen wir schauen.«

So schnell, wie sie kam, so schnell war sie wieder verschwunden, einen nachdenklichen Kröger zurücklassend.

Auf dem Nachhauseweg kaufte Kröger eine Kleinigkeit für sich zum Abendbrot ein, obwohl er keinen Hunger verspürte. Das Gespräch mit der Staatsanwältin war ihm auf den Magen geschlagen.

Zu Hause begrüßte ihn sein Kater, um Futter bettelnd. Maunzend strich er um seine Beine. Kröger streichelte und fütterte das Tier.

Nach einem Blick aus dem Küchenfenster zur Einfahrt zog er sich seine Arbeitssachen an. Der Rasen stand viel zu hoch. Wenn übermorgen seine Frau wieder da war, dann wollte er sich ganz ihr widmen und nicht die Zeit mit Gartenarbeit verbringen.

Er warf den Rasenmäher an, doch nach einigen Runden versagte das Gerät. Die plötzlich einsetzende Stille riss Kröger aus seinem gleichmäßigen Schritt. Verdutzt schaute er zum Mäher. Er prüfte die Kabelverbindung und die Sicherung, doch er konnte keinen Fehler feststellen. Wahrscheinlich, dachte er, ist der Motor hin. Notgedrungen holte er das Auto aus der Garage, packte den Mäher ein und fuhr zum Fachhändler.

Der schaute sich das Gerät nur kurz an und bestätigte Krögers Diagnose.

»Tja«, erklärte er mit nachdenklichem Gesicht, als wäre er Arzt und hätte den Angehörigen mitzuteilen, dass der Patient an einer unheilbaren Krankheit litt, »den bringen wir nicht mehr zum Laufen. Der Motor ist hin!«

Auf Krögers Frage, ob man den Mäher nicht reparieren könne, winkte er ab.

»Reparieren kann man fast alles, aber das lohnt doch nicht. Die Arbeitszeit und der Aufwand kosten Sie mehr als ein neuer Rasenmäher.«

20 Minuten später war Kröger der Besitzer eines neuen Mähers, nicht, weil er einsah, dass man Geräte nicht mehr reparierte, sondern weil er noch am selben Abend den Rasen zu Ende mähen wollte.

Eine Stunde später hatte sein Grün vor der Tür eine gepflegte Länge und er seinen Kopf frei. Nach der Dusche und dem Abendbrot telefonierte er mit seiner Tochter. Die vertraute Stimme tat ihm gut. Über eine Stunde sprachen sie miteinander, als er auflegte und auf die Uhr sah, war er über sich selbst erstaunt. Er konnte sich nicht erinnern, je so lange telefoniert zu haben. Im Alter ändert sich der Mensch, war sein Trost, als er schließlich einschlief, die Hand auf dem Kopfkissen seiner Frau.

12

Als Kröger am Freitagmorgen sein Dienstzimmer betrat, waren Vollert und Dr. Bednarek schon anwesend. Beide lachten herzhaft.

Fragend schaute er von einem zum anderen. »So vergnügt?«

»Stell dir vor, Horst, Ewa ist total verwundert, dass ich die vier Panzersoldaten kenne!«

»Wen kennst du?« Kröger schaute Vollert verständnislos an.

»Na, die Panzersoldaten mit dem Hund!«

»Ich verstehe kein Wort, Carsten. Erklär mir bitte, welche Soldaten und welchen Hund du meinst. Haben die was mit unserem Fall zu tun?« Bei diesen Worten setzte er den Wasserkocher auf, dann füllte er Kaffee in drei Tassen.

»Mensch, die Fernsehserie meine ich doch. Die früher immer kam, als ich noch Kind war.«

»Ach so! Die meinst du! Warum sagst du das nicht gleich. Ja, die kenne ich auch.« Er hatte sich an Ewa gewandt. »Sie trinken doch einen Kaffee mit?«

Sie nickte: »Übrigens durfte ich 1966 die Uraufführung miterleben. Das war ein tolles Erlebnis für ein 15-jähriges Mädchen wie mich.« Ein verträumter Zug legte sich über ihr Gesicht und ihr Blick verschleierte sich leicht.

»Moment mal!« Kröger setzte die Kaffeetasse, die er in der Hand hielt, ganz langsam ab. »1966 waren Sie 15 Jahre alt, somit wären Sie heute … Entschuldigung, wenn ich mich für Ihr Alter interessiere, aber ich schätzte Sie auf knapp über 30.«

Ewa Bednarek lachte fröhlich auf. In ihre Augen trat ein Funkeln.

»Danke, meine Herren, und Ihnen ganz besonders, Herr Kröger, aber ich bin Mitte 40, und die schlimme 50 kommt schnell näher.«

»Schlimme 50? Glauben Sie nicht alles!« Kröger goss den Kaffee auf und jeder nahm sich eine Tasse.

»Ihr Mann muss sehr glücklich sein mit so einer tollen Frau an seiner Seite.«

Vollert schaute Ewa lächelnd an.

»Leider bin ich nicht verheiratet und einen Mann an meiner Seite gibt es zurzeit auch nicht.« Sie rührte in ihrer Tasse. Lachend sprach sie schließlich weiter. »Nun sagen Sie nicht, es tue Ihnen leid. Ich fühle mich gut so. So habe ich wenigstens Zeit für meine Arbeit und, wer weiß, vielleicht wäre ich sonst nicht hier.«

»Das wäre allerdings sehr schade, denn wir brauchen Sie.« Vollert zwinkerte ihr zu und nahm vorsichtig einen Schluck.

»Genau!« Kröger schlug die Akte ›Schloss Reedich‹ auf. Er drehte sie zu Ewa hin.

»Haben Sie irgendwann mal was von der ›Aktion Grün‹ gehört?« Er tippte auf die Funkkladden.

Sie musterte die Funksprüche und schüttelte den Kopf. »Es gab den ›Fall Grün‹. Dabei handelte es sich um die Zerschlagung der Tschechoslowakei 1938, die sogenannte Sudetenkrise, aber eine ›Aktion Grün‹ – davon habe ich noch nie gehört.«

»1938, das passt nicht zu den Daten, die uns vorliegen. Bei dieser Aktion muss es sich um einen anderen Fall gehandelt haben.«

»Können Sie mir die Funksprüche überlassen?«

Sie sah den fragenden Blick von Kröger.

»Eventuell erfahre ich etwas. Das Wochenende steht vor der Tür und ich habe Zeit. Sonst wird mir im Hotelzimmer noch langweilig.«

»Ich mache Ihnen Kopien.«

Ihr Gespräch wurde von Schneider unterbrochen, der zum Dienst kam.

»Morgen, die Dame, Morgen, die Herren.« Jovial grüßte er mit der rechten Hand in die Runde.

»Gut, dass du kommst. Was hat die Befragung von Fenske ergeben?«

»Nichts, denn der war nicht da!«

Kröger gab Schneider die zwei Fotos von der WAST. »Fahr bitte nochmals nach Reedich und befrage die anderen Zeugen noch einmal. Lege ihnen die Fotos vor. Mal sehen, ob sie jemanden wiedererkennen.« Schneider maulte. »Gerade heute, wo ich früher Feierabend machen muss!«

Kröger musterte Schneider. Der beeilte sich hinzuzufügen: »Ich will mir ein neues Auto anschauen. Der alte Wagen hat ja schon zwei Jahre auf dem Buckel.«

Unwillig schüttelte Kröger den Kopf. »Na ja, dann aber nach Feierabend. Die Ermittlungen gehen vor. Am besten, du fängst gleich an, damit du auch alles noch heute schaffst.«

Schneider steckte unwillig die Fotos ein und schrieb sich die Adressen auf. »Auch noch aufs Dorf!« vor sich hin brummelnd, verließ er das Zimmer.

»Du machst ja richtig Druck heute.« Vollert schlürfte genüsslich seinen Kaffee.

»Nicht ich mach Druck! Ich gebe ihn nur weiter.«

»Ach!« Überraschung sprach aus Vollerts Blick.

»Ja, ach! Man macht sich Gedanken um uns. Wir haben noch die nächste Woche und dann …« Kröger gelang eine wegwerfende Handbewegung.

Vollert stellte die Tasse heftig auf den Schreibtisch. »Na, dann wollen wir mal. Was darf ich tun?«

»Du wirst …« Das Klingeln des Telefons unterbrach ihn. Er nahm ab und die wenigen Worte, die er sagte, ließen Vollert darauf schließen, dass Kröger mit Dr. Hüpenbecker sprach.

Als Kröger auflegte, schaute er erst zu Vollert, dann zu Dr. Bednarek, und ein leichtes Lächeln lag auf seinen Lippen.

»Dr. Hüpenbecker hat Neuigkeiten für uns. Er meint, er könne uns weiterhelfen, was die Identität des Toten betrifft. Also werden wir umdisponieren. Du machst bitte Frau Dr. Bednarek die Kopien, und wenn Sie, Ewa, uns schon etwas Neues über die Kunstschätze berichten können, Kollege Vollert wird alles gewissenhaft mit Ihnen durchgehen.«

Er hob seine Tasse, als prostete er ihr zu. Sie lächelte und hob ebenfalls das Trinkgefäß.

»Und ich fahre jetzt in die Gerichtsmedizin.« Er erhob sich und rief Vollert beim Hinausgehen über die Schulter zu: »Mach es wie die Panzersoldaten und halt die Stellung!«

13

20 Minuten später hielt Kröger vor dem Klinikum. Über dem Eingang kämpfte Herakles gegen die Hydra. Kröger würdigte das Relief keines Blickes. Zielstrebig ging er in Richtung Gerichtsmedizin. Der schnelle Schritt und die hohen Temperaturen ließen ihn schwitzen. Er blieb im Eingang stehen und wischte sich mit dem Taschentuch den Schweiß von der Stirn. Tief durchatmend, betrat er die kühlen Räume.

Dr. Hüpenbecker wartete schon auf ihn. Sein Schreibtisch war freigeräumt. In der Mitte des Tisches war unter einem Tuch das verborgen, weswegen Kröger gekommen war. Der Gerichtsmediziner hatte die Hände vor der Brust verschränkt und strahlte Zufriedenheit aus.

»Ich habe versucht, dem Schädel sein Gesicht wiederzugeben. Ob es mir gelungen ist, wird sich zeigen.«

Bei diesen Worten schaltete er die Lampe über dem Schreibtisch ein. Kaltes Licht leuchtete jede Ecke des Tisches aus. Noch die kleinste Falte des Tuches wurde sichtbar. Ohne ein weiteres Wort zu sagen, hob Dr. Hüpenbecker langsam das Tuch an. Kröger blickte auf einen haarlosen Hinterkopf. Das grelle Licht der Lampe spiegelte sich auf der Glatze. So langsam, wie er das Tuch angehoben hatte, so langsam drehte er den rekonstruierten Kopf.

»Bitte sehr, dein Toter! So, oder sagen wir, zumindest fast so, sah er aus. Für einige Bereiche des Gesichtes konnte ich nur Durchschnittswerte als Grundlage nehmen.«

Kröger starrte mit offenem Mund auf das Gesicht. Laut stieß er die Luft aus den Lungen, so überrascht war er von dem, was er sah. Er blickte in das Antlitz eines Menschen, den er schon einmal gesehen hatte und dessen Namen er kannte. Dr. Hüpenbecker hatte ganze Arbeit geleistet. Es fehlten zwar die Haare, sodass dieser Kopf ohne Frisur etwas Fremdes an sich hatte, und auch das Gesicht war ein wenig voller als in Krögers Erinnerung, aber es waren die Augen, der Mund und das Kinn, die dieses Gesicht unverwechselbar machten. Es war definitiv das Gesicht von einem der Fotos, die ihnen die WAST überlassen hatte. Es war der Kopf von Wernher von Schleyersdorf.

Kröger war von der Arbeit des Gerichtsmediziners fasziniert. Die Szene hatte etwas Gespenstisches an sich: Es sah aus, als käme der Kopf direkt aus dem Schreibtisch. Man war geneigt, unter die Arbeitsplatte zu schauen, um den Rest des Körpers zu entdecken. Mit leicht vorgeneigtem Kopf musterte er die Arbeit des Gerichtsmediziners. Keine Sekunde ließ er den Blick von den Augen: Diese Augen starrten ihn förmlich an! Jeden Moment mussten sich doch die Augenlider bewegen. Niemand konnte so lange dermaßen starr blicken, ohne zu blinzeln.

Kröger bewegte sich langsam hin und her und langsam kam auch die Erkenntnis, dass dieser Blick und diese Augen leblos waren, nur eine Nachbildung einer Person aus längst vergangener Zeit. Diese Augenlider konnten sich nie über die Augen schieben, dieser Blick würde immer in ein und dieselbe Richtung gehen.

Kröger fasste sich. »Mein Gott, Doktor. Wie sagte schon Ovid: ›Was wir waren und was wir sind, nicht eben dasselbe werden wir morgen sein.‹«

Überrascht schaute der Arzt ihn an. »Ich wusste gar nicht, dass du Ovid gelesen hast.«

»Du glaubst gar nicht, was ich alles lese.« Er gewann

langsam seine Selbstsicherheit zurück. »Und mit einigen Haaren auf dem Kopf würde er noch besser aussehen!«

»Du kannst ihm ja welche abgeben.« Der Gerichtsmediziner griff in den Kittel, zog die Zigaretten hervor, nahm sich eine und zündete sie sich auch gleich an.

»Das lass ich lieber. So viele habe ich nun auch wieder nicht.« Kröger strich sich über seinen gepflegt geschnittenen Kopfschmuck. »Auch ohne Haare – tolle Arbeit!« Es schien ihm wirklich unfassbar: Vor einigen Tagen hatte der Schädelknochen noch in einem dunklen Teil eines Kellers gelegen und heute schaute Kröger in das Gesicht dieses Mannes, der schon über ein halbes Jahrhundert tot war.

Dr. Hüpenbecker quittierte Krögers Lob mit einem Nicken. Er war mit dem Auffangen der Zigarettenasche beschäftigt. Das Unterteil einer Petrischale leistete dabei gute Dienste.

»Die Ähnlichkeit mit dem Foto ist verblüffend. Dieser da«, bei diesem Satz ruckte Krögers Kopf in Richtung Schreibtisch, »hat zwar eine Glatze und ist etwas älter und wohlgenährter, aber unverkennbar ist es Wernher von Schleyersdorf. Du hast uns sehr geholfen. Irgendwie erinnert mich das Ganze aber an die Gesichter im Wachsfigurenkabinett von Madam Tussauds.«

Dr. Hüpenbecker zog noch einmal kräftig an der Zigarette. »Da hast du gar nicht so unrecht«, antwortete er. »Der Kopf ist aber nicht aus Wachs modelliert, sondern aus Knetmasse.« Er drückte die Kippe in der Petrischale aus. »Grundgerüst ist der Schädel, darauf werden an anatomisch definierten Punkten Abstandshalter gesetzt. Die entstehenden Zwischenräume werden mit Knetmasse aufgefüllt.«

»Und dann?«

»Tja, dann werden Augenlider, Mund und Nase entsprechend der jeweiligen Region geformt. Dann hat man einen Rohling, der noch entsprechend künstlerisch verfeinert wird, um den Wiedererkennungseffekt zu erhöhen.«

»Wenn ich dir das Foto zeige, wirst du staunen, wie dicht du an der Realität bist.«

Kröger zog aus seiner Jacketttasche ein Foto von Wernher von Schleyersdorf. Die Ähnlichkeit war verblüffend.

»Übrigens, der Kopf auf deinem Schreibtisch erinnert mich sehr an einen meiner ersten Fälle.« Kröger steckte das Foto wieder ein.

»Ach ja? Los, erzähl!« Dr. Hüpenbecker deutete auf zwei Stühle. »Kaffee?«

Kröger schüttelte den Kopf. »Nein danke. Ich muss auch gleich los.«

»Na gut, dann vielleicht beim nächsten Mal.« Der Arzt griff zur Zigarettenschachtel, schaute dann Kröger an und steckte die Schachtel wieder ein, ohne sich eine Zigarette anzuzünden.

»Du und deine Sargnägel!« Kröger schüttelte missbilligend den Kopf.

Dr. Hüpenbecker winkte ab. »Ein Laster muss der Mensch haben. Rauchste nicht, stirbste auch … Du wolltest mir noch was von deinen Erinnerungen erzählen.«

»Genau! Aber nur kurz. Also, ich hatte damals gerade bei der Polizei angefangen. Wir wurden zu einem Fall gerufen, wo jemand ein dünnes Drahtseil zwischen zwei Alleebäumen gespannt hatte. Ein junger Familienvater wollte in der Nacht von der Spätschicht mit dem Motorrad nach Hause fahren. Das Seil war in der Dunkelheit nicht zu sehen und der Mann wurde davon enthauptet.

Das Motorrad war mit dem Torso noch einige Meter weitergefahren und der Kopf lag nicht, sondern er stand auf der Straße. Der Anblick, der sich uns bot, war ähnlich wie dieser. Ich hatte damals einige Zeit damit zu tun, dieses Bild zu vergessen. Irgendwie kam mir die Sache vorhin wieder in den Sinn. Komisch, was?«

Der Gerichtsmediziner hatte aufmerksam zugehört.

»Was soll daran komisch sein? Wir haben alle unsere Erinnerungen, gute wie schlechte. Nur, die schlechten verdrängen wir meistens sehr schnell. Doch manchmal reicht ein kleiner Auslöser und alles ist wieder da.«

Kröger nickte. »Na, dann wollen wir mal ganz schnell verdrängen und wieder zur Tagesordnung übergehen. Kannst du mir Fotos von der Rekonstruktion anfertigen?«

»Sind schon fertig, Horst. Warte mal.« Er ging zu einem Regal, zog einen dünnen Umschlag heraus und gab ihn Kröger.

»Darin sind Fotos von der Rekonstruktion sowie die Erläuterung der technischen Umsetzung. Kannst du behalten.«

»Okay.« Kröger stand auf, nahm den Umschlag und verabschiedete sich.

Als er schon in der Tür stand, rief ihm Dr. Hüpenbecker nach: »Sag mal, habt ihr damals den Täter gefasst?«

Kröger nickte. »Ja, haben wir. Es war ein Nachbar, der ein Auge auf die Ehefrau des Opfers geworfen hatte. Also, mach's gut!«

Als er die kühlen Räume der Gerichtsmedizin verließ, traf ihn die Wärme mit voller Wucht. Es war zwar erst zehn Uhr, aber schon ziemlich heiß. Er ging zu seinem

Auto, das sich kräftig aufgeheizt hatte, öffnete Fahrer- und Beifahrertür und lehnte sich abwartend an den Wagen. Nachdenklich zog er ein Foto nach dem anderen aus dem Umschlag, betrachtete es kurz, um sie dann alle zusammen energisch zurückzuschieben. Knapp 20 Minuten später war er wieder in seinem Büro.

Nur Vollert saß am Schreibtisch. Ewa Bednarek war nicht mehr da, nur noch ein Hauch ihres Parfüms lag in der Luft. Kröger zeigte Vollert die Fotos.

»Super, endlich hat unser Toter einen Namen und ein Gesicht. Da hätte Schneider sich die Befragung sparen können. Wo er sich doch heute einen neuen Wagen anschauen muss!«

Der letzte Satz wurde mit einem sehr sarkastischen Unterton ausgesprochen.

Kröger steckte die Fotos mitsamt der Erläuterung in die Akte. »Wer weiß, eventuell fällt ja doch dem einen oder anderen noch etwas ein.« Sorgfältig vervollständigte er das Aktenverzeichnis.

Vollert strich mit der Hand über ein beschriebenes Blatt Papier. Zu Kröger gewandt, sagte er: »Ich habe mir erlaubt, die Daten, die wir bisher ermittelten, in eine chronologische Reihenfolge zu bringen – übrigens eine Idee von Ewa. Die Kopien der Funksprüche habe ich ihr mitgegeben. Für Dr. Neumann habe ich auch gleich welche gemacht. Ich habe mit ihm telefoniert. Er schaut sich die Sache noch am Wochenende an. Ewa bringt ihm die Papiere.«

Er bemerkte Krögers fragenden Blick. »Sie wollte sowieso zu ihm und …«

»Ist ja gut! Lass uns lieber einen Happen essen gehen.«

»Kantine?«

Kröger winkte ab. »Bloß nicht. Die haben freitags genau so wenig Lust zu arbeiten wie Kollege Schneider. Lass uns draußen eine Kleinigkeit mampfen.«

Eine Stunde später saßen sie wieder im Büro. Von ihrem Kollegen Schneider hörten und sahen sie an diesem Tag nichts mehr.

Vollert hatte sich noch einmal die Akte vorgenommen und machte sich Notizen. Kröger versuchte, den Cousin von Wernher von Schleyersdorf telefonisch zu erreichen. Die Nummer, die ihm Bürgermeister Hausmann gegeben hatte, gehörte zum Architekturbüro. Am frühen Nachmittag war natürlich niemand mehr da, nur der Anrufbeantworter schaltete sich ein. Frustriert legte Kröger auf. Einige Telefonate später hatte er die Privatnummer des Mannes, doch dort meldete sich nur die Hausangestellte. Sie versprach, Herrn von Schleyersdorf zu informieren. Kröger hinterließ seine Rufnummer mit dem Hinweis, er sei bis 18 Uhr erreichbar.

Vollert, der zwangsweise das Gespräch mit angehört hatte, stutzte. »Überstunden?«

Kröger zuckte die Achseln. »Was soll's. Ob ich nun allein zu Hause sitze oder hier noch was Sinnvolles tue, das bleibt sich doch gleich.«

»Komm zu uns nach Hause, wenn dir die Decke auf den Kopf fällt. Oder kann es sein …«

»Was?«

»Na, du machtest heute früh so eine Andeutung von wegen: Druck wird ausgeübt.«

Kröger winkte ab. »Ach was! Ich möchte nur heute noch mit dem Cousin von Wernher von Schleyersdorf reden.«

Er stand auf und öffnete das Fenster. Straßenlärm wogte ins Zimmer. Ganz Stralsund schien im Feierabendverkehr zu stecken.

»Und du und deine Frau, ihr habt wohl heute mehr vor, als mit mir gepflegte Konversation …«

»Na hör mal!« Vollert unterbrach ihn. »Du bist immer willkommen. Sigrun hat schon nach dir gefragt.«

»Danke deiner Frau, aber wir verschieben das, bis euer Haus steht – und jetzt verschwinde. Mach Wochenende!«

»So schnell wirst du mich nicht los.« Auch Vollert war aufgestanden und zum Fenster getreten. »Du bist mir noch eine Erklärung schuldig, was den Druck betrifft.«

Kröger informierte ihn mit knappen Worten über sein Gespräch mit der Staatsanwältin. Zehn Minuten später war er allein und widmete sich Vollerts Aufstellung. Er machte sich einige Notizen. Eine offene Frage blieb: Bei welcher Einheit hatte Wernher von Schleyersdorf gedient?

Er glaubte nicht, eine Erklärung dafür zu finden, was in den letzten Kriegstagen passiert war, aber er wollte so viel wie möglich aufklären. Und dazu brauchte er mehr Informationen über diese Sondereinheit z.B.V.

Aufmerksam ging er die Aufstellung der Kunstwerke durch. Was würde mit diesen nach Abschluss der Ermittlungen passieren? Waren woanders Stücke aus der Sammlung Rosenbaum aufgetaucht? Wo waren die Kostbarkeiten geblieben, die Gauleiter Koch geraubt hatte?

Das Klingeln des Telefons riss ihn aus seinen Gedanken. Es war der Cousin von Wernher von Schleyersdorf. Mit angenehmer, sonorer Stimme begrüßte er Kröger, so, als würden sie sich schon lange kennen. Der Kriminalist informierte ihn über den Stand der Ermittlungen. Die gefundenen Kunstwerke erwähnte er aber mit keinem Wort. Nachdem er vom Fund des Skeletts berichtet hatte, herrschte einen Augenblick Stille.

Auf Krögers Frage nach der Einheit, in der Wernher von Schleyersdorf gedient hatte, wusste der Architekt keine Antwort. Er versprach aber, in alten Familiendokumenten nachzusehen, ob dort diesbezüglich etwas vermerkt war. Sie vereinbarten, sich Ende der nächsten Woche in Stralsund zu treffen. Herr von Schleyersdorf wollte vor seinem Urlaub in Schweden alles für die Bestattung arrangieren. Ein Treffen mit Kröger bereitete ihm nach eigener Aussage keine Umstände.

Schweden, dachte Kröger, nachdem er aufgelegt hatte. Als er ausatmete, klang es wie ein Seufzen. Morgen Mittag würde er seine Frau wieder in den Armen halten. Er schaute auf die Uhr. Es war kurz nach halb sechs. Er schlug die Akte zu, verschloss den Panzerschrank und machte sich auf den Heimweg.

18 Stunden später stand er am Busbahnhof, in der Hand einen Strauß Gerbera. Langsam ging er die Haltestelle auf und ab. Jedes Mal, wenn er eine Runde geschafft hatte, schaute er in die Richtung, aus der der Bus kommen musste. Die Minuten krochen dahin. Mit über einer Stunde Verspätung traf der Bus schließlich ein.

Innerhalb von Sekunden war Kröger von einer lärmenden Schar junger Menschen umringt. Wo soeben noch das Schilpen der Spatzen zu vernehmen war, hallten nun jugendliche Stimmen über den Platz. Kröger drückte die Blumen fester an sich, nur kein Kollateralschaden in den letzten Sekunden. Dann sah er sie. Auf der letzten Stufe des Ausstiegs stehend, schaute sie sich um. Als ihre Blicke sich kreuzten, trat ein Lächeln in ihr Gesicht.

Er schob sich durch die Jugendlichen, hob seine Frau hoch und stellte sie vor sich auf die Straße. Wortlos küsste er sie.

Die plötzliche Stille und das danach einsetzende Gejohle irritierten ihn. Seine Frau an den Händen haltend, schaute er sich um. Um sie herum standen ihre Schüler und klatschten Beifall. Eine leichte Röte überzog ihr Gesicht, dann rief sie in die Runde: »So, meine Herrschaften, die Show ist vorbei. Wenn ich jedes Mal Beifall geklatscht hätte, wenn ihr in der vergangenen Woche geknutscht habt, dann hätte ich heute wunde Hände.«

Kröger traf ein kurzer Knuff in die Rippen und ein geflüstertes »Kannst du nicht bis zu Hause warten?«, dann reichte der Busfahrer die Taschen und Koffer heraus und die Menge zerstreute sich.

Die Fahrt nach Hause verlief zügig. Die meisten Einwohner der Hansestadt genossen wohl noch das Mittagessen. Kröger hatte Mühe, sich auf den spärlichen Verkehr zu konzentrieren. Immer wieder wandte er den Blick zu seiner Frau. Sie sah ein wenig müde aus.

Doch zu Hause angekommen, wollte sie von Ausruhen nichts wissen. Erst mussten die Koffer ausgepackt und die Waschmaschine angestellt werden, dann konnte Kröger Kaffee für sie beide machen. Mit ihrem zauberhaften Lächeln erzählte sie ihm von ihrer Klasse und Schweden und er sog ihre Worte wie ein Schwamm auf. Am Abend gingen sie zum Griechen essen, um ihr Wiedersehen zu feiern.

Kurz nach ein Uhr nachts schreckte er aus dem Schlaf auf. Er konnte nicht sagen, was ihn geweckt hatte – wahrscheinlich der Kater, der ruhelos durchs Haus streifte.

Kröger angelte mit dem Bein nach seiner Schlafanzughose, die er achtlos vor das Bett geschmissen hatte. Zuerst bekam er die Pyjamajacke zu fassen. Zu warm, dachte er, knüllte sie zusammen und legte sie ans Fußende. Vorsichtig tastete er weiter nach der Hose. Als er sie hatte, streifte er sie über und ging ins Wohnzimmer. Er zündete die Kerze auf dem Tisch an und goss sich ein Glas von dem Rotwein ein, den sie am späten Abend nur zur Hälfte geleert hatten. Er trank einen Schluck und lehnte den Hinterkopf an die Sessellehne.

Der Kater hatte seinen Streifzug durch das Haus beendet und gesellte sich zu ihm, mit einem Sprung war er neben Kröger auf der Couch und musterte ihn mit leuchtenden Katzenaugen. Schließlich rollte er sich umständlich zusammen. Kröger kamen die Worte der Staatsanwältin in den Sinn. Ihn wurmten diese Vorurteile, ihn ärgerten politische Fehlentscheidungen – und von beiden gab es mehr als genug.

Seine Frau stand plötzlich vor ihm. Splitterfasernackt nahm sie in dem anderen Sessel Platz.

»Sorgen?«

Mitfühlend sprach sie das Wort aus und blickte ihn zärtlich an, dann griff sie zur Weinflasche und goss sich auch etwas ein. Er erzählte ihr kurz von der Unterredung.

»Und darüber ärgerst du dich? Horst, wir sind die Verlierer der Geschichte und Verlierer hatten noch nie einen leichten Stand.«

Energisch setzte sie das leere Glas ab.

»Komm ins Bett und lass das Grübeln.«

Sie war aufgestanden und reichte ihm die Hand. Er schaute zu ihr auf.

Das gekräuselte schwarze Schamhaar auf Augenhöhe,

ihre großen, festen Brüste über ihm. Ihre Brustwarzen standen wie Igelnasen ab.

»Wenn dich deine Schüler so sehen könnten! Das müsste man fotografieren.«

Frech grinste er sie an.

»Untersteh dich! Du hast mich heute schon einmal in Verlegenheit gebracht mit deinem Kuss.«

»Ich kann dich ja noch einmal so küssen.«

»Wenn du das andere auch noch einmal schaffst?«

Er schaute ihr in die Augen und erkannte das Verlangen darin. Mit einem kurzen, kräftigen Pusten löschte er die Kerze und folgte seiner Frau ins Schlafzimmer.

Der Kater blieb allein auf der Couch zurück.

15

Er schaute auf den Wecker. Der zeigte halb sieben an und so stand er auf. Vor zehn Minuten hatten seine Tochter und ihr Mann das Haus verlassen.

Still war es, zu still, wie er fand. Ein Griff zum Radio und Volksmusik füllte sein Zimmer. Heile-Welt-Musik, wie sein Schwiegersohn meinte. Doch ihm gefiel sie. Nicht gefallen hatten ihm die Fragen seiner Tochter, als am Donnerstag die Polizei da war.

Wenn er ihrer Beschreibung trauen konnte, war derselbe Polizist am Freitagvormittag noch einmal da gewesen. Ergebnislos! Die jungen Leute waren auf Arbeit und er hatte nicht geöffnet. Durch die Scheiben hatte er den Mann beobachtet, wie er etwas in den Briefkasten warf. Eine Visitenkarte, wie er beim Nachsehen feststellte.

Den Fragen seiner Tochter konnte er noch ausweichen und den Unwissenden spielen, doch ihm wurde klar: Ewig konnte er der Polizei nicht davonlaufen. So hatte er am Wochenende den Entschluss gefasst, sich zu stellen.

Auf dem Bettrand sitzend, rieb er sich das steife Bein. Er hatte Schmerzen, ein untrügliches Zeichen, dass sich das Wetter ändern würde.

Mühsam stand er auf und ging ins Bad. Vor der Kloschüssel brauchte er länger als sonst, die Prostata machte immer mehr Schwierigkeiten. Scheißpisserei, dachte er.

Er schob sich zum Waschbecken und strich sich über das Kinn, als wollte er prüfen, ob sich eine Rasur lohnte. Der Bartschimmer in seinem Gesicht ließ keinen Zweifel daran. Er schäumte sich ein und rasierte sich, dann putzte er seine restlichen verbliebenen Zähne und setzte seine Prothese ein. Aus dem Spiegel blickte ihn das müde Gesicht eines alten Mannes an. Eines Mannes, der vor 50 Jahren einen Mord begangen hatte.

Er kämmte seine dicken, schwarzen Haare, die seit dem Tod seiner Frau immer grauer wurden. Der Gedanke an sie ließ ihn noch melancholischer werden.

Er schlurfte in die Küche. Auf der Warmhalteplatte der Kaffeemaschine stand die Kanne mit dem heißen Getränk. Er säbelte eine Scheibe Brot ab, nicht ohne vorher mit dem Messer das Kreuz darüber geschlagen zu haben. Nicht, dass er an Gott glaubte, aber Brot war eine heilige Sache.

Im Kühlschrank fand er noch etwas Presskopf. Schließlich nahm er an dem runden Küchentisch Platz, vor sich die Zeitung.

Früher hatte er noch die Bauernzeitung gelesen, doch nach der Wende hatte seine Tochter sie abbestellt: Das Geld könnten sie sparen. Dabei hatte sie das Suchbild in der Zeitung als Kind so gemocht. Kaum war die Schule am Montag aus, da saß sie am Küchentisch vor dem Fenster und drehte und wendete die letzte Seite hin und her, bis sie den versteckten Förster oder seinen Hund oder was es sonst noch zu entdecken gab, gefunden hatte.

Seufzend steckte er ein Stück Brot mit einem Würfel Wurst in den Mund. Er kaute gründlich und spülte mit einem Schluck Kaffee alles runter. Dann schob er sich mit fettigen Fingern die Lesebrille auf die Nase, um die erste Schlagzeile im Regionalteil zu lesen.

›Banküberfall in Prohn‹, lautete die Überschrift. Der Ort lag knapp zehn Kilometer von seinem Geburtsort entfernt, und vor einigen Jahren hatte auch er dort ein Konto besessen, doch mit dem Umzug in die Stadt hatte er gewechselt.

Aufmerksam las er den Artikel. Der Täter war am Freitag kurz vor Schalterschluss in die Geschäftsstelle gekommen, hatte die einzige anwesende Angestellte bedroht und war dann seelenruhig mit über 12.000 Mark geflohen. Vom Täter hatte man nur eine vage Beschreibung, da es keine weiteren Zeugen gab und die Bankangestellte vor Aufregung nichts Konkretes über sein Aussehen hatte sagen können.

Er ließ die Zeitung sinken und schnitt sich noch etwas Brot und Wurst ab. Nachdenklich kaute er. Heutzutage wurden Banken schon am helllichten Tag überfallen. Keiner hatte mehr vor irgendetwas Achtung. Einsperren musste man solche Leute. Er stutzte. Bald würde er mit solchen Verbrechern in einer Zelle sitzen. Er war ein Mörder!

Jahrelang hatte ihn sein Gewissen geplagt. Dann gab es eine Phase, wo er alles von damals verdrängt hatte und kaum einen Gedanken an die einstigen Vorkommnisse verschwendete. Doch seit dem Besuch des Polizisten war alles wieder gegenwärtig.

Das ganze Wochenende hatte er überlegt, was er tun sollte. Er hatte an Selbstmord gedacht, doch die Vorstellung, wie er an einem Baum im Stadtwald hing, ließ ihn Abstand davon nehmen. Die Pulsadern wollte er sich auch nicht aufschneiden, schon der Gedanke daran ließ ihn schaudern. Und Tabletten mochte er nicht.

Irgendwann in der Nacht von Sonnabend zu Sonntag war in ihm der Entschluss gereift, sich der Polizei zu stellen. Für seine Tochter und seine Enkelin würde es sicher ein großer Schock sein: er, der Vater und Großvater, ein Mörder.

Das Wort Mörder ließ ihn frösteln. Hastig aß er den

Rest seines Frühstücks. Achtsam wusch er das wenige Geschirr ab. Seit Hilde tot war und er bei seiner Tochter wohnte, hielt er die Küche mit sauber, denn ihr Mann achtete auf Ordnung. Na ja, der war Buchhalter und wahrscheinlich kam daher die Ordnungsliebe.

Mühsam schlurfte er in sein Zimmer zurück, das steife Bein hinterherziehend, und hob seinen alten Koffer vom Kleiderschrank. Staub hatte sich darauf abgesetzt.

Er holte einen feuchten Lappen, wischte den Koffer sauber und packte das Nötigste ein. Beinahe hätte er sein Rasierzeug vergessen. Ärgerlich brummelnd ging er ins Bad, um die wenigen Sachen in den Kulturbeutel zu stopfen. Zum Schluss zog er sich die Filzpantoffeln von den Füßen. Unschlüssig drehte er sie in den Händen. Er wusste nicht, ob er sie im Gefängnis brauchen würde. Nach einem Augenblick des Überlegens steckte er sie in eine Tüte und dann in den Koffer. Obendrauf legte er vorsichtig das Bild von Hilde, das in der linken oberen Ecke mit einem Trauerflor versehen war. Seine Hilde! Wehmut lag in seinem Blick, als er den Koffer schloss.

Hilde hatte immer gewusst, was richtig und was falsch war. Sie kannte sich mit den Menschen aus. Im Gegensatz zu ihm, ihm waren Pferde lieber. Da konnte ihm so schnell keiner etwas vormachen. Hilde hätte bestimmt auch jetzt Rat gewusst, doch leider war sie vor zwei Jahren von ihm gegangen. Dieser verfluchte Krebs!

Mit Tränen in den Augen schaute er sich noch einmal um, dann griff er nach dem Koffer und ging, leicht vornüber gebeugt, den schwersten Gang seines Lebens.

16

Kröger unterhielt sich an diesem Montagmorgen mit Vollert über dessen Hausbaupläne und Schneider saß an seinem Schreibtisch und las mit einem süffisanten Lächeln die Tageszeitung, als das Telefon klingelte.

Kröger, der abhob, lauschte kurz und sagte dann: »Bring ihn hoch.«

Als er auflegte, meinte er: »Der alte Fenske ist unten und will sich stellen. So viel konnte der Posten aus ihm herausbekommen.«

»Er will sich *stellen*?«

Vollert und Schneider fragten beide gleichzeitig. Vollert nahm den Hintern von seinem Schreibtisch und Schneider ließ die Zeitung sinken.

»Sag mal«, Kröger sah zu Schneider hinüber, »hat er am Freitag denn nichts davon gesagt?«

»Bei Fenske war keiner da«, quetschte Schneider heraus.

»Und die anderen Befragungen?«

»Alle erkannten Wernher von Schleyersdorf. Der andere Typ war ihnen unbekannt und Neues konnte auch keiner berichten.«

»Aha! Und dein Be …« Kröger wurde von dem eintretenden Posten unterbrochen, der den alten Fenske förmlich in das Büro hineinschieben musste.

Kröger begrüßte den alten Herrn, stellte sich und seine Kollegen vor und wies auf einen der Stühle. Fenske nahm vorsichtig Platz, das linke Bein weit von sich gestreckt. Er hielt seinen alten karierten Koffer auf den Knien, der von einem brüchigen Lederriemen umschlossen wurde.

Dieses Koffermodell war sicher schon gut 40 Jahre aus der Mode, Kröger kannte diese Art von Gepäckstücken. Schwer, unhandlich und nicht gerade praktisch waren die Dinger, aber fast nicht kaputtzukriegen. Fast, fügte Kröger in Gedanken noch einmal hinzu: Eine der Metallecken von Fenskes Koffer stand nämlich ab, wahrscheinlich war ein Niet durchgerostet.

»Den können Sie ruhig abstellen. Kommen Sie, ich nehme Ihnen das gute Stück ab.« Lächelnd streckte ihm Kröger seine Hand entgegen. Nur zögernd gab der Mann den Koffer frei.

Als Kröger den Koffer hinter seinen Schreibtisch stellte, fiel sein Blick auf zwei alte Abziehbilder. Das eine zeigte das Logo der Agra Markkleeberg und das andere das Stadtwappen von Suhl.

»Waren Sie mal in Markkleeberg und in Suhl?« Kröger versuchte, Vertrauen aufzubauen.

»Ja, ist aber schon lange her.« Zögernd kamen die Worte über die Lippen des alten Mannes.

»Und, war es schön?« Kröger setzte sich links von Fenske.

»Markkleeberg war interessant … wegen der Tierleistungsschauen, aber Suhl war richtig schön.« Ein zaghaftes Lächeln erhellte kurz sein Gesicht.

»Urlaub?« Kröger hakte nach.

Der alte Fenske nickte. »Ja, das Hotel war gerade eröffnet, und meine Hilde und ich, wir zwei im Hotel, wie feine Leute. Aber nun ist Hilde ja schon zwei Jahre tot.« Aus dem letzten Satz sprach eine große Traurigkeit.

»Möchten Sie etwas trinken?«

Er schüttelte den Kopf. »Nein, ich … ich bin ein Mörder, müssen Sie wissen.«

»So, ein Mörder sind Sie, und wen haben Sie ermordet?« Kröger lächelte immer noch.

»Den Wernher von Schleyersdorf, damals, 1945.«

Er schien froh zu sein, diese Worte endlich ausgesprochen zu haben.

Kröger sah ihn an und versuchte zu ergründen, was in dem Mann jetzt vorging. Die schwarzgrauen Haare waren akkurat gescheitelt, tiefe Falten hatten sich in das Gesicht gegraben und der schwarze Schnurrbart hatte graue Spitzen. Die Hände waren abgearbeitet und die Finger vom Nikotin bräunlich-gelb verfärbt. Er trug ein weißes Hemd, eine Cordweste und darüber eine schwarze Filzjoppe. Der Hauch einer Mischung aus Pitralon und Rheumasalbe lag in der Luft.

»Erzählen Sie uns bitte, was damals geschehen ist?«

Schneider legte raschelnd die Zeitung aus der Hand. Vollert stellte das Diktiergerät auf den Tisch und setzte sich dann, ungläubig die Szenerie betrachtend, an seinen Schreibtisch.

Der alte Mann schaute mit traurigen Augen auf Kröger, nickte dann und begann stockend, als müsste er nach jedem Wort suchen, zu erzählen.

»Es war damals kurz vor Kriegsende, müssen Sie wissen. Ich arbeitete als Kutscher und Pferdeknecht für den gnädigen Herrn. Durch mein steifes Bein brauchte ich nicht an die Front.«

Er rieb sich das Knie. Kröger kam es vor, als hätte der Mann Schmerzen, doch er fragte nicht nach, er wollte den alten Fenske jetzt nicht unterbrechen. Der schaute auf seine abgearbeiteten Hände und sprach schließlich mit brüchiger Stimme weiter: »Die Herrschaft war Richtung Westen geflohen mitsamt dem Diener, der Zofe und der Köchin. Das Schloss war leer. Kurz bevor die Herrschaft abfuhr, ließ mich der gnädige Herr kommen. Er sagte, dass sein Sohn, der Wernher, unterwegs sei, und wenn er käme, sollten wir ihm helfen. Wobei, das sagte er nicht … Zwei Tage später kam der Wernher. Wir schliefen damals neben dem Pferdestall. Da hatte man für meine Frau und mich zwei Stuben und eine kleine Küche abgeteilt. Mitten in der Nacht, so gegen drei Uhr, polterte es an die Tür. Mit blutunterlaufenen Augen und irrem Blick stand der Wernher vor uns und schrie herum, sagte solche Sachen wie: ›Ihr faules Gesindel! Für solch ein Pack halten wir unseren Arsch hin. Macht, dass ihr aus den Federn kommt, und zwar dalli!‹

Meine Frau und ich zogen uns schnell an und folgten ihm. Er brüllte weiter herum, wollte wissen, wo der Stallbursche war. Ich antwortete ihm, dass der zum Volkssturm abberufen war. Da ging die Toberei erst richtig los. Als er sich etwas beruhigt hatte, zuckte er schließlich mit den Achseln und meinte: ›Dann werden du und deine Olle eben mit anpacken.‹« Fenske schluckte. »Er zerrte uns förmlich zu dem LKW, den er vor dem Schloss geparkt hatte. Darauf hatte er so komische Kisten. Er stand nur daneben, gab kluge Ratschläge und trieb uns an.

Ich hab ihn gefragt, ob er denn nicht mit anpacken kann, weil meine Frau schwanger war, da tobte er wieder los. Er schrie, dass die Krüppel ihr Vergnügen haben, während ordentliche Deutsche für uns ihr Leben lassen müssen. Und wenn wir einmal was tun sollen, dann scheißen wir uns in die Hosen. Hilde schüttelte nur unmerklich den Kopf und packte diese vermaledeite Kiste. Soweit wir verstanden hatten, wollte er die Kisten im See versenken. Beim Abladen passierte dann das Unglück. Hilde hatte das

Gewicht der Kiste unterschätzt. Sie konnte sie nicht halten und das Ding schlug mit voller Wucht auf dem Boden auf. Der Wernher von Schleyersdorf drehte völlig durch. Er stieß mich zur Seite und stürzte sich auf Hilde. Mit der Faust schlug er ihr ins Gesicht, sodass sie mit dem Hinterkopf an die Ladebordwand knallte. Man hörte nur ein kurzes Seufzen, dann fiel sie um. Einfach so.«

Die letzten Worte waren förmlich aus ihm herausgesprudelt. Er schaute auf und Kröger sah in seinen Augen Tränen schimmern.

»Möchten Sie nicht doch etwas trinken?« Krögers Stimme hatte einen mitfühlenden Ton.

Der Alte nickte und fuhr sich mit den Händen über das Gesicht. Vollert stand auf, ging auf den Flur zum Wasserspender und stellte einen Augenblick später ein gefülltes Glas vor den alten Mann. Fenske trank hastig einige Schlucke und erzählte dann weiter: »Von Schleyersdorf raste. Er schaute zu meiner am Boden liegenden Frau und trat nach ihr, doch sie regte sich nicht. Sie lag da wie tot! Er zerrte an seiner Pistolentasche und zog die Waffe heraus. Er wollte meine Hilde erschießen.«

Den letzten Satz flüsterte er. Kröger hatte Mühe, ihn zu verstehen.

»Bitte etwas lauter, Herr Fenske.«

»Wie? Ach so, ja.«

Zwar immer noch leise, aber deutlich hörbar, fuhr er fort: »Mich hatte der von Schleyersdorf an den LKW geschleudert. Ich tastete in meiner Angst auf der Ladefläche umher und bekam ein Stück Eisen zu fassen, damit schlug ich dann zu. Der Wernher von Schleyersdorf fiel um, ganz langsam. Zuerst dachte ich, der Schlag wäre wirkungslos geblieben. Denn er stand da, die Pistole in der rechten Hand, den einen Fuß ein Stückchen vor den anderen gesetzt, aber dann knickten seine Knie ein und er fiel um. Als er aufschlug, drang aus seiner Kehle noch einmal so ein komisches Röcheln und dann lag er ganz still. Die Augen verdreht, wie bei einem abgestochenen Schwein. Ich beugte mich zu meiner Frau hinunter und stellte fest, dass sie noch atmete. Vorsichtig hob ich sie hoch, trug sie in unsere Schlafstube und legte sie aufs Bett.«

Mit kummervollen Augen sah er Kröger an.

»Und dann?«

»Ich ging zurück. Der Stall war ja gleich neben dem Schloss. Vielleicht 50 Meter weg vom Gesindeeingang. Der Wernher lag immer noch so da, mit gebrochenen Augen. Er war tot und ich sein Mörder! Er musste verschwinden. Ich schleifte ihn in den Keller, denn auf den LKW bekam ich ihn nicht hoch, er war zu schwer. Genauso diese verdammte Kiste. Über die Kohlenrutsche ließ ich sie hinunter. Den LKW versenkte ich im See.«

»Sie konnten einen LKW fahren?«

»I wo! Ich spannte zwei Pferde vor das Auto, die Lotte und den Max, zwei Kaltblüter, und zog damit den LKW zum See. Das Ufer ist leicht abschüssig und ich kannte eine Stelle, wo es gleich tief runterging.«

»Die Leiche und die Kiste ließen Sie im Keller liegen?«

»Als ich mit den beiden Pferden zurückkam, stand plötzlich der olle Konrad vor mir. Er schaute mich an und wusste, dass irgendwas Schlimmes passiert sein musste. Er fragte nicht viel, sondern half mir. Die Leiche und die Kiste mussten verschwinden. Wenn die Deutschen uns mit dem Toten gefunden hätten, dann hätten sie uns an die Wand gestellt, und die Russen doch ebenso. Der olle Konrad hatte die Idee. Wir zogen den Wernher und die

Kiste in den hintersten Teil des Kellers und mauerten dann diesen Teil zu. Kurz vor Sonnenaufgang waren wir fertig und im Morgengrauen schlichen wir nach Hause.«

»Und der olle Konrad hat niemandem davon erzählt?«

»Nein, keinem. Er starb 1947 und nahm das Geheimnis mit ins Grab.«

»Und keinem ist etwas aufgefallen? Kein Mensch hat Sie beobachtet?«

Fenske schüttelte langsam den Kopf. »Nein, wer sollte uns beobachtet haben? Im Schloss war niemand mehr und das Dorf liegt ja etwas abseits. Der olle Konrad hatte ja auch nur deshalb etwas mitbekommen, weil er es in dieser Nacht am See auf die herrschaftlichen Fische abgesehen hatte und mich dabei sah, wie ich den LKW versenkte.«

»Und Ihre Frau?«

»Die lag wie leblos auf ihrem Bett. Nach dem Frühstück bin ich zur Trude Wiechert, die war die Hebamme hier. Einen Doktor gab es ja nicht. Die schaute sich die Hilde an und meinte, sie kann nix machen. Einen Tag später kamen die Flüchtlinge aus dem Osten ins Dorf und unter ihnen war auch die Erna Trapp, na, damals hieß sie noch Wollenbecker, und die pflegte meine Hilde wieder gesund, zusammen mit 'ner russischen Ärztin. Denn die Russen kamen zwei Tage nach den Flüchtlingen.«

»Hat Ihre Frau nie darüber gesprochen?«

»Der hab ich erzählt, der Wernher und ich hätten die Kiste wieder aufgeladen und Wernher wär' Richtung Westen abgehauen.«

»Wie viele Kisten waren auf dem LKW? Nur die eine?«

»Nein. Ich glaube, es waren drei.«

»Dann sind zwei auf dem Laster verblieben?« Kröger tauschte einen schnellen Blick mit Vollert.

»Ja!«

»Und Sie können uns die Stelle beschreiben, wo der LKW liegt?«

»Ja!« Der alte Mann nickte. »Ich bin die ersten Tage immer zum See und in den Keller, um nachzuschauen. Zuerst waren noch einige Ölflecken auf dem Wasser, aber die verschwanden dann und im Keller sah man auch nichts mehr. Der olle Konrad und ich hatten ein Kellerregal und alten Krimskrams davorgestellt. Und durch die Flüchtlinge, die im Schloss wohnten, war auch immer viel Betrieb. Die schauten in jede Ecke, ob sie was Brauchbares finden konnten. Aber die Spuren von unserer Arbeit, die fanden sie nicht.«

Kröger schaltete das Diktiergerät ab.

»Bringen Sie mich jetzt ins Gefängnis?« Schüchtern kam die Frage des Mannes.

Kröger blickte ihm in die Augen.

»Warum sollten wir das?«

»Warum? Machen Sie sich über mich lustig? Ich habe einen Menschen umgebracht. Ermordet! Und dafür geht man doch ins Gefängnis, oder nicht?«

Er war etwas laut geworden.

Kröger schüttelte den Kopf und legte dem alten Fenske die Hand auf den Arm.

»Für Mord muss man ins Gefängnis, doch in Ihrem Fall geht es nicht um Mord.«

»Nein? Aber der Mann ist doch tot, gestorben durch meinen Schlag mit dem Stück Eisen.«

»Waren Sie der Meinung, Wernher von Schleyersdorf würde Ihre Frau töten?«

»Ja, das wollte er. Als er die Pistolentasche öffnete, schrie er: ›Ich knall dich ab, du dummes Stück Scheiße!‹«

»Und dann haben Sie zugeschlagen?«

»Ja.« Der alte Mann schluckte.

»Dann war es Notwehr, Herr Fenske.« Resolut sprach Kröger die Worte aus. »Sie haben Ihre Frau und sich beschützt.«

»Notwehr?«

»Ja, schauen Sie.« Vollert nahm das Gesetzbuch zur Hand, blätterte einen Augenblick und zitierte dann: »Notwehr ist die Verteidigung, die erforderlich ist, um einen gegenwärtigen rechtswidrigen Angriff von sich oder einem anderen abzuwenden.« Er klappte das Buch mit einem dumpfen ›Plopp‹ wieder zu.

»Entscheiden muss das natürlich die Staatsanwaltschaft, aber ich sehe da keine Schwierigkeiten. Mein Kollege wird gleich mit den Beamten dort sprechen.«

Er wies auf Vollert. Der nickte, nahm sich das Diktiergerät und verließ das Zimmer.

»Das Einzige, was wir Ihnen vorwerfen könnten, wäre, dass Sie nicht viel eher darüber geredet haben.«

»Ich hatte Angst! Angst, als Mörder dazustehen. Was sollten meine Frau und meine Tochter denn von mir denken?«

»Nun, dass Sie ein Mensch sind, der seine Familie beschützt. So, und jetzt habe ich erst mal nur noch eine Frage: Möchten Sie auch einen Kaffee?«

Der alte Fenske schaute Kröger an, als zweifelte er am Verstand des Beamten.

Kröger setzte für zwei Tassen Wasser auf und meinte, zu Schneider gewandt: »Du möchtest doch sicher noch deinen Bericht schreiben?«

Der brummelte etwas Unverständliches vor sich hin und begann dann, seine Notizen zu ordnen.

Kröger brühte den Kaffee auf und stellte eine Tasse vor den alten Fenske.

»Mit Sahne kann ich aber nicht dienen.«

Sein Gegenüber lächelte ihn an. »Das macht nix. Ich trinke ihn eh schwarz, schwarz wie die Füße.«

»Falls Ihnen warm ist in der Joppe, legen Sie ruhig ab.«

»Ach was.« Der Alte winkte ab. Er wirkte sichtlich erleichtert. »Was gut ist gegen die Kälte, ist auch gut gegen die Hitze.« Er rührte bedächtig mit dem Löffel in seinem Kaffee. »Sagen Sie mal, darf man hier rauchen?«

Kröger nickte und holte aus der hintersten Ecke einer Schreibtischschublade einen Aschenbecher hervor. Normalerweise herrschte in diesem Büro Rauchverbot, doch Kröger, der nicht wissen konnte, was ihm gleich blühen würde, hatte beschlossen, beim alten Fenske eine Ausnahme zu machen.

Der Alte holte aus den Tiefen seiner Joppentasche eine Blechschachtel, eine Pfeife und Zündhölzer. Bedächtig stopfte er die Pfeife mit dem Tabak aus der Schachtel und Sekunden später blies er mit zufriedenem Gesicht Rauchwolken in die Luft. Schneider riss erschrocken das Fenster auf. Es roch nach verbranntem Bettvorleger und nach glimmendem Laub, wie im Herbst, wenn die Gartenbesitzer ihre Abfälle verbrennen. Von alledem schien der alte Fenske nichts mitzubekommen. Er inhalierte genüsslich den Rauch und schlürfte seinen Kaffee.

Kröger beobachtete den Alten. Er machte einen gelösten Eindruck, als hätte ihm jemand eine schwere Last von den Schultern genommen.

»Sagen Sie mal, Herr Fenske, Sie waren doch öfter im

Schloss. Damals, als die Herrschaft noch da war, ist das richtig?«

Fenske nickte. »Ja, ab und zu war ich auch im Schloss.«

»Wissen Sie, bei welcher Einheit Wernher von Schleyersdorf gedient hat?«

»Der Wernher? Nee, keine Ahnung. Ich weiß nur, dass sein Vater ganz stolz auf ihn war, und einmal musste ich den gnädigen Herrn zum Bahnhof kutschieren, da waren mehrere Kisten angekommen. Der gnädige Herr sprach davon, dass der Wernher eben weiß, was sich gehört, und dass er in diesen Zeiten für das Fortbestehen der von Schleyersdorfs sorgen würde.«

»Wann war das?«

Der alte Fenske klopfte seine Pfeife im Aschenbecher aus und ließ sich mit der Antwort Zeit.

»Tja, das muss so Dezember 1939 gewesen sein. War bannig kalt.«

»Diese Lieferung, die kam von Wernher von Schleyersdorf?«

»Ja!«

»Wissen Sie, woher?«

»Aus dem Warthegau, also aus Polen. Wurde ja damals alles umbenannt.«

»Und die Kisten, waren das solche, wie sie der Wernher bei Kriegsende mitbrachte?«

»Nee, Herr Kröger! Das waren ganz einfache Holzkisten. Vier oder fünf Stück und auch nicht sonderlich schwer. Der Stallbursche und ich mussten die Kisten aber schön vorsichtig behandeln. Wir witzelten, ob der gnädige Herr zu Weihnachten Eier hat kommen lassen.«

»Und was sagte der gnädige Herr darauf?«

»Er lachte mit uns und meinte dann, für diese Kisten würde er uns eine ordentliche Weihnachtsgratifikation zahlen. Hat er dann auch gemacht. Weil wir über die Polen gesiegt haben. Das hat er gesagt.«

»Kamen öfter solche Kisten?«

Der alte Mann zuckte die Schultern.

»Ab und zu musste ich schon zum Bahnhof. Da gab es einiges abzuholen. Ersatzteile für die Maschinen oder das eine oder andere Möbelstück, aber von Wernher kam, glaube ich, nichts mehr.«

»Kam es öfter vor, dass der alte von Schleyersdorf eine Sendung vom Bahnhof mit abholte?«

»Nee! Nie! Das war ja das Komische. Meistens schickte er mich allein. Selten kam der Verwalter mit. Meistens dann, wenn ein Ersatzteil für eine der Maschinen geschickt wurde.«

»Und wie sah es mit Kunstwerken auf dem Schloss aus?«

»Sie meinen Bilder und so?« Der Alte hatte ein Zündholz hervorgeholt und kratzte im Pfeifenkopf herum.

Kröger nickte.

»Da gab es schon einige. In der Halle, bei der Treppe, die nach oben führte, und in den einzelnen Räumen.«

»Und Gold- und Silbergegenstände? Schüsseln, Teller, Münzen oder Ähnliches?«

»So was hat die Herrschaft mir nicht gezeigt! Die Bilder hab ich doch auch nur gesehen, weil, wie gesagt, ab und zu ein neues Möbelstück gekommen ist und das mussten wir dann auch aufstellen.«

Vollert kam wieder ins Zimmer. Er lächelte und zwinkerte Kröger zu.

»So, Herr Fenske. Ich habe eben mit der Staatsanwältin telefoniert. Wir setzen das Protokoll auf, das Sie unterschreiben, und dann dürfen Sie wieder nach Hause fahren.«

»Ich brauche wirklich nicht ins Gefängnis?«

»Nein! Die Staatsanwältin schließt sich unserer Auffassung an. Ich habe ihr den Ablauf der Tat geschildert und sie erlässt keinen Haftbefehl.«

Der alte Fenske nickte und steckte seine Pfeife und die Blechschachtel mit dem Tabak wieder ein. Kröger sah, dass er zitterte.

»Alles in Ordnung, Herr Fenske?«

Der schaute zu Kröger und zuckte mit den Schultern.

»Lebendig macht das den Wernher auch nicht wieder.«

»Stimmt, aber Ihr Eingreifen hat Ihrer Frau das Leben gerettet und wahrscheinlich auch das Ihre.«

»Meins auch?«

»Ja! Er konnte keine Zeugen gebrauchen. Er war ein Dieb, ein Mörder. Ein Mensch ohne Hemmungen, wenn es um seinen persönlichen Vorteil ging. Seien Sie froh, dass es damals so endete und nicht anders.«

Der Alte strich sich über den Schnurrbart.

»Dann muss ich die ganze Geschichte nur noch meiner Tochter beibiegen.«

»Na, das wird doch wohl das kleinste Übel sein.«

Fenske schüttelte den Kopf.

»Sie kennen meine Tochter nicht«, brummelte er leise in seinen Bart.

Kröger schaute zu Vollert, der am Computer das Protokoll tippte. Einige Minuten später setzte der alte Fenske seine Unterschrift darunter. Sorgsam schrieb er jeden einzelnen Buchstaben.

Kröger informierte ihn, dass er sich noch zur Verfügung halten müsse. Er sollte ihnen am nächsten Morgen die Stelle zeigen, wo er den LKW im See versenkt hatte. Kröger wollte ihm vorher Gelegenheit geben, mit seiner Tochter zu sprechen. Der Laster lag seit 50 Jahren auf dem Grund des Sees, der würde dort auch noch einen Tag länger liegen können.

Dann langte Kröger hinter seinen Schreibtisch, holte den alten Koffer hervor und verabschiedete den Besucher. Vollert brachte ihn hinunter.

Als er das Dienstzimmer wieder betrat, stand Kröger am weit geöffneten Fenster und schaute auf die Straße.

»Dann können wir die Akte ja bald schließen!«

Kröger drehte sich zu Vollert um. »Sehe ich auch so. Ist das nicht schlimm? Da lebt dieser arme Mensch 50 Jahre in dem Glauben, ein Mörder zu sein. Übrigens, als du mit Frau Meinke telefoniertest, da erzählte er, dass schon einmal, und zwar im Dezember 1939, Kisten am Bahnhof angekommen sind. Die soll der Wernher von Schleyersdorf aus dem ehemaligen Polen geschickt haben. Sein Vater persönlich nahm die Lieferung in Empfang und sie mussten das Frachtgut ganz vorsichtig transportieren. Ebenso, wie der Wernher die Blechkisten transportiert haben wollte.«

»Mmh, der Wernher von Schleyersdorf scheint ja einiges an Kunstwerken zusammengerafft zu haben. Und die Sendung kam aus Polen?«

»Ja, genauer gesagt, aus dem Warthegau. So sagte es jedenfalls der alte Fenske. Ich muss erst mal nachschlagen, um welches Gebiet es sich da handelt.«

Kröger wollte gerade zu seinem Computer gehen, als Schneider dazwischenrief:

»Das ist die Gegend um Posen herum.«

»War!«, verbesserte Vollert.

»Wie, war?« Schneider schaute verständnislos drein.

»Das *war* die Gegend um Posen herum, und die Betonung liegt auf *war*.«

Vollert war einen Schritt auf Schneider zugegangen.

»Gehörten Krakau und Warschau auch dazu?«, wandte Kröger sich an Schneider.

»Nein, das liegt doch im Generalgouvernement!« Ärgerlich schüttelte Schneider den Kopf. »Wisst ihr denn gar nichts?«

Vollert lief rot an. Sich mühsam beherrschend, erwiderte er aufgebracht: »Wir wissen, dass diese Begriffe von Faschisten geprägt wurden und dass wir als Deutsche nicht gerade stolz sein können auf das, was dort geschehen ist.«

Schneider winkte ab. »Nun mach dir mal nich' gleich ins Hemd. Immerhin gehörte der größte Teil des Warthegaus, richtig muss es Wartheland heißen, bis 1918 zum Deutschen Reich, und zwar als preußische Provinz Posen. Das sind alles verlorene Ostgebiete.« Seine Stimme hatte einen belehrenden Unterton angenommen.

Vollert legte den Kopf schief und musterte Schneider so, wie man ein unbekanntes Tier betrachtet.

»Sag mal, du ewig Gestriger, der Einigungsvertrag sagt dir nicht zufällig was?«

Ganz ruhig sprach er, als wollte er einem Kind etwas erklären.

»Klar sagt der mir was! Aber was hat der mit dem Wartheland zu tun?«

»Oh, viel, du Klugscheißer. Da wurden die Grundlagen für den Beitritt der fünf neuen Bundesländer gelegt. Bundestag und Volkskammer verabschiedeten eine gleichlautende Erklärung über die Endgültigkeit der Oder-Neiße-Grenze als polnische Westgrenze. Und dies wurde per Vertrag auch mit Polen geregelt, den Genscher und der polnische Außenminister unterzeichneten. Also lass dein antiquiertes Gequatsche, oder bist du ein Rechter?«

»Du hast sie wohl nicht mehr alle! Ich und ein Rechter! Ich bin ein treuer deutscher Staatsbürger, der mit beiden Beinen fest auf dem Grundgesetz steht. Jawoll!«

»Na, dann fall man nicht runter.« Vollert wendete sich kopfschüttelnd ab.

»Übrigens, Kollege Schneider, sollten wir 50 Jahre nach dem Krieg keine Terminologie des Dritten Reiches mehr verwenden, aber danke trotzdem für die Aufklärung.« Kröger winkte Vollert heran.

»Wir werden morgen den Laster bergen lassen und dann wird die Akte wahrscheinlich geschlossen.«

»Anzunehmen!«

»Eigentlich schade. Mich hätte interessiert, was das gefundene Notizbuch noch hergegeben hätte und in welcher Einheit von Schleyersdorf war und …«

»… und ein Mord war es nicht und wir sind nun mal die Mordkommission. Für alles andere …«

»… sind andere da. Das wolltest du doch sagen?«

Vollert nickte. »Wobei wir ja erst mal weiterermitteln können.«

»Ha, und du glaubst, dass wir das so einfach können? Die Polizei muss sparen, Herr Kollege! Das Land muss mit jedem Pfennig rechnen. Die Streifenwagen haben ja zum Winter nicht mal die richtige Bereifung. Da ist jeder Ganove besser dran als unsere Kollegen. Und du denkst, wir könnten noch ein paar Tage ranhängen, einfach so?«

»Ja, denke ich. Aber danke für die Belehrung. Du hast die Einsparungen bei Obduktionen vergessen, die hätten sich bestimmt gut gemacht bei deiner Argumentation. Im Übrigen hat Frau Meinke weiteren Ermittlungen zugestimmt.«

»Wie das?«

»Ausschlaggebend scheint die Tatsache zu sein, dass noch mehr Kunstschätze im See vermutet werden. Und dass sich heute früh bei ihr ein Journalist gemeldet hat, der über die gefundenen Kostbarkeiten einen Artikel bringen will, und das nicht etwa in unserer Tageszeitung, sondern in einer großen Illustrierten.«

»Und daraufhin genehmigt uns die Staatsanwaltschaft, dass wir die Ermittlungen weiterführen?«, staunte Kröger ungläubig.

»Werbung, Horst. Das ist einfach Werbung für die Polizei, das Land und für den einen oder anderen Politiker. Unser Innenminister hat bestimmt jetzt schon einen feuchten Zwickel. Stell dir doch mal die Schlagzeile vor: ›Polizei in Vorpommern spürt längst verschollene Kostbarkeiten auf‹ oder: ›Fünfzig Jahre im Dunkel der Zeit verschwunden, durch die Ermittlungen der Landespolizei wieder ans Tageslicht gebracht‹, das klingt doch richtig gut und die nächste Wahl kommt garantiert.«

»Du solltest den Beruf wechseln. Mich interessiert höchstens: Woher weiß der Schreiberling von unserem Fund?«

»Mensch, Horst!« Vollert beugte sich zu seinem Kollegen und deutete vorsichtig mit dem Daumen in Richtung Schneider. »Manch einer kann gut singen – für ein gewisses Salär, versteht sich! Und jetzt haben wir uns ein schönes Mittagessen in der Stadt verdient.«

17

Sie gingen am Frankenteich vorbei, dessen Uferpromenade mit neuen Bänken ausgerüstet worden war. Fast alle dieser Sitzgelegenheiten waren besetzt: Mütter mit kleinen Kindern, die ganz wild auf die Enten waren, die in Ufernähe ihre Bahnen zogen, oder Rentner, die sich von der Sonne wärmen ließen und diesen Hauch von Natur genossen.

Alles war friedlich und strahlte Ruhe aus, bis sie an einer Stelle vorbeikamen, an der eine Bank aus ihrer Verankerung gerissen und in den Teich geworfen worden war. Die weiße Lehne leuchtete hell aus dem Wasser heraus. Krögers Stirn verfinsterte sich. Er blieb kurz stehen, schaute zum ehemaligen Stellplatz, dann zur Bank und murmelte schließlich: »Damit fängt's an. Als Nächstes überfallen sie Rentner oder fahren Auto wie eine wilde Sau, was zählt schon ein Menschenleben, oder sie prügeln andere fast zu Tode …« Seine Hand fuhr zornig durch die Luft.

»Und das ärgert dich?«

»Ja! Dich nicht?« Kröger blieb kurz stehen.

»Natürlich wurmt mich das genauso, und ich frage mich auch, wohin die Reise noch geht.«

»Siehste, das meine ich. Jeder, den du fragst, ärgert sich. Alle regen sich auf, heimlich, aber keiner macht was. Die wenigsten zeigen noch Zivilcourage. Wie die drei heiligen Affen. Nichts sehen, nichts hören und ja nichts sagen. Scheißgesellschaft!«

Sie hatten unterdessen den Querkanal erreicht, wo in den letzten Monaten mehrere Gaststätten eröffnet worden waren. Die Lage war fantastisch. An einer der traditionsreichsten Ecken der Hansestadt blickte man auf den Kanal mit seinen Segelbooten, konnte im Sommer draußen speisen. Und was auch keine Selbstverständlichkeit in der Stadt war und was Kröger außer einer guten Küche schätzte: Man wurde von Autoabgasen verschont.

Die beiden Beamten waren in dieser Ecke bekannt. Wenn es sich einrichten ließ, aßen sie hier. Das Personal war freundlich und schnell, das Essen schmeckte und die Preise waren erschwinglich. Keine Normalität in dieser hektischen Zeit, in der jeder versuchte, schnell reich zu werden.

Die Außentische waren alle besetzt und auch der Gastraum war gut gefüllt. Sie warteten einen Augenblick. Als ein Tisch auf der Terrasse frei wurde, nahm Vollert ihn sogleich in Beschlag.

Nachdem sie ihre Bestellung aufgegeben hatten, sagte Vollert: »Manchmal glaube ich, du trauerst der alten Zeit noch nach.«

Kröger schmunzelte und musterte seinen Kollegen.

»Das solltest du eigentlich besser wissen. Mich ärgern nur so viele Sachen. Die laufenden Kürzungen zum Beispiel oder politische Entscheidungen, die bar jeder Vernunft sind. Oder Schneiders antiquiertes Gerede von den verlorenen Ostgebieten.«

»Hör mir auf mit dem!« Vollerts Gesicht nahm einen ärgerlichen Ausdruck an.

»Der ist ja wirklich noch von gestern. Mir reichte seine Argumentation vorhin schon. Der scheint ja wirklich noch in der Vergangenheit zu leben!«

»Zum Glück war Frau Dr. Bednarek nicht anwesend. Wir hätten uns in Grund und Boden schämen müssen.

Apropos Doktor – hat sich der Herr Doktor Neumann schon gemeldet?«

»Nein. Warum?«

»Wenn du ihm schon vertrauliche Unterlagen zukommen lässt, dann könnte er sich wenigstens mal melden.«

»Ach, Horst, erstens hat er die am Freitag erst erhalten und jetzt ist Montagmittag. Was erwartest du? Und zweitens: Frau Dr. Bednarek hat sich auch noch nicht gemeldet.«

Ihr Essen kam.

Kröger schob sich schnell einen Bissen Bratkartoffeln in den Mund, um nicht gleich antworten zu müssen. Vollert hatte recht. Das gab Kröger zu, indem er vorschlug:

»Dann werden wir nach diesem Mahl den Herrn Dr. Neumann mal besuchen.«

»Du schlägst den kurzen Dienstweg ein?«

»Genau.«

Genüsslich bugsierte Kröger ein weiteres Stück Schnitzel in den Mund. Das Kalbfleisch war zart und saftig, die Bratkartoffeln schön kross, so, wie er sie mochte.

Nach dem Essen gingen sie langsam in Richtung Museum. Die gute, reichhaltige Mahlzeit forderte ihren Tribut. Die Wärme des Tages tat ein Übriges. Es war schön, sich im Strom der Urlauber treiben zu lassen. Vorbei an alten Giebelhäusern aus der Zeit der Backsteingotik schlenderten sie über verwitterte Granitplatten, die in früheren Zeiten als Ballast auf Segelschiffen gedient hatten und die findige Stralsunder als Wegbefestigung zu nutzen gewusst hatten. Einige der alten Häuser strahlten schon in neuem Glanz, doch viele der Gebäude warteten noch auf ihre Wiedererweckung.

Kröger zeigte auf ein Haus, bei dem Eingang und Fenster zugemauert waren und an dem Schilder die Fußgänger aufforderten, aus Sicherheitsgründen die Straßenseite zu wechseln.

»Schau dir das an! Das ist unter anderem ein Grund, warum ich die alten Zeiten so nicht wiederhaben möchte. Zu viel Verfall und zu viele falsche Entscheidungen!«

»Die gibt es aber heute leider auch noch, die falschen Entscheidungen.«

Vollert hatte den Kopf in den Nacken gelegt und musterte den Giebel. Er musste die Augen mit der Hand vor der gleißenden Sonne schützen.

»Ob das jemals wieder bewohnbar wird?«

»Bestimmt! In den letzten Jahren wurden schon ganz andere Ruinen gerettet.«

Vollert riss sich von dem Anblick los und sie gingen weiter.

Vor dem Meeresmuseum standen die Menschen an und warteten auf Einlass. Langsam schob sich die Schlange vorwärts. Einige Touristen nutzten die Zeit für Erinnerungsfotos: Der Kutter ›Adolf Reichwein‹ auf dem weitläufigen Museumsvorplatz bildete ein hervorragendes Motiv.

»Da möchte ich auch mal wieder rein.« Kröger wies in Richtung Museum.

»Das verschieb mal bis zum Herbst. Als anständiger Einheimischer geht man in der Nachsaison.«

Keine Minute später waren sie am Kulturhistorischen Museum. Kröger wies sich an der Kasse aus und bat darum, mit Dr. Neumann sprechen zu können. Die Angestellte telefonierte kurz und bat die beiden Ermittlungsbeamten um einen Augenblick Geduld. Wenige Minuten später erschien Dr. Neumann. Schon von Weitem breitete er die Arme aus und meinte dann, als er heran war: »Welchem ehrenvollen Umstand habe ich Ihren Besuch zu verdanken?«

Kröger fiel auf, dass Dr. Neumann sehr leise redete, ja, fast flüsterte. Es musste sich um eine Art Berufskrankheit handeln, dass Angestellte von Museen nie laut sprachen. »›Ehrenvoll‹ ist wohl das falsche Wort. Es ist eher die Neugierde, die uns hierher treibt.«

»Dann bitte ich Sie, mir zu folgen. Ich hoffe, ich kann Ihre Neugierde stillen.«

Er ging voraus, den langen Gang zu den Ausstellungsräumen entlang, vorbei an alten Möbelstücken. Wenige Meter vor dem ersten Saal öffnete er eine Tür und die drei betraten einen modernen Bürotrakt, der so ganz anders als die Besucherräume aussah. Dominierte in Letzteren das Rot der Backsteine, herrschte hier kühles Weiß vor. Neonlampen an den Decken spendeten kaltes Licht. Dr. Neumanns Büro lag am Ende des Bürotrakts. Er öffnete die Tür und die Kriminalbeamten standen Frau Dr. Bednarek gegenüber.

»Hallo! Unsere fleißigen Polizisten!« Lächelnd reichte sie den beiden die Hand.

»Wie ich sehe, sind Sie auch mächtig am Arbeiten«, entgegnete Kröger und wies auf die vielen Papiere, die auf dem großen Tisch, der sonst wahrscheinlich für Besprechungen genutzt wurde, ausgebreitet waren. Jetzt war er übersät von Schriftstücken und Büchern, manche davon aufgeschlagen und mit farbigen Merkzetteln versehen.

»Oh ja!« Ihre Augen funkelten und in den Wangen hatten sich wieder die kleinen Grübchen gebildet.

»Wir versuchen, ein wenig Licht in das Dunkel zu bringen. Damit Sie schneller den Mörder finden.«

»Nur leider gibt es keinen Mörder!« Kröger informierte die beiden Kunsthistoriker über die neuesten Entwicklungen. Über den LKW machte er allerdings nur vage Andeutungen.

»Und Sie vermuten noch mehr Kunstobjekte dort, wo der LKW ist?« Dr. Neumann hatte die Frage gestellt. Nachdenklich kraulte er sich den Kinnbart.

Kröger nickte.

»Mmh, ehrlich gesagt, würde das manches ändern.«

»Ach«, aus Krögers Äußerung war Überraschung herauszuhören, »wissen Sie etwas, das wir noch nicht wissen?«

»Nein, nein ... Nur – wir haben eine Arbeitshypothese aufgestellt, Frau Dr. Bednarek und ich.«

»Aha!«

»Ja, weil wir bisher annahmen, bei den gefundenen Objekten handle es sich um eine Art Kriegsbeute. Nun, wie soll ich sagen ... Gehen wir mal davon aus, der Zufall spielte Herrn von Schleyersdorf in die Hände und er konnte diese einmaligen Stücke in seinen Besitz bringen. Aber sollte es noch mehr Kunstwerke geben, tja, dann ...«

»Dann dürfte es mit dem Zufall dahin sein! Das meinen Sie doch oder irre ich mich?«

»Genau!«

»Das können wir nur bestätigen. Laut einer Zeugenaussage soll im Dezember 1939 schon einmal eine Sendung an das Gut gegangen sein. Und wir vermuten, dass es sich bei dieser ersten Sendung auch um Kunstschätze gehandelt hat.«

»Wissen Sie, was für Objekte das waren?«

»Leider nein! Wie gesagt, das alles ist nur eine Vermutung.«

Dr. Neumann strich sich wieder über den Kinnbart. Nachdenklich ging er zum Tisch. »Die Angaben, die wir von Ihnen bekommen haben, sind leider sehr vage. Wir haben zum einen versucht, die ›Aktion Grün‹ näher zu definieren, zum anderen, in einschlägigen Unterlagen den Namen ›von Schleyersdorf‹ zu finden. Leider mit sehr wenig Erfolg.«

»Konnten Sie herausfinden, in welcher Einheit von Schleyersdorf diente?«

»Da fängt unser Dilemma leider schon an.« Ewa Bednarek war zu ihrem deutschen Kollegen getreten. »Es gibt kaum Anhaltspunkte. Von diesen Sondereinheiten gab es mehrere. So zum Beispiel die Einheit um Otto Skorzeny, die im September 1943 Mussolini befreite und im Jahr 1944 den ungarischen Reichsverweser Miklos Horthy festsetzte. Des Weiteren existierte die Sondereinheit SS-Dirlewanger, benannt nach dem mehrfach wegen sexueller Übergriffe an minderjährigen Mädchen vorbestraften Oskar Dirlewanger. Eine Scharfschützeneinheit, in der nur ehemalige Wilddiebe waren.«

»Gab es auch solche Sondereinheiten, die sich mit der Verfolgung jüdischer Mitbürger befassten?«

»Ja, auch die gab es. Sie folgten der Wehrmacht in die besetzten Gebiete und nahmen sicherheitspolizeiliche und nachrichtendienstliche Aufgaben wahr. Die Geheime Staatspolizei, kurz ›Gestapo‹, war dafür nicht zuständig. Es handelte sich ja um Auslandseinsätze.«

»Diese Einheit folgte also unmittelbar der kämpfenden Truppe?«

»Kann man so sagen, ja!«

»Und kann von Schleyersdorf einer solchen Einheit angehört haben?«

»Durchaus! Vieles spricht dafür.« Dr. Neumann nickte bei diesen Worten, wogegen Ewa Bednarek den Kopf schüttelte.

Kröger fiel das auf. »Sie sind anderer Meinung?«

Sie lächelte. »Ich glaube, wir sollten uns nicht zu früh festlegen. Es gab ja noch mehr Sondereinheiten. Unter anderem auch welche, die sich auf Kunstraub spezialisiert hatten.«

»Und welche waren das?«

»Oh, einige! Da gab es zum Beispiel den Einsatzstab Reichsleiter Rosenberg. Benannt nach Alfred Rosenberg, der später als Kriegsverbrecher während des Nürnberger Prozesses verurteilt und dann hingerichtet wurde.«

»Und diese Einheit raubte Kunstwerke?«

Ewa Bednarek nickte heftig. »Ja, und zwar in ganz Europa. Dieser Einsatzstab beschlagnahmte und raubte, aufgrund von Führerbefehl, Kunstwerke und Kulturobjekte, die etwa 1,5 Millionen Eisenbahnwaggons füllten.«

Vollert stieß einen leisen Pfiff aus. »Bei 12 Meter Länge eines Waggons macht das einen Zug von … von 18.000 Kilometern«, er rechnete schnell weiter, »18.000 Kilometer, das entspricht einer Strecke von Deutschland bis Neuseeland. Stellt euch mal einen Zug von dieser Länge vor!«

Er wandte sich an Ewa Bednarek: »Um was für Kunstwerke handelte es sich? Für mich ist diese Menge einfach unvorstellbar!«

»Nicht nur für Sie. Geraubt wurde alles, was von Wert war. Gemälde, Skulpturen, Möbel, Gobelins, Teppiche, Porzellan, Briefmarken, Münzen, Altäre, ja, sogar ganze Zimmer, wie zum Beispiel das Bernsteinzimmer. Es wurden Museen, Kirchen und Privatpersonen beraubt. Nichts und niemand war vor ihnen sicher.«

»Und bei diesem Einsatzstab Rosenberg könnte von Schleyersdorf gedient haben?«

»Nein!« Energisch schüttelte sie den Kopf.

»Nein?«

»Schauen Sie«, sie ging zum Tisch, suchte einen Augenblick und zog schließlich ein Buch hervor, blätterte einen Augenblick darin und hielt Vollert dann das aufgeschlagene Druckwerk hin. Er erblickte ein Foto, das einen Mann in Uniform zeigte.

»Ja, und?«

»Auf diesem Bild sehen Sie Alfred Rosenberg. Betrachten Sie die Uniform.«

Vollert starrte verständnislos auf die Fotografie.

»Seine Uniform? Was ist damit?«

»Na, viel Ahnung haben Sie wohl nicht. Entschuldigen Sie, dass ich das so sage, aber Frau Dr. Bednarek ...«, Dr. Neumann hatte sich eingemischt, »versucht gerade, Ihnen darzulegen, warum von Schleyersdorf nicht beim Einsatzstab Rosenberg gewesen sein konnte.«

»Na, dann klären Sie mich Ahnungslosen doch mal auf. Was hat es mit dieser Uniform auf sich?« Vollert lächelte Ewa an.

»Der Tote trug die Uniform eines Obersturmbannführers«, erklärte sie, »und die Angehörigen des Einsatzstabes gingen in Zivil oder trugen die senffarbene Uniform der Kraft-durch-Freude-Truppen. Keinesfalls die Uniform der SS!«

»Wissen Sie das genau?«

»100-prozentig, Herr Vollert. Sehen Sie sich das Bild an.« Sie tippte auf das Buch. Vollert bemerkte einen Ring an ihrem Finger in Form einer Schlange. Die Augen waren leuchtende Rubine.

Dann blätterte sie ein paar Seiten weiter. »Und vergleichen Sie das mal mit diesem Foto.« Sie hielt Vollert die aufgeschlagene Seite hin. Der nickte.

»Ja, stimmt! Andere Uniform.«

»Und wegen dieser Uniform wurden sie auch nur verächtlich ›Goldfasane‹ genannt.« Dr. Neumann lächelte.

»Dann können wir dieses Sonderkommando ja von der Liste streichen.«

»Die Liste ist aber auch so lang genug.« Dr. Neumann winkte ab.

»Da gab es noch die Truppe um Dr. Hans Posse, die im Führerauftrag für das geplante Museum in Linz raubte, dann das Sonderkommando Künsberg, Dr. Kajetan Mühlmann, der im Auftrag von Göring stahl, den Sonderstab Bildende Kunst und, und, und…«

Kröger war bei Nennung des Namens Göring hellhörig geworden. »Göring war des Öfteren zu Besuch bei den von Schleyersdorfs.«

»Der zweite Mann im Dritten Reich und einer der größten Kunsträuber verkehrte mit den von Schleyersdorfs, das ist allerdings interessant!« Dr. Neumann schnalzte mit der Zunge. »Entschuldigung!« Erschrocken hielt er sich die Hand vor den Mund. »Aber ich glaube nicht, dass von Schleyersdorf Kunsträuber war.«

»Sondern?« Kröger hakte nach.

»Ich nehme an, er war in einer Sondereinheit, die an der Verfolgung der jüdischen Bevölkerung in den besetzten Gebieten beteiligt war.«

»Da bin ich anderer Meinung«, warf Ewa Bednarek ein.

Kröger schaute von einem zum anderen.

»Können Sie Ihre Annahme begründen?« Er hatte sich an Dr. Neumann gewandt.

»Kann ich! Alle Kunsträuber waren sehr gut organisiert. Egal, für wen und unter welchem Befehl sie dienten. Dass dabei jemand Kunstwerke für sich abzweigte, halte ich für fast ausgeschlossen. Es wurde alles mit deutscher Gründlichkeit protokolliert. Die Chancen, etwas privat abzustauben, waren bei anderen Sondereinheiten viel größer. Wer wusste schon genau, was ein jüdischer Kaufmann sein Eigen nannte? Aber der Bestand eines Museums, der war bekannt.« Er war bei diesen Worten langsam auf und ab gegangen.

»Und Sie sind anderer Meinung?« Kröger musterte Frau Dr. Bednarek.

»Ja, bin ich!« Sie machte einen sehr ernsten Eindruck.

»Warum?«

»Weil bestimmte Kunstwerke unseres Fundes tatsächlich aus Museen stammen, und zwar aus polnischen. Dazu kommen die Kirchenschätze. Die Daten, die wir von Ihnen bekamen, sprachen für beide Annahmen, aber die gefundenen Objekte lassen mich, im Gegensatz zu meinem Kollegen, nicht an den Judenverfolger glauben.«

»Es befanden sich auch jüdische Kultgegenstände unter den gefundenen Objekten.« Dr. Neumann wies auf den Tisch, wo die Fotos der gefundenen Objekte lagen.

»Richtig!« Ewa Bednareks Augenbrauen zuckten nach oben, als sie sprach. »Bedenken Sie die Bildung des Mannes. Er hatte Kunst studiert und das sollten wir nicht außer Acht lassen. Ebenso wenig seine Bekanntschaft mit Göring, den Sie ja selbst als einen der größten Kunsträuber bezeichneten.« Sie nickte Dr. Neumann zu. »Und dann die Funksprüche. Wir können wohl annehmen, dass irgendetwas verbracht und versteckt wurde. Was und wohin, wer weiß? Vielleicht Kunstwerke?«

»Oder Akten, eventuell auch geheime Waffen. Sie sehen also, auch wir haben mehr Fragen als Antworten.« Dr. Neumann seufzte kurz und lächelte dann seine Kollegin an. »Ich kann nur hoffen, wir finden die Antwort irgendwann.«

»Das hoffe ich auch. Ich habe mit meinen Kollegen in Krakau und Warschau telefoniert. Man schaut in den Archiven nach, ob dort der Name von Schleyersdorf auftaucht oder irgendetwas über diese ›Aktion Grün‹.«

»Genau! Ich wandte mich an das Bundesarchiv und an die Zentralstelle zur Aufklärung von Naziverbrechen, aber eine Reaktion steht noch aus.«

»Man müsste die russischen Archive einsehen können!«

»Meinen Sie, da könnte die Lösung zu finden sein?«

Ewa Bednarek zuckte mit den Schultern. »Wer weiß? Manche Frage würde geklärt werden. Ich glaube, ein Land allein kann nicht die Antworten auf alle Fragen haben. Man sollte mehr zusammenarbeiten, europäischer, wenn Sie mich fragen.«

Dr. Neumann stimmte zu. »Manches könnten wir so schneller und besser lösen. Übrigens, wir hatten am Freitag Ausstellungseröffnung. Ich glaube, das könnte Sie interessieren. Immerhin hat es indirekt mit unserem Problem zu tun.« Er blickte in die kleine Runde, und als niemand einen Einwand äußerte, fuhr er fort: »Dann kommen Sie doch bitte mit.«

Er öffnete die Tür und ging voran in Richtung Ausstellungssaal. Dort besichtigte gerade eine Schulklasse die Exponate. Auffallend war die Stille, die herrschte. Kein Toben, kein lautes Wort hallte in dem Raum, aufmerksam studierten die Jugendlichen die Tafeln mit den Fotos und Erläuterungen.

»Hier, schauen Sie«, Dr. Neumann ging zu einer Wand, »Stralsund hatte im November 1939 74 Einwohner jüdischen Glaubens, so der Kantor der Synagogengemeinde. Dazu kamen die Bürger, die laut Rassengesetz als jüdisch eingestuft wurden. Mindestens 36 von ihnen wurden 1940 in das Getto Lublin deportiert. Im Oktober 1938 lebten 20 jüdische Geschäftsinhaber in Stralsund, 1941 waren es nur noch zwei. Und nur noch neun weitere jüdische Namen sind in der Einwohnerkartei verzeichnet. Die fünf männlichen Bewohner wurden zur Zwangsarbeit verpflichtet und 1943 in das KZ Auschwitz gebracht. Bis auf einen starben dort alle. Die Frage, die sich mir stellt: Wo blieben ihre Sach- und Vermögenswerte? Wer bereicherte sich an ihrem Eigentum, nachdem sie in dieses unvorstellbare Grauen abgeschoben worden waren? Der Holocaust hatte viele Väter und Mütter!«

»Und er richtete sich nicht nur gegen Juden.« Ewa sprach ebenso leise wie Dr. Neumann, aber nicht weniger eindringlich.

»Leider haben Sie recht. Alles, was die deutschen Rassenfanatiker als nicht arisch ansahen, wurde gequält, gefoltert, ausgebeutet und ausgelöscht. Kommen Sie mal mit.«

Er ging zu einer Schautafel am Ende des Saales.

»Hier haben wir dargestellt, wie es nach dem Krieg um die jüdische Gemeinde bestellt war. Genauer gesagt, es gab sie nicht mehr. 1947 versammelten sich schließlich 22 Juden in Stralsund, um eine neue Gemeinde zu gründen. Da keine zehn männlichen Juden anwesend waren, misslang dieses Vorhaben.«

»Warum zehn?«

»Die braucht man, um einen vollständigen jüdischen Gottesdienst abzuhalten.«

Kröger fragte: »Keine zehn Männer oder Knaben lebten mehr in Stralsund?«

»Oh, nicht in Stralsund, Herr Kröger. Wir reden von einem Gebiet, das von Rügen über Stralsund und Greifswald bis nach Ückermünde und Randow reicht. Eingeschlossen Anklam, Grimmen und Demmin.«

Er tippte auf eine Landkarte, die Auskunft über die genannten Kreise gab.

»Oh, Gott!« Kröger und Vollert betrachteten entsetzt die Karte.

Als sie sich umdrehten, waren sie umringt von Jugendlichen, die genauso aufmerksam die Tafel anschauten. Leise verließen sie den Saal.

»Ich glaube, ich sollte meine Frau über die Ausstellung informieren. Sie ist Lehrerin!« Kröger war sichtlich betroffen.

»Das machen Sie unbedingt! Wir haben zwar alle Schulen im Umland informiert, aber gegen Werbung haben wir nichts einzuwenden. Geschichte muss zum Anfassen sein!«

Kröger nickte. »Sonst können Sie uns nicht weiterhelfen?«

Die beiden Spezialisten wechselten einen kurzen Blick und Ewa meinte dann: »Leider noch nicht, aber wir geben uns Mühe. Wir melden uns, wenn wir eine neue Spur haben. Sagen Sie mal, Herr Kröger, Sie sprachen vorhin von weiteren Kunstobjekten, zumindest glaube ich, das aus Ihren Andeutungen herausgehört zu haben. Wäre es möglich, auch diese in Augenschein nehmen zu können?«

Kröger musterte die vor ihm stehende Frau.

»Dazu müssten wir sie erst haben, aber ich denke, das wird kein Problem werden.«

Als Kröger und Vollert wieder auf der Straße standen, strahlte die Sonne wie zuvor, und doch kam es beiden so vor, als wäre es dunkler geworden.

18

Am darauffolgenden Vormittag fuhren sie wie verabredet zum alten Fenske. Als sie klingelten, öffnete ihnen die Tochter und bat sie freundlich herein.

»Soll es losgehen?« Der alte Fenske war aufgestanden.

»Einen Moment noch, Herr Fenske. Wir haben erst noch ein paar Fragen.«

Der alte Herr ließ sich wieder in den Sessel fallen. »Dann fragen Sie mal.«

Er wirkte heute nicht mehr ganz so unglücklich. Wahrscheinlich hatte ihn das gestrige Geständnis erleichtert und auch mit seiner Tochter schien er gesprochen zu haben.

»Mein Vater hat lang genug geschwiegen«, fügte sie wie aufs Stichwort hinzu.

»Herr Fenske, Sie sagten gestern aus, dass von Schleyersdorf in der besagten Nacht vor das Schloss gefahren kam und dort die erste Kiste abladen ließ.«

Fenske bestätigte das.

»Meine Frage ist nun: Warum fuhr er nicht gleich zum See und versenkte die Kisten dort, sondern ließ sie am Schloss abladen?«

Der Alte stopfte bedächtig seine Pfeife, bevor er antwortete.

»Es gab früher nur einen schmalen Weg vom Schloss zum See. Erst im Winter des Jahres 1944/45 wurde dieser verbreitert, sodass ein Fuhrwerk oder ein LKW dort durchfahren konnte. Wernher von Schleyersdorf wusste davon nichts.«

»Schön, dass wir das klären konnten. Wir haben Informationen, dass Göring des Öfteren auf dem Schloss weilte. Wissen Sie etwas davon?«

Fenske kaute auf dem Mundstück herum. Kröger hoffte, dass er die Pfeife nicht anzündete.

»Der Dicke kam meist zur Jagd oder zu einer großen Feier, aber soweit ich mich erinnere, höchstens drei- oder viermal.«

»Haben Sie eine Ahnung, ob dort über Kunstwerke oder über Judenverfolgung gesprochen wurde?«

Langsam nahm Fenske die Pfeife aus dem Mund, sein Blick schweifte erst zu seiner Tochter und dann zu Kröger.

»Also, davon weiß ich nichts.«

»Sie waren aber der Kutscher?«

»Ja, war ich. Nur dass ich selten die Herrschaft kutschierte. Die von Schleyersdorfs hatten doch ein Auto und meistens wurden sie damit chauffiert. Ich fuhr Besorgungen, Holz und so'n Kram. Ausfahrten waren ganz selten und Göring hatte seinen eigenen Wagen mit Chauffeur. Wie sollte ich da was mitkriegen?«

Er griff zur Zündholzschachtel und Kröger beeilte sich daraufhin, das Gespräch zu beenden.

»Kommen Sie, Herr Fenske. Wir müssen!«

Der Mann rieb sein Knie und erhob sich.

Im Auto überließ Kröger ihm den Beifahrersitz. Dankbar streckte der Alte das steife Bein von sich. Auf der Fahrt war er ruhig und in sich gekehrt. Als sie ins Dorf einfuhren, musterte er neugierig die Häuser. Die wenigen Bewohner, denen sie begegneten, grüßte er.

Vollert parkte unter der Ulme wie beim letzten Mal. Langsam gingen sie in Richtung See. Im Schloss wurde wieder gearbeitet. Die Staatsanwaltschaft hatte die Freigabe erteilt.

Der alte Fenske lief langsam voran. Er zeigte vor ihnen auf den Weg.

»Schauen Sie, hier standen früher Bäume. Der Herbststurm hat einen davon umgerissen, einen anderen schwer beschädigt. Der alte von Schleyersdorf ließ sie fällen und den Weg verbreitern. Er wollte bei der damaligen Ernährungslage in die Fischzucht einsteigen. – Deutschland wird bombardiert und der denkt an Fischzucht!«

»Glaubte er an den Endsieg?«

»Oh ja, Herr Vollert! Der war Nazi bis zum letzten Tag!«

Der See leuchtete silbern blinkend zwischen den Bäumen hervor.

Der Weg machte einen ungepflegten Eindruck. An manchen Stellen stand das Unkraut hüfthoch. Vorsichtig schoben sie sich hindurch. Nach einigen Metern wurde das Dickicht schütterer und sie konnten etwas schneller ausschreiten.

Zielstrebig führte der alte Fenske sie. Er ging direkt zum Ufer und zeigte dann vor sich.

»Hier! Hier unten liegt der Laster.«

Kröger und Vollert blickten auf die Wasseroberfläche. Nichts deutete darauf hin, dass einige Meter von ihnen entfernt ein LKW lag, der wahrscheinlich ein Geheimnis barg.

Vollert ging ein Stück zurück und schnitt mit dem Taschenmesser einige Zweige von einem Busch. Mit diesen markierte er unauffällig die Stelle, die ihnen der Alte gezeigt hatte.

Fenske wandte sich an Kröger. »Werden Sie ihn wieder raufholen?«

»Ich glaube schon.«

»Das ist gut!« Der Alte griff in seine Joppentasche, zog die Pfeife hervor und Sekunden später roch es wieder nach verbranntem Laub.

»Sagen Sie mal, was für ein Kraut rauchen Sie da?« Kröger schnüffelte mit der Nase in der Luft wie ein Jagdhund.

»Gefällt Ihnen der Duft?« Der Alte grinste.

»Um ehrlich zu sein, nein!«

»Da wären Sie auch der Erste. Was ich hier rauche, ist meine Spezialmischung. Kirschblätter, Huflattich und schwarzer Krauser. Ein Russe hat mich darauf gebracht, gleich nach dem Krieg. Ist billig und schmeckt. Müssen Sie auch mal probieren. Wenn Sie möchten, kann ich Ihnen was abgeben.«

Er griff in die Tasche und zog die Blechschachtel mit dem Tabak hervor.

Kröger hob abwehrend die Hände. »Danke, aber ich bin Nichtraucher!«

»Ach so, aber trotzdem nett, dass Sie sich für mein Rezept interessieren.« Er ließ die Schachtel wieder in die Tasche gleiten. Schmauchend stieß er den Rauch aus.

Vollert, der diesen Geruch zum ersten Mal miterlebte, zog die Nase kraus.

Auf dem See drehte ein Schwan seine Runden, in Ufernähe schwamm ein Blesshuhn. Nichts deutete auf die Tragödie hin, die sich hier vor 50 Jahren abgespielt hatte.

Langsam machten sie sich auf den Rückweg. Am Schloss deutete Fenske auf den Dienstboteneingang.

»Da hat er gestanden, der Laster, und dort drüben haben wir gewohnt.« Seine Hand zeigte in die entsprechende Richtung. Aus dem Schloss drang Gepolter. Ein junger Mann sprang die Stufen der Eingangstreppe herunter, lief zu einem Kleintransporter und ging, mit mehreren Kabelrollen beladen, den Weg zurück. Die Aufschrift am Transporter wies auf eine in Stralsund ansässige Elektrofirma hin. Es ging mit dem Umbau voran.

»Was mich wundert«, Vollert sprach mit dem alten Fenske, »trotz Ihres Beines gehen Sie nicht am Stock?«

Der Alte nickte. »Stimmt! Ein Stock ist was für alte Leute, dachte ich früher. Außerdem hab ich gern meine Hände frei, aber wenn es so weitergeht, dann werde ich ihn benutzen. Das Ding steht seit drei Jahren bei uns zu Hause. War ein Geschenk meiner Tochter.«

Er legte den Kopf in den Nacken und schaute an der Fassade empor. Abrupt wendete er sich ab und sagte: »Können wir? Mein Bein schmerzt heute aber wieder bannig.«

Die Fahrt verlief schweigend. Der alte Fenske schaute mit schwermütigem Gesicht aus dem Fenster und hing seinen Gedanken nach. Kröger schien es, als wäre es mehr die Seele, die schmerzte, als das Bein. Doch er wollte ihn nicht stören und so schwieg auch er. Vollert hatte zu tun, sich auf den Verkehr zu konzentrieren, die schmale Allee verlangte wieder seine ganze Aufmerksamkeit.

Beim Aussteigen brummelte der Alte einen Gruß und schlurfte langsam ins Haus.

20 Minuten später telefonierte Kröger mit der Staatsanwaltschaft. Er informierte seinen Vorgesetzten und die Bergung des LKWs wurde für Donnerstag angesetzt. Die Taucher der Feuerwehr würden sie unterstützen.

19

Mittwochmorgen klingelte das Telefon im Büro und Dr. Brauner meldete erste Erfolge, was das Notizbuch betraf.

Kröger und Vollert stürmten mehr die Treppe hinunter, als dass sie gingen.

Sie antworteten nicht einmal dem entgegenkommenden Kollegen, der sie mit »Brennt's bei euch im Dritten?« begrüßte und ihnen verdutzt nachschaute.

Vor dem Labor angelangt, mussten sie erst einmal kurz Luft holen, bevor sie läuteten. Dr. Brauner öffnete ihnen persönlich.

»Na, dann kommt mal rein. Ich habe vielleicht was für euch.«

»Wenn du rufst, dann hast du was im Köcher.« Kröger schmunzelte.

»Viel ist es noch nicht, aber ich dachte mir, es könnte euch weiterhelfen.«

Sein Büro sah wie immer klinisch steril aus. Bis auf das Familienfoto auf dem Schreibtisch gab es keine persönlichen Dinge, die Aufschluss über den Nutzer des Raumes geben konnten.

»Wir haben die ersten Seiten aus dem Notizbuch entziffert.« Er verbesserte sich: »Vielmehr die ersten und die letzten Seiten kann ich euch präsentieren sowie einige wenige aus der Mitte.« Er schaute in die Runde, als erwartete er Beifall für seine Ankündigung.

Kröger und Vollert wussten, was sie ihm schuldig waren, und ließen ihrer Begeisterung freien Lauf.

»Das ist ja ein Ding! Wie habt ihr das geschafft?«

»Ihr seid Zauberer! Ich sag es immer wieder. Ihr seid Zauberer.«

Dr. Brauner strahlte.

»Nun hört mal auf. Ich werd' sonst noch rot.« Er machte eine beschwichtigende Geste mit der rechten Hand, während die linke mehrere Blatt Papier vom Schreibtisch zog. »Also, wie gesagt, es ist nicht viel. Dass es sich um ein Notizbuch handelt, brauche ich euch ja nicht mehr zu sagen. Der Verfasser hat sehr viel mit Abkürzungen gearbeitet. So schreibt er«, er blickte auf eines der Blätter, »›120 Mü-Au, 1Ti, 1Gr-Sta‹. Das ist ein Eintrag vom 8.12.1939. Könnt ihr mit diesen Abkürzungen etwas anfangen?« Kröger und Vollert blickten sich verständnislos an.

»Eventuell ein Code?«, probierte Vollert.

»Aber die Einträge sind mit Datumsangaben versehen?«

Dr. Brauner nickte. »Ja. Was auffällt: Es gibt kein zeitliches Muster. Diese Eintragungen sind unregelmäßig. Für den 12.7.1942 schrieb er, wartet mal …«, Dr. Brauner blätterte kurz, um die betreffende Stelle zu finden, »hier! ›4Ik, 1Re, 1Cr‹. Es sind immer Zahlen und Buchstaben.«

»Ist das ganze Notizbuch so verschlüsselt?« Krögers Frage klang enttäuscht.

»Nein. Manches ist auch offen geschrieben. So wie am 20.7.1942, da steht: ›Arge Transportprobleme, mehr als erwartet, Bestandsaufnahme langwierig, kein Urlaub‹.«

»Das ist ja wenigstens verständlich. Mit welchem Eintrag beginnt denn das Buch?« Vollert war aufgestanden und versuchte, einen Blick auf die Papiere zu werfen.

Dr. Brauner las laut vor: »›19.10.1939. Endlich geht es los, Vorarbeit ausgezeichnet, gute Organisation‹.«

»Was meinte er mit diesen Brocken, warum schrieb der

Mensch nicht in ganzen Sätzen? Diese Fragmente bringen uns doch auch nicht viel weiter!«

»Da bin ich anderer Meinung.« Auch Kröger hatte sich erhoben. »Denk daran, es war sein Tagebuch, und ein Tagebuch dient den meisten als Erinnerungsstütze.«

»Oder als guter Freund, dem man alles anvertrauen kann«, unterbrach ihn Vollert.

»Richtig!« Kröger nickte zustimmend. »Aber ich glaube nicht, dass von Schleyersdorf, wenn das Tagebuch von ihm stammt, und daran sollten wir nicht zweifeln, keine Vertrauten hatte und in einem Tagebuch psychischen Druck abbauen musste. Die Angaben von Tag, Monat und Jahr sowie die verschlüsselten Notizen lassen mich eher glauben, er brauchte dieses Notizbuch als reine Erinnerungsstütze. Wir sollten versuchen, die Datumsangaben mit persönlichen Daten und geschichtlichen Zusammenhängen zu vergleichen. Vielleicht ergeben sich da Parallelen?«

Vollert überlegte einen Moment. »Wir wissen, er wurde nur einige Tage nach Kriegsbeginn einberufen. Das war ihm aber nicht erwähnenswert, denn der erste Eintrag ist vom Oktober, ergo über einen Monat später. Wenn man mich plötzlich einberiefe, würde ich mir so was notieren.«

»Vielleicht wurde er gar nicht *plötzlich* einberufen?«, sinnierte Dr. Brauner.

»Sie meinen, er hat es gewusst?«, sagte Vollert so leise, als fragte er sich selbst.

»Wenn wir das mal so stehen lassen, dann hat er über einen Monat auf seinen Einsatz gewartet. Denn er schreibt ja: ›Endlich geht's los.‹ Er wollte, dass es passiert. Was auch immer!«

»Hast du auch etwas vom Dezember 1939?« Kröger

hatte sich an Dr. Brauner gewandt. Vollert hing seinen Gedanken nach.

»Dezember 1939? Warte mal. Nein, aber einen Eintrag vom November.«

»Was steht da?«

»›21.11.39 2JMe, 2OBo, 1RHä; 2Kän; 3Gob‹.«

»Mehr nicht?«

»Nein, schau selbst.« Kröger bekam das Blatt gereicht und sah sich die Eintragung genau an.

»Wieder nur Zahlen und Buchstaben, aber diesmal zur Abwechslung drei Buchstaben.«

»Worauf willst du hinaus?«

»Ein Zeuge sagte aus, im Dezember 1939 sei eine Sendung, bestehend aus mehreren Kisten, am Bahnhof Stralsund für die von Schleyersdorfs angekommen. Es könnte doch sein, dass genau die Sendung mit diesen Abkürzungen gemeint ist, oder?«

Dr. Brauner zuckte die Achseln. »Möglich wäre es. Carsten, was sagst du dazu?«

»Carsten?«

Kröger fasste Vollert am Arm. Der schreckte, versunken in irgendwelche Gedankengänge, hoch.

»Ja?«

»Verrätst du uns den Grund für deine geistige Abwesenheit?«

»Ich habe noch über die erste Eintragung nachgedacht und irgendwie hat sich da in meinem Hinterstübchen kurz ein kleines Türchen geöffnet, aber ich bekomme den Gedankengang nicht mehr zu fassen.« Er zuckte bedauernd die Schultern.

»Dann lass das Grübeln! Es wird dir schon plötzlich wieder einfallen. Mach weiter im Text!«

Kröger hatte sich wieder Dr. Brauner zugewandt.

»Mmh, also, wie schon gesagt, der komplette Mittelteil ist noch nicht lesbar. Zum Schluss sind wieder Klartexteintragungen, aber teilweise auch verschlüsselt.«

»Wie das?«

»Nun, es heißt dort: ›22.4.45 Befehl für Sicherstellung‹, das dürfte Klartext sein, am 23.4.45 dann: ›Transport übernommen, keine Schwierigkeiten‹, auch Klartext, am 2.4.45 aber eine Notiz, die nicht passt: ›Der Gurami ist grün‹.«

»Oh nein!« Vollert sah aus, als hätte er plötzlich auf einen Stein gebissen. »Nicht schon wieder etwas Grünes!«

»Es kommt noch schlimmer«, grinste Dr. Brauner. »Euer Mann hat sich auch als Dichter versucht. Die letzte Eintragung lautet: ›*Fünf Schwalben flogen abends heim, / den Harn des Luchses im Gepäck. / Sie flogen in das Dunkel rein / und schlossen alles weg.*‹ – Toll, was?«

»Nein, bitte nicht.« Der Stein, auf den Vollert gebissen zu haben schien, musste den Nerv eines Zahns freigelegt haben. Auch Kröger runzelte die Stirn.

»Das erinnert mich an die dichterischen Versuche meiner Tante Agneta. Bei jeder größeren Familienfeier trug sie ihre Schüttelreime vor und mich schüttelte es auch, das kann ich euch sagen!«

»Ehrlich?«

»Ehrlich, Horst. Wenn du zu hören bekommst: ›Du wirst heut 50 Jahr, das ist doch wunderbar, Geschenke soll es für dich schnei'n, und wir woll'n alle glücklich sein‹, dann rebelliert nicht nur dein Magen.« Vollert war immer lauter geworden.

»Na, zum Glück dauert es bis zu deinem Fünfzigsten ja noch eine ganze Weile.« Dr. Brauners Blick heuchelte

Mitgefühl. »Ich glaube, es gibt in fast jeder Familie so eine Tante, die versucht, auf Goethes Spuren zu wandeln.«

»Schön, dass wir wieder beim Thema sind, ihr Dichterfürsten! Mich interessiert dieser Gurami, der grün ist. Erstens, was ist ein Gurami, und zweitens, schon wieder die Farbe grün! Und da teile ich die Bauchschmerzen mit dir, Carsten. Immer wieder grün! Mal der Fall Grün – den können wir ausschließen, dann das Unternehmen Grün, die Aktion Grün und jetzt der grüne Gurami. Ich glaube nicht an Zufälle und so viel gleiche Farbe, aber, ehrlich gesagt, habe ich meine Zweifel, dass wir hinter diese Geheimnisse kommen.« Er sah erst Vollert, dann Dr. Brauner an. »Selbst unsere Spezialisten aus dem Museum haben bisher keine Antwort.«

»Ich kann dir aber sagen, was ein Gurami ist!«

»Na, dann klär uns mal auf.«

»Der Gurami ist ein Fisch.« Dr. Brauner strahlte. »Und zwar gehört er im weiteren Sinn zu den Labyrinthfischen. Er unterteilt sich in den Großen Gurami, den Küssenden Gurami, benannt nach dem Maulzerren, das sie während der Revierkämpfe veranstalten, und den Knurrenden Gurami, und der heißt so, weil er in Erregung hörbar knurrt.«

»Ich knurr auch gleich. – Was ist mit einem grünen Gurami?« Kröger hatte sein Notizbuch genommen und ein paar Stichworte festgehalten.

Dr. Brauner schüttelte den Kopf. »Ich habe all meine Fachliteratur durchgeschaut. Kein Hinweis auf einen grünen Gurami. Der ist biologisch nicht existent!«

»Na wunderbar! Wir haben Eintragungen, die wir nur erraten können. Manche sind so verschlüsselt, dass sie gar keinen Sinn ergeben, andere sind von vornherein sinnlos.

Dazu die Schüttelreime eines Möchtegernpoeten. Himmel, Arsch und Zwirn!«

Kröger unterstrich seine Worte mit heftigen Handbewegungen und erinnerte dabei an einen Dirigenten, der Trockenübungen macht. Wieder ganz ruhig, fragte er Dr. Brauner: »Hast du sonst noch was?«

»Inhaltlich nicht! Aber Papier und Tinte stammen aus der Vorkriegszeit. Die bisher lesbar gemachten Passagen habe ich dem BKA übermittelt. Vielleicht können die Verschlüsselungsexperten uns weiterhelfen.«

»Danke!« Kröger ergriff die Blätter, quittierte und wog das Papier abschätzend in der Hand. »Ich hoffe, dass es auf Erden jemanden gibt, der dies zu deuten und einzuordnen vermag. Ich kann es nicht!«

Am frühen Nachmittag kam die Bestätigung zur Bergung des LKWs. Schon am darauffolgenden Morgen wollten die Männer der Feuerwehr das Wrack heben. Im Rahmen einer Übung sollten die Überreste ans Tageslicht gebracht werden.

Als Kröger Dr. Bednarek und Dr. Neumann die Auszüge aus von Schleyersdorfs Notizbuch übergab und die Bergung ankündigte, baten die beiden Wissenschaftler, dabei sein zu dürfen. Ewa meinte, sie fände es einfach aufregend, und Dr. Neumann sprach von einer einmaligen Chance. Kröger holte telefonisch die Genehmigung der Staatsanwältin ein und man verabredete sich für den nächsten Morgen.

20

Die Sonne strahlte an diesem Tag besonders intensiv und keine Wolke trübte den Himmel. Die Zeitungen schrieben von ersten Hitzeopfern. Es waren zumeist ältere Personen, die sich bei der Wärme zu viel zugemutet oder aber nicht ausreichend getrunken hatten.

Kröger konnte die Panikmacher nicht verstehen. Zuerst war es ihnen zu kalt und zu nass, sie flehten warmes Wetter herbei, und kaum war es warm, dann stöhnten sie schon wieder. Natürlich wurde der Rasen nicht besser von der Trockenheit und die Bauern fürchteten um ihre Saat, aber das Wetter war eben nicht zu ändern. Ihm gefiel es.

Gegen die grelle Sonne hatte er heute zum ersten Mal in diesem Jahr seine Sonnenbrille aufgesetzt. Sein Oberhemd war so blütenweiß wie alle Tage. Als Vollert im Auto Platz genommen hatte und sich ebenfalls die Sonnenbrille auf die Nase steckte, meinte Kröger, dass sie jetzt wie zwei Versicherungsvertreter aussähen, gepflegt, anonym und gut situiert. Vollert machte nur die bekannte Geste mit dem Zeigefinger an die Stirn.

Auf der Fahrt sprachen sie von Vollerts Hausbauplänen, die immer mehr Gestalt annahmen. Seine Frau hatte mehrere Baufirmen angeschrieben und die Angebote und Kataloge sprengten den Briefkasten. Stundenlang konnte sie über den Grundrisszeichnungen sitzen und ihr zukünftiges Heim planen und in Gedanken einrichten. Nichts schien einer Frau mehr Spaß zu bereiten, als das eigene Heim zu entwerfen. Vollert hatte es aufgegeben, eigene – seiner Meinung nach konstruktive – Vorschläge einzubringen. Er ließ seine Frau gewähren. Nur bei Hausart, Finanzierung und Raumaufteilung war er aktiv involviert. Als sie seinen Eltern von ihren Plänen erzählt hatten, wurde ihnen eine Finanzspritze in Aussicht gestellt, und auch Sigruns Eltern wollten ihren Teil zum Vollert'schen Familienglück beitragen. Ihr finanzieller Spielraum hatte sich dadurch erheblich vergrößert, doch beide wollten, auch für den Fall unvorhergesehener Ausgaben, an ihrem bisherigen Konzept festhalten. Kröger bestärkte Vollert in dieser Ansicht.

Reedich erschien ihnen so ruhig wie immer, als sie ins Dorf fuhren, allerdings war der Platz an der Ulme vor dem Schloss voller Kraftfahrzeuge. Ein weißer Polonez MR87 mit schwarzem Krakauer Nummernschild fiel auf.

Vollert zeigte kurz auf den Wagen. »Schau mal, Horst! Ewa ist wohl schon hier.«

Der grinste. »Was dir alles auffällt! Dass Frau Meinke schon da ist, davon kein Wort, aber dass Ewas Polonez hier parkt, das sticht dir sofort ins Auge!«

Wieder tippte Vollert sich an die Stirn.

»Ha, ertappt! Ich glaube, ich muss mehr auf dich aufpassen, sonst bekomme ich Ärger mit Sigrun.« Krögers Grinsen wurde immer breiter.

»Horst, du hast einen Sockenschuss! Pass bloß auf dich selber auf. Du siehst mit deiner Brille und dem weißen Hemd nebst schwarzer Anzughose eher nach Schutzgelderpresser aus als nach Polizist!« Jetzt griente er.

»So, so. Aber du magst sie schon?«

Vollert nickte. »Dich mag ich auch, aber heiraten würde ich dich trotzdem nicht! Sie ist intelligent, charmant, sieht gut aus und man kann sich klasse mit ihr unterhalten, aber meine Ehe würde ich nie aufs Spiel setzen.«

»Schön, dass wir das auch geklärt haben. Ich werde Sigrun von deiner Standhaftigkeit berichten, und jetzt komm.«

Am Schloss herrschte Stille. Kein Mensch arbeitete im Gebäude. Als die beiden Ermittlungsbeamten Richtung See gingen, wussten sie, warum. Am Ufer, das an der Stelle, die der alte Fenske bezeichnet hatte, weitläufig abgesperrt worden war, hatte sich das halbe Dorf versammelt. Daneben die Bauarbeiter, angelockt von der Feuerwehr und dem großen Kranwagen. Etwas abseits standen die Staatsanwältin, Dr. Bednarek und Dr. Neumann zusammen. Der Weg vom Schloss zum See, bisher von Unkraut überwuchert, sah aus, als hätte er als Panzerteststrecke gedient. Kröger und Vollert folgten den tiefen Fahrspuren und steuerten die Gruppe um Frau Meinke an. Freundlich begrüßte man sich. Eine gewisse Spannung war allen anzumerken.

Dorfbewohner und Bauarbeiter standen getrennt. Beide Gruppen schauten neugierig auf das Spektakel, das sich ihnen hinter der Absperrung bot. Auf dem See hielten zwei Feuerwehrleute ein Schlauchboot dicht am Ufer. Ein dritter stand am Ufer, eine Sicherungsleine in der Hand, die direkt in den See lief. In der Nähe des Schlauchbootes stiegen Luftblasen auf. Ein Autokran befand sich etwas abseits, sein Fahrer war ausgestiegen, rauchte eine Zigarette und beobachtete, lässig an den Kran gelehnt, das Treiben am und auf dem See.

Die Männer im Schlauchboot bekamen von ihrem Kameraden am Ufer ein Zeichen, daraufhin warfen sie eine grell-orange Boje über Bord.

Von einem der Feuerwehrautos kam ein zweiter Taucher heran. Er trug schwer an seiner Ausrüstung. Mit zwei großen Pressluftflaschen auf dem Rücken lief er, leicht gebückt, die Flossen in der Hand, Richtung Seeufer.

Kröger hob das Absperrband, wies sich bei dem uniformierten Posten aus und ging zum Kran hinüber, wo sich der Einsatzleiter gerade mit dem Kranführer besprach. Dieser warf die Kippe weg und kletterte ins Führerhaus.

Kröger kannte den Einsatzleiter. Er grüßte und der Mann bestätigte ihm den Fund: »Sie haben den LKW.« Er lag tatsächlich an der Stelle, die der alte Fenske ihnen gezeigt hatte. »Ich schicke einen zweiten Mann runter, zur Befestigung der Seile.«

Ein herbeigerufener Mann erschien mit einer weiteren Sicherungsleine in der Hand, deren Ende er an dem Taucher befestigte. Der stieg langsam ins Wasser, setzte sich und zog die Flossen an. Er rutschte ein Stück nach vorn, bis er nur noch mit dem Kopf aus dem Wasser schaute, dann hob er die linke Hand mit dem Faltenschlauch und betätigte das Ablassventil. Langsam verschwand er. Dort, wo er eben noch zu sehen war, stiegen jetzt Luftblasen an die Oberfläche.

Der Einsatzleiter winkte nun dem Kranführer. Der startete sein Fahrzeug und fuhr langsam zum Ufer. Ein Beifahrer, den Kröger bisher nicht bemerkt hatte, sprang aus der Kabine, ging zum Heck des Fahrzeugs und befestigte eine Stahlplatte am Ausleger. Diese Platte wurde in der Nähe des linken Vorderrades abgelegt. Drei weitere Platten folgten. Alle lagen neben den Rädern um das Fahrzeug verteilt. Dann fuhr der Kran Stützbeine aus, die auf den Stahlplatten ankerten: Der Uferboden war zu weich, um die Last des Fahrzeugs zu tragen, und der Fund im See erforderte besondere Sicherungsmethoden. Mit einem Hebegeschirr am Haken schwenkte der Kran seinen Ausleger über das Wasser. Die Feuerwehrleute hatten inzwischen das Schlauchboot aus der Gefahrenzone manövriert.

Der Einsatzleiter sprach in ein Funkgerät und eine dumpfe, blecherne Stimme antwortete ihm. Kröger hatte Mühe, überhaupt etwas zu verstehen. Ein kurzer Pfiff des Verantwortlichen, und der Ausleger bewegte sich langsam nach unten. Das Hebegeschirr senkte sich ins Wasser und verschwand.

Minutenlang geschah nichts. Jedenfalls gab es bis auf die Blasen, die immer noch zur Wasseroberfläche aufstiegen, nichts zu sehen. Dann war plötzlich wieder die Stimme aus dem Funkgerät zu hören. Der Einsatzleiter bestätigte die Meldung und gab den Männern im Schlauchboot ein Zeichen, dass sie die Taucher aufnehmen sollten. Daraufhin näherte sich das Schlauchboot dem Ausleger, der regungslos über der Wasseroberfläche verharrte. Als würden zwei Robben auftauchen, so plötzlich kamen die Taucher an die Oberfläche. Mühsam quälten sie sich in das Schlauchboot. Ihre Kameraden halfen ihnen und steuerten dann zum Ufer, wo alle ausstiegen und das Boot an Land zogen. Die beiden Sicherungsposten holten die Leinen ein und der Einsatzleiter gab das Kommando zur Bergung. Langsam hob sich der Ausleger, verharrte dann einen Moment. Der Motor brummte laut auf, schwarzer Dieselqualm stieg aus den Auspuffrohren, dann nahm der Ausleger wieder Fahrt nach oben auf. Zentimeter für Zentimeter kam das Hebegeschirr ans Tageslicht.

Kröger kam das Warten wie eine Ewigkeit vor, doch plötzlich sah man kurz über der Wasseroberfläche etwas anderes, das langsam aus dem Wasser gehoben wurde: den LKW. Es handelte sich dabei offensichtlich um eines dieser Fahrzeuge, die vor über 50 Jahren auf den Straßen gefahren waren. Kröger dachte, dass es mit seiner langgezogenen Motorhaube und den geschwungenen Kotflügeln bestimmt einmal eine Zierde des Straßenverkehrs gewesen war. Die Motorhaube allerdings war nun gequetscht, ihre Länge nur noch zu ahnen. Die Kotflügel waren abgerissen oder durchgerostet, der Spriegel nicht mehr vorhanden und die Bohlen der Ladefläche löchrig. Der Wagen bot ein erbarmungswürdiges Bild, als der Kran ihn vorsichtig am Ufer absetzte. Wasser troff herunter, Wasserpflanzen hingen an ihm herab, schwarzblauer Schlamm klebte an der Beifahrerseite und auch die Achsen waren von Modder überzogen.

Auf der Ladefläche lag Gerümpel, zusammengehalten vom Rost, und dazwischen stand eine Kiste. Es war genau so eine, wie sie sie im Keller des Schlosses gefunden hatten.

»Da haben Sie das Gewünschte!« Der Einsatzleiter zeigte auf das Wrack.

Kröger nickte. »Danke! Tolle Arbeit. Aber wir haben Hinweise, dass es noch eine weitere Kiste gibt.«

Der Einsatzleiter schob seinen Helm ein Stück zurück, grinste und meinte dann: »Nun, dann schicken wir die Taucher halt noch einmal runter. Eventuell ist sie beim Versenken des Wagens von der Ladefläche gerutscht.«

»Wahrscheinlich!«

Der Einsatzleiter rief nach den Tauchern, die ihre Ausrüstung schon abgelegt und die Neoprenanzüge halb heruntergezogen hatten, sodass man ihre kräftige Oberkörpermuskulatur sah. Kröger konnte sich vorstellen, wie einige der weiblichen Zuschauer schwach wurden.

»Da unten kann man die Hand vor Augen nicht sehen«, protestierte der eine, und der andere fügte hinzu: »Dunkel wie im Bärenarsch, wir können uns nur auf unseren Tastsinn verlassen. Und dann der Schlamm!«

Der Einsatzleiter zeigte auf die Metallkiste: »Davon soll noch eine unten liegen, und jetzt diskutiert nicht – ab nach unten.«

Die Taucher zogen sich ihre Neoprenanzüge wieder über die Oberkörper, schauten sich an und erörterten das weitere Vorgehen. Als sie ihre Ausrüstung holten und ihre Kollegen instruierten, schaute Kröger ihnen nach.

»Die sind nicht begeistert!«

Der Einsatzleiter zuckte nur die Schultern. »Mir egal. Wir sind hier nicht bei Wünsch-dir-was.«

»Na ja, ich kann sie verstehen.«

»Ich nicht! Heute geht es um eine Kiste, morgen vielleicht um ein Menschenleben. – Nehmt den Metalldetektor!«, schrie er den Tauchern zu. Die hoben zur Bestätigung die Hand. Dann stiegen sie erneut in das dunkle Wasser. Kröger starrte auf die aufsteigenden Luftblasen, die sich langsam vom Ufer weg bewegten. Von den Zuschauern drangen laute Stimmen herüber. Er sah die einzelnen Gruppen angeregt diskutieren. Die Bauarbeiter und die Dorfbewohner sprachen miteinander und auch die Wissenschaftler und Frau Meinke redeten eifrig mit. In dieser Region würde der geborgene Lastkraftwagen Gesprächsstoff für die nächsten Jahre liefern.

Kröger beobachtete wieder die Feuerwehrleute. Die einen hielten das Schlauchboot auf Position, die anderen nahmen das Bergungsgeschirr vom Wrack. Ein Mann rüttelte an der Ladebordwand. Es knarrte und knackte und dann löste sich mit lautem Knall ein Stück. Der Feuerwehrmann ruderte mit den Armen in der Luft, um nicht den Halt zu verlieren. Dabei ließ er das abgebrochene Stück nicht los. Ärgerlich wies ihn der Einsatzleiter zurecht.

Ein Fotograf war aufgetaucht. Er stand etwas abseits und machte etliche Aufnahmen. Dann zog er einen Notizblock aus der Tasche und befragte die Umstehenden.

Kröger winkte Vollert zu und zeigte dann auf den Neugierigen.

Vollert ging zu ihm, wechselte einige Worte, schüttelte dann den Kopf und kam zu Kröger.

»Presse, wie du vermutet hast!«

»Woher weiß er von der Bergung?«

»Er quatschte was von Quellen und natürlich von Pressefreiheit. Er war übrigens sehr gut informiert. Er fragte mich, ob wir weitere Kunstschätze in den Kisten vermuten würden.«

»Ach!« Kröger war erstaunt.

»Ja! Er wusste auch vom Tizian aus der Kellerkiste.«

»So?« Kröger sah zornig aus.

»Und nun verrate mir mal, woher er diese Informationen hat. Von mir nämlich nicht!«

»Von mir auch nicht! Hast du ihn gefragt?«

»Ja, habe ich. Er wiegelte ab. Meinte, er könne seine Quelle nicht nennen.«

Kröger warf dem Mann einen vernichtenden Blick zu. Er hatte zur Presse ein ambivalentes Verhältnis. Die meisten Artikel waren auf Sensation zugeschnitten und oft kam die Polizei nicht gut weg. Es gab einige wenige Reporter, die gründlich recherchierten, aber die meisten hatten eine zu flinke Feder oder die Fantasie ging mit ihnen durch. Während sie früher kaum etwas über die Arbeit der Kriminalpolizei berichteten, wurde heute fast alles aufgebauscht.

»Meine Männer haben was gefunden!« Der Einsatzleiter war neben ihnen aufgetaucht.

»Die zweite Kiste?« Krögers Stimme klang angespannt.

»Können wir noch nicht sagen. Keine Sicht und der Fund liegt tief im Schlamm. Die Taucher spülen das Stück jetzt frei.«

»Mit dem Außenborder?« Vollert zeigte auf das Schlauchboot.

»Genau! Wir haben ein Spülrohr über den Propeller gezogen, sodass durch den Wasserdruck der Schlamm etwas entfernt werden kann.«

Das Knattern des Bootsmotors nahm zu.

Minuten später schwirrte eine Libelle Richtung Wasser. Metallisch blau schimmerte ihr Körper.

Fast mühelos hob der Kran seine Last an, und plötzlich tauchte aus dem Wasser die gesuchte Kiste auf. Sie wurde Richtung Ufer geschwenkt und vorsichtig beim Wrack abgestellt.

Der Einsatzleiter fragte Kröger, ob seine Männer noch etwas tun könnten, und als der verneinte, ertönte das Kommando: »Einsatz beendet!«

Das Schlauchboot wurde ans Ufer gebracht, die Taucher kamen aus dem Wasser, der Kranführer fuhr den Ausleger ein und plötzlich lag Stille über dem See. Man hörte das Tuscheln der Zaungäste. Frau Meinke kam mit den Spezialisten zum Wrack.

»Schauen Sie.« Ewa deutete auf die Kiste, die sich noch immer auf der Ladefläche befand. »Damit hätten wir also zwei weitere Kisten.«

Dr. Neumann musterte das am Wrack abgestellte Behältnis. Das Bergungsseil hatte Spuren im Bitumen hinterlassen, aber sonst sah die Kiste unbeschädigt aus.

»Erstaunlich! Wirklich erstaunlich!« Vorsichtig strich seine Hand über die Oberfläche. Als er sie hob, war sie schwarz vom Schlamm.

»Na toll!« Er versuchte erfolglos, mit der anderen Hand sein Taschentuch aus der Anzughose zu ziehen. Er musste die beschmierte Hand zu Hilfe nehmen und deutliche Spuren des Seegrundes blieben an Jackett und Hose zurück.

»Es ist wirklich nicht mein Tag heute.« Ärgerlich rieb er an den Flecken und machte sie damit nur größer. »Erst streikt mein Auto und dann dies!«

»Nicht reiben!«, rief Ewa ihm zu. »Warten Sie, bis der Schlamm getrocknet ist, und dann machen wir es raus, okay?«

Dr. Neumann nickte und wischte sich die Finger sauber.

Vollert grinste über so viel Ungeschicklichkeit. Kröger und die Staatsanwältin musterten Wrack und Kiste. Wasser tropfte davon ab und es roch moorig. Manches am Laster konnte man nur noch erahnen, anderes schien gut erhalten.

»Ein Opel Blitz und kein Einheitsdiesel!« Dr. Neumann deutete auf das Wrack.

»Aha?« Krögers Antwort war mehr eine Frage.

»1939 beschlossen die Nazis, die über 100 in Deutschland gebauten LKW-Typen auf einige wenige zu reduzieren. Sozusagen als Kriegsvorbereitung, denn man ahnte, dass es im Kriegsfall zu Problemen bei Ersatzteilbeschaffung und Wartung kommen würde. Und hier sehen Sie das Produkt, oder besser, was davon noch übrig ist.« Er deutete auf den LKW.

»Kann man Rückschlüsse vom Wagentyp auf die Einheit, in der Wernher von Schleyersdorf diente, ziehen?«

»Nein! Dieser LKW-Typ wurde von allen militärischen Einheiten im Dritten Reich genutzt.«

Dr. Neumann warf einen Blick ins Fahrerhaus. Die Sitzbank war nicht mehr vorhanden, ebenso fehlte das Lenkrad. Die Lenksäule ragte wie ein Stumpf in die Kabine und überall war Schlamm. Angewidert drehte er sich weg.

»Am liebsten würde ich sofort einen Blick in die Kisten werfen! Sie auch, Frau Kollegin?« Er hatte sich an Ewa gewandt.

»Natürlich, aber ich glaube, da müssen wir wohl noch etwas warten.«

»Das sehe ich genauso. Aus Sicherheitsgründen.« Frau Meinke war an Ewa herangetreten.

Ewa gab einen Seufzer von sich.

Der Einsatzleiter der Feuerwehr trat zur Gruppe. »Wir würden gern die Kiste vom Wrack heben und es wäre schön, wenn Sie den Platz räumen könnten.«

Dorfbewohner und Bauarbeiter mutmaßten um die Wette, was wohl in den Behältern sein könnte. Als der Reporter sie nach Kunstschätzen bei den ehemaligen Gutsherren fragte, bekam die Gerüchteküche neue Nahrung.

Dr. Neumann kratzte sich erst am Kopf, dann versuchte er, den inzwischen getrockneten Schlamm von Hose und Jackett zu bekommen. Wo er vorher nicht gewischt hatte, ging es sehr gut, es blieben nur leichte Ränder.

Frau Meinke kommentierte seine Bemühungen schlicht: »Die Sachen sollten Sie in die Reinigung geben.«

21

Es war soweit: Die Mitarbeiter der Spurensicherung packten die beiden Kisten aus und Ewa und Dr. Neumann, das hatte Frau Meinke ermöglicht, waren zugegen.

Die Tische füllten sich. Stück für Stück wurde vorsichtig abgelegt, begutachtet, katalogisiert und fotografiert. Die Anwesenden waren überrascht von der Vielzahl der gefundenen Objekte. Der Erhaltungszustand war hervorragend, beide Kisten hatten den Unbilden des Krieges und dem Wasser standgehalten. Goldgegenstände lagen neben solchen aus Silber, Ringe neben Münzen, Pokale standen neben einer Thorarolle mit rotem Mantel und silberner Jad. Ehrfürchtig wurden eine goldene Tabakdose, ein Pulverhorn aus Elfenbein, mehrere Siegelringe und goldene Taschenuhren dazugelegt. Ein Tablett mit arabischer Inschrift hatte friedlich 50 Jahre neben einem Chanukka-Leuchter aus Silber geruht, daneben hatte eine Mappe mit Zeichnungen gesteckt. Als ein Mitarbeiter der Spurensicherung sie herauszog und öffnete, kamen farbenfrohe, wunderschöne Zeichnungen ans Tageslicht.

Ewa war nicht mehr zu halten. Sie stürmte nach vorn, nahm vorsichtig die Mappe in ihre Hände, so, als hielte sie ein verletzliches Kind, und in ihre Augen trat ein träumerischer Zug.

»Oh Gott!«, stammelte sie ganz leise.

Vollert trat zu ihr und fragte: »Was ist?«

»Oh, diese Zeichnungen! Sie sind so schön, sie sind von Stanislaw Wyspianski!«

Ihre Augen leuchteten. Vorsichtig betrachtete sie die einzelnen Blätter. Es mochten an die 50 Stück sein. Jedes

Blatt, das sie musterte, ließ sie mehr strahlen. Ihre Hände zitterten leicht und ihr Gesicht war von einer zarten Röte überzogen. Man sah ihr die Aufregung an. Überwältigt zeigte sie Vollert eine Zeichnung, auf der ein junger, bärtiger Mann zu sehen war.

»Hier, das ist er! Stanislaw Wyspianski!«

Vollert musterte die Zeichnung: ein energisches, ausdrucksstarkes Gesicht vor Pflanzenranken und Ornamenten.

»Mmh, nun, zeichnen konnte er. Erinnert mich ein wenig an …«

»Ja?« Gespannt sah sie Vollert an. Der überlegte kurz und sagte: »Tja, ich möchte nichts Falsches sagen, aber ein bisschen Gauguin ist mit bei.«

Ewa strahlte ihn an. »Genau! Sie haben es getroffen! Er wurde in Paris von Gauguin beeinflusst. In vielen polnischen Museen finden Sie seine Werke und in Krakau haben wir ihm ein eigenes Museum gewidmet. Herr Vollert, Sie müssen unbedingt einmal nach Krakau kommen. Es gibt da so viel zu sehen!«

»Wirklich?« Vollert schmunzelte.

»Ja doch! Zum Beispiel den Wawel, die vielen Museen, Kazimierz – das jüdische Viertel, die Marienkirche, von der man das Hejnał hören kann und in der sich der Hochaltar von Veit Stoß befindet …«

»Den habe ich bereits gesehen.« Vollert unterbrach ihren Redefluss.

»Wie, dann waren Sie schon mal in meiner Heimatstadt?« Sie schaute überrascht drein.

»Gesehen habe ich ihn schon, aber das war im Fernsehen.« Sein Schmunzeln wurde ein breites Grinsen.

»Im Fernsehen? Das …, das …, oh, ich weiß nicht, was

ich dazu sagen soll.« Ihre Grübchen verschwanden und kleine Zornesfalten bildeten sich auf der Stirn.

Vollert tat, als wenn er die Verstimmung nicht bemerkte. »Ja, als ich ein Kind war. Da kam ein polnischer Kinderfilm. Ein Junge will im Mittelalter bei Veit Stoß in die Lehre gehen. Bekommt von der Königstochter goldene Schuhe geschenkt und beim Aufstecken des Bischofsstabes fällt einer dieser goldenen Schuhe hinter den Altar – auf Nimmerwiedersehen.«

»Den Film kenne ich auch.« Ärgerlich winkte sie ab. »Sie müssen den Altar in natura sehn. Die Figuren sind 2,70 Meter groß, lebensecht und ...«

Vollert lachte. »Sie brauchen mich nicht zu überreden. Ich komme sehr gerne!« Dann amüsierte er sich wieder.

Die Zornesfalten auf Ewas Stirn verschwanden noch immer nicht.

»Sie machen sich über mich lustig?«

Vollert wurde ernst.

»Nein, um Gottes willen! Ich mach mich nicht lustig, aber Sie sind so engagiert, so Feuer und Flamme, wenn Sie von Krakau reden.«

»Also, mich haben Sie überzeugt«, schaltete sich Kröger ein. »Meine Frau und ich werden Ihre Stadt demnächst besuchen.«

»Dann sagen Sie mir vorher Bescheid und ich zeige Ihnen die schönsten Ecken!«

»Und ich?« Vollert schaute zu Ewa.

»Sie haben ja das Fernsehen«, meinte sie schnippisch, fügte dann aber versöhnlich hinzu: »Natürlich sind auch Sie herzlich willkommen, dann können Sie sich mit eigenen Augen von dem Reiz der Stadt überzeugen. – Mögen Sie Jazz?« Fragend schaute sie auf die Beamten.

»Wenn er gut ist, ja.« Kröger nickte.

»Dann ist es ein Grund mehr zu kommen. Wir haben tolle Jazzfestivals.« Sie reckte den rechten Daumen nach oben und legte dann seufzend die Mappe mit den Zeichnungen auf einen der Tische, auf denen sich inzwischen die Fundstücke stapelten.

Die Kisten enthielten liturgische Gegenstände, Preziosen, Münzen, Gebrauchsgegenstände, Spielzeug, Uhren und Pokale. Vieles aus Gold und Silber, oft besetzt mit kostbaren Edelsteinen, reich verziert.

Kröger musterte einen der Pokale, dessen Rand von großen Edelsteinen geschmückt wurde. »Ich komme mir vor wie in der Schatzkammer eines Fürsten oder Königs!« Er versuchte, alle bisher ausgepackten Objekte zu taxieren. Es war unmöglich. Zu viel gab es zu sehen. Die Augen konnten nicht alles auf einmal erfassen.

»Ja, es ist ein einmaliger Anblick!« Dr. Neumann zeigte auf einen Anhänger.

»Ein schönes Stück. Eine Chatelaine mit Schlüsseluhr. Sehen Sie sich einmal die feine Emailarbeit an.«

Kröger musterte den feingliedrig gearbeiteten Anhänger. Ein kleiner Engel schmiegte sich an eine Harfe spielende junge Frau.

»Die Uhr ist hinter dem Email?«

Dr. Neumann nickte. »Ja. Die Chatelaine ist ein Anhänger, mit dessen Hilfe man Uhren, Petschaften oder anderes an der Kleidung befestigen kann. Wenn man das Stück umdreht, so wie ich jetzt, dann sieht man die Uhr.«

Er zeigte Kröger die Rückseite und man sah ein Zifferblatt mit zarten, goldenen Zeigern. Vorsichtig legte er die Chatelaine wieder zurück.

»Aber was den Anblick betrifft, so kommt mir das

hier eher wie ein großes Sammelsurium vor. So, als hätte jemand alles eingepackt, was er an Kostbarkeiten greifen konnte. Waren es in der ersten Kiste noch fast alles Kunstwerke, so haben wir es hier nicht nur mit solchen zu tun.«

»Stimmt, aber ist das von Belang?«

»Ich glaube schon. Jedenfalls für meine Theorie, was die Einheit betrifft, in der von Schleyersdorf diente.«

»Sie glauben also immer noch, Herr Dr. Neumann, dass von Schleyersdorf einer dieser berüchtigten Judenverfolger war?«

»Ja!«

»Sie auch?« Kröger hatte sich an Ewa gewandt.

»Nein, ich glaube das nicht. Ich bin der Ansicht, er war ein Kunsträuber.«

»Aber die Sederschüssel, die Thorarolle und die anderen jüdischen Kulturgüter!«, protestierte Dr. Neumann.

»Die Nazis beraubten auch Synagogen und Kirchen!«

»Ja, aber nach der Reichskristallnacht wurden viele jüdische Kultgegenstände versteckt, meist bei Gemeindemitgliedern, da die Synagogen im Zuge der Novemberpogrome zerstört worden waren.«

»Hier in Deutschland mag das richtig sein, aber die große Warschauer Synagoge wurde zum Beispiel erst 1943, zum Ende des Warschauer Aufstandes im Getto, von Deutschen gesprengt.«

Dr. Neumann winkte ab. »Ach, das sind doch Ausnahmen. Schauen Sie sich nur die Tische an, werte Frau Kollegin. Querbeet wurde zusammengerafft! Alles, was kostbar war und was man greifen konnte. Ich glaube, viele Soldaten haben sich damals auch bereichert. Egal, ob Deutsche, Russen oder Amerikaner. Das eine oder andere

Kunstwerk taucht doch heute immer mal wieder bei Auktionen auf oder wird Sammlern zum Kauf angeboten.«

»Stimmt.« Ewa nickte. »Ja, das eine oder andere schon, aber beachten Sie die Menge und die Qualität der Stücke.«

»Na, der Mann hatte Kunst studiert! Der wird gewusst haben, was sich einzustecken lohnte und was nicht. Und er wird seinen Gewinn aus der Judenverfolgung gezogen haben wie so viele andere auch.«

»Gewiss hat er das! Die Fundstücke lassen da keinen Zweifel zu. Aber eines unterscheidet die Deutschen von den Russen und den Amerikanern: Die Deutschen haben sowohl den Raub als auch die Zerstörung von Kunstwerken systematisch betrieben. Wenn Russen, Amerikaner oder sonst wer im Kriegsverlauf wertvolle Stücke fanden, dann war das meist Zufall. Anders bei den Deutschen: Die befassten sich schon vor Kriegsbeginn mit den Kulturgütern der Länder, die sie kurze Zeit später überfielen.«

Ihre Stimme hatte merklich an Schärfe und Lautstärke zugenommen. Ein Mitarbeiter, der gerade einen weiteren Silberpokal aus der Kiste nahm, sah überrascht herüber. Kröger und Vollert folgten dem Disput aufmerksam.

»Nehmen Sie zum Beispiel meine Heimatstadt Krakau! Kurz nach der Machtergreifung der Nazis in Deutschland zeigten deutsche Institute ein auffallendes Interesse an polnischer Kunst und Kultur. Viele deutsche Wissenschaftler kamen nach Polen, besuchten Kunstsammlungen, Museen und wissenschaftliche Institutionen. Den polnischen Fachkollegen war an einer wissenschaftlichen Zusammenarbeit sehr viel gelegen. Sie öffneten bereitwillig die Depots, gaben den Deutschen Kataloge und Fotos der wertvollsten Stücke, so auch in Krakau.

Gleich nach der Besetzung Polens kamen dieselben Wissenschaftler mit Listen, die sie aufgrund der Besichtigungen, Fotos und Kataloge zusammengestellt hatten, und verlangten die Herausgabe genau dieser Objekte. Systematisch und gezielt wurde unter dem Deckmantel des Kulturschutzes geraubt und gestohlen.«

Dr. Neumann strich sich über den Bart. Die Verlegenheit war ihm anzusehen.

»Ich glaube, wir haben noch viel aufzuarbeiten!«

»Richtig, Herr Kollege! Und wir Polen haben da ein Sprichwort: ›Lepiej późno niż wcale‹.«

»Und was bedeutet das?«

»Lieber spät als nie.«

»Ha, das gibt es im Deutschen auch.« Dr. Neumann lächelte.

»Na, sehen Sie! So groß sind die Unterschiede zwischen uns doch gar nicht. Und jetzt lassen Sie uns an die Arbeit gehen. Die Kollegen haben die Kisten leergeräumt und es sieht aus, als hätten wir eine Menge zu begutachten.«

22

Kröger betrat mit der Tageszeitung das Büro. Er vernahm Lachen und polnische Wortfetzen. Vollert war schon da und Ewa saß bei ihm. Kröger stutzte einen Moment und meinte dann: »Ich glaube, ich habe ein Déjà-vu!«

»Warum?« Vollert maß gerade Kaffee ab und zeigte kurz auf die Tasse.

»Es ist noch gar nicht so lange her, da habe ich euch zwei schon einmal morgens im Büro überrascht.«

»Überrascht ist gut. Verrätst du uns auch, wobei?«

»Beim Verbreiten guter Laune, die ich heute nicht habe.«

»Och, warum denn nicht? Der Tag ist schön, die Sonne scheint, wir haben gestern viel geschafft und ein Fax aus Polen hab ich auch bekommen.« Ewa strahlte ihn an.

»Und ich habe drei Worte Polnisch gelernt.« Vollert brühte den Kaffee auf.

»Aha! Und welche sind das?« Kröger nahm seine Tasse.

»Kawa für Kaffee, Filizanka für Tasse und Cukier für Zucker.«

»Wenn du deinen Wortschatz erweitern sowie in ganzen Sätzen sprechen könntest, dann wäre es famos. Ehrlich!«

»Aber aller Anfang ist schwer, Herr Kröger. Er kann ja fleißig üben.« Ewa gab Kröger ein Blatt Papier. »Hier, das Fax, welches ich erwähnte.«

Kröger schaute auf das Blatt Papier. »Schön, aber leider auf Polnisch.« Er ließ es sinken.

»Entschuldigung! Es ist von meinen Warschauer Kollegen. Sie sind bei ihren Recherchen auf den Namen von Schleyersdorf gestoßen.«

Kröger war wie elektrisiert. »In welchem Zusammenhang?«

»Nun, Anfang November 1939 erschien im Nationalmuseum Warschau ein Professor Dagobert Krey. Er kam als Experte zusammen mit der Gestapo. Aufgrund seiner Hinweise wurden die wertvollsten Bilder beschlagnahmt. Das Beschlagnahmeprotokoll ist unterschrieben mit von Schleyersdorf!«

»Ach nee!«

»Ja! Hier ist eine Kopie davon.« Sie reichte ihm ein weiteres Blatt.

Kröger riss ihr das Papier förmlich aus den Händen, schaute es sich gründlich an und zog dann aus der Akte das Soldbuch von Wernher von Schleyersdorf. »Hier«, triumphierte er, »schaut selbst! Die Unterschrift unter dem Passfoto und die auf der Beschlagnahmeverfügung – identisch!«

Die beiden verglichen die Unterschriften und stimmten Kröger zu.

»Dann ist Ihre Annahme ja richtig gewesen, Ewa!« Kröger legte das Soldbuch wieder zurück.

»Vieles spricht für eine Mitgliedschaft in einem Sonderkommando, das sich mit Kunstraub beschäftigte. Nehmen Sie sein Studium, die Reisen vor dem Krieg und seine Dienstzeiten. Ich kann nicht glauben, so wie Dr. Neumann, dass von Schleyersdorf einem Kommando angehörte, welches Juden verfolgte. Obwohl man beides im Zusammenhang sehen sollte«, schloss sie nachdenklich. »Wenn ich Ihnen jetzt vor meiner Abreise noch mit dem Notizbuch weiterhelfen könnte, dann wäre ich froh.«

»Sie wollen abreisen?«, fragte Kröger erstaunt und auch Vollert blickte überrascht drein.

»Ich muss, meine Herren! Am Sonnabend werde ich fahren. Eine genaue Recherche bezüglich der gefundenen Objekte kann ich am besten von Polen aus leiten.«

»Schade.« Vollerts Stimme klang traurig.

»Ach, ich bin doch nicht aus der Welt. Sie kommen nach Krakau und ich bestimmt noch öfter nach Deutschland. Dann können wir uns wiedersehen.«

Sie lächelte.

Kröger stimmte ihr zu. »Ist doch heute keine Entfernung mehr. Von Stralsund nach Krakau sind es wie viele Kilometer?«

»So um die 860«, wusste Ewa.

»Na, siehste! 860 Kilometer. Das ist doch zu schaffen.« Kröger hob seine Kaffeetasse.

»Na, dann! Auf Krakau!« Vollert prostete zurück. »Ich merke, deine Laune hat sich gebessert. Würdest du uns verraten, warum du vorhin so grantig warst?«

Kröger deutete auf die mitgebrachte Tageszeitung. »Seite 3!«

»Wir sind nicht auf Seite 1?« Vollert nahm die Zeitung.

»Auf Seite 1 ist ein Bericht vom Phantom!«

»Welches Phantom?«

»Das gestern die Sparkasse Velgast überfallen hat.«

»Tolle Sache, was?« Schneider kam zeitungschwenkend ins Büro gestürmt.

»Was soll daran so toll sein? Da überfällt jemand kurz vor Feierabend die Filiale der Sparkasse, es gibt nur widersprüchliche Zeugenaussagen, der Typ entkommt mit über 23.000 Mark und Kollege Schneider findet das toll! – Guten Morgen erst mal!« Vollert war laut geworden. Heftig schlug er die Zeitung auf. Was er las, besserte seine Laune nicht.

Ewa trank ihren Kaffee. Sie hatte wie fast alle Frauen einen sechsten Sinn dafür, wann frau etwas sagen sollte und wann nicht. Vollerts Miene wurde immer düsterer.

»Dieses falsche Aas«, quetschte er leise hervor.

»Meinst du etwa mich?« Schneider war abrupt vor seinem Schreibtisch stehen geblieben.

»Quatsch! So interessant bist du nun auch wieder nicht. Ich meine den Journalisten, der gestern die Bergung des Lasters beobachtet hat.«

»Darf ich?« Ewa nahm Vollert, ohne eine Antwort abzuwarten, die Zeitung aus der Hand und überflog den Artikel. Zwei Fotos ergänzten den Text. Auf einem waren deutlich der Laster und die zwei Kisten zu sehen. Das andere zeigte Ewa.

Die Bildunterschrift lautete: ›Polnische Kunsthistorikerin überwacht Bergung von Kulturgütern – Droht diesen das gleiche Schicksal wie der berühmten Berlinka-Sammlung?‹

Der Artikel war in drei Teile gegliedert. Im ersten wurde von dem Fund berichtet, der zweite Teil widmete sich der Verbringung von Kunstschätzen im Zweiten Weltkrieg und im dritten Teil wurde die Anwesenheit einer polnischen Kunsthistorikerin als Affront gewertet sowie auf ehemalige deutsche Kunstwerke eingegangen, die sich heute in polnischem Besitz befanden. Der Verfasser war sehr gut informiert. Er wusste von dem Tizian und kannte die genaue Anzahl der Kisten und deren Inhalt. Aufmachung und Wortwahl des Artikels waren reißerisch und zum Ende zu unterstellend. Auf Ewas Stirn bildete sich eine Zornesfalte.

Kröger trat zu ihr. »Wir können uns nur entschuldigen für diesen Schmierfinken.«

Sie ließ die Zeitung sinken. »Sie brauchen sich nicht zu entschuldigen. Bei uns in Polen ist die Presse nicht anders. Zeitung ist Business, hartes Business. Mich ärgert nur, wie er schreibt, so hetzend, und dann die Interna …«

»Stimmt! Er weiß sehr gut Bescheid und er kündigt eine Fortsetzung an. Ich glaube, ich werde mich mit dem Verfasser dieses Pamphlets mal unterhalten müssen.« Kröger griff zum Telefon.

»Meinetwegen brauchen Sie nicht zu telefonieren, Herr Kröger.« Ewa hatte die Arme vor der Brust verschränkt. Resolut sah sie jetzt aus und erinnerte ihn an seine Frau, wenn diese sich durchzusetzen versuchte – was ihr ja meistens auch gelang. Vorsichtshalber ließ er den Telefonhörer wieder los. Ewa lächelte.

»Du erreichst sowieso nichts«, sagte Vollert wütend. »Er wird sich auf die Presse- und Meinungsfreiheit berufen, seinen Informanten nicht nennen und du lieferst ihm noch Stoff für eine weitere Fortsetzung nach dem Motto: ›Polizei behindert Presse‹ oder ›Wir pflegen investigativen Journalismus‹.«

»Ach, Scheiße! Man muss sich ja schämen für diese Unterstellungen. Als wenn Ewa eine polnische Furina wäre.« Ärgerlich klopfte Kröger mit den Fingerknöcheln auf den Tisch.

Ewa lachte hell auf. Ihr Lachen hatte etwas Befreiendes. »Eine polnische Furina – das haben Sie aber schön gesagt. Sie kennen sich in der römischen Mythologie aus?«

»Ein wenig. Aber was ich nicht kenne, das ist die im Artikel angesprochene Berlinka-Sammlung. Kennst du die?« Er schaute zu Vollert.

Der schüttelte den Kopf. »Keine Ahnung, Horst!«

»Aber ich!« Ewa zog sich einen Stuhl heran, setzte sich und erzählte: »Die Berlinka-Sammlung ist eine Sammlung deutscher Originalhandschriften, deswegen auch Berlinka, was auf Berlin hinweist. Sie ist im polnischen Besitz seit Kriegsende. Die Schriften wurden im Zweiten Weltkrieg von der Preußischen Staatsbibliothek zu Berlin in das schlesische Kloster Grüssau, heute Krzeszow, ausgelagert. Durch das Potsdamer Abkommen wurde dieses Gebiet polnisch und die Bestände des Klosters wurden in der Folgezeit nach Krakau gebracht. Seitdem gibt es ein juristisches Tauziehen um die Sammlung. Dreh- und Angelpunkt ist die Frage, ob die Werke sich vorher auf deutschem oder polnischem Staatsgebiet befunden haben.«

»Mmh...« Kröger überlegte einen Augenblick. »Die Sachlage ist ja eine ganz andere als bei unserem Fall. Was ich mich aber die ganze Zeit frage, ist: Was wird mit den Kunstwerken, die in den Kisten waren?«

Ewa zuckte mit den Schultern. »Ich weiß nicht, aber ich kann mir vorstellen, dass die ehemaligen Eigentümer oder deren Erben Besitzansprüche anmelden werden.«

»Und wo kein Besitzer ermittelt werden kann?«

»Da wird es Aufgabe der Museen sein, diese Stücke öffentlich zugänglich zu machen.«

»Tja, alles in allem ist das nicht mehr unser Problem. Morgen kommt der Cousin von Wernher von Schleyersdorf und dann wird die Akte geschlossen. Sollen sich die Politiker weiter um Kunstraub und verschollene Kulturgüter kümmern.«

»Sie vergessen die Kunsthistoriker, so wie mich. Wir haben des Öfteren noch mit solchen Fällen zu tun. Es tauchen immer wieder bisher verschollene Kunstwerke auf.«

»Na gut! Also ein Fall für Politiker und Kunsthistoriker, aber nicht mehr für die Polizei. Sagen Sie mal, Ewa, wenn Sie tatsächlich am Sonnabend abreisen ... Was halten Sie von einem gemütlichen Abschiedsabend bei mir zu Hause? Meine Frau und ich laden Sie hiermit herzlich für Freitag ein – und dich mit Sigrun natürlich auch.«

23

Der Freitagmorgen begann mit einer Dienstbesprechung. Kröger schilderte die Ermittlungsergebnisse. Auf seine Frage nach dem weiteren Verbleib der gefundenen Kunstgüter konnte ihm auch sein Vorgesetzter, Kriminalrat Södermann, keine befriedigende Antwort geben. Politische Interessen, so ließ er durchblicken, gäben hier den Ausschlag.

Kröger kam es vor, als wäre man froh über Ewa Bednareks bevorstehende Abreise. Scheinbar nahmen manche den gestrigen Zeitungsartikel für bare Münze und vermuteten in der polnischen Spezialistin den Vorboten eines Beschlagnahmekommandos. Er konnte darüber nur den Kopf schütteln.

Zum Glück hatte das sogenannte Phantom mehr Staub aufgewirbelt und das öffentliche Interesse hatte sich dorthin verlagert. Beunruhigte Bürger hatten gestern die Telefonzentrale fast lahmgelegt. Heute wurde diesbezüglich eine Pressekonferenz abgehalten, Kriminalrat Södermann persönlich würde Rede und Antwort stehen. Da er nicht unvorbereitet dort erscheinen wollte, fiel die Dienstberatung kürzer als gewöhnlich aus. Kröger war es nur recht. Gegen zehn Uhr wollte er sich mit dem Cousin Wernher von Schleyersdorfs treffen.

Pünktlich zur verabredeten Zeit meldete der Diensthabende Guido von Schleyersdorf. Kröger sah sich einem mittelgroßen, weißhaarigen, kerzengerade aufrecht stehenden Mann gegenüber. Dieser war braun gebrannt und bester Laune und schüttelte Kröger energisch die Hand.

»Sie sind also der Arme, der sich mit der braunen Brut herumplagen darf. Mein Beileid!« Damit setzte er sich elegant auf den angebotenen Stuhl. Er erinnerte Kröger an die Stars aus den alten Ufa-Filmen. Charmant und weltmännisch kam er daher, ohne affektiert und aufgesetzt zu wirken, und seine Stimme war auch in natura sehr angenehm.

»Na ja«, Kröger winkte ab. »Plagen ist der falsche Ausdruck.«

»Nun, wie dem auch sei, was möchten Sie wissen?«

Innerhalb von Minuten war das Eis gebrochen. Kröger kam es vor, als kenne er den Mann schon lange, und sie unterhielten sich ganz ungezwungen. Zuerst fragte Kröger nach dem Studium und der militärischen Laufbahn Wernher von Schleyersdorfs.

Sein Gesprächspartner hatte einige alte Schwarz-Weiß-Aufnahmen mitgebracht. Man sah das Schloss im Winter, die Herrschaft beim Weihnachtsfest, einen vergnügt in die Kamera schauenden Wernher von Schleyersdorf und Guido selbst als Kind, im obligatorischen Matrosenanzug. Kröger erfuhr, dass Wernher der Schöngeist der Familie war. Wernhers Vater allerdings lehnte alle diesbezüglichen Ambitionen seines Sohnes ab. Der Junge sollte das Gut übernehmen. Doch die Mutter überzeugte den Vater, und Wernher konnte Kunstgeschichte studieren. Mit der Machtergreifung der Nazis trennten sich die Wege von Wernhers und Guidos Familien.

Guidos Mutter war Halbjüdin, die Ehe der Eltern nach damaliger Auffassung Rassenschande und so emigrierte die Familie nach England. Wernhers Eltern hingegen waren überzeugte Nationalsozialisten und er selbst machte Karriere bei der SS.

Auf der Flucht in den Westen wurde ihr Auto von Tieffliegern angegriffen und Wernhers gesamte Familie getötet. Guido kam mit seinen Eltern nach dem Krieg nach Deutschland zurück und arbeitete als Architekt.

Als Kröger fragte, warum er das Schloss der Gemeinde übereignet hatte, lachte von Schleyersdorf auf.

»Das war das Beste, was ich mit dem Kasten tun konnte! Sehen Sie, die dort einmal herrschten, waren so menschenverachtend, so selbstherrlich, wie man es sich kaum vorstellen kann. Wir reden immer von Vergangenheitsbewältigung und Aufbau Ost und das war mein Beitrag dazu. Ehrlich gesagt, es fiel mir nicht schwer. Sie haben meine Mutter verachtet und ich verachte sie. Außerdem …, ich kann es mir finanziell leisten und für meine Bekannten, die in das Projekt investieren, ist es ein gutes Geschäft.«

Als Kröger ihn über die gefundenen Kunstwerke informierte, schüttelte von Schleyersdorf nur den Kopf.

»Sehen Sie, was das für Menschen waren: Räuber, Kirchenschänder und Judenhasser!« Er winkte ab. »Trotzdem werde ich mich um die Bestattung kümmern.«

Nach einer knappen Stunde war das Gespräch beendet. Kröger wünschte dem sympathischen Mann einen schönen Urlaub in Schweden. Danach schloss er die Akte von Schleyersdorf, wie er dachte, für immer.

24

Vollert hatte schon zwei Stunden zuvor Feierabend gemacht und auch Kröger packte zusammen. Als er das Dienstgebäude verließ, hatte der Himmel eine schmutziggraue Farbe angenommen. Dicke Wolken verdunkelten die Sonne und ein scharfer Wind war aufgekommen. Der Staub auf der Straße wurde von kleinen Wirbeln erfasst und nach oben getragen. Vereinzelt sah man Papierschnipsel und Zellophantüten fliegen. Die Vögel zwitscherten aufgeregt und segelten im Tiefflug über den Parkplatz. Kröger kam es vor, als könnte er die Elektrizität in der Luft schmecken und fühlen. In seinem Kopf pochte es leise. Von fern war das Grollen des nahenden Gewitters zu hören. Die Passanten, die unterwegs waren, beschleunigten ihre Schritte. Keiner wollte mehr auf der Straße sein, wenn das Unwetter losbrach.

Kröger sprang förmlich in den Wagen und schaltete das Licht ein. Einige Minuten später krachte es ohrenbetäubend und gleichzeitig erhellte ein großer Blitz die Straßen. Jetzt war das Gewitter genau über der Stadt. Erst fielen vereinzelte Tropfen, dann prasselte starker Regen auf das Auto. Blitz und Donner spielten eine eigenartige Sinfonie. Aus dem Regen wurde eine Sintflut und der Scheibenwischer, der auf höchster Stufe lief, konnte die Wassermassen nicht mehr bewältigen. Es trommelte so laut auf das Autodach, dass Kröger das Autoradio kaum mehr vernahm.

Die meisten Fußgänger hatten Schutz in den umliegenden Hauseingängen und Bushaltestellenhäuschen gesucht. Einige liefen trotzdem unverzagt weiter, nass bis auf die Haut.

Die feuchte Luft, die in das Wageninnere drang, führte augenblicklich zum Beschlagen der Scheiben. Kröger stöhnte auf und schaltete das Gebläse ein. Sekunden später hatte er wieder freie Sicht.

Der Regen hatte ganze Straßen knöchelhoch überflutet, die Gullys konnten die ungeheuren Wassermassen kaum bewältigen. Die Regentropfen schlugen beim Aufprall Blasen.

Langsam quälte sich der Feierabendverkehr voran. Kröger bereute schon, losgefahren zu sein, doch dann ließ der Regen nach. So plötzlich, wie das Gewitter gekommen war, so plötzlich hörte es auf. Man erkannte am sich entfernenden Grollen, dass es weitergezogen war. Die Passanten kamen wieder auf die Straße und als er vor seinem Haus hielt, strahlte die Sonne. Dankbar sah er zum Himmel: Der Abend war gerettet.

Als er die Tür öffnete, flitzte der Kater, der vor dem Gewitter Schutz im Haus gesucht hatte, an ihm vorbei ins Freie. Seine Frau wollte gerade den Salat schleudern.

»Schön, dass du da bist!« Zärtlich küsste sie ihn, um ihm dann die Salatschleuder in die Hand zu drücken.

»Schatz, so haben wir nicht gewettet.« Sein Einwand kam halbherzig.

»Ich muss noch die Stühle und den Tisch draußen abwischen. Dank des Gewitters! Dann müssen Zaziki und Salatdressing gemacht werden und ich muss mich auch noch etwas aufhübschen.« Sie schloss die Küchentür und ließ Kröger mit der Schleuder allein.

Er schaffte es gerade noch, mit allem fertig zu werden, den Sprung unter die Dusche inbegriffen, bevor Vollert mit seiner Frau eintraf.

Der Rasen war zwar noch etwas feucht, aber die Luft

war angenehm klar und frisch. Man saß gemütlich draußen und sprach über den geplanten Hausbau. Vollert und Sigrun tat es offensichtlich gut, über ihre Pläne reden zu können. Ihre Tochter war in der Obhut der Großeltern, so konnte der Abend länger werden.

Kurz nach 18 Uhr schaute Krögers Frau auf ihre Armbanduhr. »Pünktlich ist sie aber nicht!«

Kröger bemerkte den leicht vorwurfsvollen Ton und entschuldigte Ewa: »Vielleicht findet sie nicht her oder es ist Stau. Nun gedulde dich noch einen Moment.« Zu Carsten gewandt sagte er: »Na, ein Bier für uns?«

»Untersteh dich, Horst! Wenn wir vollzählig sind, dann kannst du Bier trinken. Du willst deinen Besuch doch nicht mit einer Bierfahne begrüßen, oder?«

Der Ton seiner Frau kam ihm bekannt vor und er wusste: nur keine Widerrede. So nickte er folgsam und zwinkerte Vollert zu.

Zehn Minuten später stand er auf, ging ins Haus und kam kurz darauf mit ernstem Gesicht zurück.

»Ewa hat vor über zwei Stunden das Hotel verlassen.« Seine Stimme klang besorgt.

»Vor zwei Stunden? Ihr Hotel ist doch nur 20 Minuten von hier, mit Auto nicht mal fünf.« Vollert schüttelte den Kopf.

»Vielleicht hat sie sich verfahren. Einen Augenblick warten wir noch. Nicht wahr, Horst?«

»Verfahren ist gut. Ich habe ihr unsere Anschrift und Telefonnummer gegeben. Wenn sie sich verfahren hat, kann sie doch anrufen.«

Kröger nickte seiner Frau zu, nicht ohne noch einmal einen Blick auf die Uhr zu werfen. Nach weiteren zehn Minuten stand er auf.

»Ich hole uns jetzt ein Bier. Wollt ihr Wein?« Er schaute die Frauen an. Die nickten.

»Schade.« Vollerts Stimme klang enttäuscht.

Seine Frau tröstete ihn. »Sie muss ja einen großen Eindruck auf dich gemacht haben, diese Ewa! Ich glaube, ich muss dich fester an die Kandare nehmen, mein Großer.«

Er beugte sich zu ihr hinüber und gab ihr ein Küsschen. »Keine Sorge, mein Schatz, ich bin dir treu. Frag Horst!«

Kröger kam in diesem Moment die Treppe hinuntergestürzt. Er war kreidebleich und seine Stimme zitterte, als er verkündete: »Wir müssen los. Der Diensthabende hat eben angerufen.«

»Ihr habt doch keine Bereitschaft oder irre ich mich?« Sigrun schaute erstaunt zu ihrem Mann.

»Nein, haben wir nicht!« Vollert stand auf. »Wieso wir, Horst? Und was ist, falls Ewa doch noch kommt?«

»Sie kommt nicht mehr, Carsten. Denn sie ist der Grund des Anrufes.«

Langsam drehte er sich um und ging zu seinem Auto. Es war der Gang eines Menschen, der eine große Last trug.

»Ich versteh kein Wort!«, rief ihm Vollert nach.

Da drehte sich Kröger noch einmal um und sagte leise: »Sie ist tot!«

25

Kröger fuhr zügig. Vollert hatte Mühe, von ihm die wenigen Fakten zu erfahren. In einer ehemaligen Kiesgrube hatte man einen brennenden Polonez MR87 gefunden, am Steuer eine Frau, und in deren Handtasche einen Zettel mit Krögers Anschrift und Telefonnummer. Der Diensthabende hatte eins und eins zusammengezählt und Kröger informiert.

Als sie an der Kiesgrube ankamen, rollte die Feuerwehr gerade ihre Schläuche zusammen. Der Wehrführer erstattete ihnen Bericht: Eine junge Frau hatte die Feuerwehr alarmiert. Zehn Minuten später war die Wehr vor Ort und hatte das Fahrzeug gelöscht.

Kröger und Vollert sahen zum Auto hinüber. Die Fahrertür stand weit offen, die Scheiben waren durch die Hitze zersprungen und das Weiß des Wagens konnte man nur noch erahnen.

Kröger atmete tief durch und fragte dann: »Wir wurden informiert, dass man die Fahrerin tot geborgen hat?«

»Ja!« Der Einsatzleiter zeigte auf ein Bündel, das etwas abseits lag.

Langsam gingen sie hinüber und Kröger hob vorsichtig die Decke an. Es war Ewa. Schwarz vom Ruß, die Haare vom Feuer versengt, aber unverkennbar Ewa Bednarek. An ihrer Hand der Schlangenring. Vollert wandte sich ab.

»Haben Sie die Frau geborgen?« Kröger hatte sein Notizbuch gezückt.

»Nein! Das war der junge Mann dort drüben.« Der Einsatzleiter zeigte in die Richtung links von Kröger. Dort stand eine kleine Blechhütte, halb verfallen und noch aus der Zeit, als hier Kies abgebaut wurde. Davor saß ein junger Mann, die Knie angezogen und die Arme darum verschränkt, neben ihm eine junge Frau. Sie hatte einen Arm um ihn gelegt.

»Carsten, würdest du …« Kröger deutete zu den jungen Leuten hinüber. Vollert nickte und machte sich auf den Weg. Kröger wandte sich wieder dem Einsatzleiter zu.

»Halten Sie technisches Versagen für möglich?«

»Technisches Versagen? Nee, garantiert nicht!«

»Warum verneinen Sie das so energisch?«

»Erstens brennen Kraftfahrzeuge heute nicht mehr so schnell, und zweitens begann das Feuer auf dem Rücksitz.«

»Auf dem …«

»Kommen Sie mit!« Der Einsatzleiter stapfte voran. Am ausgebrannten Wrack angekommen, zeigte er auf den Teil des Fahrzeuges, in dem sich vor dem Ausbruch des Brandes die Rückbank befunden hatte.

»Schauen Sie, der komplette Heckbereich ist stark vom Feuer beschädigt worden. Fahrer- und Beifahrerseite dagegen kaum. Der Motorraum ist unversehrt, was gegen einen technischen Defekt im Bereich des Motorraumes spricht. Und bei einem Vergaserbrand zum Beispiel hätten wir ein anderes Schadensbild.«

»Sind Sie sich sicher?«

»Zweifeln Sie an meiner Kompetenz? Ich bin seit 20 Jahren bei der Feuerwehr und eines können Sie mir glauben: Das hier ist nicht das erste Auto, das ich löschen durfte!« Der Mann machte einen Schritt auf Kröger zu.

»Entschuldigung, ich wollte Sie nicht beleidigen!«

»Das haben Sie aber. Sie stellen eine Frage, ich beantworte Ihnen diese und Sie zweifeln meine Antwort an.«

»Okay, kommt nicht wieder vor. Wenn Sie das Fahrzeug so sehen, worauf tippen Sie?«

»Interessiert Sie das wirklich?«

»Ja, das interessiert mich wirklich.«

»Nun, ich würde auf Brandstiftung tippen. Ein Brandbeschleuniger im Heckbereich und dann …«

Er machte mit beiden Händen eine ausholende Bewegung, als wenn ein Ballon in seiner Hand immer größer werden würde.

»Die Tür war offen?«

Kröger zeigte auf die Fahrertür.

»Als wir kamen, schon.«

»Und Ewa?«

»Wer?«

»'tschuldigung!« Kröger rieb sich die Nase, als ob es ihn heftig juckte.

»Ich meine die Tote.«

»Die hatte der junge Mann schon geborgen und sie lag an der Stelle, wo sie jetzt noch liegt. Um Ihrer Frage zuvorzukommen: Sie war, als wir eintrafen, schon tot.«

»Danke, wenn ich noch Fragen habe, dann …«

»Okay.« Der Feuerwehrmann tippte mit zwei Fingern an seinen Helm und ging zu seinen Kameraden, die dabei waren, ihre Ausrüstung zu verstauen. Er schien froh zu sein, dieses Gespräch nicht weiter fortsetzen zu müssen.

Kröger schaute sich aufmerksam um. Die Kiesgrube hatte die Form eines Hufeisens. In der Mitte stand der Polonez, etwas weiter dahinter, am Fuß des Steilhanges, lag die Tote, links befand sich die Blechhütte, wo Vollert die jungen Leute befragte. Es gab nur eine Zufahrt und das Gebiet war von außen nicht einsehbar, wenn man nicht ganz am Rand der Grube stand. Er blickte den Steilhang hinauf. Uferschwalben hatten dort ihre Löcher und flogen ein und aus.

Kröger drehte sich um und wollte zu Vollert, als Arzt und Spurensicherung gleichzeitig vorfuhren. Der Arzt grüßte kurz und ging dann zu der Toten. Er nahm die Decke vom Körper, untersuchte die Leiche und kam kopfschüttelnd zurück.

Die Kollegen der Spurensicherung beschwerten sich nach kurzem Rundumblick bei Kröger: »Hier ist doch alles zertrampelt! Und als ob das noch nicht gereicht hätte, da musste auch noch Löschwasser ran.«

Sie wurden vom Arzt unterbrochen. »Mord. Eindeutig Mord.«

»Wieso?« Kröger war ganz Ohr.

»Petechiale Blutungen in den Augenbindehäuten, dazu die zyanotischen Schleimhäute.«

»Können Sie mir etwas zum Todeszeitpunkt sagen?«

»Vor etwa zwei bis drei Stunden. Den Rest wird eine Obduktion klären müssen. Ich muss weiter.« Eilig ging er zu seinem Auto und rief Kröger von dort noch zu: »Bestatter informiere ich!« Dann startete er und mit durchdrehenden Reifen fuhr er davon, dass der Kies nur so spritzte.

Die Männer der Spurensicherung machten noch immer einen verärgerten Eindruck. Trotzdem begannen sie mit der Beweissicherung, nachdem sie die Diagnose des Arztes gehört hatten. Sorgfältig teilten sie das Areal in Abschnitte ein. Jedes Stück Papier, jede Zigarettenkippe, jede Fußspur wurde fotografiert, in einer Skizze eingezeichnet und sichergestellt.

Kröger klappte sein Notizbuch zu, hier konnte er nichts mehr tun. Als er zu Vollert gehen wollte, kam der ihm schon entgegen.

»Und?« Kröger sah ihn auffordernd an.

»Die beiden hatten einen Spaziergang gemacht, so ihre Aussage, als sie den brennenden Wagen bemerkten. Der junge Mann rannte runter, sah Ewa im Auto, riss die Tür auf und zog sie heraus. Laut seiner Aussage war sie da aber schon tot. Die junge Frau lief in der Zeit zum nächstgelegenen Haus, um die Feuerwehr zu alarmieren.« Vollert atmete tief ein und fuhr dann fort: »Das Nachbargehöft liegt etwa fünf Minuten von hier. In dieser Richtung.« Er zeigte in Richtung Steilhang, wo die Schwalben noch immer ein- und ausflogen.

»Dorthin ist sie gelaufen?«

»Ja, dort wohnt ...«, Vollert blickte in sein Notizbuch, »... Tobias Reimer, ein Öko.«

»Dann lass uns dort mal anfangen!«

Sie verließen die Kiesgrube und gingen zum Auto. Was für die junge Frau fünf Minuten Fußweg war, kostete sie allerdings mit dem Fahrzeug knappe zehn Minuten mehr, sie mussten einen weiten Umweg auf der Straße fahren, um zum Gehöft des Tobias Reimer zu kommen.

Der Hof machte einen etwas ungepflegten Eindruck und auch das Haus hatte schon bessere Tage gesehen. Sein Bewohner war um die 30 Jahre alt, hatte schulterlange Haare und trug verwaschene Jeans. Mit freiem Oberkörper und Gummistiefeln an den Füßen saß er, einen altmodischen Melkschemel am Hintern angebunden, vor einer Ziege, deren Milch mit scharfem Strahl in einen Eimer zischte.

Kröger beugte sich über das Gatter, stellte sich und Vollert vor, doch der Mann hob nur kurz den Kopf und blieb weiter auf die Ziege konzentriert. Vollerts Hand zuckte kurz, doch Kröger packte ihn am Arm.

Die Bewegung schien der Mann registriert zu haben, denn mürrisch meinte er: »Moment noch.«

Einige Minuten später, Kröger hatte aus den Augenwinkeln den Hof gemustert, Vollert hatte seinen Blick nicht von Tobias Reimer abgewendet, stand er auf. Er klopfte der Ziege aufs Hinterteil, die daraufhin schnell davonlief. Mit dem Eimer in der Hand und dem wippenden Schemel am Hinterteil deutete er den Beamten, ihm zu folgen. In einer Art von Waschküche schüttete er die Milch in einen Kessel, schnallte sich den Schemel ab, hängte ihn an einen Haken und meinte dann: »Was wollen Sie?«

»Bei Ihnen war vorhin eine junge Frau?«

Der Mann nickte.

»Sie rief die Feuerwehr?«

Er schüttelte den Kopf.

»Sondern?«

»Die war viel zu aufgeregt. Die Feuerwehr habe ich gerufen.«

»Sie haben Telefon?« Vollert war vorgetreten.

»Ja! Wollen Sie es sehen?« Der Mann klang aggressiv.

Vollert hob die Hände. »Na, na, nicht gleich so böse. Ich wundere mich nur.«

»Ich nicht. Dass ich nach ökologischen Gesichtspunkten lebe, bedeutet ja nicht, dass ich kein Telefon und keinen Strom haben muss.« Er schüttelte den Kopf. Seine langen Haare flogen hin und her.

»Wann war sie da?«

»Hab nicht auf die Uhr geschaut.«

»Wenigstens die ungefähre Uhrzeit werden Sie uns doch sagen können?«

»Nein!«

»Sie sind nicht sehr gesprächig.«

»Hören Sie«, der Mann sah Kröger direkt an, »ich lebe allein. Alles, was ich habe, ist wenig Zeit und viel Arbeit.«

»Dann hören Sie uns jetzt mal zu. In der Kiesgrube ist eine Frau gestorben, und wenn Sie nicht den Mund aufmachen, dann schleife ich Sie eigenhändig aufs Revier und Ihren Hof sehen Sie so schnell nicht wieder. Verstanden?«

Vollert war ganz dicht an Tobias Reimer herangetreten und tippte ihm bei jedem zweiten Wort auf die Brust.

Der Mann lächelte nur. »Mit Paragraph 163 StPO werden Sie das aber nicht rechtfertigen können.«

Vollert stutzte und zischte dann durch die Zähne: »Sie sind ein ganz Schlauer, was? Aber ehrlich, mir sind die Paragraphen völlig egal. Ich will eine Antwort, und zwar auf alle Fragen. Klar?«

Beim letzten Wort drückte er seinen Zeigefinger auf Reimers Brust und beließ ihn dort. War es Vollerts Größe oder sein Auftreten, Reimer lächelte nicht mehr und meinte: »Okay, fragen Sie.«

»Mein Kollege fragte Sie nach der Uhrzeit.« Vollert trat einen Schritt zurück. Reimer zuckte mit den Achseln. »Kann ich wirklich nicht sagen. Ich war beim Heuwenden. Da Notrufe aufgezeichnet werden, kann die Feuerwehr Ihnen darüber genauere Auskunft geben.«

»Sie kennen sich aus.«

»In meinem ersten Leben habe ich Jura studiert!«

»Ach?« Vollert musterte den Mann von oben bis unten.

»Sie sind nicht mit der jungen Frau zur Kiesgrube gelaufen, um Hilfe zu leisten?«

»Warum? Ein brennendes Auto, was sollte ich dort? Außerdem …«

»Ja, ja, das Heu. Ich weiß.« Vollert winkte ab. »Aber dass eine Frau in diesem Auto saß …«

»Davon war mir nichts bekannt.« Reimer wischte sich eine Haarsträhne aus dem Gesicht. »Das Mädel kam auf den Hof gerannt, schrie was von Feuer und irgendwas von ihrem Freund. Erst dachte ich, dass er brennt oder sein Auto, aber dann kam es bröckchenweise heraus. Ich ging zum Telefon und rief die Feuerwehr. Als ich wieder aus dem Haus kam, rannte sie schon zurück, als wäre der Teufel hinter ihr her.«

»Und Sie dachten nicht daran, hinterherzulaufen?«

»Ach was!« Er winkte ärgerlich ab. »Ich dachte an einen Dumme-Jungen-Streich. In der Kiesgrube – ein Auto. Die Stelle ist abgelegen. Die einzigen Anwesenden sind die Uferschwalben.«

»Sie haben das nächstgelegene Gehöft.«

Reimer nickte bei Vollerts Feststellung. »Ist Ihnen irgendwas aufgefallen?«

»Dass Gewitter war und mein Heu nass wurde.«

Vollerts Halsschlagader schwoll an und sein Gesicht wurde feuerrot. Mühsam presste er den Atem hervor.

»Ich glaube, Sie verstehen meine Frage!«

»Nein, mir ist nichts aufgefallen! Wie auch?«

Vollert drückte ihm seine Visitenkarte in die Hand. »Morgen, zehn Uhr, kommen Sie ins Büro, das Protokoll unterschreiben.«

»Morgen ist Sonnabend!«

»Genau! Schau mal an, Horst! Der Ökologe mit juristischem Hintergrund kennt den Kalender.« Er wandte sich wieder an Reimer.

»Da sehen Sie mal, nicht nur Sie haben viel Arbeit – wir auch. Also bis morgen, und seien Sie pünktlich.«

Abrupt drehte er sich um und ging hinaus. Kröger folgte ihm wortlos.

26

Tobias Reimer war pünktlich. Vollert brauchte keine zehn Minuten, bis das Protokoll aufgesetzt und unterschrieben war. Nachdem der Zeuge das Kommissariat wieder verlassen hatte, blickte Kröger auf die Uhr.

»Lass uns noch ins Hotel gehen. Mich interessiert Ewas Zimmer. Eventuell finden wir dort einen Hinweis.«

Vollert stimmte zu. Das Hotel lag nur einige Minuten von der Dienststelle entfernt.

Dichter Verkehr brauste an ihnen vorbei. Urlauber und Einheimische strömten in die Stadt. Vollert schaute finster drein. Eine Unmutsfalte prangte auf seiner Stirn.

»Sollen sich an den Strand scheren! So ein schönes Wetter und die wollen in die Stadt. Versteh einer die Leute.«

Sie mussten einen Augenblick warten, bis sie die Straße überqueren konnten.

»Verfluchter Verkehr!« Vollert schimpfte weiter, während sie über die Fahrbahn hasteten.

Auf der anderen Straßenseite angekommen, blieb Kröger stehen und sagte zu Vollert: »Carsten, mir gefällt nicht, wie du redest.«

»So?«

»Ja, so! Ich kann ja verstehen, dass dir der Tod von Ewa nahegeht, aber das ist kein Grund dafür, so aufzutreten. Dein Ton gestern, Herrn Reimer gegenüber, war auch nicht die feine Art. Schalt einen Gang zurück, ja?« Kröger ging weiter, ohne eine Antwort abzuwarten.

Vollert blieb einen Augenblick stehen, schaute Kröger hinterher und schloss dann langsam zu ihm auf. Wortlos gingen sie zum Hotel.

An der Rezeption herrschte Hochbetrieb. Eine Reisegruppe war soeben angekommen und jeder wollte sofort sein Zimmer beziehen oder hatte irgendwelche anderen Wünsche. Routiniert und mit einem freundlichen Lächeln fertigte die Angestellte an der Rezeption alle Gäste ab. Nach knapp 20 Minuten war Ruhe. Die zwei Ermittlungsbeamten hatten solange in einer Sitzgruppe im Foyer Platz genommen. Sie standen nun auf und gingen zur Rezeption, wo sie freundlich begrüßt und fragend angeschaut wurden. Kröger wies sich aus und informierte die Angestellte. Sie nickte, bat um einen Augenblick Geduld und rief den Direktor.

Der erschien keine halbe Minute später, ebenfalls freundlich lächelnd, aber sehr unverbindlich und geschäftsmäßig, wie Kröger fand. Sie informierten den Mann mit wenigen Worten über das Ableben eines seiner Gäste. Der Hoteldirektor ließ sich von seiner Angestellten den Zimmerschlüssel geben und bat die Kriminalisten, ihm zu folgen. Sie nahmen den Fahrstuhl, obwohl es nur in die zweite Etage ging. Der Direktor öffnete ihnen Zimmer 218 und ließ sie dann allein.

Er handelte sich um ein typisches Hotelzimmer: Schmaler Flur mit einem Einbauschrank, vom Flur aus war das kleine Badezimmer erreichbar und geradeaus trat man in das eigentliche Zimmer. Mintgrüne Möbel gaben ihm ein frisches Aussehen. Links das Bett, rechts der Schreibtisch, geradeaus die Fenster und davor eine zweiteilige Korbgarnitur mit einem kleinen runden Tisch.

Kröger sah sich um. Er versuchte, einen Eindruck zu gewinnen. Alles sah ordentlich aus, das Bett war gemacht, auf dem Schreibtisch lagen nur Bücher, aber keine Notizen. Kröger nahm eines der Bücher zur

Hand. Es schien ein Fachbuch zu sein, noch dazu in polnischer Sprache.

»Mein Gott«, stöhnte er, »ich habe schon zu tun, den Verfasser auszusprechen, vom Titel ganz zu schweigen. Konrad Iwa… Iwas…«

Vollert studierte den Buchtitel. »Iwaszkiewicz heißt der Autor. Konrad Iwaszkiewicz!«

»Was du alles weißt.« Kröger stellte das Buch zurück.

Achselzuckend entgegnete Vollert: »Ewa hat mir einiges darüber beigebracht, wie verschiedene Laute im Polnischen ausgesprochen werden.«

»Und der Titel? Kannst du den auch aussprechen und übersetzen?«

»Leider noch nicht. Da musst du dich bis zum Winter gedulden.«

»Wieso?« Kröger sah erstaunt zu Vollert. Der strich verlegen mit einer Hand über die Kante des Schreibtisches.

»Ich werde Polnisch lernen, an der Volkshochschule!«

»Aha!«

»Mehr hast du dazu nicht zu sagen?«

»Warum sollte ich? Es ist deine Freizeit und was du mit der machst, ist deine Sache. Ich finde es gut. Die kleinen grauen Zellen bleiben in Schwung. Und jetzt lass uns weitermachen. Gehst du ins Bad?«

Vollert nickte und ging in den kleinen Raum.

Kröger öffnete die Schubladen. In einer fand er Nähzeug, eine kleine Tasche mit Medikamenten, Pflaster und Fieberthermometer. Die andere Lade war leer.

Kröger musterte die kleinen Nachtschränke am Kopfende des Bettes. Auf dem einen standen ein Reisewecker und ein Jesusbild, daneben lag ein aufgeschlagenes Buch.

Kröger blätterte es durch: Kein eingeschobener Zettel, keine Notiz, die ihnen weiterhalf. Er öffnete den Kleiderschrank. Ordentlich hing hier Ewas Garderobe.

Kröger hatte ein ungutes Gefühl bei der Durchsicht des Zimmers. Es war wie ein unerlaubtes Eindringen in die Privatsphäre der Toten. Noch unangenehmer war das Durchsuchen der Wäsche eines Opfers, besonders, wenn man das Opfer noch kannte …

Kröger gab sich einen Ruck. Mit schnellen, sicheren Griffen durchsuchte er die Kleider, Hosen und Jacken, danach nahm er sich die Wäschefächer vor. Vollert beobachtete ihn.

»Nichts, und bei dir?« Kröger schloss die Schranktür.

»Auch nichts. Wie zu erwarten. Alles sauber und aufgeräumt.«

»Weißt du, was mich wundert? Keine Notizen, keine Aufzeichnungen, obwohl sie von uns Unterlagen erhalten hat. Wo sind die?«

»Keine Ahnung! Vielleicht hatte sie die mit im Auto?«

Kröger blickte sich um. »Hast du gewusst, dass sie gläubig war?«

»Nein, warum?« Zögernd kam Vollerts Gegenfrage.

»Da, schau!« Er wies auf den Nachtschrank mit dem Jesusbild.

»Das war mir neu … Ich glaube, wir wissen nur sehr wenig von ihr. Sag mal, was ist mit dem Papierkorb?«

Kröger kontrollierte ihn. »Leer!«

»Warte mal!« Vollert verließ das Zimmer. Nach einigen Minuten kam er zurück.

»Das Zimmermädchen sagt, heute früh hat sie nur Staub gewischt, gesaugt und das Badezimmer geputzt. Das Bett war unberührt und im Papierkorb war auch nichts.«

»Und das weiß sie genau?«

»Ja! Denn sie arbeiten auf Zeit. Reine Ausbeutung, wenn du mich fragst! Pro Zimmer haben sie nur einige Minuten. So war sie froh, hier nicht das volle Programm ableisten zu müssen.«

»Okay, dann lass uns gehen.« Kröger versiegelte den Raum und verständigte den Direktor. Der war nicht begeistert, als er davon erfuhr. Er hatte mit dem Freiwerden des Zimmers gerechnet, doch auch sein Hinweis auf die Saison konnte Kröger nicht erweichen. Das Zimmer blieb versiegelt.

An der Rezeption fragte Kröger noch nach Besuchern, Telefonaten und nach Besonderheiten. Die Angestellte gab ihm bereitwillig Auskunft. An Besucher und irgendwelche Merkwürdigkeiten konnte sie sich nicht erinnern. Sie bat Kröger, am Montag noch einmal vorbeizuschauen, dann sei ihr Kollege von der anderen Schicht wieder da. Zum Abschluss druckte sie ihm die Anrufliste von Zimmer 218 aus.

Als sie wieder auf der Straße standen, sagte Kröger nur ein Wort: »Feierabend!«

Vollert wollte etwas entgegnen, bemerkte aber Krögers Blick und schwieg.

»Wir sehen uns am Montag. Ausgeruht und mit mehr in der Hand als jetzt.« Kröger schwenkte die Telefonliste. »Die sehe ich noch durch und du fährst nach Hause zu deiner Frau und deiner Tochter. Abmarsch!«

Vollert zuckte mit den Schultern und stapfte grußlos davon.

27

Am Montagmorgen koordinierte Kröger die laufenden Ermittlungen. Die Spurensicherung hatte den Polonez in eine Halle geschleppt und war mitten in der Untersuchung des Fahrzeugs. Kröger selbst hatte die Telefonliste durchforstet und sich einige Notizen gemacht. Am Tag ihres Todes hatte sie zwei Gespräche geführt, eines mit einem Anschluss in Polen, das andere mit dem Kulturhistorischen Museum. Kröger gab Schneider den Auftrag herauszufinden, wem der polnische Telefonanschluss gehörte und was der Inhalt des Telefonates mit dem Museum war.

Dr. Brauner überprüfte mit mehreren Mitarbeitern der Spurensicherung die gefundenen Stücke aus der Kiesgrube. Sie mussten einen Berg von Zigarettenkippen, Papierfetzen und Bierdosen bewältigen, dazu kam die Auswertung von Fußspuren und Reifenprofilen.

Die Befragung des Hotelangestellten stand noch an sowie der Versuch, Ewas letzte Stunden lückenlos zu rekonstruieren.

Schließlich wandte sich Kröger an Vollert: »Um neun ist die Obduktion von Ewa angesetzt, möchtest du dabei sein?«

Vollert blickte auf seine Hände und sah dann Kröger in die Augen. »Also ehrlich, Horst, mir wäre lieber …«

»Brauchst nicht weiterzureden. Ist schon okay. Ich mach's! Kümmer dich bitte ums Labor.«

»Die werden doch noch nichts haben. Ich würde mich lieber noch mal mit dem Notizbuch von dem von Schleyersdorf beschäftigen. Ich hab da so eine Idee.«

Vollert war aufgestanden und vor Krögers Schreibtisch getreten.

»Mmh, eine Idee ist mir zu wenig als Begründung. Mit dem Labor gebe ich dir aber recht.«

»Ich glaube, dass beide Fälle zusammenhängen. Ewa kannte hier weiter niemanden. Warum sollte man sie kurz vor ihrer Abreise ermorden?«

Auch Kröger stand auf.

»Das müssen wir eben ermitteln. Ich gebe dir bis nach der Obduktion Zeit.«

Er machte sich auf den Weg. Das Auto ließ er stehen, er zog einen Fußmarsch vor, denn er hatte noch Zeit und wollte diese für einen Spaziergang nutzen. Kein Polizist oder Mitarbeiter musste bei einer Obduktion anwesend sein, und hier war er sehr froh, mit Dr. Hüpenbecker den Obduktionsbefund nur durchsprechen zu müssen. Trotzdem versuchte er, diesen Moment so weit wie möglich hinauszuschieben.

Langsam ging er am Frankenteich vorbei. Die Bank, die vor einigen Tagen noch im Wasser gelegen hatte, war geborgen, aber noch nicht wieder aufgebaut.

In der Innenstadt musste er sich an den Urlaubern förmlich vorbeischlängeln. Die Stadt war übervoll: Menschen, so weit das Auge reichte. Den Bäckern wurden die frischen Brötchen fast aus der Hand gerissen. Die Cafés oder Restaurants, in denen man frühstücken konnte, waren bis auf den letzten Platz besetzt. Gut war der dran, der ein Hotelzimmer mit Frühstück gebucht hatte.

Man sollte ein Café aufmachen, so im Wiener-Cafèhaus-Stil, sinnierte Kröger. Nur nette Gäste, keine Mörder und vor allem keine Opfer.

Vor dem Rathaus mit seiner prächtigen Schaufassade

standen Gruppen von Touristen und fotografierten, was das Zeug hielt. Kröger musterte kurz den Platz. Die vielen Autos störten ihn – und scheinbar nicht nur ihn. Eine ältere Dame mit Stock drohte einem Kraftfahrer, der rücksichtslos über den Markt fuhr. Genauso rücksichtslos ist die ganze heutige Gesellschaft, schoss es Kröger durch den Kopf, jeder denkt nur an sich, will der Erste und Einzige sein. Der Vorfall besserte seine Laune nicht.

Als er am Kniepertor ankam, fiel sein Blick auf die alten Halterungen für die Sperrketten, mit denen früher anstürmende Feinde aufgehalten worden waren. Langsam durchschritt er das Tor. Schon in seiner Kindheit hatte es etwas Feierliches, von der einen Stadtseite zur anderen zu wechseln. Bei den Stadttoren beschlich einen noch heute manchmal dieses Gefühl. Ein Radfahrer, der klingelte, schreckte ihn aus seinen Gedanken, er konnte gerade noch zur Seite springen. Langsam taten ihm die Füße weh. Es war wahrscheinlich doch keine so gute Idee, die ganze Strecke zu laufen. Zurück würde er ein Taxi nehmen.

Mit schmerzenden Füßen überquerte er die Fahrbahn und nahm das letzte Drittel der Strecke in Angriff. Der Weg schien kein Ende zu nehmen, doch irgendwann traf er doch am Krankenhaus ein. Auf dem großen Schaurelief kämpfte Herakles noch immer gegen die Hydra, doch diesmal blickte Kröger hinauf. Ihm ging es ähnlich wie dem mythologischen Helden: Wenn er einen Kopf abschlug, wuchs sofort ein neuer nach.

Er strebte zu dem kleinen Anbau, an dem ein Schild auf die Rechtsmedizin hinwies, und atmete noch einmal tief durch, dann betrat er das Gebäude.

Dr. Hüpenbecker empfing ihn mit einer Flasche Mineralwasser in der Hand.

»Auch eine?« Er deutete auf seine Flasche.

Kröger merkte erst jetzt, wie durstig er war. Dankbar nickte er. Dr. Hüpenbecker reichte ihm eine Flasche und einen Öffner.

»Brauchst du ein Glas?«

Kröger schüttelte den Kopf.

»Prolet!«

Kröger trank gierig, rülpste und meinte: »Selber!«

Der Gerichtsmediziner lachte, stellte die Flasche ab und wurde ernst.

»Wollen wir?«

»*Wollen* ist gut«, murmelte Kröger und folgte dem Arzt. Im Obduktionsraum streifte er sich ein Paar OP-Handschuhe über und gab auch Kröger welche.

Über einem der Tische, welche aus rostfreiem Stahl gefertigt waren, lag ein grünes Tuch. Darunter zeichneten sich die Konturen eines Menschen ab.

Die beiden traten an diesen Tisch und Dr. Hüpenbecker fragte: »Können wir?«

Als Kröger nickte, zog der Arzt das Tuch von der Leiche.

Ewa war nackt, den Kopf auf einer kleinen Stütze, die Augen geschlossen, man sah deutlich den Y-Schnitt.

»Größe, Alter und so weiter sind euch ja bekannt. Richtig?«

Wieder nickte Kröger.

»Deswegen von mir das Wichtigste sozusagen im Schnelldurchlauf! Die Frau war kerngesund. Gestorben ist sie an einer Asphyxie. Der Adrenalingehalt des Blutes ist eindeutig zu hoch. Du siehst«, er zeigte auf den Hals, »hier Würgemale und kleine Einrisse, die wahrscheinlich von den Fingernägeln des Täters stammen. Er hat mehrmals angesetzt. Das große Hämatom auf der Brust stammt vermutlich von seinem Knie. Er hat sie niedergerungen und dann mit dem Knie fixiert.«

Kröger stieß die Luft aus den Lungen. »Du sprachst von Asphyxie. Dieser Tod ist doch von Todesangst geprägt, oder irre ich mich?«

»Nein, du irrst dich nicht. Tut mir leid, dass gerade ich dir das sagen muss. Aber sie hat sich heftig gewehrt. Wer immer sie ermordet hat, erntete zahlreiche Kratzer.« Er nahm eine der Hände der Toten. »Schau! Teilweise sind die Fingernägel abgebrochen. Sie hat wie eine Löwin um ihr Leben gekämpft. Ich fand auch Haut- und Gewebepartikel unter ihren Nägeln.«

»Wann liegen euch die Ergebnisse vor?«

»Ha, kleiner Finger und ganze Hand, sage ich nur. Ein wenig Geduld, Horst, bitte. Zur Blutgruppe kann ich dir aber schon etwas sagen. Das Opfer hat Blutgruppe 0 und der Täter hat Blutgruppe A.«

»Na toll! Die häufigste hat der Täter. Wie soll mir das weiterhelfen?«

»Warte ab, Horst! Die Blutgruppe ist ja nur ein Teil der Unterscheidungsmerkmale. Dann haben wir noch den Rhesusfaktor und das Kellsystem, und Letzteres – das ist es!«

»Was?«

»Der Täter ist reinerbig Kell-positiv, und das sind nur 0,2 Prozent aller Menschen!«

»Wie? Ich verstehe kein Wort.«

»Das Kellsystem ist das drittwichtigste System bei der Blutgruppenbestimmung. Und der Täter gehört zu den 0,2 Prozent der Bevölkerung mit einem reinerbigen positiven Faktor.«

»Okay. Und was kannst du mir zur Tatzeit sagen?«

»Da würde ich dir Freitag nennen, so zwischen 17 und 18 Uhr. Wobei ich mich da auf die Messungen meines Kollegen vom Freitag verlassen muss.«

»Wo ist der überhaupt? Am Freitag ganz in Eile und heute gar nicht da?«

»Krank ist er! Hat sich wohl eine Sommergrippe eingefangen.«

»Du sagtest vorhin, der Täter hat mehrmals angesetzt. Kann ich das wörtlich nehmen?«

Dr. Hüpenbecker nickte. »Davon geh mal ruhig aus. Ist zwar nicht ganz offiziell, aber unter uns Sportsfreunden … Es spricht alles für einen Mann. Ich habe die Würgemale vermessen und die Handgröße sowie die aufgewendete Kraft sprechen für einen Mann.«

»War's das?« Kröger vermied es schon eine Zeit lang, auf Ewa herabzublicken. Er wollte hier wieder raus und zwar schnell.

»Ein bisschen was hab ich noch! Was auffällig ist, das sind die wenigen Brandverletzungen. Immerhin war sie in einem brennenden Fahrzeug.«

»Aber nicht lange, denn ein junger Mann hat sie herausgezogen, bevor der ganze Wagen in Flammen stand.«

»Gut, das erklärt einiges, aber sie war auch nass, und zwar bis auf die Haut. Ich vermute, das Gewitter war daran schuld. Darum griff das Feuer auch nicht sofort auf Haare und Kleidung über. Und, Horst, sie war bereits tot, als das Feuer ausbrach. Keinerlei Rußpartikel in Luftröhre, Bronchien oder Lunge.«

»Also wurde der Brand nur gelegt, um den Mord zu vertuschen.«

»Wahrscheinlich! Dafür spricht auch der Fund von Splitt in der Kopfhaut.«

»Wie bitte?«

Der Mediziner zeigte auf Ewas Hinterkopf. »Kleine Splitter von Gestein haben sich bei der Ermordung in die Kopfhaut gedrückt. Der Täter hat das Opfer mit aller Macht niedergedrückt.« Dr. Hüpenbecker deckte Ewa wieder zu. Kröger war ihm dankbar.

»Kaffee?«

»Lieber einen Stuhl.«

»Geht's dir nicht gut?« Dr. Hüpenbecker warf einen besorgten Blick auf Kröger.

»Mir tun die Füße weh.«

»Die Füße? Und ich dachte schon, du kippst mir aus den Latschen. Na, denn komm mal, kriegst 'nen Stuhl und einen Kaffee.«

In Hüpenbeckers Büro ließ Kröger sich auf den erstbesten Stuhl fallen. Er streckte die Füße weit von sich und stöhnte laut.

»Du gibst ja Töne von dir!« Der Rechtsmediziner schüttelte den Kopf.

»Ich bin von der Dienststelle bis hierher gelaufen und jetzt bin ich pflasterlahm.«

Kröger rieb sich die Waden.

»Tja, hätt' er mal lieber den Wagen genommen. Übrigens, du warst schon wieder nicht beim Training.« Der Arzt hielt ihm eine Tasse Kaffee hin.

»Danke!« Kröger ließ die Zehen in den Schuhen wippen und nahm die angebotene Tasse.

»Sag mal, Doktor, die kleinen Gesteinssplitter, die du erwähntest – Proben hast du doch genommen?«

»Die hat schon euer Labor. Habe ich alles vor einer halben Stunde rübergeschickt, mitsamt ihrer Kleidung.«

Minutenlang sprach keiner der beiden ein Wort. Kröger hing seinen Gedanken nach und Dr. Hüpenbecker genoss seinen Kaffee.

»He, Horst!«

Kröger schreckte hoch.

»Träumst du?«

»Quatsch! Ich hab nachgedacht. Über das Warum und darüber, wer so was getan haben könnte. Sie kannte hier kaum jemanden und Erwürgen lässt meist auf einen Beziehungstäter oder ein Sexualdelikt schließen.«

»Das Letztere kannst du ausschließen. Keinerlei Anzeichen für einen sexuellen Missbrauch.«

Kröger trank hastig seinen Kaffee aus. »Du, ich muss zurück ins Büro. Das Sektionsprotokoll kann ich gleich mitnehmen?«

»Ja«, Dr. Hüpenbecker reichte ihm eine dünne Akte, »Protokoll, Fotos, alles drin.«

Kröger stand auf und verabschiedete sich. Nach wenigen Metern spürte er wieder seine Füße. Ein Königreich für ein Taxi, war sein nächster Gedanke. Am Haupteingang standen drei dieser Fahrzeuge. Kröger atmete auf und stieg in das erste.

28

Vollert saß allein im Büro, mit einem dicken Buch und der Akte von Schleyersdorf bewaffnet. Er hatte einen Zettel vor sich liegen, den er eifrig beschrieb. Als Kröger eintrat, sah er kurz auf, deutete an, dass er noch einen Moment benötigte, und wandte sich dann wieder dem Buch zu.

Kröger sah in der Zwischenzeit das Sektionsprotokoll durch.

»Du, Horst, ich glaube, ich bin mit dem Notizbuch ein Stück weitergekommen.«

»Ach?«

»Ja! Denn wie gesagt, ich glaube immer noch, dass der Fall von Schleyersdorf und der Tod von Ewa im Zusammenhang stehen.«

»So!«

»Ja, so!« Seine Stimme klang gereizt. »Mich machte stutzig, dass wir im Hotel keine Aufzeichnungen gefunden haben. Und auch in Ewas Auto, beziehungsweise in dem, was davon noch übrig ist, hat keiner irgendwelche Papiere sichergestellt. In ihrer Handtasche war auch nur das Übliche. Darum habe ich mir noch einmal das Notizbuch von diesem von Schleyersdorf vorgenommen. Der Tizian hat mich drauf gebracht … Der ist übrigens echt, da kam vorhin ein Fax. Also, weiter …«

»Moment mal, Carsten! Ganz langsam.« Kröger legte das Sektionsprotokoll beiseite und stand auf. »Was ist mit dem Tizian?«

»Der hat mich darauf gebracht!«

»Ich mein das andere. Du sagtest, er ist echt?«

»Ja, klar! Hier ist das Fax.« Vollert reichte ihm ein Blatt.

Kröger überflog das Papier und las dann eine Passage noch einmal langsam. Da stand es tatsächlich: ›Hiermit können wir zweifelsfrei bestätigen, dass das von uns begutachtete Gemälde von Tiziano Vecellio, genannt Tizian, stammt.‹

»Sehr gut!« Kröger rieb sich die Hände. »Dann ist auch dieser Punkt geklärt. Jetzt sage mir bitte noch, was der Tizian mit Ewas Tod zu schaffen hat?«

»Nichts, also fast nichts … Wie soll ich das erklären?« Vollert war aufgestanden und ruderte mit den Armen in der Luft umher. »Ich glaube einfach nicht, dass der Tod von Ewa nichts, aber auch rein gar nichts, mit den Funden zu tun haben soll.« Als er sah, dass Kröger zum Sprechen ansetzte, fuhr er schnell fort: »Lass mich ausreden! Bitte, Horst. Deswegen habe ich mir das Notizbuch mit diesen Abkürzungen noch einmal vorgenommen und der Tizian war sozusagen die Initialzündung.« Er drehte die Notizbucheintragungen zu Kröger hin. »Hier, am 8.12.1939 schrieb er ›1Ti‹, ein Tizian, wenn du mich fragst.«

»Und der Rest?«

»›120 Mü-Au‹ würde ich als ›120 Goldmünzen‹ deuten, für ›1Gr-Sta‹ habe ich noch keine plausible Erklärung gefunden, vielleicht heißt es ›eine große Statue‹ oder so. Keine Ahnung! Aber der Eintrag vom 12.7.1942 ist schon klarer. Da schreibt er: ›1Re‹, das würde ich als ›einen Rembrandt‹ deuten und ›1Cr‹ als ›einen Cranach‹. ›4Ik‹ könnte man als ›4 Ikonen‹ interpretieren, ich habe nämlich keinen Maler gefunden, dessen Anfangsbuchstaben ›Ik‹ lauten.« Er klopfte auf das dicke Buch.

Kröger hob es hoch und sah, dass es ein Künstlerlexikon war. »Leiko Ikemura fällt mir ein«, sagte er. »Ist eine japanische Malerin, aber erst 1951 geboren, sodass wir sie streichen können.«

»Deswegen habe ich sie auch nicht erwähnt.« Vollert machte einen genervten Eindruck.

»Mmh, und die anderen Abkürzungen? Was fällt dir zur Aktion Grün, dem grünen Gurami oder zu dem anderen ein?«

»Ehrlich gesagt, nichts! Gar nichts, aber auch das werde ich noch herausbekommen.« Vollert war aufgestanden.

»So, wirst du?« Kröger legte das Buch zurück und packte Vollert bei den Schultern. »Mensch, Carsten, lass das Rätselraten. Du bist ein guter Kriminalist – und hier hast du sofort eine Theorie, nein, schlimmer noch, eine vorgefertigte Meinung. Lass uns diesen Fall ganz nüchtern betrachten. Ewa kann wegen sonst was ermordet worden sein. Eventuell hat sie was gesehen oder war jemandem im Weg oder sie wurde das Opfer eines Sexualtäters – wer weiß?«

Vollerts Gesichtsfarbe wechselte zu aschfahl. »Ein Sexualdelikt? Gibt es dafür Anzeichen?«

»Nein, gibt es nicht! Und das ist es, was ich meine. Du verlierst die Fakten aus den Augen. Lies nachher den Obduktionsbericht.«

Als Vollert einen Schritt zurücktrat und die Arme hob, fügte er hinzu: »Ich weiß, es fällt dir schwer, aber du bist Profi genug. Apropos Profi! Wo ist Schneider?«

»Zum Mittagessen!« Vollert blickte auf die Akte, in der der Bericht der Rechtsmedizin lag. Er wusste, Kröger hatte recht.

»Hat Schneider was erreicht?«

»Hat er, hat er!«, kam es aus Richtung Tür.

Kröger drehte sich um und sah den Kollegen Schneider gerade hereinkommen.

»Na, dann schieß mal los.«

Schneider ging zu seinem Schreibtisch und nahm einen Zettel. »Also, die vorletzte Nummer ist eine polnische. Sie gehört zu einem Anschluss in Krakau, Ulica Kopernica 23a, Luiza und Tomasz Bednarek.«

»Kopernikusstraße? Wahrscheinlich ihre Eltern!« Vollert war hinzugetreten.

»Genau! Luiza und Tomasz sind ihre Eltern.«

Er bemerkte Vollerts grimmigen Blick und fuhr schnell fort: »Die letzte Nummer, die sie wählte, war die Nummer von Dr. Neumann vom Kulturhistorischen Museum.«

»Ach!« Vollert und Kröger sahen sich an.

»Worüber haben die beiden gesprochen?«

Schneider schüttelte den Kopf. »Habe ich noch nicht recherchiert.«

»Na, dann werden wir uns mal mit Dr. Neumann unterhalten müssen.« Vollert hatte sich umgedreht und wollte hinausgehen.

»Kannst hierbleiben!«, rief ihm Schneider nach. »Der ist zum Zahnarzt. Sagt seine Sekretärin!«

»Wann hat er Termin?«

Schneider schaute auf die Uhr. »Vor 15 Minuten, sagt seine Sekretärin.«

»Hat seine Sekretärin sonst noch was gesagt?« Kröger lächelte.

»Nein, mehr nicht.« Schneider legte das Blatt Papier aus der Hand.

»Wer verständigt Ewas Eltern?«, fragte Vollert leise.

»Die Botschaft hat das veranlasst. Man möchte das deutsch-polnische Verhältnis nicht trüben.«

»Sagt wer?« Kröger sah überrascht zu Schneider.

»Kriminalrat Södermann hat mich dementsprechend informiert, als er hörte, dass ich mich für die polnische Telefonnummer interessiere.«

»Ah ja, okay. Und wir«, Kröger schaute zu Vollert, »wir befragen den Hotelangestellten, der am Wochenende frei hatte, aber vorher geh ich noch mal wohin.«

Er quetschte sich an Vollert vorbei. Der stand unschlüssig da und sah zu Schneider hinüber.

»Kriegst du das hin mit Dr. Neumann?«

»Denkst wohl, ich bin bescheuert, oder was?« Schneider wurde rot vor unterdrücktem Zorn.

»Würde mir nie einfallen!« Vollert hob zwei Finger wie zum Schwur. Die andere Hand, die mit dem gekreuzten Zeige- und Ringfinger, verbarg er hinter dem Rücken.

»Na, denn ist gut.« Schneider machte einen zufriedenen Eindruck.

»Sag mal, was macht dein neues Auto?«

Vor Überraschung riss Schneider bei dieser Frage die Augen weit auf. Es war in der letzten Zeit selten vorgekommen, dass Vollert das Wort an ihn richtete. Also beschloss er, sich vorsichtig zu bewegen wie auf dünnem Eis, da er Vollerts Absichten nicht kannte. Hätte er gewusst, dass Vollert nur die Pause bis zu Krögers Wiederkehr überbrücken wollte, hätte er womöglich anders reagiert. So aber antwortete er: »Macht sich. Macht sich.«

»Wie, macht sich? Müssen sie das erst für dich konstruieren?«

»Konstruieren? Nein! Sie werden es jetzt bauen.«

»Aha, und wann ist es fertig gebaut?«

Schneider zuckte mit den Achseln. Er hatte wieder diesen eigenartigen Gesichtsausdruck. »Weiß ich doch nicht! Ich bin ja kein Autobauer!«

Welch ein Segen für die Menschheit, dachte Vollert, und lächelnd fragte er weiter: »Aber du weißt schon, wann du den Wagen abholen kannst?«

»Klar doch, hab natürlich einen Vertrag.«

Wer schloss mit solch einem Menschen Verträge ab, schoss es Vollert durch den Kopf.

»Zwei Monate dauert es noch, dann krieg ich mein neues Auto!« Schneider strahlte über das ganze Gesicht, als würde ein Kind von seinem neuen Spielzeug sprechen.

»Zwei Monate? Ist aber eine lange Zeit.«

»Na ja, ich hab das nächstgrößere Modell gewählt, so mit allem Schickimicki drin, und das dauert eben ein wenig länger.«

»Ach so! Ja, dann!«

»Übrigens«, Schneider beugte sich vertraulich über den Schreibtisch und seine Stimme bekam etwas Verschwörerisches, »es kann sein, dass wir bald Nachbarn sind!«

Jetzt machte Vollert einen verdutzten Eindruck. »Wir … Nachbarn …? Wieso?«

»Na, ich baue vielleicht auch.«

»Du baust … in Kronenvitz?«

»Wieso Kronenvitz? Die Stadt schreibt Bauland aus. Da kostet der Quadratmeter nur 150 Mark. Ich zieh doch nicht auf ein Kuhdorf.«

»Gott sei Dank!«, entfuhr es Vollert.

»Wie bitte?«

»Ich meine, Gott sei Dank gibt es jetzt auch Bauland in der Stadt und man muss nicht mehr unbedingt aufs Dorf ziehen.«

»Ach so! Und ich dachte schon, du wolltest mich nicht als Nachbarn.«

Vollert wurde glücklicherweise einer Antwort enthoben, denn Kröger kam zurück.

»Können wir?« Er sah erst zu Schneider, dann zu Vollert.

Der beeilte sich zu sagen: »Klar können wir, habe nur auf dich gewartet.« Und schon verließ er das Büro. Das ›Viel Erfolg!‹ von Schneider hörte er nur noch auf dem Flur.

Auf der Straße fragte Kröger seinen Kollegen: »Du, sag mal, Carsten, hast du dich mit Schneider endlich ausgesprochen? Er wünscht uns viel Erfolg, sieht aus, als hätte er im Lotto gewonnen, und wenn mich nicht alles täuscht, habt ihr euch angeregt unterhalten, als ich draußen war.«

Vollert schritt schnell aus und antwortete: »Du irrst nicht, wir haben uns unterhalten, aber das mit dem Lottogewinn …«

»Was ist damit? Und renn bitte nicht so! Mir tun die Füße weh und Hunger hab ich auch.«

Vollert wurde etwas langsamer. »Essen kannst du, wenn wir aus dem Hotel wieder raus sind, und Schneider, der muss im Lotto gewonnen haben.«

»Wieso?«

»Na, er hat uns doch neulich erzählt, er wolle sich ein neues Auto kaufen.«

»Richtig! Ist doch extra früher gegangen.«

»Genau, und nun erzählt er mir, er hat sich das nächstgrößere Modell geordert, mit allem, wie er es ausdrückte, Schickimicki.«

»Ja und? Er ist alleinstehend, und warum soll er nicht ein größeres und besser ausgestattetes Fahrzeug bestellen?«

»Moment, Horst, einen Moment noch. Das ist ja nur die eine Hälfte.«

»Und die andere?«

»Er trägt sich mit dem Gedanken, ein Haus zu bauen.«

»Ach! Er auch?«

»Ja, aber zum Glück hier in Stralsund. Der Schneider war ganz happy, als er mir berichten konnte, dass der Quadratmeter nur, und ich betone das Wort ›nur‹, 150 Mark kostet.«

Kröger pfiff leise durch die Zähne. »Allens hett siene Wetenschap, see de Deern un pust dat Licht mit'n Mors ut«, murmelte er.

»Was hast du gesagt?« Vollert war stehen geblieben.

»Vergiss es.«

»Wie, du meinst …?«

»Ja, meine ich, und jetzt komm. Sonst hat der Kollege von der Rezeption schon wieder Feierabend.«

Wortlos gingen sie die wenigen Meter bis zum Hotel. Diesmal war die Rezeption eine Oase der Ruhe. Der junge Mann hinter dem Tresen grüßte freundlich. Als Kröger ihr Anliegen schilderte, hörte er aufmerksam zu und meinte dann: »Die Kollegin und der Herr Direktor haben mich schon ins Bild gesetzt. Ich habe Sie erwartet.«

»Sie hatten Tagdienst in der letzten Woche?«

»Ja.«

»Hat Frau Bednarek Besuch empfangen oder gab es Ungewöhnliches?«

»Besuch … nein.« Er schüttelte den Kopf. »Und Ungewöhnliches? Warten Sie …, am Donnerstag wurde sie belästigt. Ein Gast kam ihr zu Hilfe.«

»Belästigt? Hier im Haus?«

»Nein! Sie kam am Nachmittag und parkte, wie manche unserer Gäste, auf der gegenüberliegenden Straßenseite. Da waren zwei oder drei Jugendliche, die sie belästigten. Ein Gast hat ihr dann geholfen.«

»Können Sie die Jugendlichen beschreiben?«

»Ich war leider nicht Zeuge des Vorfalls. Ich weiß es nur von dem Gast und seiner Frau. Beide haben sich sehr aufgeregt. Frau Bednarek nahm die ganze Sache recht gelassen. Als ich mich bei ihr für den Vorfall entschuldigte, lächelte sie und meinte, es sei nicht so schlimm.«

»Parkte sie des Öfteren dort?«

»Manchmal. Vor allem dann, wenn sie noch einmal weg wollte. Ansonsten nutzte sie, wie fast alle unsere Gäste, die Tiefgarage.«

»Wer war der Gast, der ihr half?«

»Das waren Herr Kübler nebst Gattin, Zimmer 322.«

»Sind die Herrschaften anwesend?«

»Einen Moment bitte!« Der junge Mann schaute zu den Zimmerschlüsseln, tippte dann etwas in den Computer und nickte.

»Ja, die Gäste sind im Haus.«

»Wir müssen sie sprechen.«

Wieder ein routiniertes Nicken und er griff zum Telefon. Einen Augenblick später legte er auf und sah Kröger an. »Das Ehepaar Kübler kommt gleich.«

»Um welche Uhrzeit ereignete sich der Vorfall?«

»Einen Moment, wir hatten gerade die Reisegruppe aus Malmö abgefertigt, das war so gegen 16 Uhr, na, ich würde sagen, so zehn Minuten später.«

»Es war genau 16 Uhr und sieben Minuten.«

Die beiden Kriminalisten sahen sich um. Vor ihnen stand ein Mann, besser gesagt, er ragte. Er war noch größer als Vollert. An die zwei Meter, braun gebrannt, die blonden Haare zu einem Igel gestutzt, durchtrainiert und mit Muskeln bepackt, dass man glaubte, die Nähte seines T-Shirts würden gesprengt.

»Kübler mein Name!« Er schüttelte beiden die Hand. Kröger bekam Angst, dass sich zu seinen Fußbeschwerden nun auch noch ein Schmerz in der Hand gesellen würde, doch Herr Kübler hatte ein Einsehen und ließ wieder los. »Sie sind von der Polizei?«

Seine Stimme stand in krassem Gegensatz zu seinem Körper. Man erwartete einen tiefen Bass, doch zu hören bekam man einen Sopran. Seine Frau trat hinzu. Wie ihr Mann war sie dunkel gebräunt und durchtrainiert. Ihr Sommerkleid gab den Blick frei auf muskulöse Waden und Oberschenkel, mit denen sie bestimmt Kokosnüsse knacken konnte. Ihre pechschwarzen Haare umspielten einen sehnigen Hals.

»Wollen wir uns setzen?« Kröger zeigte auf die Sesselgruppe, die er von seinem ersten Besuch schon kannte.

»Es ist gut, dass sich die Polizei dieser Sache annimmt, wenn auch reichlich spät.«

Kröger murmelte etwas von viel Arbeit. Als sie saßen, fragte er: »Sie haben am Donnerstagnachmittag einer Frau geholfen. War es diese?« Er legte ihnen eine Fotografie von Ewa vor. Es handelte sich um eine Vergrößerung ihres Bildes aus dem Reisepass.

»Genau, diese Dame wurde belästigt!«

»Sagen Sie uns bitte, was genau vorgefallen ist?«

»Nun, meine Frau und ich kamen gerade vom Strand und parkten auf der gegenüberliegenden Straßenseite. Vor uns das polnische Auto. War ja gleich zu sehen, mit seinem schwarzen Nummernschild. Tja, und die Fahrerin wurde von drei Jugendlichen angepöbelt.«

»Nur verbal oder auch handgreiflich?«

»Nein, nein, nur verbal, aber in welcher Art und Weise! Krakeelten was von Deutschen und Russenschlampe. Na, da bin ich raus aus dem Auto und dann …«

Er hatte sich über den kleinen Tisch gebeugt und ließ seine Bizeps spielen. Sie wirkten wie Ballons, in die man Luft reinpumpt und gleich wieder rauslässt. Plimm, plomm, plimm, plomm. Die Adern zeichneten sich als dicke, blaue Schläuche ab.

»Dann gab's Senge!« Vollert strahlte.

»Nee!« Herr Kübler ließ das Bizepsspiel. »Die hatten nur eine große Klappe und schnelle Beine. Als sie aus unserer Reichweite waren, da waren sie wieder dicke da. Schrien herum, dass sie uns noch kriegen würden …, na, die sollen mir noch mal begegnen.« Er ballte die Faust.

»Können Sie die drei beschreiben?«

»Der eine war so ein Spacki, mit nichts auf den Rippen, der andere muskulös, aber völlig falsch trainiert, und der dritte der Bengels hatte zu viel Fett und Bauch vom vielen Bier.«

»Und ist Ihnen noch etwas aufgefallen?« Kröger hatte sich an die Frau gewandt.

Die schaute zu ihrem Mann und meinte dann: »Der Spacke, der trug eine Jacke trotz der Wärme, schwarzes T-Shirt und Springerstiefel. Also solche Stiefel hatten alle drei an den Füßen, dazu Jeans, und die anderen beiden hatten Lederwesten an. Die Köpfe waren kahl geschoren. Der Spacke hatte auch ein Tattoo am Unterarm.«

»Wie reagierte Frau Bednarek?«

»Och, ganz taff. Ich glaube«, Herr Kübler rieb sich die Nase, »die wäre auch ohne uns klargekommen. Im Falle eines Falles hätte sie denen ihre Aktentasche um die Ohren geschlagen. Aber so war es besser.«

»Sie meinen, ihre Handtasche!«

»Nein, Aktentasche. Die war größer und schwerer. Ich habe sie ihr noch ins Hotel getragen. Ihre Handtasche war ja nur so ein kleines, zierliches Ding.«

Kröger und Vollert sahen sich an.

»Herr und Frau Kübler, wohin sind die drei gelaufen, nachdem Sie Frau Bednarek geholfen haben?«

»Richtung Hafen, immer die Straße runter.«

»Okay, wären Sie so nett, uns bei der Anfertigung eines Phantombildes behilflich zu sein? Mit Ihren Angaben könnte ein Zeichner von jedem der drei ein Bild anfertigen, sodass wir sie vielleicht identifizieren und festnehmen können.«

»Klar, kein Problem. Wann?«

Kröger schaute auf die Uhr. »Wäre es Ihnen in einer Stunde recht?«

»In Ordnung! Dann gehen wir etwas später an den Strand, kein Problem!«, fügte er hinzu, als er sah, wie Kröger etwas sagen wollte.

»Wie lange haben Sie noch Urlaub?« Vollert hatte sich an Frau Kübler gewandt.

»Noch diese ganze Woche. Die werden wir auch noch nutzen. Wir haben schon so viel gesehen. Das Rathaus und die Kirchen, und das Meeresmuseum war bisher das Größte.«

»Waren Sie auch schon auf der Marienkirche?« Kröger stand dabei schon auf, er wollte von der Rezeption aus telefonieren, um einen Zeichner zu bestellen.

»Auf der Kirche? Nee, da kann man hoch?« Herr Kübler zeigte mit dem Finger nach oben und wandte sich zweifelnd an Vollert.

»Ja, aber nur, wenn Sie schwindelfrei sind und gut zu

Fuß. Es sind einige Stufen und Holzleitern, die man überwinden muss. Man wird aber mit einem fantastischen Blick über die Stadt belohnt, bis nach Hiddensee kann man schauen.« Vollert zwinkerte verschwörerisch. Sie erhoben sich.

»Danke für den Tipp. Und Sie schicken jetzt einen Zeichner?«

»Der Zeichner kommt wie abgesprochen«, antwortete Kröger, der von der Rezeption zurückkam. Die Kriminalisten dankten dem Ehepaar für die Zivilcourage und wünschten noch einen schönen Urlaub.

»Büro oder Stadt?«, fragte Vollert auf der Straße.

»Essen, einfach einen Happen essen.«

»Dass du überhaupt Appetit hast.« Vollert schüttelte den Kopf.

»Ich habe nur das Gefühl, Nahrung zu mir nehmen zu müssen. Hast du denn keinen Hunger?«

»Nein!«

»Los, komm! Eine Kleinigkeit! Die grauen Zellen leiden sonst an Unterzuckerung.«

Gleichgültig, ohne zu schmecken, was er zu sich nahm, stopfte Vollert schließlich einen Salat in sich hinein. Zu mehr war er nicht bereit.

Im Büro saß Schneider und las eine Illustrierte.

»Was sagt Dr. Neumann?« Kröger nahm hinter seinem Schreibtisch Platz und zog mit einem leisen Stöhnen die Schuhe aus. Welch eine Wohltat, dachte er, als die Schuhe von seinen Zehen rutschten.

»Nichts sagt Dr. Neumann.«

»Warum sagt er nichts?«

»Weil er nicht im Museum ist. Hat sich krankgemeldet für den Rest des Tages, so seine Sekretärin.« Er nahm nicht einmal die Zeitschrift herunter, als er Kröger antwortete.

Vollert ging zu ihm, griff mit der Rechten nach dem Blatt, zog daran und hielt mit der Linken Schneider auf Distanz.

»Und zu ihm nach Hause zu fahren, auf die Idee bist du nicht gekommen?« Auf Krögers Stirn bildete sich eine Zornesfalte.

»Ich wusste ja nicht, dass es so dringend ist.«

»Nein, gar nicht! Wir ermitteln ja bloß in einem Mordfall. Hallo, jemand daheim hier oben?« Vollert tippte mit dem Zeigefinger an Schneiders Stirn.

»Lass das!« Schneider war aufgesprungen.

»Bevor ihr beide euch prügelt, werdet ihr gemeinsam zu Dr. Neumann fahren. Privatadresse haben wir?«

Schneider nickte.

»Und keine Prügelei, verstanden?«

Kröger zwinkerte Vollert zu. Der machte eine wegwerfende Handbewegung und schleuderte die Illustrierte auf Schneiders Schreibtisch.

»Hättest mal lieber einen Blick in eine Fachzeitschrift werfen sollen«, stichelte er.

»Das habe ich nicht nötig!«, konterte Schneider.

»Na, wir werden sehen. Komm! Aber ich fahre!« Vollert und Schneider verließen das Büro.

Kröger sah ihnen nachdenklich hinterher. Er hatte in seiner langjährigen Dienstzeit schon viele Kollegen gehabt, aber selten einen so unbegabten Kriminalisten wie Schneider. Und die Spannungen zwischen ihm und Vollert waren nicht gut für die tägliche Arbeit. Dazu kam, wie eben auch, dass Schneider nicht in der Lage war, selbstständige Entscheidungen zu treffen. Kröger entschloss sich einmal mehr, mit Kriminalrat Södermann zu reden. Nach der nächsten Dienstbesprechung würde er das Thema anschneiden.

Seufzend schlug er die Akte Ewa Bednarek auf. Er wollte die Ruhe nutzen und ein Weg-Zeit-Diagramm erstellen. Alle bekannten Zeiten und Orte übertrug er gewissenhaft. Diese Arbeit gehörte zum Klein-Klein der Kriminalistik, aber sie war oft ein wichtiger Stein im großen Mosaik der Ermittlungen.

Wie beneidete er die Ermittler in Romanen oder Filmen. Die befragten einige Zeugen, fuhren bei rasanten Verfolgungsjagden den halben Fuhrpark zu Klump, hielten ihre Nasen in den Wind, kombinierten, was das Zeug hielt, und fassten dann den Täter. Seine Kollegen und er dagegen leisteten das meiste am Schreibtisch bei Routinearbeiten oder zu Fuß. Bei diesem Gedanken angekommen, wippte er genüsslich mit den Zehen auf und ab.

Kurz vor Feierabend trafen Vollert und Schneider wieder ein. Ohne körperliche Schäden, wie Kröger feststellte. Er hatte unterdessen das Diagramm fertig und auch mehrere Telefonate getätigt. Fragend sah er von einem zum anderen. »Und?«

Vollert winkte ab. »Der war wirklich beim Zahnarzt. Daran gibt es keinen Zweifel. Zum Telefonat am Freitag gab er folgende Erklärung …« Vollert schlug sein Notizbuch auf und zitierte: »Frau Dr. Bednarek rief mich am Freitag gegen 16 Uhr an und teilte mir mit, dass sie am nächsten Tag abreisen würde. Wir besprachen die letzten Erkenntnisse. Eine Einladung zum Abendessen lehnte sie ab, da sie schon mit Kriminaloberkommissar Kröger verabredet war.« Vollert grinste.

»Und sonst?«

»Seitdem hat er sie nicht gesehen oder gehört.« Vollert klappte sein Notizbuch wieder zu.

»Wir müssen wissen, wo und mit wem sie die letzten zwei Stunden zusammen war, von diesem Telefonat an, also 16 Uhr, bis etwa 18 Uhr, als das brennende Auto bemerkt wurde.« Kröger zog das Weg-Zeit-Diagramm heran. Vollert warf einen Blick darauf.

»Saubere Arbeit!«

»Danke! Die Spurensicherung hat noch nichts für uns, mit denen habe ich vorhin telefoniert.«

»Und das Notizbuch, sind sie da schon weiter?«

»Zurückgestellt! Zuerst werden die Spuren von Ewa gesichert und ausgewertet und dann arbeiten sie an den Banküberfällen. Werte du mal die Spurenlage in einer Bank aus. Dr. Brauner und seine Jungs tun mir leid.«

»Sind die schon weiter, was die Banküberfälle betrifft?«, fragte Schneider.

»Keine Ahnung, ist ja nicht unser Fall. Warum fragst du?«

»Ach, nur so. Immerhin hat die Presse ihm den Spitznamen ›Phantom‹ gegeben.«

»Hör mir auf mit der Presse!« Kröger winkte ab. »Sagt mir lieber mal, wie hat denn Dr. Neumann auf die Nachricht vom Tod seiner Kollegin reagiert?«

»Fassungslos, bestürzt. Da er schon infolge des Zahnarztbesuches blass war, könnte man seinen Gesichtsausdruck als kalkweiß bezeichnen. Er fing sich aber relativ schnell wieder.«

»Ich fang mich jetzt auch! Feierabend, Männer. Der Morgen ist klüger als der Abend. Da der Zeichner noch nicht wieder zurück ist, verpassen wir nichts. Also, bis morgen.« Kröger schloss die Akte ein und fuhr nach Hause.

29

Am nächsten Morgen lagen mehrere Zeichnungen auf Krögers Schreibtisch. Man sah drei junge Männer ohne Haare, die mehr oder weniger intelligent schauten. Der Zeichner hatte versucht, die Angaben der Eheleute Kübler grafisch umzusetzen. Vollert, der einen Blick darauf warf, wollte wissen: »Fahndung?«

Kröger verneinte. »Ich habe da eine bessere Idee. Kollege Schneider, du fragst bitte bei der Spusi nach. Dr. Brauner versprach mir gestern die ersten Ergebnisse und die brauchen wir.«

»Und wir?«

»Wir gehen mal Richtung Hafen.«

»Und deine Füße?« Vollert zeigte auf Krögers Schuhe.

»Nach einem Fußbad gestern Abend sind die wie neu. Außerdem brauche ich heute etwas Bewegung zusätzlich, da ich abends zum Training will – täte dir auch gut.« Kröger tippte auf Vollerts Bauch.

»Eh, das ist kein Bauch und außerdem braucht man beim Hausbau Energie – sagen jedenfalls meine Schwiegereltern. Und die müssen es wissen, die haben nämlich selber eins gebaut.«

»So, haben sie! Na, dann komm mal.«

Der Weg zum Hafen führte an dem Hotel vorbei, in dem Ewa gewohnt hatte. Ein Bus stand am Eingang, eine Reisegruppe stieg gerade ein. Vollert zeigte hinüber. »Stadtrundfahrt.«

»Warum nicht.«

»Unsere schöne Stadt aus einem Bus entdecken? Na, ich weiß nicht!« Vollert tat entrüstet.

»Besser so als gar nicht.«

»Na ja. Verrätst du mir, wo wir hinwollen? Hafen ist mir ein bisschen zu allgemein.«

»Lass dich von einem alten Stralsunder überraschen!«

Wenige Minuten später waren sie am Querkanal. Segelschiffe lagen vertäut, Urlauber genossen die maritime Stimmung. Die Restaurantbesitzer putzten die draußen stehenden Tische und Stühle: Das Mittagsgeschäft warf seine Schatten voraus. Zwei oder drei Angler badeten ihre Köder im Wasser und der erste Dampfer lief zur Hafenrundfahrt aus. Laut ließ er den Ruf seines Typhons in alle Himmelsrichtungen erschallen.

Kröger atmete tief ein. »Riechst du das? Nach Tang und Meer schnuppert es.«

»Es riecht brackig, Horst.«

»Brackig? Quatsch! Das ist gesunde Meeresluft. Andere bezahlen viel Geld, um sie zu schnuppern, und du, der sie gratis hat, meinst, es riecht brackig.«

Zielstrebig ging Kröger über die Fährbrücke. Hier auf der Hafeninsel herrschten die Urlauber. Menschen aus allen Teilen Deutschlands und der ganzen Welt flanierten auf und ab. Die wenigen Bänke waren restlos besetzt. Man aß Fischbrötchen oder leckte ein Eis und ließ es sich gut gehen.

In diesem ganzen Durcheinander steuerte Kröger unbeirrt auf einen Kutter zu, vor dem sich eine Schlange wartender Menschen gebildet hatte. Gelächter drang zu ihnen herüber. Der Verkäufer schien mit den Kunden viel Spaß zu haben. Kröger deutete auf einen Mann von mittlerer Größe und untersetzter Gestalt, der auf dem Kutter gerade eine Kundin bediente. »Das ist Paul. Der hat's drauf. Hör mal zu.«

Die Kundin war scheinbar unschlüssig, was sie nehmen sollte. »Haben Sie keinen Zander?«

»Zanner het Schontied. Dor möten Se anner Maand weddekamen, öwer da Se ja hüt Schmacht hemm, nähmen Se doch 'nen Hääkt.«

»Och, Hecht hat zu viele Gräten!«

»Väl Graden? Se dörben nich so'n lütting Hääkt köpen. Sei Se mal nich so knickerig un nähm Se 'nen groten.« Er hielt ein Prachtexemplar in die Höhe.

»Oh Gott, der ist doch viel zu groß.«

»To groot? Kieckens eis, dat Mittelstück kochen Se, un den Rest fein gebraten. Ihr Mann wird sich freun.«

»Meinen Sie? Na gut, dann nehme ich den.«

Er nickte, wog den Hecht und kassierte ab. Als er ihr die Plastetüte mit dem Fisch reichte, zog sie etwas heftig daran.

»Mein Gott, Fruh, nu treggens doch nich so dull an den Büttel. Ihr Kirl möt ja wat uthollen.«

Sie stutzte und sah ihn fragend an.

»Na, wenn Se immer so an Büttel trecken!« Er zwinkerte ihr zu.

Lachend und leicht errötend nahm sie ihre Tüte und ging.

Kröger gab dem Mann ein Zeichen. Der nickte, dass er verstanden hatte. Er bediente noch den nächsten Kunden, dann übernahm sein Kollege den Verkauf und Fischer Paul kam auf sie zu. Die Schirmmütze leicht in den Nacken geschoben und die Ärmel seines Hemdes nach oben gerollt, mit blitzenden Augen, aus denen der Schalk lachte.

»Na, Horst!« Sein Händedruck war kräftig und man spürte das Raue der Hände.

»Wenn ihr Fisch wollt …«

»Nein, Paul! Wir brauchen deine Hilfe.« Kröger zog die Zeichnungen der drei Jugendlichen hervor.

»Sag mal, hast du die schon mal gesehen?«

Aufmerksam studierte Paul die Bilder. Als er sie Kröger zurückgab, nickte er.

»Jo, die sind öfter an der Mole. Hier trauen sie sich nicht mehr her.«

»Wieso?«

»Och, ich lass mir doch nicht die Kundschaft madigmachen von solchen. Das Leben ist schon schwer genug.« Ärgerlich winkte er ab.

»Und du bist dir sicher, dass diese drei …«

»Klar doch! Solche Typen vergisst man nicht. So jung und schon so krank.«

»Krank?«

»Jo! Tragen doch alle drei orthopädische Schuhe. Dazu den Kopp wie nach 'ner Chemotherapie.« Und wieder blitzte es in seinen Augen. »Ihr müsst mal am Kiosk fragen, da sitzen sie und saufen ihr Bier. Aber nicht jetzt, ist noch zu früh.«

»Zu früh?«

Paul zuckte mit den Schultern. »Du, sag mal, Horst, wenn du schon da bist: Du kennst dich doch aus mit Fischdieben. Dem Schulte und dem Greven haben sie die Reusen aufgeschnitten und den Fisch geklaut. Kannste nich mal wieder?«

Kröger schüttelte den Kopf. »Ist doch nicht mein Gebiet, Paul. War damals auch nur Zufall!«

»Dat sagste jedes Mal. Ick glöv dat aber nich. Een guter Kriminal is överall goot.«

Kröger winkte ab. »Ich hör mich mal um, aber viel wird es nicht bringen.«

»Danke! Ik sag dir, ik mak dat ja nu schon seit 1964, aber so beschetten wür dat noch nie. Irgendwann gifft dat keene Fischer mier. Över wie wulln ja nich klagen.«

»Dor hast recht, Paul!«

Kröger bedankte sich und Paul strebte wieder seinem heiß geliebten Kutter zu.

Vollert grinste. »Der ist echt klasse.«

»Ja«, Kröger sprach sehr nachdenklich, »von solchen Typen lebt die Stadt. Wäre schade, wenn er aufhört.«

»Kiosk?«

»Ja, Kiosk.«

Die beiden zwängten sich durch die Urlauber, die über die Fährbrücke kamen, vorbei an Mitarbeitern der Reedereien, die lauthals ihre Hafen- und Rügenrundfahrten anpriesen.

An der Pier des Hiddenseedampfers herrschte Hochbetrieb. Matrosen verstauten Fahrräder an Bord und Urlauber mit großen Koffern enterten das Schiff. In 20 Minuten würde es zur Überfahrt zum sööten Länneken ablegen. Möwen umkreisten schreiend das Heck des Schiffes. Sie bettelten und stritten sich um Futter, das meist aus Brötchen- oder Weißbrotstückchen bestand, die von spendablen Urlaubern hochgeworfen wurden.

Keine 100 Meter weiter stand der Kiosk, der gerade keine Kundschaft hatte. Er sah auch wenig einladend aus mit seiner abblätternden Farbe, die dem Äußeren etwas Pockennarbiges gab. Die vergilbten Plastestühle und schmutzigen Tische ließen wohl niemanden gern länger hier verweilen. Zwischen den lose verlegten Gehwegplatten wuchs das Unkraut.

Die Bedienung saß auf einem Klappstuhl, schaute durch das Fenster auf die beiden Ankömmlinge und erhob sich dann seufzend, die Zigarette vorsichtig in einem Ascher ablegend. »Was darf's sein?«

Die Stimme war tief und von einer Rauheit, dass man glaubte, die Frau habe statt Stimmbändern Raspeln im Hals.

Kröger hielt seinen Dienstausweis hoch. »Eine Auskunft!«

Das Gesicht der Frau verfinsterte sich. Kröger beugte sich hinunter zu der Klappe, durch die normalerweise Geld und Ware gereicht wurden, und schob ihr die Zeichnungen zu.

»Kennen Sie jemanden von den Bildern?«

Der Blick, mit dem sie die Zeichnungen musterte, war mehr als flüchtig.

»Nee, nie gesehen.« Ihre goldberingte Hand schob die Blätter zurück.

Kröger nahm die Porträts und sagte lächelnd: »Sie sind die Chefin?«, und als die Frau nickte, fügte er hinzu: »Ha, denn kommen wir mal rum.«

Er ging zur Rückseite des Kiosks und gerade, als er an die Tür klopfen wollte, wurde sie von innen aufgerissen. Die Inhaberin stand im Eingang, eine Hand auf der Klinke, und knurrte: »Ich hab Ihnen doch gesagt, dass ich keinen von denen kenne, und ich hab auch zu tun.«

»Ja, sicher! Das glauben wir gerne.« Kröger hatte sein charmantestes Lächeln aufgesetzt. »Nur um eines gleich klarzustellen, wir sind nicht von der Steuerfahndung. Obwohl, wir können gern die Kollegen anrufen, wo Sie doch so viel zu tun haben, die helfen Ihnen gern und vergleichen mal die Pappen mit dem eingekauften Senf und den verkauften Bockwürsten. Ist das ein Angebot?«

Der letzte Satz hätte jeden Verkäufer vor Neid erblassen lassen.

Kröger sah, dass sich auf der Oberlippe der Frau kleine Schweißperlen bildeten. Nur der schwarzblaue Flaum hinderte sie am Herabfallen.

»Kann ich die Bilder noch mal sehen?«

»Gern doch!« Kröger gab ihr das Gewünschte.

Aufmerksam sah sie sich die einzelnen Zeichnungen an.

»Ja, die kenne ich. Sind öfter hier.«

»Haben die Jungs auch Namen?«

»Der Dünne heißt Christian, Christian Saunuss, der andere hier, den nennen sie immer Bulldogge, und der dritte, ich glaub Sven Rascher oder Raschke, aber Sven auf alle Fälle.«

»Wissen Sie, wo die wohnen?«

Die Frau schüttelte den Kopf, dass silbrige Schuppen flogen.

»Nee, da kann ich Ihnen wirklich nicht helfen.«

»Herzlichen Dank, Frau …« Kröger hatte sich die Namen notiert und steckte sein Notizbuch ein, die Frau schloss erleichtert die Tür.

»Steuerfahndung!« Vollert grinste.

»Der Zweck heiligt die Mittel. Immerhin haben wir jetzt schon mal Namen.«

»Anderthalb und einen Spitznamen. Ich schlage vor, wir gehen ins Büro und machen einen Datenabgleich, um die Adresse von diesem Saunuss festzustellen. So viele wird es ja nicht geben mit diesem Namen.«

Kröger stimmte zu und wies mit der Hand in Richtung Dienststelle. Es sah aus, als würde Napoleon seine Truppen zum Angriff schicken.

30

Im Büro dauerte es keine fünf Minuten und Vollert hatte die Anschrift eines Christian Saunuss.

»Zum Glück gibt's wirklich nur den einen.« Er schwenkte den Zettel, auf dem er sich die Anschrift notiert hatte.

»Wohin?« Kröger winkte mit dem Wagenschlüssel.

»Knieper West, du wirst es nicht glauben.«

»Warum soll ich es nicht glauben? Ein Stadtteil ist wie der andere.«

»Und ich dachte, solche Idioten wohnen nur in meiner Umgebung.«

»Idioten gibt es überall, und jetzt komm.«

Knieper West war einer der Stadtteile, die von Neubaublöcken dominiert wurden. Kröger musste den richtigen Block erst suchen. Die Nummerierung entzog sich jeder Logik. Endlich hatten sie den richtigen Eingang gefunden. Um diese Tageszeit waren sogar einige Parkplätze frei.

Der Hauseingang sah aus wie alle anderen hier. Uniform und eintönig, so präsentierten sich die Häuser. Kröger suchte am Klingelschild den Namen Saunuss. Als er ihn gefunden hatte, schüttelte Vollert den Kopf.

»Lass mich mal.«

Er drückte drei oder vier Klingeln von Nachbarn. Irgendjemand meldete sich an der Sprechanlage. Vollert sagte nur ein Wort: »Paket.« Und schon wurde der Summer gedrückt. Er öffnete die Tür. »So geht das!«

Saunuss wohnte im dritten Stock. Vollert musste mehrmals klingeln, bis sie Geräusche hinter der Tür hörten.

»Was ist?«, schrie jemand auf der anderen Seite.

»Einschreiben!«, gab Vollert laut zurück.

»Einschreiben? Ja, ja … warten Sie!«

Eine Türkette wurde zurückgeschoben, dann öffnete sich die Tür und Christian Saunuss stand mit verschlafenen, geröteten Augen und grimmigem Gesichtsausdruck vor ihnen.

»Wo ist nun das Scheißeinschreiben?«

»Einschreiben? Sie müssen sich verhört haben.« Vollert zeigte seinen Dienstausweis.

Saunuss wollte die Tür zuschmeißen, doch Krögers Fuß war schneller. Vollert drückte gegen die Tür, als wenn auf der anderen Seite niemand gegenhielte, und schon standen sie im Flur.

Die Luft in der Wohnung war abgestanden und stank nach Rauch und Bier.

Saunuss musterte die beiden Ermittlungsbeamten, machte eine wegwerfende Handbewegung, drehte sich dann abrupt um und murmelte: »Scheißbullen!«

»Genau!« Vollert und Kröger gingen hinterher. Es war eine Einraumwohnung und das eine Zimmer sah verheerend aus. Ein Totenkopf aus Keramik diente als Aschenbecher und war mehr als voll. Überall lagen leere Bierdosen, einige geleerte Wodkaflaschen standen in der Ecke. Das Bettzeug auf dem Sofa war dreckig und einige Knöpfe fehlten, sodass man das Inlett sah. Über der Schlafgelegenheit prangte die Reichskriegsflagge, flankiert von zwei Säbelnachbildungen. Die Möbel waren abgewohnt und zerschrammt. Die ganze Wohnung sowie ihr Mieter machten einen heruntergekommenen Eindruck. Kröger schüttelte es und auch Vollert bemühte sich, nirgendwo anzustreifen.

Saunuss hatte wohl in seinen Klamotten geschlafen. T-Shirt und Hose waren zerknittert.

»Ziehen Sie sich fertig an und kommen Sie mit!« Kröger wies auf die Springerstiefel, die vor dem Bett lagen.

»Mitkommen? Warum?« Er fuhr sich mit der flachen Hand über den kahl geschorenen Schädel.

»Das erfahren Sie auf der Dienststelle. Jetzt ziehen Sie sich was an und dann kommen Sie!« Kröger zeigte wieder auf die Stiefel.

»Pü! Ich denk ja gar nicht dran! Verpisst euch! Ihr Scheißbullen!«

Er ließ sich in den erstbesten Sessel fallen, verschränkte die Arme vor der Brust und hatte das dämlichste Grinsen im Gesicht, das Vollert jemals gesehen hatte.

»Hast du das gehört?«

Kröger bestätigte nickend.

»So, du Rindvieh!« Vollert hatte sich vor Saunuss aufgebaut. »Bisher war es eine Befragung, aber ab jetzt ist es eine Festnahme …«

»Festnahme? Ihr seid wohl bescheuert!« Er tippte sich gegen die Stirn.

»Bescheuert? Also wir sind es nicht, oder?« Vollert sah Kröger an. Der schwieg und schüttelte nur den Kopf.

»Also, rein in die Schuhe und dann …«

»Ich komm nicht mit, kapiert ihr das nicht?« Saunuss zog die Beine an.

»Okay, dann eben die harte Tour.« Vollert ging zum Telefon, das vor dem Fenster stand. Als er zum Hörer griff, sprang Saunuss auf. »He, das ist meins! Auflegen!«

Als Vollert nicht reagierte, sondern eine Nummer wählte, rastete Saunuss aus. »Du bist wohl taub, du Arschloch. Auflegen, hab ich gesagt!« Er machte einen Schritt in Vollerts Richtung. Dann spürte er, wie sein rechter Arm gepackt wurde und er sich Richtung Teppich bewegte.

Irgendetwas hatte ihm regelrecht die Füße weggezogen. Seine rechte Wange lag auf dem dreckigen Fußboden, er sah unter die Couch und irgendjemand kniete auf seinem Rücken, seinen rechten Arm fest im Griff. Das letzte Mal, als er sein Zimmer aus dieser Perspektive betrachtet hatte, war der Wodka schuld.

Er spürte, wie auch sein linker Arm den Weg auf den Rücken nahm, dann klickten die Handschellen. Vollert hatte den Hörer wieder aufgelegt und fasste zu. Saunuss' Perspektive änderte sich und er stand nun auf seinen Füßen, die in löchrigen Socken steckten. Auf seinem Gesicht lag die blanke Fassungslosigkeit.

Vollert lächelte ihn an und sagte: »So schnell geht das! Wer von uns ist denn nun bescheuert?«

Saunuss klappte den Mund auf, war aber zu keiner vernünftigen Antwort fähig. Vollert nahm die beiden Stiefel, knotete die Schnürsenkel zusammen und hängte sie Saunuss um den Hals. Dann gab er ihm einen leichten Schubs in Richtung Tür.

»Los geht's. Der Tag ist jung und wir haben noch viel vor.«

Im Flur warf Kröger ihm eine Jacke über, die dort an einem abgebrochenen Garderobenhaken hing. Bei der Frage nach dem Wohnungsschlüssel gab Saunuss leise »Jacke!« zur Antwort. Kröger fasste vorsichtig in die Taschen des Kleidungsstückes. Er zog ein Feuerzeug, eine zerdrückte Schachtel Zigaretten und den Wohnungsschlüssel hervor. Sie verließen die Wohnung, schlossen ab und Saunuss musste auf Socken, die Arme auf den Rücken gefesselt, hinunter und in das Auto steigen. Die Stiefel baumelten wie Christbaumkugeln um seinen Hals. Auf der Dienststelle gab es einiges Hallo, als sie so mit ihm ankamen. Sie führten ihn in ihr Büro und ließen ihn hinsetzen.

Schneider, der an seinem Schreibtisch lümmelte und wieder in der Illustrierten las, blickte den Neuankömmling interessiert an. Zunächst aber informierte er Kröger über sein Telefonat mit der Spurensicherung. Sie waren immer noch am Arbeiten und konnten keine Auskünfte geben.

Kröger stöhnte leise. »Na gut, dann werde ich mal selber zur Spusi gehen, mein bisschen Autorität in die Waagschale werfen. Und ihr«, er deutete auf Schneider und Vollert, »fangt bitte schon mit der Befragung an.« Bevor er das Büro verließ, nickte er Vollert noch mal zu: »Du weißt ja, worum es geht.«

Schneider legte die Illustrierte in eine Schreibtischschublade, stellte dann ein Diktiergerät auf den Tisch und rieb sich die Hände.

»Da ist euch ja ein toller Vogel ins Netz gegangen.« Er musterte Saunuss.

»Kann man so nicht sagen. Er ist förmlich vor uns auf die Knie gegangen, nur um hier mit uns zu plaudern.«

Saunuss grunzte.

Vollert schloss die Handschellen auf und sagte: »Ziehen Sie sich Ihre Schuhe an. Die Socken könnten Sie auch mal wechseln.«

Saunuss rieb sich die Handgelenke und warf Vollert einen wütenden Blick zu. Langsam, fast provokant, zog er sich die Stiefel über die Füße und genauso gemächlich schnürte er deren Bänder. Zum Schluss zog er seine Jacke über.

Vollert ließ ihn gewähren. So hatte er Zeit, sich eine Taktik zurechtzulegen. Und eines hatte Vollert in seiner langjährigen Polizeipraxis gelernt: Je besser vorbereitet man an eine solch diffizile Aufgabe wie eine Vernehmung ging, umso schneller fielen einem die Früchte der Arbeit in den Schoß.

Vollert nahm Saunuss gegenüber Platz. Seine Frage, ob er mit einer Aufzeichnung des Gespräches einverstanden sei, verneinte Saunuss. Wohl oder übel musste Schneider die Vernehmung schriftlich protokollieren. Mit einem Seufzen zog er sich Block und Stift heran. Doch Saunuss dachte nicht daran zu reden. Er verweigerte selbst die Angaben zur Person. Scheinbar waren mit seinen Stiefeln und seiner Jacke auch sein Selbstbewusstsein und seine Frechheit wiedergekehrt. Er lehnte sich zurück, grinste dümmlich und streckte seine Beine weit von sich.

»Ich sag gar nichts mehr.«

»So, Sie sagen nichts mehr. Und warum?« Vollert hatte sich ebenfalls zurückgelehnt und die Arme vor der Brust verschränkt.

»Ich hab Durst. Meine Kehle ist ganz ausgetrocknet. So!«

»Durst hat der Herr. Na ja! Ein Glas Wasser?«

Saunuss' Grinsen wurde breiter. »Ich will mich nicht waschen! Ein Bier wäre nicht schlecht.«

»Bier gibt's hier nicht, und Waschen wäre gar keine so schlechte Idee. Wenn der Herr kein Wasser mag, wie wäre es mit einer Cola?«

Saunuss machte einen Gesichtsausdruck, den er für nachdenklich hielt. Vollert fand, er sah noch blöder als sonst aus.

»Cola klingt gut.«

Vollert warf einen Blick zu Schneider. »Wärst du so

liebenswürdig? Herr Saunuss braucht eine Cola, um mit uns kommunizieren zu können.«

Schneider warf einen wütenden Blick auf Saunuss. »Da muss ich ja durchs halbe Haus. Der nächste Automat ist ein Stockwerk tiefer.«

Vollert nickte. »Sei so gut. Unser Gast«, er zeigte auf Saunuss, »mag sonst nicht reden.«

Widerstrebend stand Schneider auf und ging hinaus. Saunuss packte seine Füße auf die Ecke des Schreibtisches und schloss die Augen.

»Füße runter!« Vollert war laut geworden.

Saunuss blinzelte nur, machte aber keine Anzeichen, der Anweisung nachzukommen. Vollert stand auf und wischte mit einer Handbewegung die Beine vom Tisch. Dann ging er zum Fenster und öffnete es. Die Luft im Zimmer war stickig. Als er sich umdrehte, hatte Saunuss die Füße wieder auf der Schreibtischkante geparkt.

»Ich sagte: runter!« Vollert sprach leise, aber mit Nachdruck. Seine Stimme hatte jetzt etwas Schleifendes. »Wir sitzen hier im dritten Stock, die Sonne scheint und die Vögel zwitschern da draußen so wunderschön. Ich lass mir doch nicht den Tag versauen!« Er war immer lauter geworden.

Saunuss grinste wieder überheblich, blickte verächtlich auf den Kriminalisten und quetschte dann ein »Scheiß die Wand an, Bulle!« heraus.

Vollerts Halsschlagader schwoll an. Er atmete tief durch und sagte: »Okay, Schluss jetzt!«

Er ging langsam zu Saunuss, der ihn noch immer angrinste, packte ihn am Revers seiner Jacke, hob ihn hoch und blickte ihm in die Augen. Saunuss wusste nicht, wie ihm geschah. Zum zweiten Mal an diesem

Tag sah er die Welt aus einer ungewohnten Perspektive. Er griff nach Vollerts Handgelenken und zischte mit einer Spur von Angst in der Stimme: »Lass mich runter, Bulle.«

Vollert lächelte, zog ihn dicht zu sich heran und flüsterte: »Warum?«

Der Geruch ungewaschener Haut und dreckiger Haare stieg ihm in die Nase, Saunuss' Mundgeruch zwang ihn, den Kopf wegzudrehen. Er atmete einmal kurz ein, wandte sich dann wieder Saunuss zu, den er jetzt weit von sich hielt.

»Du stinkst ja wie 'ne Kuh ganz hinten! Man müsste dich erstmal zum Lüften aus dem Fenster halten.«

Er ging einen Schritt auf das weit geöffnete Fenster zu. Saunuss schrie einmal kurz auf, dann sank er so in sich zusammen, dass er wie ein Sack Kartoffeln in Vollerts Armen hing.

»Was ist denn hier los? Mach bloß keinen Scheiß!« Schneider war ins Zimmer getreten, eine Flasche Cola in der Hand. Vollert sah sich um und meinte: »Was für einen Scheiß?«

Er stellte Saunuss wieder auf die Füße. Der ließ einen Seufzer der Erleichterung hören und stand auf wackligen Beinen.

»Ich dachte, du wolltest ihn aus dem Fenster …«

»Schneider, ich bin doch nicht blöd!« Vollert lachte auf. »Ich … Ach, lassen wir das!«

Er drehte sich wieder zu Saunuss, der eingeschüchtert zu ihm aufsah.

»Bitte!« Vollert wies auf den Stuhl.

Saunuss setzte sich. Er versuchte, sich mit dem Jackenärmel den Schweiß abzuwischen. Vollert griff in die

Schreibtischschublade, nahm eine Packung Zellstofftaschentücher heraus und warf sie Saunuss zu.

»Hier, du Held!«

Wortlos riss dieser die Packung auf und wischte sich mit fahrigen Bewegungen über das Gesicht.

Vollert hatte sich wieder gesetzt. Schneider stand immer noch unschlüssig im Raum und beobachtete die Szene. Er erinnerte sich an die Cola in seiner Hand, öffnete die Flasche und stellte sie vor Saunuss. Der griff gierig zu und trank sie, ohne abzusetzen, leer.

»Okay, machen wir weiter. Soll mein Kollege«, Vollert zeigte auf Schneider, »mühselig protokollieren oder können wir aufzeichnen?«

»Aufzeichnen ist okay.«

»Wunderbar, Herr Saunuss!« Er schaltete das Diktiergerät ein und ließ Saunuss noch einmal die Genehmigung zur Aufzeichnung wiederholen. Dann kamen die Angaben zur Person, die Saunuss plötzlich ganz bereitwillig machte.

Als Vollert ihn nach dem vergangenen Donnerstag fragte, druckste dieser herum.

»Na, Herr Saunuss, wenn Sie nicht genau wissen, was Sie wann und wo gemacht haben, dann helfen wir Ihnen gerne weiter. Am besten, Sie fangen mit dem Aufstehen an.«

Saunuss verdrehte die Augen, begann dann aber mit stockender Stimme, seinen Tagesablauf zu schildern. Die Szene vor dem Hotel ließ er aus. Nach seinen Worten hatte sich an diesem Tag nichts Besonderes ereignet.

Vollert sah ihn zweifelnd an. »Kennen Sie diese Frau?« Er zeigte ihm das vergrößerte Passfoto von Ewa.

»Nee, die Puppe kenn ich nicht. Hab ich nie gesehen.«

»Mmh, und das Hotel ›Ostsee‹, das kennen Sie aber?«

»Klar, ist ja gleich da hinten.« Er zeigte in die Richtung, in der er das Hotel vermutete.

»Schön, jetzt verraten Sie mir, warum man Sie und Ihre zwei Kumpane am Donnerstag gegen 16 Uhr vor dem Hotel gesehen hat?«

Saunuss starrte ihn an und zuckte mit den Schultern. »Da hab ich echt keine Ahnung! Die Leute müssen sich irren.«

»Das wäre eine Möglichkeit. Da gebe ich Ihnen recht. Die andere Variante ist: Sie lügen.«

»Ich? Niemals!«

»Dann erklären Sie uns mal, wie jemand, der Sie vorher noch niemals gesehen hat, Sie so schön hat beschreiben können. Sogar Ihre Tätowierung am Unterarm!«

Saunuss fasste sich unwillkürlich an den rechten Arm.

»Damit wir uns richtig verstehen, Herr Saunuss, wir sind von der Mordkommission und nicht von der Sondergruppe ›Rechte Gewalt‹!«

Aus Saunuss' blassem Gesicht wich das letzte bisschen Blut.

»Mord? Wieso Mord?«, stammelte er. »Wer wurde ermordet?«

Vollert zeigte auf Ewas Foto. »Diese Frau hier!«

»Die? Also, wie wir mit der fertig waren, da war die quietschlebendig!«

»Sie kennen die Person also doch?«

»Ja, wir haben das Auto von der am Mittwoch vor dem Hotel stehen sehen. Bulldogge, was mein Kamerad ist, der hat gesagt, dat wär 'ne Russenkarre! Sähe er gleich am Nummernschild. Und wir wollten die in ihre Heimat zurückschicken. Deshalb haben wir die Alte am Donnerstag abgepasst. Aber wie die Olga mit ihrem Wolga da angefahren gekommen ist und wir so schön begonnen haben, unsere Standpunkte darzulegen, da kommt so ein anderer Typ. Riesengroß sah der aus, wie dat Michelinmännchen. Na, jedenfalls mischt der sich ein und seine Olle steigt auch aus. Mann, die hatte Arme wie ich Beine, und da sind wir weg. Und die Olga war da noch am Leben.« Saunuss nickte heftig.

»Dieser ›Bulldogge‹, hat der auch einen bürgerlichen Namen?«

»Einen was?«

»Wie heißt der richtig?«

»Ich verpfeif doch keinen Kameraden, ich doch nicht!«

Vollert winkte ab. »Natürlich nicht! Sie gehen in den Knast und Ihre Kumpels feixen sich eins.«

»Ich sag nichts!« Saunuss verschränkte die Arme und schlug die Beine übereinander.

»Das ist auch nicht nötig. Was Sie uns nicht erzählen, das wird uns Sven berichten.«

»Was? Sven habt ihr auch?«

»Was meinen Sie, wo mein Kollege steckt? Sie sind doch nicht unsere einzige Option. Und wenn Sven redet, tja, mein Lieber, dann sieht es für Sie schlecht aus. Sie wissen ja …«

Saunuss kaute an seiner Unterlippe.

»Och, Scheiße! Immer bin ich der Angeschissene.«

Er beugte sich zu Vollert. »Ich will, dass die nicht erfahren, dass ich das gesagt habe, okay?«

»Okay!« Vollert lächelte vertrauenerweckend.

»Bulldogge heißt eigentlich Adrian Buller.« Er sprach sehr leise.

»Und wohnt wo?«

Saunuss nannte auch die Adresse.

»Und der andere, der Sven?« Saunuss' misstrauischen Blick bemerkend, fügte Vollert hinzu: »Das ist für's Protokoll, damit wir sehen, wie ehrlich Sie wirklich sind.«

Auch diese Angaben machte Saunuss.

Vollert fragte, ob er Ewa noch einmal getroffen habe, und Saunuss verneinte entschieden. Er blieb felsenfest bei der Aussage, Ewa am Donnerstag das erste und letzte Mal gesehen zu haben.

Als Kröger das Büro nach über einer Stunde wieder betrat, saß Saunuss wie ein Häufchen Elend vor Vollert und beteuerte immer aufs Neue: »Wir haben die Frau nicht umgebracht! Wir haben die am Donnerstag doch nur ein bisschen geärgert. Da lebte die aber noch. Glauben Sie mir doch!«

Kröger setzte sich leise an seinen Schreibtisch und beobachtete das Schauspiel.

Saunuss knetete seine Finger und die Beine wippten auf und nieder.

»Wir glauben Ihnen nicht!« Vollert schüttelte den Kopf. »Erst behaupten Sie, diese Frau nicht gekannt zu haben. Dann erinnern Sie sich doch an sie. Und jetzt behaupten Sie steif und fest, die Frau nur ein Mal gesehen zu haben. Seien Sie doch ehrlich und geben Sie zu, dass Sie und Ihre Kameraden diese Schmach nicht auf sich sitzen lassen konnten! Sie haben sie am Freitagnachmittag abgepasst und Rache genommen. Und diesmal kam kein Michelinmännchen dazwischen. Es tobte ja ein Gewitter, sodass Sie diese Frau ungehindert ermorden konnten.« Er knallte ein Foto der toten Ewa vor Saunuss auf den Tisch. Der starrte mit großen Augen auf das Bild und fuhr vom Tisch zurück.

»Nein, nein, damit habe ich nichts zu tun!«

»Doch!« Vollert ließ seine Hand auf den Schreibtisch krachen.

Saunuss zuckte zusammen.

»Wir können es ja gar nicht gewesen sein!«, rief er plötzlich triumphierend aus.

»Aha, und warum nicht?«

»Weil wir beim Gewitter ganz woanders waren.«

»Und wo?«

»Wir waren …«

»Ja?«

Vollert war die Anspannung nicht anzusehen. Nur seine Hände hielten die Schreibtischkante fest gepackt.

»Wir haben 'nen Bruch gemacht.« Saunuss sprach so leise, dass Vollert noch einmal nachfragen musste.

»Ja! Als das Gewitter war, da haben wir die Kasse von einem Baubetrieb geknackt, also können wir die Olga gar nicht abgemurkst haben.«

Vollert war die Enttäuschung anzusehen. »Welcher Betrieb war das?«

Saunuss erzählte. Ihm und seinen zwei Kumpanen war das Geld knapp geworden, so waren sie auf die glorreiche Idee gekommen, Freitagnachmittag in das Büro eines Baubetriebes einzusteigen. Die Firma lag am anderen Ende der Stadt. Unmöglich konnten die drei, sofern Saunuss die Wahrheit sagte, den Mord begangen haben.

Vollert griff zum Telefon und fragte bei den Kollegen des Einbruchdezernats nach. Diese bestätigten ihm die Angaben von Saunuss. Die Einbrecher waren wie die Vandalen vorgegangen. Trotz des Gewitters hatten sie solch einen Radau veranstaltet, dass Anwohner aufmerksam geworden waren und die Polizei verständigt hatten.

Die Täter konnten flüchten, doch man hatte jede Menge Spuren gesichert.

Vollert bedankte sich für die Auskunft. Als er auflegte, strahlte ihn Saunuss an. »Sehen Sie, ich sag die Wahrheit. Mit dem Mord an der Olga haben wir nichts zu tun.«

»Nein, dafür aber mit dem Einbruch und der Sachbeschädigung. Für die werden Sie sich zu verantworten haben.«

Vollert klappte die Akte zu. Saunuss' Lächeln war wie weggewischt. »Heißt das, …«

Vollert nickte. »Genau! Sie bleiben erst mal bei uns und auch Ihre zwei Kumpane werden wir uns holen.«

Saunuss sah jetzt aus wie ein verlorenes Schaf. »Der Sven ist gar nicht hier bei Ihren Kollegen? Sie haben mich angeschissen?«

»So würde ich das nicht sagen. Irgendwie verstehen Sie heute einiges falsch, Herr Saunuss. Übrigens: Die Dame hieß nicht Olga, sondern Ewa, sie fuhr keinen Wolga, sondern einen Polonez, und sie kam auch nicht aus Russland, sondern aus Polen. Da können Sie mal sehen, was Sie alles falsch verstehen.«

Er griff erneut zum Telefon und ließ Saunuss abführen. Mit hängenden Schultern und schlurfendem Schritt trottete dieser mit dem uniformierten Posten hinaus.

Vollert schaltete das Diktiergerät aus und wischte sich mit der Hand über das Gesicht. »Ende der Spur! Scheiße!« Er schlug mit der Faust auf den Tisch.

Kröger kam herüber und sagte: »Beruhige dich. Immerhin hast du einen Einbruch aufgeklärt.«

»Ja, toll! Und wer hat Ewa umgebracht? Nur darum geht es!«

»Nicht nur! Aber da die Vernehmung nicht das

gewünschte Ergebnis gebracht hat, habe ich einige Neuigkeiten.«

»Erzähl!«

Kröger berichtete, dass die kleinen Splitter von Gestein, die Dr. Hüpenbecker in Ewas Kopfhaut gefunden hatte, auch an ihrem Sommerkleid waren. Es handelte sich um Splitt. Diese Sorte wurde erst seit Kurzem von den Stadtbaubetrieben genutzt.

Im Fond des Polonez hatten die Kollegen vom Labor einen Zwei-Liter-Benzinkanister polnischer Produktion gefunden. Der Kanister war geöffnet und mit seinem Inhalt der Innenraum des Wagens in Brand gesetzt worden. Eine Aktentasche oder Reste einer solchen wurden nicht gefunden, auch keine Akten. Es wurden mehrere Fingerabdrücke sichergestellt, die nicht von Ewa stammten. Sie waren aber nicht in der Kartei erfasst.

»Mit anderen Worten: Ohne Vergleichsmaterial kommen wir auch da nicht weiter.« Vollert hatte den Kopf in die Hände gelegt.

»Richtig, aber das werden wir liefern.« Kröger rieb sich die Hände.

»Deinen Optimismus in Ehren, nur erklär mir mal, wie du das machen willst.« Vollert stand auf und tigerte nervös durch das Zimmer.

»Indem wir unsere Arbeit machen! Übrigens hat das Feuer im Auto nicht lang gebrannt. Ungefähr eine Viertelstunde, sagt der Brandermittler.«

Vollert blieb stehen. »15 Minuten? Moment mal, also wenn ich mich nicht irre, brauchte die Feuerwehr etwa zehn Minuten, bis sie am Brandort war. Das Gehöft von Reimer ist circa fünf Minuten von der Kiesgrube entfernt, wenn man langsam geht. Da ist die Viertelstunde schon aufgebraucht! Nun sagen wir mal, die junge Frau ist gelaufen. Wie lange braucht man dann? Eine Minute, anderthalb?«

»Sagen wir anderthalb!«

»Okay, dann noch mal eine Minute, bis sie Reimer verklickert hat, worum es geht, und er die Nummer der Feuerwehr gewählt hat. Dann sind wir bei zwölf Minuten und 30 Sekunden.«

»Rechne weiter!« Krögers Blick drückte mehr als Interesse aus.

»Gut, dann rechnen wir am Anfang noch einmal 30 Sekunden für das Ankommen und Bemerken des Brandes. Man sieht und fällt eine Entscheidung! Ich glaube, die halbe Minute dafür ist gerechtfertigt. Dann sind wir bei glatten 13 Minuten. Bei einer Viertelstunde als Arbeitshypothese bleiben nur noch zwei Minuten übrig. Nur zwei Minuten Vorsprung, die der Täter für seine Flucht hatte. Wissen wir, wie er entkommen ist?«

»Nein!« Kröger schüttelte den Kopf. »Die Spuren in der Kiesgrube waren nicht auswertbar, was andere Fahrzeuge oder Personen betraf.«

Vollert schürzte die Unterlippe. Einen Moment verharrte er so. Dann meinte er: »Wir sollten die beiden jungen Leute noch einmal befragen, ob sie beim Entdecken des Fahrzeuges etwas bemerkt haben. Eventuell haben sie etwas gesehen und dem keine Bedeutung beigemessen.«

»Und die Feuerwehr!« Kröger sah Vollert an.

»Genau! Es gibt nur die eine Zufahrtsstraße!« Er ging zu der großen Karte an der Wand. Sie zeigte die Hansestadt mit ihren einzelnen Stadtteilen und Straßen, aber ebenso die nächstgelegenen Dörfer. Vollert tippte auf die Kiesgrube. »Hier wurde der Polonez gefunden. Genau an der Stadtgrenze. Deswegen kam auch die Stralsunder Feuerwehr und nicht die Freiwillige aus den umliegenden Dörfern.« Sein Finger ging etwas weiter. »Und hier muss das Gehöft von Reimer sein.« Er steckte eine Nadel mit gelbem Kopf an die Stelle, wo eben noch sein Finger war.

»Und hier ist die Landstraße, genau an der Kiesgrube vorbeiführend. Die Zufahrt von der Landstraße zur Grube …, das sind ungefähr 80 Meter. Einverstanden?«

Kröger und Schneider nickten.

»Man kann allerdings nicht direkt von der Straße in die Kiesgrube blicken, da sie auf der Hälfte einen Linksknick macht. Der Täter musste zwangsweise auf die Straße zurück, sonst hätte er den Weg über die Steilhänge nehmen müssen. Da gab es aber keine Spuren, oder?«

»Nein!«

»Dann hätte ihn die anrückende Feuerwehr sehen müssen, ihn oder sein Fahrzeug. Außer …, außer er hat den Weg Richtung Dörfer eingeschlagen, also raus aus der Stadt!«

»Da du schon fleißig am Nadelstecken bist, markier mal das Hotel.«

Vollert setzte auch dort einen Markierungspunkt.

»So, Männer, wir haben drei Befragungen durchzuführen. Folgender Vorschlag: Kollege Schneider übernimmt den Stadtbauhof bezüglich des Splitts. Carsten, du fährst zu den jungen Leuten, die den Brand gemeldet haben, sie kennen dich schon. Und ich fahre zur Feuerwehr. Die kennen mich!«

»Getrennt marschieren, vereint schlagen!«

»Genau so!« Kröger reckte den Daumen der rechten Hand nach oben.

Drei Stunden später saßen sie wieder in ihrem Büro, Vollert und Kröger mit einer Tasse Kaffee in der Hand, Schneider hatte Tee vorgezogen.

»Und?« Kröger pustete den feinen Schaum von der Oberfläche des Kaffees.

»Ich glaub, ich fang mal an.« Schneider sah sich um. Als niemand Einspruch erhob, fuhr er fort: »Also, der Splitt wird erst seit Kurzem von den Stadtbaubetrieben verwendet. Genaugenommen an drei Orten.«

»Markierst du die mal?« Kröger zeigte auf die Karte.

Schneider stand auf und piekte Nadeln an die Stellen, wo der Splitt eingesetzt worden war. Nur eine Stelle lag zwischen Hotel und Kiesgrube, die anderen beiden Orte befanden sich am entgegengesetzten Ende der Hansestadt.

»Wo lagern die den Splitt?«

»Hier! Auf dem Stadtbauhof.« Schneiders Finger tippte auf einen Punkt der Karte.

»Okay, setz dort auch eine Nadel!«

»Wir haben vier Punkte, an denen sich der Splitt befindet, aber nur einen, der in das Bild passt. Wir sollten uns dort umsehen. Was für Orte sind das überhaupt?« Kröger sah zu Schneider.

Der stutzte. »Keine Ahnung, ist das wichtig?«

»In einem Mordfall kann alles wichtig sein. Bring das bitte in Erfahrung. Weiter: Kommen Unbefugte auf den Betriebshof, also an die Stelle, an der dieser Splitt gelagert wird?«

Wieder musste Schneider zugeben, das nicht zu wissen. Auf Krögers Stirn machte sich eine Sorgenfalte breit. Er musste wegen Schneiders Unfähigkeit unbedingt mit Kriminalrat Södermann sprechen.

»Und du? Was hast du, Carsten?«

Der stellte seine Tasse ab. »Eines vorweg: Es war eine eigenartige Befragung, bzw. Befragungen. Die junge Frau hat, nun, ich würde es so formulieren, nicht den Segen der Familie. Deswegen auch der abendliche Spaziergang Richtung Kiesgrube. Ihr ist auf dem Weg zu Reimer niemand begegnet, auch nicht auf dem Rückweg. Gesehen hat sie außer Reimer niemanden. Und dieser Reimer, so ihre Aussage, habe sich komisch verhalten. Als sie auf seinen Hof kam, war er auf der Wiese beim Heu.«

»Das hat er auch ausgesagt.«

»Genau, aber er hat keine Anstalten gemacht, ihr zu zeigen, wo das Telefon steht, oder mit ihr zurückzulaufen, um zu helfen.«

»Er hatte mit dem Heu zu tun.«

»Ja, aber er erkundigte sich nicht mal nach Einzelheiten. Ist doch komisch, oder?«

Kröger stimmte zu.

»Der junge Mann studiert Elektrotechnik an der Fachhochschule, die, wie bekannt, keine 20 Minuten von der Kiesgrube entfernt ist und etwa 35 Minuten von dem Dorf, in dem seine Angebetete wohnt. Laut seiner Aussage hatte er keine Hilfe, bis die Feuerwehr eintraf. Obwohl er, als ich ihn fragte, ob er jemanden oder etwas bemerkt habe, meinte, er habe so ein Gefühl gehabt, als wenn ihn jemand beobachtet hätte.«

»Hat er jemanden gesehen?«

»Nein! Er sprach nur von einem Gefühl, gesehen hat er niemanden! Und bei dir?«

Kröger winkte ab. »Nichts! Die Feuerwehrleute erinnern sich an nichts Außergewöhnliches. Laut Fahrer des Löschfahrzeuges kamen ihnen kein Fußgänger, kein

Fahrradfahrer und auch kein Kraftfahrzeug entgegen. Die Landstraße soll verlassen gewesen sein.«

»Wunderbar! Dann haben wir alle drei nichts erreicht! Das Einzige, was wir haben, ist das ominöse Gefühl eines der Befragten, beobachtet zu werden.«

»Na ja, so würde ich es nicht ausdrücken. Wir haben immerhin vier Orte zur Auswahl, und ich betone, *nur* vier, wo der Mord stattgefunden haben kann. Die schauen wir uns morgen an, und du«, Kröger wies auf Schneider, »du bringst in Erfahrung, ob man so ohne Weiteres auf den Betriebshof kommt und wann der Splitt auf die drei Flächen verteilt wurde. Ob er zwischengelagert wurde und wann die Arbeiten abgeschlossen wurden. Alles klar?«

Schneider nickte mürrisch.

»Dann ist jetzt Feierabend!«

31

Kröger und Vollert standen auf einer kleinen Fläche, unter ihren Füßen Splitt. Vollert steckte die Schuhspitze in den Haufen kleiner Steine und schob sie hin und her.

»Wenn du mich fragst, würde ich sagen, hier könnte es passiert sein!«

Kröger sah sich um. Das Grundstück lag abgelegen. Das nächste Haus war gute 200 Meter entfernt. Eine Seite des Areals wurde von einer Hecke begrenzt, an einer weiteren standen Linden. Gegenüber war ein kleiner Park, in dem zu dieser Stunde ein paar Jogger und einige Mütter mit Kinderwagen unterwegs waren.

»Ja, von allen drei Plätzen kommt dieser am ehesten in Betracht.« Kröger drehte sich einmal um die eigene Achse.

Einer der Orte fiel schon aufgrund seiner Lage aus ihren Überlegungen. Er war vor einem Supermarkt und der Splitt war zur Ausbesserung eines Trampelpfades genutzt worden. Diese Stelle war viel zu belebt, von allen Seiten einsehbar und mitten in einem Wohngebiet. Der zweite Ort, den sie am Morgen besichtigt hatten, war vor einem Kindergarten und auch dort herrschte emsiges Kommen und Gehen. Keine 20 Meter entfernt war eine Bushaltestelle. Laut Fahrplan fuhr alle 15 Minuten ein Bus und man konnte davon ausgehen, dass dort auch am späten Nachmittag reger Betrieb herrschte. Nur dieser dritte Platz lag abgelegen genug, um dort ungesehen und ungehört einen Mord begehen zu können.

»Wir warten ab, was Schneider feststellt bezüglich des

Betriebshofes. Ansonsten schicken wir noch mal die Spurensicherung hier raus.«

»Na, Dr. Brauner wird sich freuen.«

»Der war gestern schon begeistert, als ich bei ihm auftauchte und nach Ergebnissen fragte.« Kröger grinste.

»Horst?« Vollerts Stimme klang eigenartig.

»Ja?«

»Ist schon ein bedrückendes Gefühl, hier zu stehen, eventuell an der Stelle, an der Ewa ermordet wurde. Wissen, dass das hier«, er zeigte auf die Umgebung, »das Letzte war, was sie sah!«

Kröger musterte Vollert. »Ja …, aber wir sollten trotzdem unsere Arbeit machen. Ich glaube, das sind wir Ewa schuldig und nicht nur ihr. Also komm!«

Vollert schoss einen kleinen Stein quer über den Platz. Ruckartig drehte er sich um und folgte Kröger.

Im Büro schaute Kröger auf die Karte mit den bunten Markierungen. Sein Finger fuhr von Nadel zu Nadel.

»Hast du was?« Vollert war zu ihm getreten.

Kröger fuhr noch einmal die Strecke ab. »Fällt dir was auf?«

»Hotel, vermutlicher Tatort und Kiesgrube liegen fast auf einer Linie.«

»Genau, und meine Wohnung liegt nur knapp 800 Meter vom vermutlichen Tatort entfernt und auch fast auf dieser Linie.«

»Dann hast du ja Glück, ein Alibi zu haben, und zwar von mir.«

»Mensch, Carsten, ich bin dir so dankbar! Was ich aber meine, ist Folgendes: Wir wissen, Ewa wollte diesen Abend mit uns verbringen. Sie verließ das Hotel gegen

16 Uhr an diesem Tag. Verabredet waren wir um 18 Uhr! Zwei Stunden, von denen wir nichts wissen.«

»Und die müssen …« Das Telefon unterbrach Vollert.

Kröger hob ab und legte nach einem kurzen Augenblick wieder auf. Er machte einen nachdenklichen Eindruck.

»Wir sollen zum Chef.«

»Wir?«

»Ja, wir, und zwar sofort!«

»Na, dann los. Auf nach Canossa!«

»Ich habe keinen Bittgang nötig, du?« Kröger musterte Vollert. Er war froh, dass dieser langsam sein seelisches Gleichgewicht wiederfand.

»Nee, nicht, dass ich wüsste.« Er hielt die Bürotür einladend auf.

Als sie das Dienstzimmer von Kriminalrat Södermann betraten, blieb dieser sitzen und zeigte nur auf zwei Stühle am Konferenztisch. Sie setzten sich und Södermann musterte erst Kröger und dann Vollert, bevor er fragte: »Sagen Sie mal, Herr Kröger, was ist bei Ihnen los?«

Kröger war überrascht und auch Vollert schaute ungläubig auf den Kriminalrat.

»Was los ist? Könnten Sie die Frage präzisieren?«

»Gern!« Södermann zog zwei Blatt Papier zu sich heran.

»Sie haben gestern Herrn Vollert den Auftrag gegeben, einen Herrn Saunuss zu verhören?«

»Ja, das habe ich! Warum …«

Eine Geste von Södermann ließ ihn verstummen.

»Gab es Besonderheiten bei der Festnahme?« Södermann schaute auf die Papiere.

»Der Herr«, und das Wort *Herr* betonte Kröger sehr,

»Saunuss widersetzte sich einer Befragung und griff Kollegen Vollert an, sodass ich einschritt.«

Södermann nickte. »Und gestern bei der Vernehmung von Herrn Saunuss, gab es da Besonderheiten?«

Södermann und Kröger sahen zu Vollert.

Der setzte sich aufrecht hin und sprach mit fester Stimme: »Nein, bis auf das flegelhafte Verhalten von Saunuss am Beginn der Befragung.«

»So, so, ›flegelhaft‹, sagen Sie. Und dieses ›flegelhafte Verhalten‹ berechtigte Sie, Herr Vollert, einen Beschuldigten aus dem Fenster zum …«, er überflog eines der Blätter, »… hier haben wir es, also: Zum Lüften aus dem Fenster des Dienstzimmers zu halten?«

Vollert sah ungläubig zu Kriminalrat Södermann. »Wegen der Beschwerde eines Einbrechers sind wir hier? Der Mann lügt. Ich hatte nicht vor, ihn aus dem Fenster zu werfen oder zu halten, wie auch immer.« Vollerts Stirn war in Falten gelegt wie ein Plisseerock. Er schluckte und die Adern auf seinen Händen traten hervor, während er sich an den Armlehnen festkrallte.

»Nun, ich hätte Sie und Herrn Kröger nicht gerufen, wenn mir nur die Aussage von Herrn Saunuss vorliegen würde. Es gibt aber eine weitere.«

»Eine weitere Aussage?« Vollert war halb aufgesprungen. Die Tischkante hinderte ihn daran, vollends hochzuschnellen. Er setzte sich wieder.

»Ja.« Södermann blickte ihn an.

»Da war aber niemand weiter anwesend … Moment … außer Kollegen Schneider.«

Vollert ließ die Szene in Gedanken noch einmal Revue passieren. »Aber der war draußen und kam erst einige Minuten später wieder ins Zimmer.«

»Gibt es Tonaufzeichnungen vom Verhör?«

»Ja, gibt es, und nein, gibt es nicht. Och, Scheiße!« Vollert strich sich hektisch durch die Haare.

»Wie darf ich das verstehen: Gibt es, gibt es nicht. Ja, was denn nun?«

»Als ich die Befragung begann, lehnte Saunuss eine Tonaufzeichnung ab. Erst als ich ihm die Leviten gelesen hatte, stimmte er zu.« Er sah zu Kröger. »Mensch, Horst, du weißt doch, ich halte keinen Zeugen oder Beschuldigten aus dem Fenster. Wir sitzen im dritten Stock und …«

Kröger legte seine Hand auf Vollerts. »Ich weiß, Carsten! Erzähl, was vorgefallen ist.« Kröger warf Södermann einen Blick zu. Der gab seine Zustimmung.

Vollert erzählte die ganze Geschichte. Die Festnahme, Saunuss' verstocktes Verhalten am Anfang des Verhörs, wie er Schneider Cola holen geschickt hatte und wie Saunuss sich verhielt, als er mit ihm allein war. Er ließ auch seinen Frontalangriff und seine verbale Attacke nicht aus. Als er geendet hatte, versteckte Kröger ein Schmunzeln hinter seiner Hand. Auch Kriminalrat Södermann musste sich erst einmal schnäuzen und verkündete dann:

»Folgender dienstlicher Befehl ergeht mit sofortiger Wirkung: Ein Disziplinarverfahren gegen Herrn Vollert wird nicht eingeleitet. Es steht Aussage gegen Aussage. Kollege Schneider scheint etwas falsch interpretiert zu haben. Na ja, hat ja auch nur einen kleinen Teil gehört. Des Weiteren ist der Fakt einzubeziehen, dass Herr Saunuss schon bei seiner ersten Befragung handgreiflich werden wollte. Ein weiterer Angriff, als Sie mit ihm allein waren, war also nicht auszuschließen.« Er machte eine Pause und fuhr dann fort: »Der Kollege Schneider ist ab sofort der Sonderkommission Phantom zugeteilt.«

»Wie bitte?« Kröger war mehr als überrascht.

»Sie sind nicht einverstanden, Herr Kröger?«

»Wir stecken mitten in der Aufklärung eines Mordfalles und ich brauche jeden Mann.«

»Schön, dann lesen Sie das mal.« Södermann schob Kröger eine Zeitung über den Tisch. »Das ist die heutige Ausgabe einer überregionalen Zeitung. Die Schlagzeile ist schon heftig, aber der Artikel selbst lässt an uns kein gutes Haar.«

Kröger las kopfschüttelnd die Überschrift. In dicken schwarzen Lettern stand da: ›Das Phantom schlägt zu – Die Polizei schläft weiter‹. Als er, angewidert von solcher Art Journalismus, die Zeitung schon weglegen wollte, forderte Södermann ihn zum Weiterlesen auf. Der Artikel auf Seite eins war eine wahre Lobeshymne auf den Bankräuber, genannt ›das Phantom‹. Die Polizei wurde als ein Haufen Trottel und Nichtskönner dargestellt. Der Artikel gipfelte in der Aussage, die Polizei könne ja das Phantom einstellen, dann würde wenigstens einer seine Arbeit vernünftig machen. Kröger ließ die Zeitung auf den Tisch fallen.

Kein Wort in dem Artikel über Budgetkürzungen, schlechte Ausstattung der Polizeikräfte, fortschreitenden Personalabbau und damit verbundene Überstunden der Kollegen. Hier wurde nur das Klischee vom faulen Beamten bedient und damit zu einem weiteren Vertrauensverlust der Polizei bei der Bevölkerung gesorgt.

»Und wegen des Artikels wird mir ein Mann abgezogen?« Kröger klang gereizt.

»Nicht wegen dieses Artikels, Herr Kröger, sondern weil man endlich Erfolge braucht und weil gestern in den Abendstunden schon wieder eine Filiale überfallen wurde.«

»Wer ist ›man‹?«

»Nun, ich glaube, wir alle können einen Erfolg sehr gut gebrauchen, vor allem in einer so delikaten Angelegenheit. Ein positives Bild in der Öffentlichkeit, das ist es, was wir jetzt brauchen. Sie haben mein vollstes Vertrauen, Herr Kröger!« Sein Ton hatte etwas Oberlehrerhaftes. »Und Kollegen Schneider werden Sie doch entbehren können, oder?«

»Ich hätte mich sowieso in den nächsten Tagen wegen Kollegen Schneider an Sie gewandt, aber zurzeit habe ich den Tod einer polnischen Staatsangehörigen aufzuklären. Oder sind die Spareinlagen deutscher Bürger wichtiger?«

»Um Gottes willen, Herr Kröger, wie kommen Sie nur auf so etwas?« Södermann erhob sich, ein Zeichen, dass er die Unterredung als beendet betrachtete.

Auch Vollert wollte aufstehen, doch Kröger blieb sitzen.

»Na, ich habe da so meine Vermutungen. Wenn plötzlich, während laufender Ermittlungen, ein Mann abgezogen wird, dann gibt mir das zu denken.«

»Manche Entscheidungen liegen nicht in unserer Hand, denn sie sind politischer Natur.« Er hob die Hände, als wollte er seine Untergebenen segnen.

»Kann ich davon ausgehen, dass nach Abschluss der Ermittlungen und Auflösung der Sondergruppe Phantom eine Lösung des Personalproblems gefunden wird?«

»Mann, Kröger, Sie lassen aber auch nicht locker. Okay, sagen wir es mal so: Sie stellen Schneider jetzt ab und ich sehe, was ich machen kann. Einverstanden?«

Wohl oder übel stimmte Kröger zu.

Södermann zeigte zur Tür. »Und jetzt raus! In fünf Minuten erwarte ich den Leiter der Sondergruppe und die Vertreter mehrerer Kreditinstitute.«

Als Kröger und Vollert wieder in ihrem Dienstzimmer waren, holte Vollert mit dem Fuß aus und gab dem Papierkorb einen Tritt, sodass er durch den ganzen Raum flog.

»Wenn es hilft, gib ihm von mir auch gleich einen!«

»Wie du meinst!« Voller schoss den Korb wieder zurück.

»Zum Glück ist er leer.«

»Ehrlich gesagt«, Vollert stellte den Papierkorb wieder an seinen Platz, »war mir das egal.«

»Hat's geholfen?« Kröger musterte seinen Kollegen.

»Weiß nicht.« Vollert nahm einen Bleistift aus der Schreibablage und bog diesen, bis er brach. Verwundert schaute er auf die zwei Hälften.

»Schmeiß weg!« Kröger hielt ihm den Papierkorb hin.

»Weißt du, Horst, manchmal hasse ich unseren Job. Wir haben uns vor einigen Tagen über die kranken Ulmen unterhalten. Erinnerst du dich noch?«

Kröger nickte.

»Und so ist das auch mit unserer Gesellschaft.« Vollert hatte die Fäuste geballt, sodass die Adern blau hervortraten. »Genauso krank! Man merkt es nicht, aber wenn die ersten Anzeichen zu sehen sind, dann ist es zu spät! Man doktert immer nur an den Symptomen, nie an den Ursachen! Leute, die man schätzen gelernt hat, werden ermordet und die Sparkasse hat oberste Priorität ... In was für einem Land leben wir?«

»In dem der neue Gott Mammon heißt und in dem politische Entscheidungen bar jeder Vernunft getroffen werden.« Kröger ging zu Schneiders Schreibtisch. »Keine Notiz!«

»Worüber?«

»Ob er heute früh noch mal im Stadtbauhof war. Immerhin hatte er den Auftrag.«

»Glaub ich nicht, dass er da noch hin ist!« Vollert griff zum Telefon. »Ich frag meinen netten Kollegen mal selbst.« Er musste mehrere Gespräche führen, bis er Schneider erreichte, und bekam recht. Schneider berief sich auf seine Abberufung zur Sonderkommission. Verärgert knallte Vollert den Hörer auf die Gabel.

»Brauchst nichts zu sagen.« Kröger zeigte auf die Kaffeetassen, doch Vollert schüttelte den Kopf.

»Ist dir das Ganze auf den Magen geschlagen?«

»Ich habe es so satt! Er macht nur halbe Arbeit, wird aber protegiert. Unsereins reißt sich den Arsch auf und wird von solchen Typen noch angeschissen.«

»Na ja, die feine englische Art war es nicht, was du mit Saunuss abgezogen hast. Das musst du zugeben.«

»Ach was!« Vollert machte eine wegwerfende Handbewegung. »Der Typ hat mich gereizt und es förmlich drauf abgesehen. Und es war herrlich, wie er so hing, die Augen verdreht, bis nur noch das Weiße zu sehen war, und die Hose voll hatte.« Er schnalzte mit der Zunge.

»Und du hattest das Rote in den Augen, als du beim Alten Stellung beziehen durftest.«

»Ja, ja, immer aufs Schlimme. Lass uns lieber zum Stadtbauhof fahren. Und hast du schon Dr. Brauners Truppe informiert, wegen des vermutlichen Tatortes?«

Kröger tippte sich an den Kopf. »Danke für die Erinnerung. Da sind wir ganz von abgekommen. Pass auf, Carsten, fahr du zum Stadtbauhof und ich gehe zu Dr. Brauner. Sonst denkt er, ich trau mich nicht zu ihm. Persönlich ist es mir auch lieber. Sind genauso schlecht dran wie wir. Keine Leute und bescheidene Ausrüstung!«

Vollert nahm den Wagenschlüssel. »Eine Frage habe ich aber noch. Dein Fischer, der Paul, der fragte dich doch, ob du ihm helfen könntest wegen der Reusen.«

Kröger nickte.

»Und er sagte doch, dass du ihm schon einmal geholfen hast. Seit wann ermitteln wir bei Fischräuberei?«

Kröger lachte auf. »Fahr erst mal los und wenn du wiederkommst, dann erzähl ich dir vielleicht die Geschichte.«

32

Erst zwei Stunden später war Vollert wieder da. Der Urlauberverkehr Richtung Rügen hatte ihn länger aufgehalten als gedacht. Jedes Jahr herrschte ab Saisonbeginn der Ausnahmezustand auf Stralsunds Straßen und Abhilfe war nicht in Sicht. Zwar wurde die Verkehrsführung in den letzten Jahren mehrfach geändert, aber Besserung brachte das nicht. Es war ein Herumdoktern am Symptom, nicht an der Ursache. Wie bei so vielem, dachte Vollert.

Er hatte den Stadtbauhof besichtigt, besonders die Fläche, auf der die Baumaterialien gelagert wurden. Die Gebäude waren neu erbaut worden und man hatte von Anfang an auf höchste Sicherheitsstandards geachtet. Der gesamte Betrieb war hoch umzäunt und unbefugte Personen hatten keinen Zutritt. Entweder hatte ein Betriebsangehöriger die Tat begangen oder sie war an einem anderen Ort verübt worden.

Vollert hatte die Unterlagen eingesehen, in denen die jeweiligen Bauarbeiten dokumentiert wurden. Er wusste nun, wann welche Kollegen warum Splitt an den jeweiligen Orten aufgebracht hatten.

»Und Dr. Brauner, was spricht der?«

Kröger musste plötzlich Zahnschmerzen bekommen haben oder einen Anfall von Cluster-Kopfschmerz. »Frag nicht, bitte.« Er machte einen leidenden Eindruck.

»Warum nicht?«

Kröger winkte ab. »Er war begeistert, kann ich dir sagen. Er fragte mich doch allen Ernstes, ob wir ihm nicht einen schizophrenen Kollegen zuweisen könnten. Der könnte sich dann teilen und auf mehreren Hochzeiten gleichzeitig tanzen.«

»Ach!«

»Ja, ich habe ihm daraufhin den Vorschlag gemacht, mit Dr. Hüpenbecker darüber zu sprechen. Er hat ja die Beziehungen zum medizinischen Bereich.«

»Und dann?«

»Dann hat er mir einen Vogel und die Tür gezeigt.«

»Nein!«

»Doch! Ehrlich gesagt, es scheint nicht unsere Woche zu sein. Fing bescheiden an und steigert sich noch. Ich sag nur: Training!«

»Wieso?«

»Ich bin so tapfer zu Fuß gegangen, um fit zu sein, und dann wirft mich Dr. Hüpenbecker mit einem De Ashi Barai.«

»Passiert! Mal gewinnt man, mal verliert man. Wo ist dein Problem?«

Und wieder schien eine Cluster-Attacke in Krögers Kopf zu toben. Leise sagte er: »Es ist ein Fußfeger.«

Vollert schmunzelte. »Und du hast extra trainiert, bist fleißig zu Fuß gegangen und dann ein Fußwurf. Och … Und die Geschichte mit den Fischräubern?«

»Heute nicht! Bin doch kein Masochist!«

»Na, denn nicht. Vielleicht ein anderes Mal.«

»Ja, vielleicht.« Kröger schaute wieder zur Karte mit den Nadeln.

»Wir sollten die Öffentlichkeit um Mithilfe bitten.«

»Noch vor zwei Stunden hättest du jeden Journalisten in der Luft zerfetzt und jetzt willst du sie um Hilfe bitten?«

»Nicht die Journalisten, sondern unsere Bürger. Wir müssen wissen, wo Ewa vom Verlassen des Hotels an bis zum Auffinden ihres Autos in der Kiesgrube war und auf wen sie zwischendurch getroffen ist. Irgendjemand muss doch den Polonez gesehen haben. Ist doch ein bei uns seltenes Auto!«

Kröger stand auf und verließ das Büro. Nach zehn Minuten war er wieder da.

Er rieb sich die Hände. »Der Stein ist im Rollen! Morgen früh erscheint im Regionalteil unserer Zeitung ein Hilfsersuchen. Kriminalrat Södermann hat alles in die Wege geleitet. Und es sollte doch mit dem Teufel zugehen, wenn wir da keine neuen Erkenntnisse gewinnen.«

Am nächsten Morgen stand das Telefon keine Minute still. Halb Stralsund schien Ewa oder ihr Auto gesehen zu haben. Und die andere Hälfte hatte zur Zeit des Brandes etwas Verdächtiges auf der Landstraße bemerkt.

Konzentriert arbeiteten Kröger und Vollert die Meldungen ab. Ein Teil stellte sich sofort als Spinnerei heraus. So wollte jemand Ewa und Honecker zusammen in einem Restaurant gesehen haben. Ein anderer schwor Stein und Bein, sie im Tierpark beim Ausmisten des Kamelgeheges beobachtet zu haben.

»Selber Kamel!«, stöhnte Kröger, als er den Hörer auflegte.

Eine Frau meldete sich und erklärte empört, dass der gesuchte Polonez sie gestern beinahe überfahren habe. Doch es gab zwei, drei Meldungen, die Kröger hellhörig machten. Bei einigen anderen würden erst die weiteren Befragungen und Ermittlungen zeigen, was sie wert waren. Es galt, die Spreu vom Weizen zu trennen.

Sie teilten die Anrufer in vier Kategorien. Die erste waren Spinner mit Geschichten, die einfach nicht stimmen konnten. Die zweite waren Anrufer, die sich geirrt hatten oder die meinten, etwas gesehen zu haben, was so nicht sein konnte. Die dritte Gruppe waren Leute mit Meldungen, die noch genauer überprüft werden mussten, um als wahr oder unwahr eingestuft werden zu können. Die letzte Kategorie waren die, auf die es Kröger und Vollert tatsächlich ankam. Menschen, die wirklich etwas beobachtet hatten, was mit der Tat oder mit Ewa im Zusammenhang stand. So wie diese junge Frau, deren Meldung Kröger als äußerst interessant einstufte.

Als zur Mittagszeit die Anrufe weniger wurden, sodass die Zentrale sie allein bewältigen konnte, beschlossen Kröger und Vollert, den ersten Hinweisen nachzugehen. Frau Wrobel, so hieß jene junge Frau, wohnte in der Nähe des Hotels, in dem Ewa logiert hatte. Eigentlich wohnte sie fast gegenüber.

Als sie klingelten, öffnete ihnen nach einer Weile eine Frau mit einer mädchenhaften Figur. Klein, zierlich, mit vielen Sommersprossen im Gesicht stand sie, mit hautengen Jeans und einem zerknitterten T-Shirt bekleidet, barfuß in der Tür. Kröger wies sich aus und ein Lächeln huschte über ihr Gesicht.

»Kommen Sie rein.« Sie flüsterte fast, und wie zur Bestätigung, dass sie leise sein sollten, legte sie den Zeigefinger auf die Lippen. »Mein Sohn macht Mittagsschlaf.« Sie winkte die beiden herein und schloss leise die Tür.

Sie standen in einer Altbauwohnung mit dem typischen langen Flur. Die Dielen waren aufgearbeitet worden und strahlten in einem honigfarbenen Ton. Frau Wrobel trippelte voran und die Ermittlungsbeamten versuchten, ihr leise zu folgen, was bei Vollerts Statur schlecht gelang. Der Fußboden gab ein rhythmisches Knarren von sich und zu allem Überfluss quietschten Vollerts Schuhe. Irgendwie gelangten sie doch ohne großes Tamtam in das Wohnzimmer. Durch einen Erker fiel die Mittagssonne herein und ließ den weißen Raum noch mehr erstrahlen. Groß war er und von einer herrlichen Stuckdecke gekrönt. Kröger wusste, wie viel Arbeit in diesem Zimmer steckte. Er hatte selbst tagelang auf der Leiter zugebracht, um mit einer Zahnbürste den Stuck in seinem Haus von Schlemmkreideresten zu befreien.

Sie setzten sich auf eine moderne helle Couchgarnitur, vor der ein kleiner Tisch stand. Auf die Frage, wann sie die Frau oder das Auto gesehen habe, antwortete die junge Frau exakt: »Am Freitagnachmittag. Ich musste mit meinem Sohn zum Arzt und mein Auto wollte nicht anspringen.«

»Und das war hier vorm Haus?«

»Ja, kommen Sie! Ich zeige es Ihnen.« Sie stand auf und ging zum Erker, Vollert und Kröger folgten. Man sah die Straße, die Parkplätze und das Hotel.

»Ich stand dort, wo jetzt die Parklücke ist, und die Frau parkte vor mir.«

»Kam sie angefahren oder wollte sie los? Oder sahen Sie nur das Auto?«

»Nein, nein, sie wollte wohl gerade losfahren. Jedenfalls kam sie, als ich mich mit meinem Sohn auf dem Arm nach einem Taxi umschaute.«

»Woher kam sie?«

»Von der anderen Straßenseite. Ich kann es nicht so genau sagen, denn ich hatte in dem Moment mehr mit meinem Sohn und dem kaputten Auto zu tun.«

»War die Frau allein?«

»Ja.«

Sie setzten sich wieder.

»Und dann fuhr sie davon?«

»Nein! Mein Sohn schrie wie am Spieß. Er hatte sich nämlich eine Erbse ins Ohr gesteckt, deswegen musste ich ja auch zum Arzt mit ihm. Die Frau sprach mich an, ob sie helfen könne, und ich berichtete ihr von meinem Malheur. Sie bot sich an, uns zu fahren.«

»Und Sie nahmen das Angebot an?«

»Ja! Sie sah vertrauenerweckend aus. Es war kein Taxi in der Nähe und mit meinem weinenden Kind wollte ich ungern den Bus benutzen.«

Kröger zeigte Frau Wrobel das Bild eines Polonez MR87, eines Citroën BX und eines Opel Kadett, alle in Weiß.

»War es eines dieser Fahrzeuge?«

Das Foto vom Opel legte sie gleich beiseite. »So einen haben wir auch, das war er nicht.« Bei den anderen beiden Bildern zögerte sie kurz, dann schob sie Kröger die Fotografie des Polonez zu. »Hier, das war das Auto!«

»Sicher?«

»Ganz sicher! Die beiden runden Scheinwerfer auf beiden Seiten, die habe ich mir gemerkt.«

»Wie konnten Sie die Scheinwerfer sehen, wenn der Wagen vor Ihrem parkte?«

Vollert musterte die junge Frau.

»Die sah ich erst am Klinikum. Als wir ausgestiegen waren, drehte ich mich noch einmal um.«

»Und können Sie die Frau beschreiben?«

Frau Wrobel nickte und beschrieb Ewa in wenigen Worten.

Als Kröger ihr ein Foto von Ewa Bednarek zeigte, nickte sie und fragte: »Sagen Sie mir bitte, was diese ganzen Fragen sollen? Hat diese Frau etwas angestellt?«

Kröger schüttelte den Kopf. »Sie wurde ermordet.«

Betroffenheit machte sich breit. Die Frau zog die Beine an und umschloss sie mit den Armen. »Tut mir leid, aber jetzt bin ich ein wenig durch den Wind.«

Kröger gab ihr Zeit, sich zu beruhigen. Nach einigen Minuten hatte sie sich erholt.

»Wissen Sie schon, wer es war?«

»Leider nein! Wir ermitteln noch.« Krögers Stimme klang belegt. Er räusperte sich. Vollert hatte einen interessanten Punkt an der gegenüberliegenden Wand entdeckt, den er jetzt anstarrte.

»Dabei war sie so nett. Selbst mein Sohn war schlagartig still, als wir in ihrem Auto saßen. Sie streichelte seine Hand und sagte einen Spruch auf und er war ruhig!«

»Einen Spruch?«

»Ja, irgendetwas auf Polnisch. Sie erzählte mir während der Fahrt, dass ihre Großmutter sie immer so getröstet habe, wenn sie sich als Kind wehgetan hatte.«

Kröger versuchte, sich Ewa als tobendes Kind vorzustellen, aber es misslang.

»Hat sie sonst noch etwas erzählt?«

»Ja, wir haben uns über Kinder unterhalten und als ich mich ihr vorstellte, meinte sie, der Name passe gut zu mir.«

»Wieso?«

»Na, sie sagte, Wrobel heiße im Polnischen so viel wie Spatz. Ich lachte noch darüber. Ja, und dann erzählte sie mir, dass sie eingeladen sei. Sie freute sich wohl sehr auf den Abend.«

»Hat sie das gesagt?«

»Nicht direkt! Sie sagte, es gebe in jedem Land solche und solche, und sie habe das Glück, ihren letzten Abend in Deutschland mit ganz besonderen Menschen zusammen sein zu dürfen.«

Kröger schluckte heftig und seine Nase schien zu jucken, so wie er an ihr rieb. Und die Stelle an der Wand musste für Vollert noch interessanter geworden sein, er saugte sich jetzt förmlich an diesem Punkt fest.

In die Stille hinein war plötzlich das Getrappel von Kinderfüßen zu hören und ein kleiner Junge von etwa drei Jahren kam ins Zimmer gelaufen.

Frau Wrobel zog ihre Stirn kraus. »Na sag mal, Lukas, wo kommst du denn her? Du sollst doch schlafen!«

Doch der stellte sich vor Kröger, hielt in seinen Händchen eine Holzeisenbahn und sagte: »Spielen!«

Kröger fühlte sich bei so kleinen Kindern immer etwas hilflos. Als seine in dem Alter waren, hatte seine Frau die meiste Zeit mit der Tochter und dem Sohn verbracht – sein Dienst ließ es kaum mal zu, dass er länger mit ihnen spielte. Und Enkelkinder ließen noch auf sich warten. So schaute er den Knaben, der mit seiner halb heruntergezogenen Schlafanzughose fordernd vor ihm stand, ernst an. »Spielen? Aber die Mutti sagt doch, du musst schlafen!«

Die ernsten Worte ließen den Kleinen vorsichtiger werden. Noch einmal wiederholte er seine Forderung: »Spielen!«, doch seine sinkenden Mundwinkel ließen keinen Zweifel daran, dass er gleich anfangen würde zu heulen.

»Och, wer wird denn weinen? Schau mal, der Pittiplatsch auf deiner Jacke ist doch auch ganz fröhlich.«

Vollert kitzelte den Jungen am Bauch. Ein quietschendes Lachen war die Antwort. »Und wenn die Mutti erlaubt, dann spielen wir beide. Der Opa«, und dabei zeigte er auf Kröger, »der kann gar nicht spielen.«

Frau Wrobel nickte zustimmend, und der große Vollert zog dem kleinen Lukas erst einmal die Schlafanzughose hoch. Dann legte er sich quer auf den Teppich und fuhr mit der Eisenbahn und dem kleinen Lukas ins Spielzeugland.

Kröger warf der jungen Frau einen entschuldigenden Blick zu, doch die schien nicht böse zu sein. Im Gegenteil! Sie verkniff sich ein Lachen, als Vollert eine Dampflok imitierte.

Kröger hatte Mühe, den Faden wieder aufzunehmen.

»Haben Sie noch über andere Dinge gesprochen oder ist irgendetwas passiert?«

Die junge Frau sah wieder Kröger an.

»Wir haben nichts weiter besprochen. Die Fahrt dauerte ja auch nicht so lange.«

Kröger wollte das Gespräch schon beenden, doch ein Wort ließ ihn hellhörig werden.

»Außer …«

»Ja?« Hoffnung keimte in ihm auf.

»Außer, sie sprach von einer großen Überraschung, die sie mitbrächte.«

»Wissen Sie, worum es sich da handelte oder haben Sie diese Überraschung gesehen?« Kröger war ganz nach vorn auf die Kante der Couch gerutscht.

»Gesehen? Nein, aber sie sagte, warten Sie …« Die Frau überlegte einen Moment. Sie schien im Geist die Szene noch einmal durchzugehen.

»Sie sprach von der Einladung und dass es sie freue, nicht mit leeren Händen kommen zu müssen, und dass ihr Besuch mit einer großen Überraschung verbunden sei. Genau so hat sie es gesagt!«

»Mmh«, Kröger überlegte.

Vollert dagegen war mit dem kleinen Lukas völlig im Spiel versunken. Sein großer Körper war mal ein Tunnel, dann wieder ein Gebirge, durch das die Eisenbahn fuhr. Natürlich nicht ohne Geräusche. Sie pfiff und stöhnte, sie ächzte unter der Last, und wenn es bergab ging, schnaufte sie fröhlich. Lukas hatte gerötete Wangen und leuchtende Kulleraugen. Gerade eben versuchte er, als Lokführer das große, weite Meer zu überqueren, das von Vollerts Armen dargestellt wurde, und natürlich gelang es der Lokomotive, auch dieses Hindernis zu bewältigen.

»Wissen Sie noch die Uhrzeit, als Frau Bednarek Sie auf der Straße ansprach?«

»Das muss so gegen 16 Uhr gewesen sein.«

»Und hat sie gesagt, wo sie noch hinwollte?«

»Nein, kein Wort. Sie fragte, ob sie warten solle, aber ich habe abgelehnt. Zurück wollte ich ein Taxi nehmen.«

»Und sahen Sie, in welche Richtung sie fuhr?«

Frau Wrobel schüttelte den Kopf. »Nein, ich drehte mich noch einmal um, weil Lukas, den ich auf dem Arm trug, ihr zuwinkte. Sie winkte zurück und mehr kann ich leider nicht sagen.«

»Und die Erbse?«

»Welche Erbse … Ach so!« Verstehend lächelte sie. »Die ist raus. Wir haben fast zwei Stunden in der Notaufnahme gesessen und dann war alles in fünf Minuten erledigt.«

»Na, Gott sei Dank!«

»Einmal reicht, aber der Arzt meinte, so etwas kann immer wieder passieren.«

»Stimmt!« Kröger beugte sich zu der jungen Frau hinüber. »Meine Tochter hat sich, als sie so alt war wie Ihr Kleiner, immer Schaumgummi in die Ohren gesteckt –

und meistens so tief, dass ein Arzt es wieder herausholen durfte.«

»Na, Sie machen mir Mut. Mir hat dieses eine Mal schon gereicht. Mein Mann kommt Freitagabend von Montage und seine Familie sitzt im Krankenhaus. Einmal und nie wieder!«

»Ihr Mann ist auf Montage?«

Sie nickte. »Ja, seit zwei Jahren. Früher war er auf der Werft als Isolierer. Die Abteilung wurde an eine Fremdfirma verkauft und ein gutes Jahr später waren sie in Konkurs. Seitdem zieht mein Mann wie ein Zigeuner durch Deutschland und ist nur die Wochenenden daheim.«

»Und Sie?«

»Ich? Ich sitze zu Hause und kümmere mich um unseren Sohn. Arbeit gibt es ja nicht für eine Verkäuferin mit Kind.«

»Da haben Sie es wohl nicht leicht?«

Sie sah ihn an. »Wer hat es heute schon leicht? Ich habe Bewerbungen noch und noch geschrieben. Mit Kind«, die junge Mutter machte eine wegwerfende Handbewegung, »hat man keine Chance. Die Personalchefs sagen einem das frech ins Gesicht: ›Was haben Sie sich auch ein Kind angeschafft!‹ Und selbst wenn mich einer einstellen würde, dann sind die Arbeitszeiten so, dass kein Kindergarten offen ist. Kein schönes Spiel!«

Sie sah wütend aus. Kröger kannte den Unmut. Vielen Frauen war es so ergangen, getreu der Parole: Zurück an den Herd! Doch die Frauen hier hatten fast alle gearbeitet und brauchten diese Arbeit für ihr Selbstwertgefühl.

»Und in den Westen?«

Sie seufzte. »Darüber haben mein Mann und ich auch schon gesprochen, nur wir hängen an dieser Stadt und vor allem an dieser Wohnung. Wir haben sie gleich nach der Wende gekauft und so viel Arbeit reingesteckt. Wir würden nur Miese machen!«

Kröger nickte. »Ja, schön haben Sie es. Mein Kollege fühlt sich auch wohl.« Er zeigte auf Vollert.

Die Eisenbahn schien sich soeben in ein Rennauto verwandelt zu haben, denn der kleine Lukas brummte und fuhr mit dem Spielzeug Vollerts Beine hinauf.

»So, ihr beiden, jetzt ist Schluss.« Kröger war aufgestanden. Vollert schaute bedauernd zu seinem Kollegen, dann zu Frau Wrobel und schließlich auf seine Beine, auf denen gerade eine Rallye stattfand. Seufzend erhob er sich, den strahlenden Lukas auf seinem Arm.

»Du kommst jetzt zu mir.« Seine Mutter hielt ihm die Hände hin und nur zögernd wechselte das Kind.

»Ich glaube, da haben Sie einen neuen Freund gewonnen.« Die junge Frau lächelte Vollert an. Der strich sich über die Haare und meinte: »Sieht mir auch so aus.« Er zwinkerte Lukas zu, der seiner Mutter lachend um den Hals fiel.

Sie wurden von beiden zur Tür gebracht und beim Hinausgehen winkte der Kleine stürmisch hinter Vollert her.

Auf dem Weg zur Dienststelle blieb Kröger plötzlich stehen und verkündete: »Den Opa, den nehme ich dir krumm!«

Vollert stutzte. »Wieso?«

»Weil ich kein Opa bin!«, sagte Kröger trotzig und ging dann weiter.

»Aber du wärst doch schon gern einer, oder nicht?«

Kröger überlegte einen Augenblick. »Schon, wäre ich vielleicht wirklich gern, aber Opa klingt so alt.«

Vollert winkte ab. »Ach, Horst, da kommen wir alle noch hin. Erst Onkel, dann Opa, das ist der Lauf der Welt. Und zu DDR-Zeiten, da wärst du schon längst Großvater.«

Damit war für beide das Thema beendet. Kröger war froh über das Vertrauen, das zwischen ihm und Vollert herrschte. Mit wem außer seiner Frau konnte er sonst so offen über seinen Gemütszustand sprechen.

»Hunger?«

»Appetit!«

»Stadt?«

»Kantine geht schneller!«

»Okay!«

33

Nach einem kurzen Imbiss schauten die beiden Ermittler in der Telefonzentrale vorbei. Die Zahl der Anrufe hatte deutlich abgenommen und würde erst wieder um die Feierabendzeit ansteigen. Sie nahmen sich daher einen weiteren vielversprechenden Anrufer vor. Der Inhaber eines Baubetriebes hatte angerufen und gemeldet, dass er am Freitagabend auf dem Nachhauseweg jemanden gesehen hatte, der ihm offensichtlich nicht geheuer erschien.

Sie mussten diesmal Richtung Andershof fahren, in einen Stadtteil, der sich noch etwas Dörfliches bewahrt hatte. Die Firma war nicht zu übersehen, eine große Werbetafel wies ihnen den Weg. Auf einem früher brachliegenden Grundstück war ein Einfamilienhaus gebaut worden, das jetzt als Firmensitz und Musterhaus diente.

In den Eingangsbereich war einer dieser modernen Tresen gesetzt worden, die sich in jeder Nachtbar gut gemacht hätten, doch in Büros wie diesem deplatziert wirkten.

Die Angestellte hörte ihnen kurz zu, griff dann zum Telefon und einige Sekunden später wurden sie vom Chef empfangen.

Er war Mitte 40 und sein Übergewicht wurde kaum von der akkuraten Kleidung verdeckt. Wahrscheinlich maßgeschneidert, dachte Kröger, als er ihn musterte. Die Schuhe waren tadellos, ebenso die Frisur. Mit festem Händedruck begrüßte er die Beamten.

»Schötel mein Name und immer rein in die gute Stube.« Einladend hielt er die Tür zu seinem Büro auf.

Kröger hatte ein nüchternes Büro voll moderner Möbel erwartet, doch er wurde angenehm überrascht. Der Raum erinnerte ihn mehr an einen Rauchsalon oder einen Leseraum in einem englischen Schloss. Eine der Wände wurde dominiert von einem Regal, das aus dem gleichen Holz gefertigt war wie die teure Wandtäfelung. Am Fenster prangte ein alter, wuchtiger Schreibtisch und an den zwei anderen Wänden stand eine Chesterfield Garnitur, die förmlich dazu aufforderte, ihn ihr zu versinken. Als Kröger sich setzte, wurde er zum zweiten Mal überrascht. Er hatte schwitziges, klebriges Leder erwartet, doch es war kühl und angenehm im Griff. Bei dieser Art von Polstermöbel versank man auch nicht, sondern man saß fest, ja, er musste zugeben, man thronte förmlich. Vorsichtig strich er über die Lehne.

»Fasst sich gut an, was?« Herr Schötel strahlte Kröger an.

»Sehr angenehm.«

»Das ist auch englische Handarbeit, war nicht billig, ist aber jede Mark wert.« Schötel ließ seine rechte Hand auf die Sessellehne klatschen. »Darf ich Ihnen etwas anbieten? Kaffee, Tee, Wasser?«

Die Beamten lehnten ab. »Wir sind hier wegen Ihres Anrufs bei uns.«

»Richtig! Sie schrieben in der Zeitung über einen Vorfall in der Kiesgrube am Freitag und ob jemand etwas bemerkt hat. Das habe ich!«

Er lehnte sich zurück und wartete auf die Wirkung seiner Worte, doch weder Kröger noch Vollert ließen sich irgendetwas anmerken. Dass er etwas gesehen hatte, wussten sie. Sie warteten, dass er fortfuhr zu erzählen, worum es sich handelte.

»Wenn ich freitags nach Hause fahre, da muss ich an der Kiesgrube vorbei …, also nicht nur am Freitag, sondern jeden Tag. Einmal auf dem Hinweg und einmal auf dem Rückweg.«

Kröger nickte und Schötel erzählte weiter: »Wie ich am Freitag da vorbeikomme, sehe ich einen auf der Landstraße, der sich komisch verhält.«

»Wie, komisch?«

»Wie ich ankomme, versteckt der sich hinter einem der Alleebäume, und wie ich vorbei bin, da kommt er wieder raus. So, als wenn er nicht gesehen werden will. Hab mir erst nicht viel dabei gedacht, so wie der aussah, aber als ich heute Morgen die Zeitung aufschlage, da fällt es mir wie Schuppen aus den Haaren.«

»Wie sah er denn aus?«

»Knallrotes Hemd, ungepflegt und in der einen Hand eine Plastiktüte vom Discounter. Hose und Schuhe konnte ich nicht erkennen.«

»Das Hemd und die Tüte aber schon? Obwohl er hinter einem Baum stand?«

»Ja! Zum einen fahr ich da nicht so schnell, zum anderen hat er mich spät bemerkt und ich habe noch mal in den Rückspiegel geschaut.«

»Wann war das?«

Schötel blähte die Wangen, ließ die Luft entweichen und meinte: »Tja, ich würde schätzen, so kurz nach sechs. Genau kann ich Ihnen das nicht sagen.«

Kröger holte das Foto des Polonez heraus und zeigte es seinem Gegenüber.

»Haben Sie diesen Wagen schon mal gesehen?«

Schötel nahm die Fotografie und betrachtete sie. »Kann ich nicht genau sagen, aber in Polen fahren die viel herum.«

»Und hier in Stralsund?«

»In Stralsund? Nee, der wäre mir aufgefallen.« Er gab Kröger das Bild zurück.

»Und diese Frau?« Kröger reichte ihm das nächste Foto.

Wieder ein kurzer Blick und wieder eine verneinende Antwort.

»Würden Sie den Mann, der sich vor Ihnen versteckte, wiedererkennen?«

»Wiedererkennen? Mann, Sie sind gut! Ich glaube nicht«, er schüttelte den Kopf, »die sehen sich doch alle ähnlich.«

»Wen meinen Sie mit ›die‹?«

Schötel winkte ab. »Früher haben wir Assis gesagt. Wie man die heute nennt, weiß ich nicht. Unrasiert und fern der Heimat! Wenn Sie wissen, was ich meine.«

»Entschuldigen Sie meine Offenheit, Herr Schötel, aber Sie sprechen mit wenig Achtung von diesen Menschen.« Auf Krögers Stirn zog eine Falte auf.

»Ich bin dankbar für offene Worte! Das ganze diplomatische Geschmuse geht mir auf den Docht.« Er machte eine kurze Pause. »Alles, was Sie hier sehen, habe ich aus dem Nichts aufgebaut. Ich war in der DDR Polier und dann Bauleiter. Als die Wende kam, habe ich mich mit Leuten aus dem Westen zusammengeschmissen, leider den falschen. Man wollte mich übern Leisten ziehen, aber nicht mit Schötel.« Er drohte mit der Faust. »Ich habe eine Hypothek auf das Haus aufgenommen und diese Firma gegründet. Im ersten Jahr haben wir zehn Häuser gebaut, im vergangenen waren es über 50. Die Hypothek ist wieder abgezahlt und wir expandieren.« Stolz klang in seiner Stimme mit, als er seinen Werdegang präsentierte.

»Ich habe nur Arbeitslose eingestellt. Aber solche wie dieser Penner an der Straße«, er zeigte aus dem Fenster, »die wollen gar nicht arbeiten. Lieber betteln und von Stütze leben, als mit ihren Händen was zu schaffen. Ich bin gern bereit, meine Meinung zu ändern und zu helfen. Nur überzeugen werden Sie mich müssen!« Er lächelte Kröger an.

»Das ist nicht meine Aufgabe. Es gibt aber auch Menschen, die brauchen uns.«

»Klar! Keine Frage! Aber wie gesagt, überzeugen Sie mich. Kommt mir nicht aufs Geld an. Schauen Sie sich mal um!«

Kröger und Vollert drehten die Köpfe. Schötel zeigte auf ein Ölbild, eine Kopie der Mona Lisa.

»Das Bild hat 10.000 Mark gekostet. Das sag ich nicht, um anzugeben, sondern um Ihnen zu zeigen, man kann auch Geld verdienen. Man muss nur seine Chance nutzen!«

»10.000 Mark?« Vollert pfiff leise.

»Hat mir gefallen, dieses geheimnisvolle Lächeln, und da hab ich zugeschlagen und sie im letzten Winter in Binz gekauft.«

»In Binz?«

»Ja, da gibt es eine Galerie, die hat sich auf solche Kopien spezialisiert.«

»Herr Schötel, um noch einmal auf diesen Unbekannten zurückzukommen: Er trug ein rotes Hemd, eine Plastetüte und war ungepflegt. Was ist mit der Größe, dem Alter?«

Schötel kratzte sich am Kopf. »Größe, Alter? Na, ich würde sagen, ungefähr so groß wie Sie«, er zeigte auf Kröger. »Aber Alter? Vielleicht 40 oder 50 Jahre, aber da möchte ich mich nicht festlegen.«

»Fällt Ihnen noch etwas zu dem Mann ein? Irgendwas? Und wenn es noch so unwichtig erscheinen mag.«

Schötel überlegte und schüttelte dann den Kopf.

»Nee, mir fällt nichts weiter ein.«

»Okay, gehen Sie in Gedanken noch einmal zurück bis Freitagabend, wo Sie die Landstraße entlang fahren. Am besten, Sie schließen die Augen.« Kröger sprach beschwörend auf den Mann ein.

»Hä, Sie wollen mich hypnotisieren? Klappt garantiert nicht! Ich habe einen Willen wie ein Pferd.« Er grinste.

»Ich möchte Sie nicht hypnotisieren, ich will nur Ihr Erinnerungsvermögen aktivieren.« Kröger sah Schötel direkt an.

»Okay, wenn Sie meinen, dass es was bringt.« Schötel schloss die Augen.

»Stellen Sie sich jetzt vor, es ist Freitagabend und Sie fahren nach Hause. War die Straße nass oder trocken?«

»Feucht. Das Gewitter war ja schon eine Weile her.«

»In Ordnung, also die Straße ist feucht. Sie kommen zur Einfahrt Kiesgrube. Ist dort etwas oder jemand?«

»Da ist nichts.« Schötel ließ sich auf das Spiel ein. Er arbeitete konzentriert mit.

»Nun bemerken Sie den Mann. Er sieht Sie und versteckt sich hinter dem Baum.«

»Halt! Da stimmt was nicht.« Schötel schlug die Augen auf. »Der wäre beinahe hingefallen, als er hinter den Baum huschen wollte. Hat sich gerade noch mit der Schulter am Baum abfangen können.«

»Mit welcher?«

»Mit der rechten!«

»Und den Beutel hatte er in der rechten Hand?«

Zögernd kam: »Nein, in der linken!«

Kröger sah den Bauunternehmer an. »Warum fängt sich jemand mit der Schulter ab, wenn er eine Hand frei hat?«

»Hatte er nicht!« Erschrocken schaute Schötel auf die Beamten.

»Sondern?« Kröger wagte kaum zu atmen und auch Vollert gab keinen Mucks von sich.

»Da hielt er die Hundeleine!«

»Er hatte einen Hund?«

»Stimmt!« Schötel klatschte sich mit der Hand an die Stirn. »Hatte ich total vergessen. Ja, so einen kleinen Köter hatte er. Fragen Sie mich aber nicht nach der Rasse. Ich hab das Tier noch im Rückspiegel gesehen. So eine Handvoll Hund, ein bisschen Weiß mit Schwarz oder Braun.«

Kröger machte sich Notizen. Als er aufsah, schmunzelte der Bauunternehmer.

»So vergnügt?«

»Ach, Herr Kommissar, ich staune über mich selber. Hätte nicht gedacht, dass Ihre Methode was bringt.«

Kröger stand auf. »Da können Sie mal sehen. Man wird alt wie ein Haus und lernt doch nie aus. – Wenn Ihnen noch was einfällt, meine Karte.« Kröger gab sie ihm.

»Und hier ist meine, falls Sie mal ein Haus bauen wollen.« Schötel wollte seine Karte Kröger geben, doch der zeigte zu Vollert, der sich ebenfalls erhoben hatte.

»Da wäre mein Kollege der richtige Gesprächspartner.«

»Ach, nee! Na dann!« Und schon hielt Vollert die Visitenkarte in seinen Händen.

»Wenn Sie noch einen Prospekt möchten?« Er gab Vollert eine kleine Broschüre. »Hier sind unsere Haustypen drin, mit Grundrissen und allem, was benötigt wird für einen ersten Eindruck.«

»Auch eine Preisliste?«

»Selbstverständlich! Übrigens, im Anhang sind Sonderausstattungen aufgeführt, sodass man oder frau schnell selber ausrechnen kann, was das Wunschhaus kosten würde. Und wenn Sie weitere Fragen haben, kommen Sie ruhig wieder vorbei.«

Im Büro erwartete die Beamten noch eine Telefonschlacht. Die Leitungen glühten förmlich. Mehrere Kriminalisten nahmen die Anrufe entgegen. Kröger löste eine Fahndung nach dem unbekannten Mann im roten Hemd aus. Vollert stimmte sich auf den Telefondienst mit einem Anruf im Krankenhaus ein. Es dauerte einige Minuten, denn er wurde mehrmals hin und her verbunden, bis er den Arzt sprechen konnte, der am Freitag Notdienst gehabt hatte. Der konnte sich noch gut an das Kind mit der Erbse im Ohr erinnern, obwohl an besagtem Nachmittag der Teufel los gewesen war. Ein schwerer Verkehrsunfall hatte seine ganze Aufmerksamkeit gebraucht. Dadurch hatte sich die Entfernung des Fremdkörpers im Ohr des Kleinen auch so lange verzögert. Leider, fügte der Arzt hinzu, schließlich sei so etwas für ihn nur eine Bagatelle. Die Zeitangaben, die er machte, deckten sich mit Frau Wrobels Aussage.

Als Vollert sich bedanken wollte, hatte der Arzt schon aufgelegt. Wahrscheinlich ein neuer Notfall, dachte Vollert und stürzte sich in das Abenteuer Telefondienst.

34

Die nächsten drei Tage waren geprägt von Telefonanrufen und vom Sortieren und Auswerten der Meldungen. Vollert und Kröger besuchten etliche der vermeintlichen Zeugen, doch die Befragungen ergaben keine neuen oder verwertbaren Erkenntnisse. Sie arbeiteten getrennt, um alle Informationen schneller abarbeiten zu können.

Der Abend des dritten Tages brachte eine Wendung, wie sie keiner der Kriminalisten erwartet hatte. Das Phantom war verhaftet worden, und zwar auf frischer Tat. War es am Abend in der Dienststelle noch ein Wispern, ein Flüstern, wurde die Nachricht noch hinter vorgehaltener Hand weitergegeben, so sprach man am nächsten Morgen laut und ungezwungen über die Identität des Räubers.

Vollert hatte von alledem nichts mitbekommen. Er hatte am Vorabend den letzten Zeugen befragt und kam nun eine Stunde später als üblich ins Büro.

Als er die Tür aufriss, sah Kröger gerade noch einmal alle telefonischen Meldungen durch. Er wollte sichergehen, nichts übersehen zu haben. Kröger grinste breit, als Vollert eintrat.

»So vergnügt?« Vollert hatte schlechte Laune. Sein Ton war dementsprechend.

»Vergnügt würde ich das nicht nennen, nur etwas erheitert.«

»Hast du Ewas Mörder?« Vollert ließ sich auf seinen Stuhl fallen.

»Noch nicht!« Kröger legte den Kugelschreiber aus der Hand.

»Dann sei nicht so aufgekratzt!«

»Mich wundert nur, dass du so schlecht gelaunt bist, aber du denkst wahrscheinlich an das Erscheinungsbild der Polizei in der Öffentlichkeit.«

»Sag mal, Horst, muss ich mich an die Kollegen vom Drogendezernat wenden?«

»Kann es sein, dass du es noch nicht weißt?«

Vollert, der gerade begonnen hatte, seinen Posteingang zu kontrollieren, musterte Kröger. »Was sollte ich wissen?«

»Sie haben das Phantom!«

»Ach, und nun? Was hilft uns das? Das Einzige, was sich für uns ändert, wir bekommen unsere halbe Kraft wieder, die ein volles Gehalt einstreicht.«

»Das glaube ich nicht!« Krögers Grinsen wurde immer breiter.

»Hat Södermann ihn versetzt? Na, Gott sei Dank!«

»Versetzt?« Kröger musste lachen. Prustend und immer wieder von Lachern unterbrochen, bemerkte er: »Kann man so auch sagen!«

Vollert schmiss ein Schreiben zurück in die Ablage. »Könntest du mir das Ganze vernünftig berichten, ansonsten kümmere ich mich wieder um den Fall.«

»Okay, okay!« Kröger hob beschwichtigend die Hände und wischte sich dann mit einem Taschentuch die Lachtränen aus den Augen.

»Also pass auf! Gestern Abend, kurz vor Schalterschluss, fällt unserem Polizeisprecher ein, dass er noch eine Überweisung tätigen muss. Er raus aus dem Haus und hin zur Sparkasse. Von ihm bis zur Kasse sind es nur knapp drei Minuten zu Fuß. Wie er die Bank betritt, füllt die Angestellte gerade eine Tüte mit Geld, denn das Phantom steht mit einer Pistole in der Hand vor dem Tresen und bedroht sie.«

»Unser Pressesprecher?«

»Ja, Werner Ewert! Wo war ich …, ach so, Werner stürmt also mit seiner Überweisung in die Bank und sieht auf einmal diesen Typen mit einer Zorromaske vor dem Gesicht. Werner wird blass, das Phantom zuckt zusammen und die Kassiererin reicht die Tüte herüber. Das Phantom muss mächtig durch den Wind gewesen sein, denn beim Übernehmen fällt ein Bündel heraus. Leider lauter 100-Mark-Scheine und auf 5.000 Mark kann man schlecht verzichten. Also bückt sich das Phantom nach dem Geld und Werner macht einen kleinen Ausfallschritt. Die Waffe wechselt den Besitzer wie vorher das Geld, und nun schaut das Phantom in die Mündung. Die Bankangestellte hatte schon Alarm ausgelöst und einige Minuten später waren die Kollegen da. Wie die in die Sparkasse kommen, hält ein Zivilist mit Pistole einen anderen Typen mit Zorromaske in Schach. Schöne Verwirrung, was?«

Vollert nickte.

»Wart mal ab, es kommt noch besser. Die Kassiererin klärt die Kollegen von der Streife auf, wer nun wer ist. Als die dem Typen die Maske vom Gesicht ziehen, sehen sie den nächsten Polizisten.«

»Du machst Witze!«

»Nein, gar nicht! Werner erzählte, er fiel bald vom Glauben ab, als er in das dumme Gesicht von …«, Kröger machte eine Kunstpause, »Schneider blickte.«

Vollert war einen Moment sprachlos. Er starrte Kröger mit halb offenem Mund an. »Schneider ist … war … das gibt es nicht!«

»Ja, Schneider war das Phantom.«

»Wie blöd kann man sein?« Vollert schüttelte den Kopf.

Kröger zuckte die Schultern. »Ich weiß es nicht, Carsten.«

»Und warum raubt er Banken aus?«

»Geldsorgen, Großmannssucht und bestimmt auch einen Ratsch an der Dattel.« Kröger tippte sich an die Stirn. »Anders kann man das nicht erklären. Ich befürchte nur, die Presse wird die gesamte Polizei durch den Wolf drehen und …«

Das Telefon unterbrach ihn. Er nahm ab und die wenigen Worte, die er mit Kriminalrat Södermann wechselte, bestärkten seine bösen Vorahnungen noch.

»Um 13.00 Uhr ist eine Pressekonferenz angesetzt und ich habe das zweifelhafte Vergnügen, dabei sein zu dürfen.«

»Sagtest du eben etwas von ›durch den Wolf drehen‹? Na dann, mein Beileid.« Vollert nahm sich wieder seine Post vor, blickte dann aber doch noch einmal fragend auf: »Warum denn du?«

»Wahrscheinlich als Ablenkung oder weil Schneider mir direkt unterstellt war. Ehrlich gesagt, ich habe keine Ahnung.« Er winkte ab und eine tiefe Zornesfalte bildete sich auf seiner Stirn.

Gewissenhaft bereitete er sich auf die Konferenz vor, doch als er mit Södermann und Polizeisprecher Ewert den Raum betrat, in dem die Presseleute warteten, war ihm unwohl. Sein ungutes Gefühl sollte sich als berechtigt erweisen.

Die Fragen prasselten auf die drei Beamten nur so herab. Wie es zur Festnahme kam, war nebensächlich. Dass der Täter Polizist war, wurde in den Mittelpunkt gestellt. Södermann musste sich mehrmals mit einem

Taschentuch den Schweiß von der Stirn wischen, die Journalisten setzten ihn kräftig unter Druck. Als Vorgesetzter hatte er die ganze Verantwortung zu tragen, obwohl ihm Ewert mehrmals hilfreich zur Seite sprang, was Södermann mit einem dankbaren Blick quittierte.

Doch auch Kröger bekam sein sprichwörtliches Fett weg. Er, der in den letzten Jahren fast jeden Tag mit Schneider zusammengearbeitet hatte, musste Rede und Antwort stehen. Nach knapp einer Stunde war die Show vorbei und die drei Delinquenten verließen schweißgebadet den Raum.

Kröger war nach einem doppelten Scotch, aber er ging doch lieber in sein Büro, er brauchte jetzt eine vertraute Umgebung. Mit hängenden Schultern stieg er die Treppe bis in den dritten Stock hinauf. Er fühlte sich alt und ausgebrannt.

Er würde sich, so sein Vorsatz, hinter seinem Schreibtisch verschanzen. Doch es sollte anders kommen.

Als er die Tür zum Büro öffnete, saß Vollert am Schreibtisch und schaute ihm neugierig entgegen.

»Und?«

»Frag nicht!« Kröger winkte ärgerlich ab und ließ sich auf seinen Bürostuhl fallen.

»Na gut! Kaffee?«

»Wenn du einen Whiskey hättest, nach dem wäre mir jetzt eher als nach Kaffee.«

Vollert stutzte. »Oh, dann war es heftig!«

Krögers Antwort ging im Klingeln des Telefons unter. Missmutig nahm er ab. Das Gespräch war kurz. Als er auflegte, war eine Veränderung mit ihm vorgegangen. Er straffte sich, rieb die Hände aneinander und informierte

Vollert: »Sie haben unseren Unbekannten, den mit dem roten Hemd und dem kleinen Hund. Eine Streife hat ihn aufgegriffen und sie bringen ihn her.«

»Na, da haben unsere Streifenhörnchen ja einen Erfolg zu verzeichnen.«

»Ja, im Gegensatz zu uns!«

»Kommt noch! Kommt noch!« Vollert grinste Kröger an.

»Wieso kommt das noch?«

»Ich habe die Zeit genutzt, als du bei der Pressekonferenz warst, und ich habe eine Theorie.«

»Lass hören!«

Vollert legte Kröger seine Überlegungen dar. Am Ende seiner Ausführungen sah dieser ihn nachdenklich an.

»Du hast echt gute Arbeit geleistet. Nun verrate mir mal, wie du Vergleichsmaterial für die Haut- und Gewebeproben bekommen willst.«

»Staatsanwaltliche Anordnung! Oder meinst du, Frau Meinke macht Schwierigkeiten?«

»Wir haben nur einen Verdacht, keine Beweise! Ich habe da meine Befürchtungen, was eine staatsanwaltliche Anordnung betrifft. Wir sollten schlagkräftige Beweise haben, wenigstens Indizien.«

»Ich versuch es und dann werde ich mich mal um das Alibi kümmern.« Vollert klopfte auf seine Notizen.

»Mach, was du …« Kröger wurde von einem Klopfen an der Tür unterbrochen. Die Streife brachte den Unbekannten im roten Hemd. Ein kleiner Hund schob sich neugierig in das Dienstzimmer. Mit leicht schief gehaltenem Kopf musterte er seine Umgebung.

»Wo habt ihr ihn aufgegabelt?«

»Er schlenderte durch eine Gartensparte. Jemand vom Vorstand rief uns an, da in letzter Zeit mehrere Lauben geknackt wurden.«

»Mmh«, Kröger nickte, »habt ihr ihn erkennungsdienstlich erfasst?«

Die Streifenpolizisten schüttelten die Köpfe. »Nee, der Diensthabende meinte, sofort zu euch! Hier sein Ausweis!«

Kröger nahm den alten DDR-Personalausweis. Schmutzig und derangiert sah das Stück aus. Seufzend blätterte Kröger in dem ehemals wichtigsten Dokument jedes DDR-Bürgers. ›Torsten Wiese‹, las er und unter Wohnort fand er eine Straße im Stadtteil Knieper Nord. Überrascht starrte Kröger auf das Geburtsdatum. Nach diesem Ausweis war der Mann gerade einmal 40 Jahre alt. Kröger hätte ihm glatt zehn Jahre mehr gegeben.

»Okay, dann wollen wir mal.« Kröger musterte den Mann. Der war so groß wie er, doch seine Haltung war die eines alten Mannes. Das rote Hemd war schmutzig, ebenso die Hose und die abgelaufenen Schuhe. Die Haare schienen lange Zeit schon ungewaschen und hingen ihm wirr in die Stirn. Als er sie mit der Hand zurückstrich, sah Kröger, dass auch die Hände des Mannes vor Schmutz starrten, und registrierte dankbar, dass Vollert das Fenster geöffnet hatte.

Seine Plastiktüte fest an den schmächtigen Körper gedrückt, musterte Wiese den Raum. Vorsichtig ging er zu dem angebotenen Stuhl und setzte sich auf die vorderste Kante. Der Hund wich keinen Zentimeter von seiner Seite. Es war keine Leine, an der er geführt wurde, sondern einfach ein Stück dicker Bindfaden, dessen Ende der Mann fest in seiner rechten Hand hielt. Das andere

Ende war dem Tier locker um den Hals gebunden. Der Hund schaute zu seinem Herrchen und ließ sich dann neben dem Stuhl nieder. Kröger, der ein wenig von Hunden verstand, glaubte, dass es sich um einen Parson Russel Terrier handelte.

Obwohl Kröger den Mann freundlich anlächelte, musterte der ihn misstrauisch. Man spürte förmlich, wie unwohl er sich fühlte.

»Sie heißen Torsten Wiese?«

Der Mann nickte.

»Sie wohnen in Knieper Nord?«

Der Mann schüttelte den Kopf.

»Sie sind obdachlos?«

Ein zaghaftes Nicken war die Antwort.

Kröger beugte sich über den Tisch. »Sie wissen, warum Sie hier sind?«

Kopfschütteln.

»Okay, Herr Wiese! Ich verstehe, dass Sie vorsichtig sind, aber wir befragen Sie als Zeugen. Verstehen Sie das?«

»Ja«, kam es leise von Wiese.

»Gut, und bevor wir anfangen, möchten Sie etwas trinken?«

Wiese leckte sich die trockenen Lippen und nickte.

»Wasser oder Kaffee?«

»Ein Wasser … vielleicht?« Er sah schnell auf seine Hände und versuchte, sie unter dem Tisch zu verstecken. Offensichtlich war ihm sein Aussehen peinlich.

Vollert war aufgestanden und ging hinaus. Einen Augenblick später stellte er eine Flasche Mineralwasser und ein Glas vor Wiese auf den Tisch. Der Hund beobachtete jede Bewegung. Vollert nickte dem Tier zu, was dieses mit einem Wedeln seiner Rute quittierte.

Wiese öffnete die Flasche und trank hastig daraus. Als er sie absetzte, blickte er zu seinem Hund.

»Na, Flecki, hast auch Durst, was?« Er goss sich einen kleinen Schluck in die hohle Hand und hielt sie dem Hund hin. Der leckte eifrig die ihm angebotene Flüssigkeit auf. Als er sich einen weiteren Schluck in die Hand gießen wollte, hielt ihn Kröger davon ab.

»Lassen Sie mal, Herr Wiese. Ich glaube, wir haben auch für Ihren Hund ein Trinkgefäß.« Er sah zu dem Tier, das ihn genau fixierte. Lustig sieht der Kleine aus, fand Kröger, und auch Vollert schien Gefallen an dem Tier gefunden zu haben, denn er beeilte sich, eine Untertasse mit Wasser vor den Hund zu stellen. Laut schlabbernd soff das Tier.

»Hat großen Durst, der Kleine!« Kröger zeigte auf den Hund.

»Iss ja auch warm.« Zärtlich streichelte Wieses Hand den Hund.

»Möchten Sie auch etwas essen?« Vollert hatte diese Frage gestellt.

Verblüfft schaute Wiese auf. »Essen?«

»Ja! Ich hole Ihnen etwas.« Vollert lächelte dem Mann zu.

Der nickte. »Also …«

»Also, ich bringe Ihnen etwas. Vielleicht möchten Sie sich inzwischen ein wenig frisch machen?« Vollert nickte Kröger kurz zu.

»Was soll ich?« Man sah Wiese an, dass er mit der Situation völlig überfordert war.

»Mein Kollege meint, ob Sie sich waschen möchten, bevor Sie essen.«

Kröger war aufgestanden und Vollert verließ ein zweites Mal das Zimmer.

Wiese schaute auf seine Hände und rieb sich mit der Hand über das unrasierte Kinn. Langsam nickte er.

»Na, dann kommen Sie mal mit.« Einladend hielt Kröger die Tür auf.

»Ja, aber mein Flecki!«

»Wenn Sie mögen, dann pass ich solange auf ihn auf.« Kröger streckte seine rechte Hand nach der Leine aus.

»Ich … ich …«

»Sie möchten ihn nicht hierlassen?«

Wiese nahm die Schnur etwas kürzer, sodass der Hund direkt an seinem Bein war, und schüttelte den Kopf.

»Na, dann müssen Sie beide gehen.« Kröger wies mit der Hand den Weg. Langsam erhob sich Wiese und folgte Kröger zur Toilette. Der drehte den Wasserhahn auf und zeigte dann zur Tür. »Ich warte draußen und pass auf, damit Sie niemand stört. Einverstanden?«

Wiese nickte und krempelte sich die Hemdsärmel auf. Kröger ging vor die Tür. Er hörte das Wasser rauschen, das Prusten von Wiese und das Bellen des Hundes. Nach einigen Minuten kam Wiese heraus. Die Hände waren einigermaßen sauber und auch das Gesicht sah frischer aus.

»Danke!«, sagte er leise.

»Nicht dafür! Fühlen Sie sich besser?«

»Ja!« Langsam schien Wiese Vertrauen zu fassen.

»Rauchen Sie?«

Wiese nickte.

»Na, dann kommen Sie. Wenn mein Kollege noch nicht mit dem Essen da ist, dann können Sie erst mal eine rauchen und wir unterhalten uns dabei ein wenig. Einverstanden?«

Wieder nickte Wiese.

Das Dienstzimmer war noch leer. Scheinbar hatte Vollert Schwierigkeiten, um diese Nachmittagszeit etwas zu essen aufzutreiben. Kröger griff in die Schreibtischschublade, holte eine Schachtel Zigaretten hervor und schob diese mit einem Aschenbecher und einem Feuerzeug über den Tisch.

Er hatte schon auf der Toilette bemerkt, dass Wieses Hände und Arme keine größeren Verletzungen oder Schrammen hatten. Laut Dr. Hüpenbecker mussten sich bei Ewas Mörder dort Wunden finden.

Wiese nahm sich vorsichtig eine Zigarette und zündete sie an. Kröger bemerkte, dass Wieses Hände dabei zitterten. Tief inhalierte er den Rauch.

Der Hund hatte es sich wieder neben dem Stuhl bequem gemacht, er war seinem Herrn keinen Schritt von der Seite gewichen. Kröger schaute zum Fenster. Das Erlebnis mit dem alten Fenske hatte ihn vorsichtiger werden lassen, wenn es um Raucher ging.

»Sie sind schon lange obdachlos?«

Wiese nickte. »Vier Jahre!«

»Entschuldigen Sie, wenn ich Sie das frage, aber würden Sie mir erzählen, wie es dazu kam?«

»Ich hab als Heizer gearbeitet, also bis kurz nach der Wende, und dann haben die umgestellt auf Gas. Da brauchten die keinen mehr zum Kohleschüppen und ich wurde arbeitslos. Damals wohnte ich noch in Knieper Nord mit meiner Mutti.«

Er stockte und zog noch heftiger an der Zigarette. Es fiel ihm offensichtlich nicht leicht, darüber zu reden. Kröger musterte ihn schweigend. Mit wettergegerbtem Gesicht saß Wiese vor ihm, die Schultern heruntergezogen. Wenn man den Begriff ›ein Häufchen Elend‹ personifizieren wollte, konnte man es hier. Irgendwann war Wiese in seinem Leben falsch abgebogen und der Weg, den er nun ging, bestand aus mangelnder Hygiene, falscher Ernährung, Einsamkeit und im Winter aus Kälte und der Angst zu erfrieren.

Wiese sprach weiter. »Ein halbes Jahr später erkrankte meine Mutti und dann war sie tot. Ich war allein.« Wieder inhalierte er den Rauch tief. »Ich hab doch nur Hilfsschule und mit Rechnen iss es nicht so doll. Und ich hab doch Probleme, so mit dem Geld, Miete und so! Bald haben sie mich aus der Wohnung geworfen und ich musste ins Asyl. Aber da iss es Scheiße!« Er drückte mit einer ruckartigen Bewegung die Kippe aus.

»Und seitdem sind Sie mit ihm unterwegs?« Kröger zeigte auf den Hund.

»Mit Flecki bin ich jetzt zwei Jahre zusammen. Den haben sie im Januar aus'm Auto geschmissen. In so 'nem Sack hatten se den armen Kleinen eingesperrt und dann während dem Fahren rausgeworfen. Iss voll in 'ne Schneewehe geflogen. Ich bin da denn hin, weil ich mir gewundert habe, wat se da rausgeschmissen haben, und wie ich den Sack aufknübbere mit meine klammen Pfoten, da kommt der Kleine raus. Ganz verstört war der, aber nicht verletzt. Der Schnee hat ihn gerettet und mich der Flecki.«

Wieder streichelte er den Hund, der sich vertrauensvoll an seine Hand schmiegte.

Vollert unterbrach die Szene. Er kam mit einem gefüllten Teller und Besteck ins Zimmer.

»Es gab leider nur noch Kartoffelsalat mit Würstchen. Ich hab die Würstchen warm machen lassen, deswegen hat es ein wenig länger gedauert.« Er stellte schwungvoll den Teller vor Wiese ab. »Guten Appetit!«

Der starrte auf den Teller, dann auf Vollert und dann auf Flecki.

»Für mich?«

»Nur für Sie! Für den Hund habe ich auch was.«

»Der Hund heißt Flecki«, warf Kröger ein.

»Na denn, Flecki, hau rein!« Vollert stellte einen Teller mit zwei Wiener Würstchen vor den Hund. Der zierte sich nicht lange und schlang die Würste hinunter. Seine heftig wedelnde Rute bewies, dass es ihm schmeckte.

Wieses Blick irrte noch immer zwischen Teller, Besteck und Vollert hin und her. Sein Gesicht drückte Vorsicht aus, als glaubte er nicht, was er sah, oder als befürchtete er, man triebe mit ihm ein böses Spiel.

Auffordernd nickte ihm Vollert zu und auch Kröger wünschte ihm freundlich einen guten Appetit. Endlich griff Wiese zum Besteck und begann zu essen. Er schlang die Mahlzeit förmlich in sich hinein.

Kröger ging zum geöffneten Fenster. Er konnte den traurigen Anblick des schlingenden Mannes kaum ertragen. Vollert streichelte unterdessen den Hund, der nach den Würstchen Vertrauen zu ihm gefasst hatte und sich genüsslich das Fell kraulen ließ.

Nach wenigen Minuten war auch Wieses Teller leer. Bedächtig legte Wiese das Besteck darauf, so vorsichtig, als wollte er kein Geräusch machen.

»Hat's geschmeckt?« Kröger hatte sich umgedreht.

»Danke. Das war echt gut.« Wiese leckte sich einen Rest Mayonnaise von den Lippen.

»Schön, dann können wir.« Kröger war an den Tisch getreten, stellte das Diktiergerät vor sich und setzte sich Wiese gegenüber. Der musterte das kleine Diktafon misstrauisch.

Kröger deutete kurz auf das Gerät und meinte lapidar: »Das macht uns die Arbeit ein wenig leichter. Lassen Sie sich bitte davon nicht irritieren. Also, wie schon gesagt, wir befragen Sie als Zeugen. Mein Kollege und ich ermitteln in einem Mordfall und wir glauben, dass Sie uns eventuell weiterhelfen können.«

»Mord …?«

Wiese erblasste unter seiner Bräune. Man sah ihm an, dass er einen Moment benötigte, um das Gesagte zu verarbeiten.

»Ja, Mord!« Kröger nickte bestätigend. »Sie waren am Freitag in der Nähe der Kiesgrube, kurz vor dem Ortsausgang?«

Wiese zuckte mit den Schultern. Viel zu schnell, wie es Kröger schien.

»Herr Wiese, bitte überlegen Sie. Es ist wichtig!« Kröger schob wieder die Schachtel Zigaretten über den Tisch.

Gedankenverloren nahm Wiese eine Zigarette. »Mord … Mord …«, murmelte er, als er sie anzündete. Nach zwei hastigen Zügen blickte er auf und fragte: »Wann war das?«

»Am Freitag. An diesem Tag war das Gewitter.«

»Ah ja, nun iss klar. Aber mit Mord hab ich nix zu tun.«

»Das behauptet auch keiner. Sie wurden aber in der Nähe der Kiesgrube gesehen und wir möchten wissen, ob Sie etwas bemerkt haben. Etwas, das uns weiterhilft!«

Wiese zog an der Zigarette. »Ich hab mir doch versteckt. Mach ich immer. Weil die Leute mögen unsereins nicht besonders.«

»Haben Sie sich in der Kiesgrube versteckt?«

Wiese schüttelte den Kopf. »An dem Tag nicht. Wollt ich zuerst, aber da war ja das Gewitter. Manchmal penn ich in der Blechhütte dort, aber an dem Tag nicht!«

»Sondern?«

»Als das Gewitter war, da war ich in so 'nem Abrisshaus in der Stadt. Da waren aber schon zwei, und die mögen mich nicht und auch nicht meinen Flecki. So bin ich gleich nach dem Gewitter weg.«

»Und dann?« Geduldig stellte Kröger seine Fragen.

»Dann bin ich Richtung Dörfer. Da sind ja die Scheunen, mit Stroh und so. Da kann man richtig gut pennen und Flecki tobt dort immer hinter die Mäuse her. Macht ihm verdammt viel Spaß!« Er sah zärtlich zu seinem Hund hinunter. Der musterte mit wedelnder Rute sein Herrchen.

»Sie sind Richtung Kiesgrube gegangen?«

Wiese nickte.

»Und haben Sie jemanden gesehen oder etwas bemerkt, was ungewöhnlich war?«

Wieder nickte Wiese. Leise sagte er: »Ja, da war was.«

»Und was?« Kröger bemühte sich, ganz ruhig zu bleiben. Er hatte sich halb über den Tisch gebeugt.

Wiese sah auf seine Hände. »Ich will aber nicht in den Knast, nicht jetzt im Sommer.«

»Wer redet denn von Knast? Sie sind hier als Zeuge und nicht als Verdächtiger.« *Noch* Zeuge, setzte Kröger in Gedanken hinzu, doch es fiel ihm schwer, in Wiese einen Mörder zu sehen. Nach 30 Dienstjahren hatte er ein Gespür dafür entwickelt, wer als Tatverdächtiger in Betracht kam.

Wiese blickte auf. »Dass der mich gesehen hat! Hab mich doch versteckt.«

»Wer hat Sie gesehen?«

Als Wiese den Namen nannte, wechselte Kröger einen schnellen Blick mit Vollert.

Er musste ungläubig dreinschauen, denn Wiese bekräftigte seine Aussage. »Doch, Herr Kommissar, das können Sie mir glauben. Den hab ich gesehen. Der kam von der Kiesgrube und lief in die Stadt. Als ich den sah, bin ich gleich hinter so 'nen Busch. War zum Glück auf der anderen Straßenseite und der hat sich ja auch immer umgeschaut. So hat der mich nicht gesehen!«

»Und dann?«

»Dann bin ich, als der weg war, in die Kiesgrube, aber da brannte 'n Auto und so 'n Jugendlicher hat jemanden rausgezogen.«

»Und warum haben Sie nicht geholfen?« Vorwurfsvoll kam Krögers Frage.

»Mir hilft ja och keiner, und als ich ankam, da brannte die Karre schon, und mehr Leute schienen da nicht drin gewesen zu sein. Denn der Jugendliche kümmerte sich nicht weiter um die Karre. Und da bin ich dann weg. Wollte keinen Ärger. Sonst hätten die noch gesagt, ich hab die Karre angezündet.«

Kröger nickte. Er hatte Verständnis für den Mann. An den Rand der Gesellschaft gedrängt, von den wenigsten geduldet und von den meisten gedemütigt – es war kein Wunder, dass sich diese Menschen von der Gesellschaft entfernten.

»Und Sie wissen genau, dass es sich um diesen Herrn handelte? Vielleicht irren Sie sich?«

»Nee, Herr Kommissar, bestimmt nich. Der hat mich doch damals verkündet, ich soll man schön zu Hause bleiben, sie brauchen mir nich mehr. Man hätte intivestiert, und nun, wo alles mit Gas läuft, da braucht man keine Heizer mehr. Paul, was mein Kollege war, der ging in Vorruhe und ich wurde arbeitslos.«

Er tippte sich mit dem Zeigefinger heftig an die Brust. »Ich irre mich nich. Den hab ich gesehen!«

Kröger stellte noch einige Fragen zum zeitlichen Ablauf. Dann griff er zum Telefon und sprach mit der Staatsanwaltschaft. Als er auflegte, lächelte er Wiese zu.

»Die Staatsanwältin hat noch einige Fragen an Sie. Möchten Sie noch eine Zigarette?« Er deutete auf die Schachtel, die vor Wiese lag.

»Wenn Sie wat zu trinken hätten, mein Maul iss von det ganze Gesabbel ganz trocken.«

»Na klar!« Vollert, der bisher geschwiegen hatte, drückte Wieses Schulter mit seiner Pranke. Er stand auf und holte eine neue Flasche Mineralwasser.

»Und du, Flecki, auch noch was?« Er hockte sich vor den Hund, der ihn mit leicht schief gehaltenem Kopf musterte. »Na, scheinbar nicht!«

Wiese trank gierig. Als er absetzte, musterte er die vor ihm liegende Zigarettenschachtel.

Vollert, der sich erhoben hatte, bemerkte den sehnsuchtsvollen Blick und schob die Schachtel zu Wiese hinüber.

»Behalten Sie die. Sind ab jetzt Ihre!«

»Ehrlich?«

»Ehrlich!«

Wiese nahm einen der Glimmstängel. »Muss mein Glückstag sein heute! Erst lecker essen und dann so viele Zigaretten«, murmelte er und zündete sich die Zigarette an.

Beschämt sah Vollert zu Kröger. Der zuckte die Schultern. Wie leicht vergaß man die kleinen Dinge im Leben und nahm vieles als selbstverständlich hin.

Das Klopfen an der Tür unterbrach die peinliche Situation. Frau Meinke trat ein und begrüßte die Männer. Den Hund beäugte sie misstrauisch.

Als Wiese den Blick der Staatsanwältin bemerkte, beeilte er sich zu sagen: »Das ist Flecki. Der ist ganz lieb!«

Frau Meinke meinte nur: »So, so«, und zuckte leicht mit den Mundwinkeln. Erwartungsvoll sah sie die Kriminalisten an. Kröger informierte sie über die neu gewonnenen Erkenntnisse. Als er geendet hatte, musterte sie den Obdachlosen.

»Und wenn es Rache ist für den verlorenen Job und die Obdachlosigkeit? Ein angesehener Bürger und dagegen die Aussage eines Penners, ich hab da meine Zweifel«, flüsterte sie Kröger zu.

Der schüttelte den Kopf. »Wieses Angaben sprechen für sich.«

»Dann gehen wir die Sache halt anders an.« Resolut wandte sie sich an Wiese: »Wollen Sie uns helfen?«

Der tastete nach seinem Hund und nickte.

»Gut! Sie helfen uns und wir helfen Ihnen. Leben Sie gern auf der Straße?«

Wiese senkte den Kopf und murmelte: »Nein.«

»Okay, dann machen Sie jetzt Folgendes: Sie werden mit dem Herrn telefonieren und ihm dezent andeuten, dass Sie ihn beobachtet haben.«

»Und dann?« Wiese konnte der Staatsanwältin gedanklich nicht so schnell folgen.

»Dann schlagen Sie ein Treffen vor, um Ihre Forderungen zu stellen.«

»Wieso? Was für Forderungen?« Wiese kam mit der Situation noch immer nicht klar.

Die Staatsanwältin erläuterte ihm geduldig ihren Plan, immer darauf bedacht, Wiese nicht näher zu kommen als unbedingt notwendig. Nach mehreren Minuten hatte sie den Mann fast überzeugt.

»Hat der einen abgemurkst?« Er sah zu Kröger.

»Wir vermuten es, haben aber nur einen Verdacht, und Sie können mithelfen, ihn zu überführen.« Kröger musterte den Hund. Dieser hatte in der Zwischenzeit den Kopf auf den Boden gelegt und beobachtete mit halb geschlossenen Augen die Umgebung.

»Und wenn der mich auch kaltmacht?« Wiese sah nicht glücklich aus.

»Keine Sorge! Sie brauchen nur mit ihm zu telefonieren und sich mit ihm zu treffen. Wir passen auf Sie auf! Okay?«

Wiese atmete tief ein und nickte dann.

Die Staatsanwältin sah zu Kröger hinüber. Der ging zum Telefon und wählte.

»Halten Sie sich nur an die Abmachung. Fordern Sie 10.000 Mark und sagen Sie, dass Sie ihn gesehen haben. Übergabe morgen Vormittag, am Schilldenkmal.«

Er reichte Wiese den Hörer und tippte die letzte Zahl. Der Ruf ging raus.

Der Hörer zitterte leicht in Wieses Hand. Frau Meinke nahm sich die Mithöreinrichtung.

Als sich der Angerufene meldete, räusperte sich Wiese und sprach schnell seinen Text. Am anderen Ende schien man nicht gleich verstanden zu haben und so wiederholte Wiese alles noch einmal. Kröger drückte beide Daumen in seiner Hand und auch Vollert atmete vorsichtig ein und aus. Draußen hupte ein Auto und Wiese wiederholte zum dritten Mal seine Forderung.

»Ich will 10.000 Mark. Ich hab gesehen, wie Sie dat Auto angesteckt haben, und morgen Vormittag um neun

Uhr am Schilldenkmal, da will ich die Kohle. Sonst geh ich zur Polizei.«

Die Staatsanwältin nickte.

Sein Gesprächspartner schien nachgedacht und eine Frage gestellt zu haben.

Wiese antwortete. »Wo ich bin? Na, ich seh auf den abgerissenen Schlachthof.«

Kröger hatte den Finger schon auf der Gabel, um das Gespräch sofort zu unterbrechen, als Wiese hinzufügte: »Na, in der Telefonzelle steh ich. Deswegen dat Gehupe von die Autos.«

Langsam zog Kröger seine Hand zurück und Frau Meinke unterließ das Rollen mit den Augen. Die Dienststelle lag nur durch eine Straße getrennt vom ehemaligen Schlachthof, der vor einigen Tagen erst abgerissen worden war.

»Also morgen früh um neun Uhr … Wie, dat iss im Morgengrauen? Später geht nicht, und bringen Sie die Kohle mit!« Die Stimme von Wiese klang viel selbstsicherer als am Beginn des Gespräches. Er reichte Kröger den Hörer zurück.

»Und?«, fragte der, als er Wiese den Telefonhörer abgenommen und aufgelegt hatte.

»Er scheint angebissen zu haben. Herr Wiese hat ihm einen schönen Schrecken eingejagt.« Wiese grinste, wurde aber im nächsten Augenblick sehr ernst.

»Kann ich dann gehen?«

»So schnell geht das leider nicht. Da muss erst noch ein Protokoll aufgesetzt werden. Das werden die beiden Herren jetzt gleich mit Ihnen zusammen machen.« Frau Meinke lächelte Wiese an. »Und dann sollten Sie sich mal Gedanken über Ihre Zukunft machen!«

Wiese blickte irritiert zu Kröger und dann zu Vollert. Doch beide waren genauso verblüfft wie er.

»Wo ich heute penne oder was meinen Sie?« Er tastete wieder nach seinem Hund.

»Nein! Sie sagten doch vorhin, Sie leben nicht gern auf der Straße. Das ist doch richtig?«

Wiese nickte.

»Dann habe ich eventuell ein Angebot für Sie. Könnten Sie sich vorstellen, in so einer Art betreutem Wohnen unterzukommen?«

»Wie das Asyl?«

»Kein Asyl! Es gibt jetzt ein Pilotprojekt für gestrauchelte Menschen, wie Sie einer sind. Wenn Sie möchten, dann bringe ich Sie da unter.«

Wiese schaute zu seinem Hund.

»Und Flecki?«

Frau Meinke zuckte die Schultern. »Das kann ich Ihnen nicht sagen, aber die Sozialarbeiterin weiß das. Soll ich anrufen?«

Wiese war unschlüssig.

»Okay, machen Sie mit den Kollegen das Protokoll und ich telefoniere. Danach hören Sie sich alles an, und wenn es was für Sie ist, dann sind Sie dabei. Und wenn nicht, dann …« Sie bat Kröger um das Telefon.

Eine halbe Stunde später war das Protokoll aufgesetzt und wurde von Wiese mit kindlicher Unterschrift abgezeichnet. Eine Zigarettenlänge später betrat der Wachhabende mit einer Frau das Dienstzimmer. Es war die Sozialarbeiterin. Für ihr Gewicht war sie zu klein geraten und das groß geblümte Kleid betonte eher ihre Problemzonen, als dass es sie kaschierte. Ohne Scheu schüttelte sie Wiese die Hand, der verlegen an sich herabsah. Ihr

Lächeln war gewinnend und als sie den Hund bemerkte, war es um sie geschehen. Sie streichelte den Kleinen und lobte Wiese für seinen Wegbegleiter.

Innerhalb von Minuten war sie die bestimmende Person im Zimmer. Krögers Aufforderung, sich zu setzen, ignorierte sie genauso wie Vollerts Frage, ob er ihr etwas anbieten könne. Ihr Interesse galt ausschließlich Wiese und seinem Hund.

Sie schilderte den Alltag in der Einrichtung, zeigte ihm mehrere Fotos der Zimmer sowie der Umgebung. Wiese taute merklich auf. Er sah sich die Fotos an und stellte Fragen, die die Sozialarbeiterin geduldig beantwortete, seine Bedenken zerstreuend. Als er zu seinem Hund hinabschaute und mit unsicherer Stimme einwarf, dass er ohne Flecki nicht mitkommen würde, da wurde es plötzlich ganz still im Raum.

Frau Meinke war verwundert. Er würde diesen Schritt nicht ohne seinen Hund gehen? Es war ihrem verkniffenen Gesicht anzusehen, dass sie Wiese für verrückt hielt. Kröger schmunzelte und auch Vollert zeigte Verständnis.

Die Sozialarbeiterin schlug mit der flachen Hand auf den Tisch. »Recht haben Sie, Herr Wiese. Der Hund kommt natürlich mit. Sie gehören doch zusammen!«

Wie zur Bestätigung bellte Flecki einmal laut.

»Wenn Sie wollen, dann können wir. Wir fahren jetzt zu Ihrem neuen Heim, da bringen wir Sie auf Vordermann und erledigen den Papierkrieg … Das heißt, wenn es Ihnen recht ist.« Sie blickte in die Runde.

»Wir brauchen Herrn Wieses Hilfe aber morgen noch einmal!« Frau Meinke sah zu Kröger. Der ergänzte: »So ab sechs Uhr!«

»Kein Problem! Holen Sie ihn ab?«

Kröger antwortete. »Ja, ich bin um sechs Uhr da. Wenn Sie mir die Adresse geben?«

»Die kann Ihnen Frau Meinke geben. Und wir fahren jetzt! Hab noch einiges zu erledigen und wenig Zeit.«

Sie nahm Wiese am Arm, winkte einmal kurz in die Runde, drehte sich vor der Tür noch mal um und sagte: »Spenden sind übrigens sehr willkommen.« Mit einem lauten »Tschüss!« und wogenden Hüften folgte sie Wiese und Flecki aus dem Büro.

Als sich die Tür schloss, blickten sich die drei an und Frau Meinke kratzte sich an der Wade.

»Ich glaube, ich habe einen Floh eingefangen.«

»Schlechter Stralsunder, der keinen Floh ernähren kann!«, stellte Kröger mit einem Grinsen fest.

»Und ich glaube, wir haben unseren Mörder!« Vollert ging zum Fenster und schloss es.

35

Kurz nach vier Uhr ging die Sonne auf. Kröger stand am Fenster und genoss das Schauspiel. Er fand es jedes Mal faszinierend, wie die Dunkelheit langsam verblasste und wenige Minuten später das erste Licht die Umgebung veränderte. Er liebte diese Minuten der Morgendämmerung, doch durch seinen Dienst konnte er sie selten genießen. Er hatte schlecht geschlafen, aber das tat seiner guten Laune keinen Abbruch. Er spürte die Anspannung und wusste, die würde sich erst nach der Festnahme lösen.

Die ersten Spatzen schilpten draußen ihr Morgenlied und Kröger riss sich nur schwer von dem Anblick, der sich ihm bot, los. Er sah liebevoll zu seiner Frau, die mit einem Lächeln auf den Lippen schlief.

Leise ging er Richtung Tür, als hinter ihm plötzlich eine verschlafene Stimme verkündete: »Ich möchte auch Kaffee!«

Er fuhr herum. »Du schläfst nicht mehr?«

Seine Frau gähnte. »Brillante Feststellung!« Sie reckte kurz ihren Daumen in die Höhe und kuschelte sich noch einmal in ihr Kissen. Achselzuckend ging Kröger hinaus.

Nachdem er den Kater versorgt und das Frühstück bereitet hatte, weckte er seine Frau, die noch einmal eingeschlafen war.

Er ließ sich kaum Zeit beim Essen und die Zeitung überflog er auch nur. Seine Frau merkte, wie angespannt er war, und verschonte ihn mit Fragen. Sie hatte, wie fast alle Frauen, ein Gespür dafür entwickelt, wann man jemanden besser nicht ansprach. Doch ihre Blicke sagten umso mehr. Kröger schien davon nichts mitzubekommen.

Kurz vor fünf Uhr war er bereit, in die Dienststelle zu fahren. Seine Frau flüsterte ihm zum Abschied ein »Pass auf dich auf« ins Ohr und er küsste sie flüchtig, in Gedanken schon weit weg.

Er war überrascht, im Büro bereits Vollert anzutreffen. Dem war es ebenso wie seinem Kollegen ergangen. Auf Krögers Frage, ob er denn kein Zuhause habe, antwortete er: »Ich fühle mich wie ein Rennpferd kurz vor dem Start. Du stehst in der Startbox und wartest, dass sie sich öffnet – und dann hast du freie Bahn.«

Kröger fand den Vergleich sehr treffend. Die beiden Beamten besprachen noch einmal den Ablauf der geplanten Aktion. Vollert würde sich um die Einsatzkräfte und um die Technik kümmern. Kröger sollte Wiese abholen.

Pünktlich um sechs Uhr hielt Kröger vor der Wohneinrichtung. Die resolute Sozialarbeiterin war an diesem Morgen noch nicht da.

Kröger hätte Wiese beinahe nicht wiedererkannt: Rasiert, die Haare geschnitten und in sauberer Kleidung stand vor Kröger ein ganz anderer Mensch. Und auch Flecki hatte eine Veränderung durchlaufen. Die Schnur war einem neuen Halsband und einer Hundeleine gewichen.

Wiese schien sehr aufgeregt zu sein und auch Fleckis Rute wedelte heftig hin und her.

Auf der Fahrt zur Dienststelle berichtete Wiese von seinen gestrigen Erlebnissen. Er hatte kaum geschlafen: Neu und ungewohnt war die Umgebung, und auch das Liegen in einem richtigen Bett mochte dazu beigetragen haben. Er war überwältigt von der Fürsorge und Anteilnahme, die ihm widerfahren war.

Im Büro herrschte schon reger Betrieb, als Kröger und Wiese eintrafen. Vollert wies gerade die Sicherungsposten ein. Mehrere Zivilfahrzeuge mussten um den Ort des Treffens positioniert werden. Dazu sollte ein Team mit einer Videokamera in einem Seitenflügel des ehemaligen Warmbades seinen Standort finden.

Ein Kameramann äußerte seine Bedenken: »Wir haben um das Denkmal herum mehrere große Bäume. Ich befürchte, dass wir kaum gute Aufnahmen bekommen.«

Vollert schaute auf den Stadtplan. »Wir haben keine andere Möglichkeit. Auf der einen Seite ist das Sundufer, auf der anderen die Straße. Dort herrscht Parkverbot. Das nächste Gebäude ist das ehemalige Warmbad mit seiner Fensterfront Richtung Denkmal. Versuch es bitte von dort. Irgendwie bekommst du das schon gebacken.«

Der Mann brummelte vor sich hin und versprach, nachdem er den Stadtplan nochmals studiert hatte: »Okay, ich versuch es, aber heult nachher nicht rum.« Er gab seinem Kollegen einen Wink und sie machten sich mit der Technik auf den Weg.

Wiese wurde von allen freundlich begrüßt, hatte er doch eine Hauptrolle in der Inszenierung. Ein Kriminaltechniker erklärte ihm das Minimikrofon und die kleine Sendeanlage. Wiese genoss das Interesse für seine Person, nur Flecki war es zu hektisch. Er verkroch sich unter Krögers Schreibtisch und beobachtete von dort das Geschehen.

Der Techniker befestigte das Mikro und den Sender an Wiese. Der war erstaunt, wie klein diese Geräte waren: Das Mikro maß gerade mal drei Millimeter und das Kabel, welches zum Sender führte, war nur einen Millimeter dick.

Als der Techniker ihn bat, einige Worte zu sagen, beugte sich Wiese in Richtung Mikro und rief: »Hallo, hallo?«

Der Kollege schüttelte den Kopf und erklärte ihm, dass er ganz normal sprechen sollte, ohne den Kopf zu neigen. Nach einem weiteren Versuch hatte Wiese den Bogen raus.

Kröger zeigte den Sicherungskräften ein Foto des Tatverdächtigen, das er am Vortag noch aufgetrieben hatte. »Der Presse sei Dank!«, sagte er, als das Foto herumgereicht wurde.

Die Sicherungskräfte räumten das Büro. Sie würden auf verschiedenen Wegen und in genau abgesprochenen Zeitabständen beim vereinbarten Treffpunkt ankommen. Der Tatverdächtige durfte keinen Argwohn hegen.

Danach widmeten sich Kröger und Vollert Herrn Wiese. Sie bereiteten ihn auf seine Rolle vor. Kröger schärfte ihm ein, sich unter keinen Umständen zu verraten.

Als die Zeit gekommen war, brachen sie auf.

Wiese fuhr mit dem Bus bis zum Theater. Die wenigen Meter bis zu den Schillanlagen würde er zu Fuß gehen. Die Kriminalbeamten wollten kein Risiko eingehen: Wiese sollte allein kommen und auch wieder gehen.

Vollert fuhr mit Kröger zur Feuerwehr Stralsund. Mit den Kameraden war abgesprochen, dass sie ihr Fahrzeug auf dem Hof parken konnten. Von dort mussten auch sie zu Fuß gehen. Vollert wollte vom Knieperdamm aus Richtung Anlagen gehen, Kröger nahm die Route über die Sundpromenade.

Nacheinander meldeten die Einsatzkräfte ihre Bereitschaft.

Wiese kam soeben mit dem Bus am Theater an. Ein Beamter war als Sicherung, unbemerkt von Wiese, mitgefahren. Über Funk informierte er seine Kollegen, ohne

Wiese aus den Augen zu lassen. Zielstrebig ging dieser Richtung Schillanlagen.

Ein Posten saß gegenüber der Anlage am Knieperteich und angelte. Jedenfalls tat er so. Er meldete, dass die Zielperson eingetroffen war. Sie stand 20 Meter von ihm entfernt an einen Baum gelehnt und beobachtete die gegenüberliegende Straßenseite.

Kröger und Vollert verließen das Gelände der Feuerwehr und machten sich auf den Weg. Durch einen kleinen Empfänger im Ohr konnten sie den Funkverkehr mithören.

Vollert blieb an der Ecke Fährwall/Olof-Palme-Platz stehen. Er wollte keinesfalls von dem Verdächtigen bemerkt werden. Kröger schlenderte langsam am Sundufer entlang. Er beobachtete Radfahrer und Rentner, doch seine größte Aufmerksamkeit galt Wiese.

Soeben kam der Hinweis des Anglers, dass die Zielperson sich Richtung Schillanlagen bewegte. Diese waren eine kleine Parkanlage, in deren Zentrum ein Denkmal von Ferdinand von Schill stand. Stolz und herrisch schaute dieser mit wallendem Umhang und gezogenem Säbel auf die Passanten herab, die Schuppenkette seines Helmes fest unters Kinn gezogen und die Husarenuniform erhaben tragend.

In dieser kleinen Parkanlage wartete Wiese auf den Verdächtigen, der sich ihm jetzt näherte. Dieser schaute sich aufmerksam um, konnte aber nichts Auffälliges bemerken. Auf den Parkbänken saßen einige Rentner, eine junge Frau schaukelte ihren Säugling im Kinderwagen, ein Mann führte seinen kleinen Hund aus und ein Jogger machte etwas entfernt Dehnübungen.

Der Angler hatte inzwischen seine Angel eingepackt. Dass sich am Haken kein Köder befand, mochte einen aufmerksamen Beobachter stutzig machen, doch der Ankömmling hatte nur noch Augen für den Park.

Er setzte sich auf eine freie Bank und wartete darauf, angesprochen zu werden. Wer ihn sah, glaubte, er genösse die Sonne und die Umgebung. Doch in Wirklichkeit war er aufgeregt und in Panik. Er hatte doch weiß Gott an alles gedacht! Und dann der gestrige Anruf. Nun, er würde auch diese Hürde nehmen.

Der Mann mit dem Hund kam auf ihn zu. Irgendwie kam ihm das Gesicht bekannt vor, doch er wusste nicht, woher. Der kleine Hund sah drollig aus. Das eine Auge war von einem großen braunen Fleck umrandet und sein kurzer Schwanz schwang beim Laufen wie ein Uhrpendel hin und her.

Der Mann setzte sich an das andere Ende der Bank und sagte: »Haben Sie die Kohle?«

Kröger, der inzwischen das eine Ende des Parks erreicht hatte, hielt die Luft an, und auch Vollert spürte die Erregung als Ziehen in der Magengegend.

Der Verdächtige musterte seinen Banknachbarn und antwortete nach einem Augenblick des Zögerns: »Warum sollte ich Ihnen Geld geben?«

»Weil Sie ein Mörder sind und ich zur Polizei gehen kann, wenn ich will.«

Obwohl Wiese leise sprach, wurde seine Stimme klar an die Beamten übertragen und auch der Verdächtige war gut zu verstehen.

»Und warum waren Sie noch nicht dort?«

»Weil ich aus der Scheiße raus will, und Sie haben genug Kohle und die Bullen nicht!«

Kröger schmunzelte. Fast wortwörtlich wiederholte Wiese die Sätze, die sie ihm vorgebetet hatten.

Der Mann schwieg einen Augenblick.

»Wer gibt mir die Gewissheit, dass Sie nicht jeden Monat kommen und Geld wollen?«

»Keiner.«

Wieder schwieg Wieses Banknachbar.

»Woher kennen Sie mich?«, fragte er nach einer kurzen Nachdenkpause. Seine Stimme klang gepresst. Die Freundlichkeit und Selbstsicherheit, mit der er sonst sprach und die Kröger und Vollert kennengelernt hatten, war wie fortgewischt.

Wiese lachte kurz auf. »Tja! Ich war Heizer und Sie haben mich rausgeschmissen damals.«

Der Verdächtige überlegte und ein Lächeln huschte über sein Gesicht.

»Wiese, na klar, der Wiese! Hab Sie gar nicht erkannt, so ohne Kohlenstaub im Gesicht. Sie sehen ja richtig gut aus. Die Entlassung wurmt Sie und deshalb die kleine Erpressung? Muss Sie nicht kränken, das ist Marktwirtschaft! Aber deren Spielregeln haben Sie ja schnell übernommen, wie ich bemerken kann.«

»Quatschen konnten Sie schon immer, aber jetzt will ich die Kohle und 'ne Antwort.«

»Eine Antwort? Worauf?«

»Warum haben Sie den Mord begangen?«

»Den *Sie* gesehen haben?«

»Nee, ich hab gesehen, wie Sie das Auto angezündet haben und da drin saß jemand.«

Der Verdächtige wurde blass. Er schluckte mehrmals, fasste sich aber schnell.

»So, das haben Sie gesehen?« Es kam fast drohend, während er Wiese aus den Augenwinkeln beobachtete.

»Ja, hab ich! Und warum haben Sie das nun gemacht?«

»Das war persönlich«, kam es leise zurück.

»Wo sind die 10.000 Mark?«

»Ich hab nur 3.000 auf die Schnelle besorgen können. Wenn Sie …«

»Nur drei Riesen? Das war so aber nicht abgemacht!« Wiese erhob sich. »Dann geh ich zur Polizei.«

»Warten Sie!«, zischte der Verdächtige. »Den Rest kann ich Ihnen heute Abend geben. Ich muss erst mit meiner Bank sprechen.«

Wiese tat, als überlege er. Kröger tat dem Mann Abbitte. Wiese hatte zwar nur wenig Schulbildung, hier aber spielte er die Rolle seines Lebens.

»Okay, dann her mit dem Schotter und ich ruf Sie an und sag, wie wir es weiter machen.«

Der andere Mann nickte und ein Umschlag wechselte den Besitzer.

»Aber keine Polizei!«, sagte er, als Wiese den Umschlag nahm. Der schüttelte den Kopf und ging mit seinem Hund Richtung Sundpromenade.

Der Verdächtige sah ihm hinterher. Aus seinem Blick sprach blanker Hass. Seine Halsadern traten hervor. Er hatte ein Problem und musste es lösen, so wie er das mit dieser Bednarek gelöst hatte.

Als er sich erhob und gehen wollte, stand Vollert vor ihm.

»Herr Dr. Neumann, ich nehme Sie fest wegen des Verdachtes, Ewa Bednarek ermordet zu haben.«

Er hörte den Satz und sah in die Augen des Beamten. Plötzlich stieß er Vollert mit ganzer Kraft weg, der trotz seiner Größe und seines Gewichtes den Halt verlor und stürzte. Er prellte sich die Rippen an der Denkmalumrandung und fiel in ein Beet mit Stiefmütterchen. Schill war für einen Augenblick direkt über ihm, doch schnell rappelte er sich mit Hilfe der jungen Frau mit dem Kinderwagen, die zum Team der Sicherheitskräfte gehörte, auf. Er sah Dr. Neumann in Krögers Richtung laufen, den Kopf nach vorn gesenkt wie ein Rugbyspieler. Es sah aus, als wollte er Kröger aus vollem Lauf umwerfen. Doch dieser stand locker und wartete auf den Zusammenprall. Blitzschnell schnappte er sich den Verdächtigen und ließ sich mit ihm nach hinten fallen. Der Tomoe Nage war lehrbuchreif – den Gegner fest an den Armen gepackt und das rechte Bein in Dr. Neumanns Hüfte – all das führte dazu, dass der einen Salto durch die Luft schoss und krachend mit dem Rücken auf dem Weg aufschlug. Urplötzlich litt er unter Atemnot und Orientierungslosigkeit. Kröger war sauber abgerollt und stand über seinem Gegner, als Vollert angehumpelt kam. Ein weiterer Sicherungsbeamter musste einen Rentner am Eingreifen hindern. Erst der Dienstausweis und die Bestätigung Vollerts, dass es sich um einen Polizeieinsatz handelte, bewahrte Kröger vor einer Attacke des Mannes mit dem Krückstock.

Dr. Neumann rang immer noch nach Luft, als Kröger ihn wieder auf die Beine stellte.

Kröger zeigte auf Vollert und sagte: »Mach du das mal, Carsten. Hast es dir verdient.«

Der nickte und holte die Handschellen hervor. Als diese sich um Dr. Neumanns Handgelenke schlossen, begann der Kunsthistoriker zaghaft zu protestieren.

»Ja, ja, wir wissen, Sie sind unschuldig und das ist alles nur Polizeiwillkür. Die tiefen Kratzer auf Ihren Händen und Armen sind wahrscheinlich auch beim Rosenschneiden entstanden!« Vollert hatte einen Hemdärmel Dr. Neumanns etwas hochgezogen und man sah borkige Spuren auf Hand und Arm. »Den Rest können Sie uns auf dem Revier erzählen.«

Kröger hob die ramponierte Brille des Festgenommenen auf. Das gute Stück hatte bei dessen Flugkünsten sehr gelitten.

Ein Streifenwagen kam vorgefahren und Uniformierte übernahmen den Verhafteten. Vollert hielt sich die geprellten Rippen und schaute dem Wagen hinterher.

»Hab ich's doch gewusst!«, flüsterte er.

Kröger pulte sich den kleinen Knopf aus dem Ohr, mit dem er Wieses Gespräch belauscht hatte. »Hast du und jetzt komm. Die eigentliche Arbeit wartet noch auf uns.« Er musterte Vollert, der sich immer noch die Seite hielt. »Vorher gehst du aber zum Arzt.«

Vollert zeigte ihm einen Vogel. »Ich geh den Neumann verhören, aber nicht zum Doktor.«

Kröger grinste. »Jetzt den starken Mann markieren, aber vorhin einen Flug hinlegen wie ein Nordischer Kombinierer.«

Vollert protestierte: »Der hat mich überrascht! Ich hatte keine Chan…« Der Rest des Satzes ging in Krögers Lachen unter.

Vollert drehte sich um und ging in Richtung Feuerwehr. Kröger beeilte sich, ihn einzuholen. »Entschuldige, Carsten, aber …« Und wieder musste er lachen, doch diesmal stimmte Vollert mit ein, verzog aber sofort mit einem »Au!« schmerzlich das Gesicht.

Als sie bei der Feuerwehr eintrafen, empfing sie schon die Staatsanwältin.

»Gute Arbeit, meine Herren.« Frau Meinke beglückwünschte die Beamten zur gelungenen Aktion.

Kröger wehrte ab. »Danken Sie Herrn Wiese. Der hat den Sack zugebunden! Wo ist er überhaupt?«

»Der schaut sich mit dem Hund die Feuerwehr an. Eben typisch Mann. Die werden halt nie erwachsen!«

»Danke für die Blumen.« Vollert nickte kurz und suchte dann Wiese.

Zwei Minuten später kam Flecki bellend um die Ecke, sein Herrchen hinter sich herziehend, Vollert an seiner Seite.

Kröger ging auf Wiese zu und schüttelte ihm die Hand. »Tolle Arbeit, Herr Wiese.«

Der freute sich über das Lob wie ein kleiner Junge.

»Übrigens«, Kröger wandte sich an Frau Meinke, »die Einrichtung, in der Herr Wiese jetzt wohnt, kann noch einige Spenden gebrauchen. Da lässt sich doch bestimmt was einrichten, oder?«

»Na, dann gehen Sie mal mit gutem Beispiel voran!«

»Werde ich, werde ich, aber auch ein gewisser Bauunternehmer mit großer Klappe und ebenso großem Herzen wird an sein Versprechen erinnert werden. Und Sie können ja die 3.000 Mark von Neumann spenden.«

Die Staatsanwältin schüttelte den Kopf. »Ihnen ist wohl der Erfolg zu Kopf gestiegen? Ich kann das Geld doch nicht spenden, das ist …«

»Nur ein Spaß, Frau Meinke, und jetzt werden wir wieder ernst und machen unsere Arbeit. Herr Wiese muss von der Technik befreit und danach nach Hause gebracht werden. Dr. Neumann wartet bestimmt auch schon ungeduldig auf uns.«

»Also Aufbruch!« Vollert ging zum Auto, die linke Hand auf die Rippen gepresst.

36

Eine Stunde später saßen Kröger und Vollert vor Dr. Neumann, der mit der Entfernung der Fingerabdruckfarbe beschäftigt war. Er rubbelte mit einem Taschentuch an seinen Fingerkuppen.

»Da können Sie lange rubbeln. Die Farbe vom Dackeln bekommen Sie so nicht weg. Versuchen Sie es mal damit.« Kröger reichte ihm zwei Reinigungstücher.

Missmutig steckte Dr. Neumann sein Taschentuch ein, riss die Folie des ersten Tuches auf und fuhr fort, seine Finger zu säubern.

Kröger ließ ihn gewähren. Er beobachtete den Mann genau und es entging ihm nicht, wie nervös sein Gegenüber war.

Als Neumann einigermaßen vorzeigbare Hände hatte, begann Kröger die Vernehmung.

Dr. Neumann versuchte, Haltung zu bewahren. Er hatte die Beine übereinandergeschlagen und klopfte mit dem Zeigefinger einen nervösen Takt auf den Tisch.

»Sie wissen, was Ihnen zur Last gelegt wird?«

»Abstruse Behauptungen, wenn Sie mich fragen.« Er rückte mit der rechten Hand seine auffällige Brille zurecht, die mit Rollenpflaster notdürftig geflickt worden war.

»Abstrus? Nun, dann lassen Sie uns mal Licht in das Dunkel bringen.« Kröger zog die Akte Ewa Bednareks heran. »Sie haben sicher für den Mordtag ein Alibi?«

»Wenn Sie den Freitag meinen, da war ich ab dem frühen Nachmittag zu Hause.«

»Zeugen?«

Dr. Neumann lächelte. »Leider nicht, Herr Kröger. Meine Frau war verreist. Sie kam erst am Sonntagabend wieder und Besuch hatte ich keinen.«

Kröger erwiderte das Lächeln. »Wir kommen darauf noch einmal zurück. Woher haben Sie eigentlich die Kratzer an Armen und Händen?«

»Nicht vom Rosenschneiden, wie Ihr Kollege meinte, sondern ich verletzte mich beim Unkrautjäten unter meiner Hecke.«

»Und wann jäteten Sie das Unkraut?«

»An dem Wochenende, als meine Gattin verreist war.«

»Löblich, dass Sie sich so um Ihr Grundstück kümmern.«

Dr. Neumann nickte Kröger wohlwollend zu.

»Und dass Sie meinen Kollegen umstießen und wegrannten, war auch nur Zufall?«

»Ein Versehen, Herr Kröger. Ich habe Herrn Vollert nicht erkannt. Ich bitte, das zu entschuldigen. Ich saß da so, in Gedanken versunken, und plötzlich sehe ich jemanden vor mir stehen, groß und bedrohlich und …«

»Und da suchten Sie Ihr Heil in der Flucht!«

»Genau, Herr Kröger! Man hört ja in letzter Zeit so viel von Überfällen, da sind mir die Nerven durchgegangen.«

»Na, dann will ich mal hoffen, dass Ihre Nerven jetzt besser durchhalten!«

Kröger stellte ein Tonbandgerät auf den Tisch. Dr. Neumann verfolgte zwar jede seiner Bewegungen aufmerksam, tat aber äußerlich völlig desinteressiert.

Kröger drückte die Abspieltaste und man hörte Wieses Stimme. Je länger das Band lief, umso unruhiger wurde Dr. Neumann. Seine Nervosität steigerte sich, die Hände flatterten und Schweißperlen bildeten sich auf seiner Stirn. Kröger schaltete das Gerät ab.

»Sie haben jetzt mehrere Minuten unserer kostbaren Zeit vergeudet. Ein Mann Ihrer Intelligenz und Ihres Formats sollte wissen, wann er verloren hat. Ab jetzt keine Lügen mehr.«

Krögers Stirn wurde von einer tiefen Unmutsfalte durchzogen, doch seine Stimme klang ruhig und bestimmt. Dr. Neumann nickte. Er gab auf.

»Sie waren an diesem Tag zu Hause?«

Der Museumsmitarbeiter schüttelte den Kopf. »Zuerst ja, aber am Nachmittag rief mich Ewa an. Es war ihr letzter Tag in Deutschland und sie hatte eine Entdeckung gemacht.«

»Welche?«

»Sie hatte den Schlüssel für von Schleyersdorfs Notizen gefunden!«

»Und dann?«

»Sie wollte Ihnen das unbedingt sofort mitteilen, sozusagen als ihr Abschiedsgeschenk.«

»Und das wollten Sie nicht?«

Leise antwortete Neumann. »Nein! ... Ich sah meine Chance, aus diesem provinziellen Museum rauszukommen ... Ich bin promovierter Kunsthistoriker und versauere in diesem Haus. Ich will mehr!« Er war immer lauter geworden und Zornesröte breitete sich über seinem Gesicht aus.

»Sie trafen sich mit Ewa?«

»Ja. Sie sagte, sie hätte wenig Zeit, und wir verabredeten uns in der Nähe ihres Hotels. Als wir uns trafen, zeigte sie mir ihre Unterlagen. Es waren treffliche Schlussfolgerungen, die meine polnische Kollegin da gezogen hatte. Das Bild war mehr als rund. Ich bat sie, noch nicht damit an die Öffentlichkeit zu gehen, nein, ich beschwor sie geradezu.« Er hatte die Hände wie zum Gebet gefaltet. »Aber sie schüttelte nur immer wieder den Kopf und meinte, die Sache sei zu wichtig, als dass sie weiter ruhen könnte, und für einen Mann wie mich eine Nummer zu groß. Sie schwafelte was von politisch-historischer Verantwortung und dann ...«

»Und dann haben Sie Ewa Bednarek erwürgt und ihre Notizen an sich genommen!«

»So muss es wohl gewesen sein. Plötzlich lag sie tot vor mir und ich hatte meine Hände um ihren Hals.«

Kröger hieb mit der flachen Hand auf den Tisch, dass es klatschte.

»Sie lügen schon wieder, Herr Dr. Neumann! Laut Obduktionsbericht haben Sie mehrmals die Position Ihrer Hände am Hals verändert. Sie wussten also genau, was Sie taten!«

Dr. Neumann nahm langsam seine Brille ab und rieb sich die Augen. Genauso langsam setzte er die Sehhilfe dann wieder auf. Als er hochschaute, war sein Blick hasserfüllt.

»Wissen Sie, was es heißt, jeden Tag in dieses kleine Museum zu gehen, irgendwelche Ausstellungen zu arrangieren mit immer knapper werdenden Budgets – und dann bekommt man die Chance seines Lebens, um in der Fachpresse ... pah, was heißt Fachpresse, weltberühmt wäre ich geworden! Doch diese dumme Kuh, die alles hatte, einen Lehrstuhl an der Universität in Krakau, Veröffentlichungen in der Fachpresse, ein tolles Renommee, die sagt zu mir ... zu mir, wohlgemerkt«, er tippte sich heftig an die eigene Brust, »ich hätte kein Anrecht darauf, ich ...!«

»Worauf?«, unterbrach Kröger den Wortschwall abrupt.

»Worauf?« Dr. Neumann schaute Kröger an, als wäre er ein Bewohner eines anderen Sterns. Er schüttelte den Kopf. »Sie fragen, worauf? Sie hat den Weg zum verschwundenen Bernsteinzimmer gefunden! Aber das können Sie als kleiner Provinzbeamter gar nicht verstehen!« Er winkte ab und drehte sich weg.

Kröger war einen Moment sprachlos und auch Vollert schaute überrascht auf.

Kröger fasste sich schnell wieder.

»Wir reden von dem Bernsteinzimmer, welches im Auftrag von Friedrich I. gebaut und dann 1716 an Zar Peter den Großen verschenkt wurde? Das Bernsteinzimmer, welches seit 1945 als verschwunden gilt?«

»Ja.«

»Und Ewa wusste, wo es abgeblieben ist?«

Dr. Neumann nickte. »Die Aufzeichnungen von Schleyersdorfs geben einen ernst zu nehmenden Hinweis.«

»Das erklären Sie uns mal genauer!«

Kröger beugte sich leicht über den Tisch und Dr. Neumann drehte sich wieder in seine Richtung. Betont lässig zupfte er einige imaginäre Fusseln von seiner Hose, bevor er sprach.

»Wir vermuteten relativ schnell, dass von Schleyersdorf einer Spezialeinheit für Kunstraub angehörte. Wahrscheinlich im Sonderkommando Künsberg und nach dessen Auflösung direkt unter dem Kommando des Reichssicherheitshauptamtes. Diese Kommandos hatten die Aufgabe, Kunstwerke und Kunstgüter aus den besetzten Gebieten aufzuspüren, zu katalogisieren und abzutransportieren. Auch das Zerstören von sogenannten unwürdigen Objekten oblag diesen Kommandos. Manches zweigten die Herren auch für sich ab. Ebenso wie die Besatzungsmächte es später in Deutschland taten. Die Kürzel und Zahlen in von Schleyersdorfs Notizbuch lassen darauf schließen. Er hat einiges für sich zurückbehalten.«

Dr. Neumann machte eine kurze Pause. Kröger forderte ihn auf, weiterzusprechen. Der Historiker fuhr fort: »Was Sie als Schüttelverse abtaten und was wie Hausfrauendichtung aussieht, ist der Schlüssel zum Verbleib des Bernsteinzimmers. Die Sonderkommandos mussten in den letzten Kriegswochen Kunstschätze und Kulturgüter aus den bedrohten Gebieten auslagern. Verschiedene Orte wurden gewählt: Keller in Schlössern, Flakbunker, Salzbergwerke, Klöster, ja selbst unterirdische Fabrikanlagen dienten als Depot. Sie werden sicher davon gehört oder auch einiges im Fernsehen gesehen haben.«

Als Kröger nickte, sprach er weiter: »Und so ein Depot hat von Schleyersdorf gemeint, als er schrieb: ›Fünf Schwalben flogen abends heim, den Harn des Luchses im Gepäck, sie flogen in das Dunkel rein und schlossen alles weg!‹«

Er sprach langsam und mit Betonung, als stünde er auf einer Bühne und rezitierte Klassik. »Wenn Sie mich fragen, eine herrliche Versinnbildlichung! Wenn ich Ihnen das mal näherbringen dürfte, da Sie ja Laien sind?«

Kröger nickte ganz ruhig, doch seine Zornesfalte hatte sich noch vertieft.

»Mit den fünf Schwalben, die abends heimflogen – damit ist das Objekt ›Schwalbe V‹ gemeint: eine von den Nazis geplante unterirdische Fabrik für künstliches Benzin bei Berga an der Elster in Thüringen. Als ›Harn des Luchses‹ bezeichnete man in der Antike Bernstein, da man annahm, unter Sonneneinwirkung würde der Harn des Luchses zu Stein werden. Der Rest des Spruches erklärt sich von allein. ›Dunkel‹ steht für unter Tage und ›*wegschließen*‹ – damit ist die Zusprengung der Stollen gemeint.« Er lehnte sich triumphierend zurück.

»Die ›Aktion Grün‹, um was handelte es sich da?«

Dr. Neumann zuckte mit den Schultern. »Da können wir leider nur spekulieren, meine Herren. Wir nehmen an, es handelte sich um die Evakuierung des Bernsteinzimmers und anderer wertvoller Kunstwerke. Dieser Teil der Funksprüche bleibt noch im Dunkel der Geschichte.«

Kröger hatte sich die Akte von Schleyersdorfs herangezogen. Er schlug die Seite mit den Funkkladden auf.

»Dann bringen Sie die Funkkladden bitte mal in einen Kontext zu dem eben Gesagten!«

»Gern, Herr Kröger. Der erste Funkspruch bezieht sich auf Königsberg. Dorthin wurde das Bernsteinzimmer 1941 verbracht. Die Stadt wurde am 9. April 1945 von den Russen erobert, aber man fand das Bernsteinzimmer nicht mehr vor.

Die Bezeichnung ›BIII‹ hat mir einiges Kopfzerbrechen bereitet, aber der Eintrag im Notizbuch vom 2.4.45 kann die Lösung sein. Bei ›BIII b‹ handelt es sich wohl um das Objekt ›Gurami‹. Eine unterirdische Flugzeugfabrik bei Böhlscheiben in Thüringen. Es gab noch ein weiteres Werk in Lauenburg, Pommern, deswegen wahrscheinlich das ›b‹. Nach Kriegsende wurden in Böhlscheiben auch Kunstwerke geborgen. Ich vermute, es gab dann dort keinen Platz mehr, deswegen der Eintrag: ›der Gurami ist grün‹ und man wich folglich aus auf das Objekt ›WISV-Schwalbe V‹.«

»Das alles wusste Frau Dr. Bednarek?«

»Nein!« Dr. Neumann winkte ab. »Sie hatte das Objekt ›Schwalbe V‹ entschlüsselt. Das, was ich Ihnen eben berichtete, fand ich selbst heraus.«

»Wo sind Ewas Aufzeichnungen?«

»Bei mir zu Hause im Schreibtisch. Ich nahm die Aktentasche am Freitag an mich.«

Kröger musterte Neumann. »Dann schildern Sie uns, was am Freitag genau geschah.«

Neumann nahm erneut die Brille ab, putzte sie ausgiebig mit einem kleinen Lederläppchen, das er aus einer Hosentasche zog, setzte sie dann wieder auf und schluckte einmal. Dann schien er so weit zu sein. Seine Stimme klang brüchig.

»Frau Dr. Bednarek rief mich am Freitag an und sprühte förmlich. Als sie mir von der Entschlüsselung erzählte, sah ich meine Chance. Ich bat sie vorbeizukommen, doch sie lehnte ab. Sie sagte, sie habe wenig Zeit, da sie an diesem Abend bei Ihnen eingeladen sei. Ich musste sie förmlich überreden, mich noch vorher zu treffen. Also schlug ich vor, dass wir uns in der Nähe ihres Hotels kurz sehen. Auf halbem Weg zwischen dem Hotel, dem Museum und Ihnen, damit sie einige Minuten für mich erübrigen konnte. Nur kurz sollte das Treffen sein, um ihre Erkenntnisse mit meinen abzugleichen. Ewa stimmte zu und wir trafen uns in der Knieper Vorstadt. Als sie kam, war sie sehr aufgeregt. Ich sichtete ihre Unterlagen. Ihre Schlussfolgerungen waren exzellent. Ich bat sie, noch nicht damit an die Öffentlichkeit zu gehen. Abwarten und das höchste Kapital herausschlagen, das sollte die Parole sein! Doch sie lehnte ab. Verglich mich mit den Kunsträubern, denen es auch nur um Profit gegangen sei. Tja, und da passierte es leider. Ich hatte nicht vor, sie umzubringen, doch die Gelegenheit war günstig.«

Er blickte kurz zu Kröger, der mit unbewegter Miene zugehört hatte. Dann erzählte er weiter: »Kein Mensch war in der Nähe. Aufgrund des aufziehenden Gewitters war niemand unterwegs. Und wie sie so dalag, begann es zu regnen. Ich öffnete den Kofferraum und sah den kleinen Kanister. Zuerst hatte ich sie einfach nur in den Kofferraum legen wollen. Doch dann überkam mich die Angst wegen eventueller Spuren. So beschloss ich, zur Kiesgrube zu fahren und den Wagen anzuzünden.«

»Was Sie dann ja auch taten!«

Neumann nickte.

»Wir werden Ihre Fingerabdrücke mit denen aus dem Auto vergleichen.«

Neumann grinste. »Machen Sie das mal. Ich trug Gummihandschuhe aus meinem Sanikasten.«

»Ach!« Überrascht sah Kröger Neumann an. »Wo parkten Sie eigentlich Ihr Auto?«

»Zwei Straßen weiter.«

»Und ganz zufällig hatten Sie die Handschuhe dabei! Ich nehme an, die Staatsanwaltschaft wird in diesem Fall von Vorsatz ausgehen.«

Er klingelte nach dem Posten.

»Abführen!«

37

Wenige Tage später gingen Kröger und Vollert inmitten eines Trauerzuges über den Rakowicki-Friedhof in Krakau. Dr. Ewa Bednarek wurde beigesetzt.

Es war kühl geworden in den letzten Tagen. Die Hitzewelle war endgültig vorbei und Kröger verkroch sich förmlich in sein schwarzes Jackett. Vollert schritt blass neben ihm her.

Sie hatten drei freie Tage bekommen, um Ewa die letzte Ehre zu erweisen. Vollert war es außerdem wichtig gewesen, Ewas Familie über die Festnahme des Mörders zu informieren. Kröger hatte dem zugestimmt und dann den Urlaub bei Södermann eingereicht, der ihn auch sofort genehmigte.

Vor zwei Tagen waren sie angereist. Am späten Nachmittag im Hotel angekommen, hatten sie sich etwas frisch gemacht, dann hatte Vollert ein Telefonat auf Polnisch versucht, was gründlich misslang. Er hatte sich zwar schon in Stralsund die wichtigsten Sätze von einer Polnisch-Kursleiterin der Volkshochschule aufschreiben lassen, doch seine Aussprache musste zu schlecht gewesen sein. Zum Glück sprach Ewas Vater einigermaßen Deutsch, sodass einer Verständigung nichts im Wege stand.

Kröger verkniff sich etwaige Frotzeleien. Er hatte bemerkt, wie wichtig Vollert das alles war.

Als Ewas Vater gehört hatte, wer ihn anrief und woher, hatte der Familienrat der Bednareks beschlossen, sie vom Hotel abzuholen. Die beiden Kriminalbeamten wurden von Ewas Eltern herzlich empfangen. Kröger fühlte sich etwas unwohl, doch die beiden alten Herrschaften machten es ihnen leicht und bewirteten sie mit einer Gastfreundschaft, dass es ihnen schon fast unheimlich vorkam. Als Ewas Mutter hörte, dass sie den ganzen Tag im Auto zugebracht und sich nur kurz im Hotel die Hände gewaschen hatten, wurden sie auch noch zum Essen eingeladen. Ablehnen käme einer Beleidigung gleich, sagte man ihnen, und so verbrachten Kröger und Vollert den ganzen ersten Abend in Krakau bei Ewas Eltern.

Am nächsten Tag schleifte Vollert Kröger durch Krakau. Er war bestrebt, alles zu sehen, was der Kulturführer als Sehenswürdigkeiten beschrieb. Es war, als versuchte er auf diese Weise, Ewa noch einmal nahe zu sein.

Ehrfurchtsvoll standen sie vor dem von Veit Stoß geschnitzten Hochaltar in der Marienkirche. Die realistisch dargestellten Figuren mit einer Größe von bis zu 2,70 Metern blickten erhaben und Bewunderung einflößend auf die Besucher herab.

Lange verweilten sie vor diesem einzigartigen Kunstwerk. Je länger man schaute, umso mehr gab es zu entdecken und umso mehr Feinheiten fielen ins Auge.

Als sie später auf dem Marktplatz standen und dem Hejnał lauschten, dem Trompetensignal, das mitten im Spiel abbrach, wirkte der Hochaltar noch nach.

Dann ging es zum Wawel. Das Schloss mit seinen Sälen war imposant und auch die Kathedrale auf dem Wawel-Hügel lohnte den Besuch.

Doch danach trat Kröger in den Streik, er konnte nicht mehr. Die Füße taten ihm weh und sein Akku war leer. Er überredete Vollert zum Besuch eines der zahlreichen Restaurants der Stadt. Als die Dämmerung hereinbrach, merkten sie, wie jugendlich und dynamisch Krakau war.

Unzählige junge Leute bevölkerten die Innenstadt mit ihren zahlreichen Kneipen. Hier herrschte Leben.

Kröger seufzte leise. Vollert musterte ihn kurz, während sie schweigend im Trauerzug weitergingen. Plötzlich drang die Sonne durch die Wolken, als wollte sie zeigen, dass auch das Wetter sich wieder zum Besseren wenden würde. Kröger drehte das Gesicht in Richtung der wärmenden Strahlen und nahm still für sich Abschied von einem Menschen, den er schätzen gelernt hatte.

38

Drei Monate später saß Kröger mit seiner Frau am Frühstückstisch. Es war Sonnabend und sie genossen ausgiebig ihr Zusammensein.

Während seine Frau das Geschirr in den Spüler räumte, widmete er sich der Zeitung. Ein Artikel in der Wochenendbeilage fesselte seine Aufmerksamkeit.

Das Blatt berichtete von einer Grabung in Berga in Thüringen. Ein Stollen des geheimen Objekts ›Schwalbe V‹ war geöffnet worden, doch dieser Stollen war leer.

16 weitere Stollen, eröffnete die Zeitung ihren Lesern, sollten in diesem Objekt angeblich noch ungeöffnet sein und Überraschungen bei der Untersuchung dieser bisher verschlossenen Hinterlassenschaft des Nazi-Reiches seien nicht ausgeschlossen.

Kein Wort von den Opfern, die der Naziwahn gekostet hatte, und auch keine Silbe über die hemmungslose Gier mancher Menschen.

Kröger ließ die Zeitung sinken. Presse blieb eben Presse! Dann dachte er wehmütig an Ewa und ihr herzliches Lachen.

ENDE

EPILOG

Die Personen und die Handlung sind frei erfunden. Nicht frei erfunden, sondern Tatsache sind die Raubzüge der Nationalsozialisten während des Zweiten Weltkrieges. Die in diesem Buch angesprochenen Sondereinheiten gab es wirklich. Sie raubten, zerstörten und schändeten Millionen von Kunstwerken und Kulturgütern. Viele sind bis heute verschwunden oder warten auf die Übergabe an ihre rechtmäßigen Besitzer. Das legendäre Bernsteinzimmer ist nur eines von vielen, wenn auch wohl das bekannteste.

Die geheimen Objekte, von denen die Rede war, wie zum Beispiel ›Schwalbe V‹, existierten tatsächlich. Unter Leitung der SS mussten Zwangsarbeiter und KZ-Häftlinge diese Objekte unter unmenschlichen Bedingungen bauen. Die meisten Sklavenarbeiter überlebten die körperlichen und seelischen Strapazen nicht.

Wernher von Schleyersdorf und seine Familie gibt es nur in der Fantasie der Autoren.

Die Stralsunder Schauplätze des Romans können Sie alle besuchen. Sie werden allerdings mehrere Schlösser oder Gutshäuser in Mecklenburg-Vorpommern finden, die der Beschreibung im Buch entsprechen könnten. Wenn Sie meinen, Sie haben das richtige entdeckt, dann lassen Sie es uns wissen.

Unter www.trczinka-heidenreich.de können Sie mit uns in Kontakt treten. Lob, aber auch Kritik sind willkommen. Sie erhalten auf unserer Homepage auch Auskunft über unsere weiteren Projekte.

Weitere Romane finden Sie auf den folgenden Seiten und im Internet:
www.gmeiner-verlag.de

Sabine Klewe
Schwanenlied
978-3-8392-1428-2

»Sabine Klewe schreibt mit leichter Hand, in flüssigen Worten, geht mit uns durchs vertraute Düsseldorf von einem Schauplatz zum anderen.« *Rheinische Post*

Die Fotografin Katrin Sandmann stößt im Elternhaus ihres Lebensgefährten auf einen geheimen Raum – und auf eine Mumie. Wer ist die unbekannte junge Frau und weshalb hat niemand sie vermisst? Was haben die Kinderbücher auf dem Nachttisch in der geheimen Kammer zu bedeuten?

Katrin, die selbst gerade in einer schwierigen Situation steckt, begibt sich auf Spurensuche. Doch irgendjemand scheint ein starkes Interesse daran zu haben, ihre Ermittlungen zu verhindern …

Kurt Lehmkuhl
Printenprinz
978-3-8392-1432-9

»Ein routiniert geschriebener Kriminalroman mit einem interessanten Ermittlerduo.«
Trierischer Volksfreund

Der pensionierte Kommissar Rudolf-Günther Böhnke muss sein beschauliches Eifeldorf Huppenbroich verlassen, um den an Mord Peter von Sybar aufzuklären, einem betuchten Printenproduzent aus Aachen, der Prinz der klammen Jecken in Köln werden sollte. Ist der Mörder im karnevalistischen, beruflichen oder privaten Umfeld zu suchen? Böhnke ermittelt im Trubel der fünften Jahreszeit und erhält dabei erstaunliche Einblicke hinter die Kulissen des närrischen Brauchtums …

GMEINER
Wir machen's spannend